TROPEN

DAS SCHWEIN UNTER DEN FISCHEN

JASMIN RAMADAN

ROMAN

Tropen
www.tropen.de

Printed in Germany
Schutzumschlag: Herburg Weiland, München
Gesetzt in den Tropen Studios, Leipzig
Gedruckt und gebunden von CPI – Clausen & Bosse, Leck
ISBN 978-3-608-50120-9

Meinen Freunden.
Bine, Jani, Nils und Heidi.
Und Wojtila.

ERSTER TEIL

NICHT BLOSS HÜBSCH

Es war am Morgen meines dreizehnten Geburtstags, als Ramona eine Tiefkühltorte föhnte und sich plötzlich auf den Boden warf: »Pass auf, Stine, ich zeig dir jetzt mal, wie das mit den Tampons geht. Mit Binden brauchst du gar nicht erst anfangen, da fühlt man sich, als hätte man 'ne Windel an! Also, du legst dich hin, wirfst die Beine übern Kopf, ganz weit nach hinten – ungefähr so! Die Füße müssen hinten aufkommen. Dann geht die Watte gerade und mit Schwerkraft rein. Du zählst bis zehn, bis es sitzt, und du kannst abrollen!«

Während sie so redete, lag sie mit den Füßen über Kopf auf dem Küchenboden. Anstelle eines Tampons hielt sie eine Kerze in der Hand. Am Ende scheiterte sie an einer Rolle rückwärts und verrenkte sich dabei einen Halswirbel so schlimm, dass mein Vater mit ihr in die Notaufnahme fahren musste. Ich blieb allein in der Küche sitzen, zündete meine dreizehn Geburtstagskerzen an und pustete alle mit einem Mal aus.

Ein Vierteljahr später bekam ich tatsächlich meine Tage. Ramona erzählte ich kein Wort davon. Es reichte mir, dass sie mich an einem Deodorant üben ließ, wie man ein Kondom abrollt.

Es war Reiner, mein Vater, der schließlich mit mir zum Frauenarzt ging. Ich rechnete es ihm hoch an, dass er mich begleitete. Er hatte noch immer einen roten Kopf, als ich ihn nach der Untersuchung im Wartezimmer abholte.

Von Verhütung wusste er in meinem Alter so gut wie nichts. Auch über meine richtige Mutter wusste er nicht viel – außer dass sie Colombe hieß und aus Frankreich kam. Weil er ihren Vornamen nicht aussprechen konnte, nannte er sie Bombe, und ihren Nachnamen las er dann zum ersten Mal in meiner Geburtsurkunde. Sie arbeitete damals als Au-pair in Deutschland. Au-pair-Mädchen flachlegen war für Reiner und seine Kumpels ein richtiger Sport gewesen. Alle waren sie Hausmeistersöhne und lebten mit ihren Familien in den Souterrains der schönsten Jugendstilhäuser der Stadt. Colombe war die Erste, erzählte Reiner mir mal, die er nicht bloß hübsch fand, sondern sehr hübsch. Noch dazu, wie er stets betonte, sei sie besonders klug gewesen: »Für mich auf jeden Fall zu klug, ich hab bei einer Frau nie groß die Klappe gehalten, aber bei ihr hab ich irgendwann angefangen, mir die Worte im Kopf zurechtzulegen, bevor ich mich getraut hab, was zu sagen! Sie hat immer über meine Witze gelacht – nur war ich mir manchmal nicht ganz sicher, ob sie mehr über den Witz lacht oder über mich. Ich glaub, wenn ich nicht so gut ausgesehen hätte, würde es dich gar nicht geben, Stine. Mein gutes Aussehen, das konnte sie mir nämlich nicht abschwatzen. Irgendwann hab ich sie rumgekriegt und kurz darauf Schluss gemacht, bevor sie's getan hätte. In dem Punkt zumindest war ich klüger als sie. Mit der Liebe ist das eben so. Erst spielt man verrückt, bis man schließlich vernünftig wird und sich in eine wie Ramona verliebt!«

Ich wusste nie, wann Reiner die Wahrheit sagte.

Wenn er von meiner Mutter sprach, räusperte er sich andauernd, und manchmal bekam er sogar feuchte Augen. Allerdings wurden seine Augen auch dann feucht, wenn er log, weil er sie dabei aufriss, um nicht blinzeln zu müssen. Wer lügt, hatte er einmal in einem Artikel über Körpersprache gelesen, würde unnatürlich oft blinzeln.

Manchmal befürchtete ich, er hätte mich wie ein ausgesetztes Kätzchen in einer Mülltonne gefunden. Als ich ihm davon erzählte, sagte er, ich solle keinen Unfug reden und niemals trauriger sein als nötig.

Wenn es darauf ankam, fing ich als Kind immer sofort an zu heulen, ohne langes Gewimmer. Es war das Einzige, mit dem ich Ramona und Reiner in ihrer seligen Gleichgültigkeit ein wenig Aufmerksamkeit abrang. Mein Vater gab lieber zu allem einen Spruch ab, bevor er eine Träne rollen ließ. Oder er räusperte sich unaufhörlich, kniff die Augen zusammen und verließ die Wohnung, fuhr stundenlang Autobahn, fuhr, als sein Vater starb, bis in die nächste große Stadt.

Ramona war zum Traurigsein immer zu besoffen. Mein Vater hatte sie trotzdem geheiratet – eine Frau, die, wenn ihr doch mal schlecht vom Saufen wurde, laut rückwärts zählte und dabei ihren Scheitel rieb.

Sie hatten sich kennengelernt, als ich vier Jahre alt war und wir noch bei meinen Großeltern lebten. Eines Morgens nach der Frühschicht in der Brötchenfabrik hielt mein Vater an der nächsten Tankstelle, um bei einem stark gezuckerten schwarzen Kaffee und ein paar Mentholzigaretten die Wohnungsanzeigen zu studieren. Ramona hatte gerade Schicht und fauchte auf sein freundliches »Tach, schöne Frau!« heiser zurück: »Schön war ich gestern Nacht!«

Mit laut pochendem Herzen starrte er sie an: dunkel umrandete Lippen, neongelb-schwarz getigertes Stretchkleid mit breitem Schnallengürtel und Palmenfrisur. Sein Herz schlug noch ein bisschen schneller, als er entdeckte, dass eine Schachtel seiner Mentholzigarettenmarke unter ihrem Träger klemmte. Sie schmierte ihm hustend ein Mettbrötchen, drückte mit ihren aufgeklebten Nägeln ein Gürkchen tief hinein, schaute auf und zwinkerte ihn an. Da war es passiert. Er hatte sich verknallt. Sie hatte noch ein bisschen Hack am Finger, schmierte es sich gedankenverloren hinter das Ohr, lächelte und sagte: »Eau de Schwein!« Spätestens da war Reiner hoffnungslos verloren.

Während er mit einem Grinsen die Brötchenhälfte im Ganzen vertilgte, steckte sie ihren Finger tief ins Mett und leckte ihn langsam ab – so wurde daraus Liebe. Ramona schmierte Reiner von da an jeden Tag umsonst so viele Mettbrötchen, wie er wollte, und strich ihm Wohnungsanzeigen an. In der kleinen Wohnung, in der wir schließlich zu dritt miteinander auskommen mussten, hatte ich nicht mal ein eigenes Zimmer. Als ich sieben war, zogen wir in eine Wohnung, die ein halbes Zimmer mehr hatte, eine Kammer, in die gerade so mein Bett hineinpasste.

Mit zehn hatte ich meine erste Panikattacke.

Wir fuhren mit dem Auto in den Urlaub nach Italien, und Reiner brüllte: »It's time for music!«

Das sagte er andauernd. Er sagte es, bevor er in die Badewanne stieg oder bevor er den Zündschlüssel umdrehte, bevor er morgens die Imbissbude aufsperrte oder bevor er aufs Klo ging, er sagte es sogar gleich nach dem Aufwachen. Meistens meinte er tatsächlich die Musik, die sich auf seiner Lieblingskassette befand. Die Hülle hatte er selbst beklebt, mit der Abbildung aus einem Reisekatalog, versiegelt mit transparenter Klebefolie. Zu sehen war der überfüllte Strand des Campingplatzes in Italien, auf dem wir jedes Jahr Urlaub machten. Und darüber, mit goldenem Edding in Reiners Kinderschrift: *Rock Romance!* Auf die Innenseite hatte er Titel und Interpreten geschrieben und dazwischen goldene Herzchen gemalt. Er schob die Kassette meist sofort ein, wenn er ins Auto stieg, und ganz sicher jedes Mal, wenn es auf die Autobahn ging – wir mussten sie dann die ganze Strecke über hören, bis nach Italien. Außerhalb des Autos durfte man *Rock Romance!* nicht abspielen. Das hatte er verboten. Natürlich war niemand in der Familie interessiert daran, die Kassette freiwillig abzuspielen. Wir konnten sie auswendig, sogar Ramona – und die verstand nicht mal Englisch! Es war eine 120-Minuten-Kassette in mittlerweile übler Qualität. Mein Vater sagte, es sei der perfekte Mix, um nachts Autobahn zu fahren – eine Beschäftigung, die er sein Hobby nannte.

Die Kassette begann mit »Here I Go Again« von Whitesnake, und sie endete mit »Is This Love« von Whitesnake. Dazwischen viel ZZ Top, Scorpions, Bon Jovi, Nazareth, Europe, Van Halen, Alice Cooper – und noch mehr Whitesnake.

Meine Augen tränten längst vom Qualm der Zigaretten, die Reiner und Ramona auch auf dieser Urlaubsfahrt unaufhörlich rauchten, als er »Bad Medicine« von Bon Jovi voll aufdrehte. Ramona trank aus ihrem Flachmann, mein Vater schlug aus Wut über andere Fahrer gegen die Windschutzscheibe und warf mit abgenagten Hühnerknochen um sich.

Kurz vor der österreichischen Grenze musste ich dringend aufs Klo. Ramona rief: »Och Mensch, Kinnings! Je mehr Stopp, desto weniger Urlaub! Da is im Schlussendeffekt am Ende 'n ganzer Tach ab!« Deshalb bekam ich im Auto nie was zu trinken. Aber diesmal hatte ich eine Dose Bier zwischen all den Klamotten entdeckt, unter denen ich begraben war.

Ich riss mich zusammen, bis meine Blase schmerzte, dann tippte ich

Ramona auf die Schulter, und als sie nicht reagierte, fing ich an zu brüllen. Erst auf Befehl meines Vaters hielt sie an der nächsten Raststätte.

Endlich auf der Toilette, dauerte es umso länger, bis etwas kam. Ich benutzte die zwei letzten Blätter des groben grauen Klopapiers und beeilte mich wieder zurück zum Auto zu kommen. Sekunde um Sekunde fürchtete ich mehr, dass Ramonas feindselige Ungeduld wuchs. Und dann ließ der verdammte rostige Schlüssel sich nicht umdrehen, das Schloss blockierte schon nach einer halben Drehung. Ich versuchte, auf dem Bauch liegend, die Beine voran, mich unter der Tür durchzuquetschen, blieb aber mit hochgerutschtem Rock stecken und begann zu hyperventilieren. Keine Ahnung, wie lange ich dort lag, aber es versammelten sich immer mehr Leute vor der Tür. Einige murmelten unverständliches Zeug, andere kicherten. Jemand streichelte mich am Bein. Plötzlich stach Ramonas Stimme deutlich aus dem Gewirr hervor. Sie fluchte und beschimpfte mich, zerrte an meinen Beinen, ich spürte ihre Fingernägel, als wären sie unter meiner Haut, und wünschte ganz fest, mich in Luft auflösen zu können. Ich schloss die Augen, bildete mir ein zu fallen – und verlor endlich das Bewusstsein.

Nachdem ich wieder zu mir kam, sah ich verschwommen große bunte Federn und glaubte, dass ein zitronig duftender Indianer beschwörend auf mich einredete. Nach einigen Sekunden wurde das Bild schärfer, und die Federn steckten am Hut einer vergnügt lächelnden älteren Dame, die grellroten Lippenstift trug. Über mich gebeugt, sprühte sie mir Eau de Cologne auf die Stirn, strich über meine Wangen, nickte und sagte: »Deine erste Ohnmacht? Man macht eine Menge durch, mein Vögelchen. Manchmal lohnt es sich sogar. Ich wünsch dir was.«

Seufzend legte sie mir ihr Duftwasser in die Hand, schloss meine Finger darum und verschwand, bevor ich mich aufrichten konnte.

Die Angst vor verschlossenen Räumen wurde ein fester Bestandteil meines Lebens. Oft verbrachte ich meine Nachmittage mit geschlossenen Augen und der Vorstellung, in imaginäre Räume ohne Türen eingesperrt zu sein. Doch all meine Versuche, die aufkommende Panik auszuhalten, scheiterten, weil mir der Atem stockte. Nachts träumte ich manchmal davon, wie ein Geist durch Wände hindurchzuschreiten, und wachte schweißgebadet auf, da mir sogar im Schlaf klar war, dass es niemals möglich sein würde. Ich wollte zurück zu dem vormals selbstverständlichen Gefühl, mich jederzeit und überall aus eigener Kraft befreien zu können. War aber eine Kabinentür zu hoch, um im Notfall drüberklettern zu können, wäre ich dort niemals aufs Klo gegangen. Ich machte in dieser ersten akuten Phase meiner Phobie häufig in die Hose, dafür überwand ich die natürliche Angst vor dunklen Gebüschen. Einmal wischte ich mich in einem Park neben der Schule versehentlich mit Brennnesseln ab, woraufhin Ramona mich zu ihrem uralten Frauenarzt Dr. Hahnrei schleppte. Als er anfing, mir Fragen über das Verhältnis zu Männern in meinem Umfeld zu stellen, da er auf eine Geschlechtskrankheit tippte, erzählte ich ihm schnell, was passiert war. Die Überweisung zum Kindertherapeuten verschwand für immer im Loch des Taschenfutters von Ramonas schmutzig weißem Synthetikblazer, den sie die gesamten neunziger Jahre über trug. Ein paar Tage nach dem Besuch bei Dr. Hahnrei sahen wir uns zu dritt im Fernsehen einen Thriller an: Eine junge attraktive Frau richtete auf einer ausgelassenen Party in L.A. ein Blutbad an und wurde von einem Psychologen fälschlicherweise für unzurechnungsfähig erklärt. In der zweiten Werbepause erwähnte Ramona, nachdem sie sich aus der Küche ein weiteres Bier geholt hatte, dass Dr. Hahnrei einen Therapeuten für mich empfohlen hätte. Mein Vater stand auf, schaltete den Fernseher aus, verschränkte die Arme und sagte: »Das wäre ja gelacht, zum Heulen kann ich mein Kind auch allein bringen!« Dann schickte er mich sofort ins Bett.

Am nächsten Morgen schloss er mich in unser Bad ein, bis ich nicht mehr wie am Spieß schrie und verzweifelt nach Luft schnappte. Als Belohnung bekam ich zum ersten Mal Taschengeld. Für jede Minute, die ich es ausgehalten hatte, zehn Pfennig. Ab diesem Tag sperrte Reiner mich bei jeder sich bietenden Gelegenheit in Toiletten, Keller, Besenkammern, von außen mit breitem Klebeband umwickelte Telefonzellen oder schloss mich bei schlechtem Wetter auch mal in meinem eigenen Zimmer ein. Er meinte, ich müsste begreifen, dass man noch lange nicht eingesperrt sei, nur weil man gerade irgendwo nicht rauskönne. Mir zuliebe brachte Reiner also Fahrstühle zum Stehen, besorgte sich von Kumpels Schlüssel von Bauwagen und Kühlräumen, lieh sich von Tante Trixi sogar den alten Fiat 500, obwohl er in den nur mit eingezogenem Kopf hineinpasste. Bei der anschließenden Therapiefahrt nachts auf der Autobahn musste ich auf der Rückbank sitzen. Irgendwann nickte ich ein, weil mein Vater zufrieden vor sich hin summte, und fuhr erschrocken wieder hoch, als er das einzige andere Auto weit und breit beim Überholen anhupte. Hinterher tapezierte er – zur Belohnung –, wie er sagte, sämtliche Wände unseres Wohnzimmers mit einer Fototapete, die einen Traumstrand zeigte. Wegen des vielen blauen Himmels darauf, wie er verkündete: »Gar keine Türen, und nach allen Seiten offen. Maxi Freiheit, so ein Himmel! Guck ihn dir einfach an, wenn dir mal wieder eng ums Herz wird, Stint!« Er klopfte mit der flachen Hand darauf herum und strich die eine oder andere Luftblase glatt.

Ich machte jedes Mal widerspruchslos mit, wenn mein Vater einen neuen Einfall hatte, und irgendwann war es tatsächlich nicht mehr so schlimm. Ich wusste ja, dass er mich wieder befreien würde.

Sogar in den Sarg, den er bei der Auflösung eines Theaterfundus ersteigert hatte, wäre ich gestiegen. Nach einigem Nachdenken hielt aber auch er das für übertrieben. Es könnte Unglück bringen, meinte er, als Kind in einen Sarg zu steigen. Er selbst schlief nächtelang darin, bis Ramona drohte, ihn zu verlassen.

GASTFAMILIE

Ich besaß ein vergilbtes Foto, auf dem Reiner lachte und seine Zähne so weiß strahlten, wie in einer Kaugummiwerbung. Seine gesunden, blonden langen Haare wehten ihm ins Gesicht, um den Hals lag der Arm einer Frau, auf seiner Brust ihre große Hand, die Nägel weinrot lackiert. Über seinem Kopf erkannte man ein Stück grau verhangenen Himmel.

Eine schwarze Haarsträhne wehte ihm auf dem Foto für immer ins Gesicht. Den Rest der Frau hatte Ramona abgeschnitten. Die Frau war meine Mutter. Als ich vier oder fünf Jahre alt war, hatte Reiner mir das Foto zum ersten Mal gezeigt. Er hielt es für wichtig, mich so früh wie möglich über meine Herkunft aufzuklären. »Die Identität ist eine Kugel«, sagte Reiner. »Ist sie verbeult, kann sie nicht rollen und in die richtigen Bahnen gelangen!«

Meine Mutter war auf diesem Foto schon schwanger, er aber hatte davon nichts gewusst. Als ich ihn fragte, warum sie nie mehr zurückgekommen ist, antwortete er:

»Mit dir hat das nichts zu tun«.

»Aber warum will sie nicht wissen, wie es mir geht?«

»Sie ist sich eben sicher, dass du es gut bei mir hast, deshalb. Punkt, aus.«

Nach einem Streit mit Reiner zeriss Ramona das Foto in unendlich viele kleine Schnipsel und saugte danach wie eine Besessene die ganze Wohnung.

Meine Mutter hatte die Kinder einer reichen Künstlerfamilie gehütet. Bevor sie Deutschland wieder verließ, schenkte sie den Kindern zum Trost ein Katzenbaby, das sie, nach Schiller, Friedrich nannten.

Colombe war nie lange an einem Ort geblieben. Ihr Vater war Diplomat, ein konservativer Globetrotter, und so war sie es von klein auf gewohnt gewesen, nur für kurze Zeit an einem Ort zu bleiben. Fehrmann hatte sie als meinen Nachnamen eintragen lassen und mir den Vornamen Célestine gegeben. Reiner konnte ihn nie richtig aussprechen. Das »C« klang bei ihm wie ein »Z«, und den letzten Vokal sprach er aus, anstatt ihn wie im Französischen wegzulassen. Aber eigentlich kürzte er meinen Namen immer bloß ab und nannte mich eben: Stine. Wenn er sauer auf mich war oder einfach angespannt, nannte er mich auch Stint, wie den kleinen Fisch.

Oft erzählte er mir, wie er meine Mutter zum letzten und mich zum ersten Mal gesehen hatte. Er erzählte es immer ein bisschen anders. Sogar die Farben ihrer Kleidung veränderte er. Ich stellte mir die Szene deshalb irgendwann nur noch in Schwarz-Weiß vor:

Reiner hatte Colombe seit Monaten nicht gesehen, als es ungewöhnlich früh an der Tür klingelte. Er öffnete, und im selben Moment ging das Licht im Treppenhaus aus. Sie drückten beide zur gleichen Zeit auf den Schalter. Ihre Hände berührten sich zum letzten Mal. Colombe trug ihren viel zu großen Kapuzenmantel mit den riesigen viereckigen Knöpfen. Unter der Kapuze schaute eine Wollmütze hervor, die sie sich tief ins Gesicht gezogen hatte. Ihr Mantel war so lang, dass man nicht einmal ihre Stiefelspitzen sehen konnte.

Mit gesenktem Kopf sagte sie leise: »Excuse-moi, Ränje, hier ist deine Kind, ein Mädschen, ich kann nicht longe bleiben. Alle Unterlagen sind in die Tasche. Meine Flug nach Rom zu meinem Vater ist früh.«

Eilig lief sie davon und verschwand für immer durch die hohe Eingangstür.

Reiner blieb so lange erstarrt stehen, bis das Licht im Treppenhaus erlosch und ich anfing zu schreien.

Die ersten zwei Jahre lebten wir mit meinen Großeltern unter einem Dach. Aber nachdem wir mit Ramona zusammengezogen waren, verbrachten wir außer an den Feiertagen kaum mehr Zeit bei ihnen. Reiner stritt deswegen andauernd am Telefon mit seiner Mutter, Oma Senta. Als mein Opa ein paar Jahre später pensioniert wurde, kauften meine Großeltern sich von ihrem Ersparten voller Stolz eine sechzig Quadratmeter große Haushälfte bei uns um die Ecke.

Nur wenige Wochen später starb mein Opa. Eines Nachmittags wachte er, der nie viel gesprochen hatte und soweit ich mich erinnern kann, nie direkt das Wort an mich richtete, einfach nicht mehr aus seinem Nickerchen im Sessel auf. Er starb, abgesehen von ständiger Verstopfung, als gesunder Mann. Die erste Konfrontation mit dem Tod beunruhigte mich nicht besonders, brannte sich aber, wegen unmittelbar folgender Ereignisse, dennoch in mein Gedächtnis ein.

Reiner erinnerte der Tod seines Vaters daran, dass auch er sterblich war. Nicht dass Reiner die Tatsache, dass er nur aus Fleisch und Blut bestand, aus der Ruhe brachte – ihn bedrückte vielmehr der Gedanke, dass Ramona sich nach seinem Ableben eher selber totsaufen würde, als sich um mich zu kümmern. Oma Senta konnte er nicht besonders gut leiden, und Tante Trixi weigerte sich, auch nur einen halben Abend auf mich aufzupassen.

Obwohl Reiner stets mit der Befürchtung lebte, meine Mutter könnte vorbeikommen und mich wieder mitnehmen – das Jugendamt hätte allein durch Ramona schlagende Argumente gehabt –, entschied er sich pragmatisch im Namen der selbstlosen Liebe, Kontakt mit ihr aufzunehmen.

Ein paar Tage nach der Beerdigung – ich wollte gerade los zur Schule und stand schon in der Tür – rief Reiner aus der Küche: »Stopp, Stint! Wir finden jetzt deine Mutter! Du hast ein Recht darauf!«

Er fuhr zunächst ziellos umher, bis wir *Rock Romance!* einmal ganz gehört hatten. Dann bog er in die Straße ein, in der er aufgewachsen war. Aber dort, wo einmal das Haus gestanden hatte, in dem die damalige Gastfamilie meiner Mutter gelebt hatte, klaffte nur noch ein großes Loch. Überall war Ruß und Schutt, alles war abgesperrt. Reiner hörte sich dann so lange bei den Leuten aus der Nachbarschaft um, bis er die Geschichte zusammenhatte: Es war eines Sonntagmorgens passiert. Auch der neue, junge Hausmeister war draufgegangen. Eigentlich hatte man ihn wegen des Gasgeruchs aus dem Schlaf klingeln wollen, doch niemand öffnete die Tür. Kurz danach flog das gesamte Haus in die Luft. Seine Leiche fand man im zerstörten Keller, bekleidet mit einem Spiderman-Morgenmantel.

Kein Hausbewohner hatte überlebt, außer Kater Friedrich, da er in den umliegenden Gärten unterwegs gewesen war. Verdutzt und mit einer ganzen Amsel im Maul hatte er plötzlich auf der anderen Straßenseite gesessen, erzählte uns die Kioskbesitzerin heulend. Sie sei ja kein Unmensch, aber langsam würde ihr das reizende Tier zu viel werden, und da wir ja so was wie entfernte Bekannte seien, sollten doch wir uns um ihn kümmern.

Sie hatte Friedrich in ihrem Kiosk untergebracht, und der hatte sich nachts über sämtliche Süßigkeiten hergemacht. Sie übergab uns das schokoladenverschmierte Tier mit einem erleichterten Seufzer. So kam ich zwar nicht zu einer Mutter, aber zu einer unbeirrbaren Katze, die auf sonderbare Weise mit meinem Schicksal verknüpft war.

Die Explosion schien für meinen Vater der endgültige Beweis dafür zu sein, dass die Dinge wohl doch so bleiben sollten, wie sie waren.

Friedrich lebte sich gut bei uns ein. Er war ein gesunder Sieben-Kilo-Kater, diagnostizierte der Tierarzt, und eine noch eigenständigere Katze, als Katzen es für gewöhnlich waren. Er starrte mich oft unentwegt an, ohne zu blinzeln, und fauchte dann, bis ich das Zimmer verließ. Ramona versuchte einmal, ihn auf ihren Schoß zu setzen. Er zerkratzte ihr die Arme und haute ihr die Pfote mehrfach ins Gesicht. Der Kater schnurrte nie und aß niemals unsere Reste, außer er hatte sie zuvor direkt vom Tisch erbeutet. Ließ man ein Getränk kurz unbeaufsichtigt stehen, trank er daraus, egal ob es Wasser, Kaffee, Bier oder Orangensaft war. Nie rührte er aber sein Schälchen an. Oft tötete er aus Gier sogar Krähen, die fast so groß waren wie er selbst. Er hatte nur zu Reiner eine gewisse Bindung. Ich habe ein paarmal belauscht, wie er mit Friedrich sprach. Der Kater antwortete stets kurz, aber klangvoll, obwohl er sonst niemals miaute, sondern bloß kratzte und biss, sobald ihm etwas missfiel, oder er beschallte mitten in der Nacht mit seinem aggressiv-hysterischem Kastratengesang die Nachbarschaft.

UNTER ALLESFRESSERN

Nach dem Tod meines Opas lud Oma Senta uns aus schlichter Einsamkeit dauernd in die Haushälfte ein. Es gab meist mehlige Kartoffeln und Fisch, der durch die ewige Kocherei von seinem brüchigen Skelett fiel, die wabbelige Haut aschgrau. Das Fischauge blickte mich tot aber aufmerksam an. Manchmal öffnete sich sein Stülpmaul und gab einen Kommentar ab: »Guck nicht so blöd, hässliches, nichtsnutziges Gör mit fettigen Haaren!«

Oma Senta beobachtete mich oft eine Weile gemeinsam mit dem Fischauge und sagte dann: »Dieser Fisch ist ein Allesfresser, sozusagen das Schwein unter den Fischen. Der Mensch, Zelestine, ist auch ein Allesfresser. Das hat unser Gehirn so groß gemacht. Das hat uns nach Europa gebracht. Sonst säßen wir noch immer im afrikanischen Busch fest und hauten uns die Hängebrüste um die Ohren. Du magst wohl die deutsche Küche nicht, Zelestine?! An Traditionen kann man sich gewöhnen, an alles kann man sich gewöhnen, man kriegt nicht immer das, wozu man Lust hat, da wär ja sonst was los in der Welt, Kind! Das hab ich auch immer zu Beatrix gesagt, aber die wollte ja lieber mit ihrer Krankheit leben. Ich hab mich nicht gescheut, Beatrix zum Doktor zu bringen. Also das kann man mir nicht vorwerfen! Und der Doktor hat ihr was erzählt! Ich bin da extra rausgegangen, damit er sich nicht scheut. Das hab ich alles ertragen – das muss man erst mal aushalten als Mutter! Und was ist der Dank? Sie meldet sich nicht mal, wenn der Vater stirbt! Mein Essen mochte sie auch nie. Sie war schon immer eine Fremde im eigenen Haus gewesen. Nicht wahr, Reinerchen? Du lässt Zelestine doch nicht in die Nähe von Beatrix, oder? Die haben doch hoffentlich nichts miteinander zu tun?«

»Nein, Mutti, natürlich nicht, will ja nicht, dass sie eine Lesbe wird und …«

Da zischte Oma Senta:

»Pssst, Reinerchen, nicht das Wort vor dem Kind sagen! Da kriegt es ja sonst einen Dachschaden. Davon muss man nichts wissen! Kind, schluck mal runter den Karpfen, sonst fängt der gleich wieder an zu leben!«

Ich hielt die Luft an, schluckte unter Omas durchdringendem Blick alles runter und unterdrückte die Übelkeit, bis mir Tränen kamen. Sie lächelte milde: »Nicht weinen, dein Opa wollte ja nicht mehr! Und Oma auch nicht, vielleicht geh ich bald ins Wasser! Ich geh einfach runter zum Kanal um die Ecke. Der ist so schmutzig, da ist man verseucht, bevor man ertrinkt, so ist sie, die Welt von heute!«

»Ach, Mutti, ich würd meines Lebens nicht mehr froh werden, wenn du ins Wasser gehst. Und Trixi würde das auch mitnehmen, das sag ich dir«, log Reiner. Ramona trank Omas Mariacron aus und hielt ausnahmsweise die Klappe.

Oma Senta redete immer von Tante Trixi, wenn wir bei ihr zu Besuch waren. Eigentlich lief jedes Thema früher oder später darauf hinaus, weshalb ich annahm, dass sie sie sehr vermisste. Tante Trixi aber erwähnte Oma Senta mir gegenüber nur ein einziges Mal. Sie sagte, dass mehr oder weniger alle Frauen, die mit Männern ins Bett gehen, den Orgasmus vortäuschen. Und fügte hinzu, ihre Mutter hätte sogar eine ganze Ehe vorgetäuscht.

Tante Trixi erklärte mir oft, wie die Welt und die Menschen funktionierten, genau wie Reiner und Oma Senta, ohne dass ich jemals danach gefragt hätte. Nur ihre Interessensgebiete unterschieden sich voneinander. Im Gegensatz zu Oma Senta erörterte Tante Trixi zum Beispiel andauernd das Thema Sexualität. Sie behauptete einmal, man könnte nicht nur am Tanzstil erkennen, wie jemand im Bett war, sondern erst recht daran, wie jemand lachte.

Oma Senta lachte niemals. Manchmal setzte sie zu einem Lächeln an, doch dann konnte man förmlich sehen, wie sie es sich im letzten Moment doch noch anders überlegte.

Reiner sagte, seine Mutter wäre schon immer eine saure Gurke gewesen und nicht erst, seit sie Mann und Tochter los war. Sie hatte ihre Tochter Beatrix aus dem Haus geekelt, nur weil deren erste große Liebe Blanca hieß.

Oma Senta hatte zunächst wochenlang geglaubt, es handele sich um einen Jungen, da Blanca sich Blanco nannte und zurechtmachte wie ein kleiner Gigolo. Oma Senta hatte eine Schwäche für Julio Iglesias und Rex Gildo. Blanca erinnerte sie ein wenig an beide. Sie hatte wegen ihrer Befürchtungen, Trixi könnte eine Lesbe werden, ja schon einiges unternommen, und war deshalb erleichtert, dass ihre Mühe nicht umsonst gewesen war. Blanco durfte jederzeit über Nacht bleiben. Eines Tages kam Oma Senta, ohne anzuklopfen, ins Zimmer, um Sandkuchen und Hagebuttentee zu bringen. Als sie Blancos Brüste in Trixis Händen sah, fiel sie in Ohnmacht. Kaum hatte sie sich mit Blancos Hilfe wieder auf ihre dürren Beine gestellt und ihre zu großen Strumpfhosen glattgestrichen, plusterte sie sich auf, um ihre Tochter zu verbannen. Tante Trixi zog aus und kam nie wieder zurück. So war Oma Senta damals zumindest ein wenig erfreut, als sie von mir erfuhr. Immerhin schloss ich eine Lücke in der Familie, und ein uneheliches Kind war ihr allemal lieber als Julio Iglesias mit Brüsten.

Ich versuchte Tante Trixi oft zu überreden, mich bei ihr einziehen zu lassen. Sie war zwar auch launisch, aber im Gegensatz zu allen anderen schien sie mir wirklich erwachsen. Ich hoffte, in ihrer Nähe zu sein, falls ein Atomkraftwerk hochging oder der dritte Weltkrieg ausbrach. Leider verstand sie nicht, dass ich ausgerechnet sie für besonders geeignet hielt, meine Fürsorge zu übernehmen. Sie erklärte, sie wolle einfach nicht ständig jemandem beim Frühstück begegnen oder sich das Bad teilen. Wäre ich erst mal in ihrem Alter und von Leben und Liebe gezeichnet, würde ich das schon verstehen. Sie beendete die Diskussion stets, indem sie sagte: »Sieh zu, dass du endlich aufhörst zu nuckeln, erwachsen wirst und einen klaren Kopf behältst, dann kannst du alles machen, was du willst und musst dich nicht mehr von kleinen versoffenen Schlampen nerven lassen!«

Ich nahm den Daumen schnell aus dem Mund. Oft merkte ich gar nicht, dass ich es schon wieder tat.

Seit Friedrich bei uns wohnte, sagte Ramona immer: »Dein Papa ist ein Katzenmann, einer, der sich sogar ins Vieh einfühlen kann, das lieb ich so an ihm!« Keine Ahnung, was sie damit meinte, mein Vater, der Katzenmann? Bis Friedrich zu uns gezogen war, hatte er nie Interesse an lebenden Tieren gezeigt. Ramona behauptete außerdem, Reiner sei ein besonders männlicher Mann, das erzählte sie jedes Mal den anderen Frauen beim Friseur, und dazu noch allerlei Details aus ihrem ach so tollen Sexleben. Ich hielt mir dann immer die Ohren zu oder lief, selbst im Winter, schnell ohne Jacke vor die Tür.

Ich verstand nicht, was das heißen sollte: männlich.

Reiner war sehr groß und hatte zu allem eine Meinung. Sein kaputtes Haar trug er immer lang, der stetig wachsende Bauch passte nicht mehr zu seinen dünnen Beinen. Er entwickelte früh einen Brustansatz und rasierte sich mit Ramonas Ladyshaver Hände und Füße, wenn er in der Badewanne lag. Statt Parfüm benutzte er in den gesamten neunziger Jahren ätherisches Ying-Yang-Öl, weil er in einem seiner Magazine gelesen hatte, der Duft würde die Seele ausbalancieren.

Den Sommer über lief Reiner gern genauso nackt herum, wie es gerade noch legal war. Ich glaube, Ramona und er besaßen während meiner Kindheit keine einzige normale Unterhose. Zu Hause trugen sie am liebsten Tanga und Tierfuß-Puschen, dafür drehten sie schon im Frühherbst die Heizung hoch. Nie verbarg mein Vater sein lückenhaftes Gebiss aus gelben Zähnen. Oft wünschte ich mir, dass er nur mit geschlossenem Mund lachte.

Ramona trug meist T-Shirts oder Pullover mit Tierfellmustern, die sie in ihre bauchnabelhohen Karottenjeans stopfte. Sie trug lange Zeit Kleidergröße 34 und betonte immer ihren platten Hintern und die schmale Taille. Dreimal in der Woche ging sie, seit ich denken kann, zum Bauchtanz. Auf einen Auftritt drängten wir schon lange nicht mehr. Sie behauptete: »Das hilft gegen Rücken.« Wenn sie lächelte, hielt sie im Gegensatz zu Reiner den Mund fest verschlossen. Sie schämte sich für ihren schiefen, vorstehenden Schneidezahn. Nur wenn sie schallend lachte, vergaß sie alles, sogar ihren Zahn.

Abends las mir Ramona gelegentlich etwas vor. Bevor sie mit ihrer heiseren Stimme loslegte, sagte sie: »So, Stinker, jetzt machen wir mal einen auf Mutter und Kind!« Dann begann sie stockend zu lesen, hustete dabei und qualmte mein kleines Zimmer voll. Manchmal hörte sie plötzlich auf, starrte ins Leere und atmete durch den Mund. Ihr Mundgeruch war unerträglich, und ich kniff schnell die Augen zusammen und stellte mich tot. Sie las trotzdem einfach weiter und rauchte an meinem Bett ihre Feierabendzigarette. Seufzend stand sie irgendwann auf, furzte, vergaß, das Licht auszumachen, und knallte die Tür hinter sich zu.

Während ich sie auf dem Flur Schleim abhusten hörte, kletterte ich schon auf die Heizung, um das Fenster zu öffnen. Ich legte mich auf den Rücken, hielt mich an der Fensterbank fest, starrte in den schwarzen Himmel, bis ich müde wurde, und taumelte dann zurück ins Bett. Als Ramona anfing, auch tagsüber zu trinken, klappte es mit dem Vorlesen überhaupt nicht mehr. Man kann als trainierter Säufer mit zwei Promille eine ganze Menge Dinge tun, ohne besonders aufzufallen – aber mit dem Vorlesen war es vorbei. Als sie es auf eine Flasche Apfelkorn pro Tag brachte, machte sie sich nicht einmal mehr die Mühe, das Buch noch aufzuschlagen. Und wenn doch, war sie schon zufrieden, wenn sie einen einzigen Satz ohne größere Zwischenfälle geschafft hatte. Sie bekam entweder Schluckauf oder schlief selbst lange vor mir ein.

Einmal biss sie sich während eines besonders hartnäckigen Schluckaufs auf die Zunge. Es fing furchtbar an zu bluten, sie rannte ins Bad, steckte sich einen Wattebausch in den Mund und presste die Lippen aufeinander. Sie nuschelte, dass ich ihr irgendwas holen sollte, aber ich konnte nicht verstehen, was. Schließlich nahm sie die Watte heraus, streckte mir die Zunge entgegen, sodass ich sehen konnte, wie sehr es blutete. Sie brüllte, ich solle ihr endlich den Wodka zum Identifizieren bringen! Als ich »desinfizieren« sagte, klebte sie mir eine. Ich lief durch die dunkle Wohnung und fand ihre letzte Flasche mit einem Spuckerest drinnen. Ich empfahl ihr, den Alkohol eine Weile im Mund zu lassen, damit er wirkte. Ramona ließ den Wodka über den blutigen Wattebausch laufen und schickte mich auf den Dachboden, wo sich ihr Versteck für Notfälle befand. Als ich mit dem

Doppelkorn zurückkam, war sie eingeschlafen, die kaputte Zunge hing ihr aus dem Mund, und die Watte steckte als Pfropfen in der leeren Sektflasche, die mein Vater von Tante Trixi zum Geburtstag bekommen und die er für einen besonderen Anlass aufgehoben hatte. Ramona wachte kurz auf und murmelte mit geschlossenen Augen: »Danke, danke, Süße, sagst du Reiner, es tut mir leid wegen des Schampus, aber es tat so weh, es tat so weh.«

Ein paar Tage später fragte ich meinen Vater, was man macht, wenn man sich plötzlich vor seiner eigenen Zunge ekelt. Wir standen gerade in einer Konditorei. Ich starrte durch die Vitrine auf den dicken Rumpf der Konditorin, der von einem bunt geblümten Kittel umspannt war. Ich kniff meine Augen zusammen, ihre Arme blendete ich aus, formte die Enden ihres Kittels rund, radierte ihre üppigen Brüste seitlich zu einer Linie und sah nur noch ein riesiges Osterei, das sich bewegte, schwebte und meinen Vater antanzte. Ich hatte über dieses Bild meine Furcht vor einem möglichen Zungenekel gerade wieder vergessen, als Reiner in meine Osterei-Trance hineinsprach: »Das passiert nicht, niemand ekelt sich vor sich selbst!«

Das Osterei fügte hinzu: »Das ist aber mal ein phantasievolles Kind!« Mein Vater sagte: »Ja, was die sich manchmal so denkt, das muss sie von ihrer Mutter haben, die hat sich auch zu jedem Quatsch was gedacht!«

In der vierten Klasse bekam ich eine Empfehlung fürs Gymnasium. Reiner war dagegen, mir war es egal. Schließlich bat ihn meine kurzhaarige, aber großbrüstige Klassenlehrerin zum Gespräch. Sie gab zu bedenken, ich könnte bei anhaltender mangelnder intellektueller Herausforderung depressiv werden. Reiner verstand zwar nicht warum, aber ihn überzeugte womöglich, dass meine Lehrerin das gleiche penetrante Ying-Yang-Duftöl trug wie er.

Meinen neuen Mitschülern erzählte ich, meine Mutter sei Miss Universum und deswegen in der ganzen Welt unterwegs, eine Operndiva mit großem Erfolg in Asien und Südamerika, eine herumziehende Seiltänzerin, eine Pferdezüchterin in Kanada, eine Wissenschaftlerin, die an einem geheimen Ort tödliche Krankheitserreger erforscht. Regelmäßig berichtete ich von anderen Karrieren, die sie an einem Besuch hinderten. Als sie mich dabei ertappten, dass ich unterschiedliche Geschichten erzählte, lachten mich einige aus, ein ohnehin ständig gereizter Junge trat mir in den Bauch, und die beliebteste Mädchenclique ignorierte mich über mehrere Wochen hinweg. Von da an verlor ich nie wieder ein Wort über meine Mutter, aber ich stellte mir vor dem Einschlafen noch manchmal vor, wie sie wohl aussah. Später erschien sie mir nur noch im Traum, sie wandte mir den Rücken zu, trug einen Pelzmantel, lachte und unterhielt sich mit jemandem, den ich nicht erkennen konnte. Irgendwann zu Beginn meiner Pubertät verschwand sie auch aus meinen Träumen, und mir blieb nur noch Ramona.

Als wir in der Schule den Zweiten Weltkrieg durchnahmen, fragte ich sie, was mit Hitler passiert sei. Sie antwortete, ohne zu zögern, Hitler sei nach Spanien ausgewandert. Ich fragte, was er denn dort gemacht hätte. Wieder antwortete sie schnell, er würde dort die Stierkampf-Arenen putzen, einen besseren Job hätten ihm die Spanier nicht geben wollen. Das sei wirklich eine harte Arbeit, er sei nun ein gebrochener alter Mann und achte trotzdem noch immer pingelig darauf, dass jedes Sandkorn an seinem Platz und das rote Tuch ordentlich gefaltet bereitliege.

Ich starrte sie eine ganze Weile an und war mir sicher, sie würde gleich loslachen. Doch sie ging zum Glasschrank, holte eine Flasche Amaretto heraus und fügte nach einem großen Schluck seufzend hinzu:

»Ja, das waren Zeiten damals. Wenn du mich fragst, hätten sie ihn einfach den Stieren zum Frühstück geben sollen. So viele Menschen wie der verhext hat; um den Verstand gebracht hat er das Volk, armes Deutsches Reich, zum Glück bin ich eine Spätgeburt.«

Ramona war in jeder Hinsicht ein kleiner Mensch. Bis auf ihre Füße. Ich hatte schon mit dreizehn sehr große Füße, aber meine gehörten so, denn ich war zu diesem Zeitpunkt bereits 1 Meter 75. Ramona maß nur knapp 1 Meter 55 und hatte ständig enorm übel riechende Füße. Sie zwängte sie jeden Tag in zu enge Pumps. Seit ich mich erinnern konnte, legte sie sich nach der Arbeit ein paar Minuten auf den Küchentisch, richtete sich auf und zerrte sie dann von den geschwollenen Füßen. Man sah die weißen Abdrücke auf der nackten Haut. Sie rieb und massierte sich, bis der Fuß ganz rot war. Manchmal schminkte sie sich noch ab und duschte, aber meistens legte sie sich einfach nackt ins Bett.

Ich wusste nur, dass Ramona in einem Heim aufgewachsen war. Sie erwähnte ihre Eltern mir gegenüber nie. Als ich sie einmal fragte, ob sie denn noch lebten, stand sie gerade am Fenster und hielt ihr Gesicht in die Sonne. Sie tat, als hätte sie die Frage nicht gehört, und murmelte etwas von einer riesigen Flasche Bier, die am Himmel schwebte. Wie sich immerhin zu ihren Gunsten herausstellte, war das keine Vision, sondern der Werbeheißluftballon einer Brauerei. Ich habe immer versucht, sie zumindest ab und zu ein bisschen lieb zu haben. Denn, wenn ich entschied, sie einfach nur noch wie die Pest zu hassen, tat sie mir plötzlich leid, und ich hasste stattdessen mich. Ansonsten erschien sie mir trotz ihrer Sucht und Zierlichkeit allerdings nie bemitleidenswert oder gar zerbrechlich, eher wie ein kühnes Insekt. Ob es außer Reiner überhaupt jemanden gab, der Ramona mochte und sie so akzeptierte, wie sie war, kann ich nicht sagen. Und ich konnte mir Ramona beim besten Willen nicht als Kind vorstellen, sooft ich es auch versuchte, dieses Bild wollte einfach nicht entstehen.

Einmal hob mich Ramona, Reiner war gerade nicht in der Nähe, ganz plötzlich auf ihren Schoß, drückte mich fest an sich und weinte leise. Als ich ihr dann vorsichtig über den Kopf strich, fing sie so furchterregend an zu schluchzen, dass sie es nicht einmal bemerkte, als ich mich aus ihrer Umarmung löste. Ich stand vor ihr, tippte ihr auf die Schulter und fragte:

»Wie war denn das, als du ein Kind warst?« Sie hörte abrupt auf zu weinen, zündete sich eine Zigarette an, erhob sich, ging im Zimmer hin und her, sagte lange nichts, öffnete den Mund, runzelte die Stirn und kniff die Augen zusammen. Dann flüsterte sie: »Als ich klein war, war ich eben klein.«

»Aber wie war das?«

»So ähnlich wie jetzt, nur in Klein eben.«

Sie sagte oft zu mir, ich sollte Scheiße noch mal dankbar sein, dass es mir so gutgehe, und gefälligst glücklich sein, den besten Vater der ganzen Welt zu haben.

EIN SAUBERER TOD

Eine öde, adrette Mitschülerin, die mir in der sechsten Klasse versuchte, ihre Freundschaft aufzudrängen, fand meinen Vater damals immer furchtbar witzig. Sie verstand nie, wieso er mich nervte – sie konnte sich scheinbar endlos über jeden seiner Sprüche amüsieren. Das lag wohl daran, dass ihr eigener Vater sie nie besuchen kam. Er überwies ihr nur jeden Monat eine Menge Geld.

Wir dagegen waren oft so pleite, dass Reiner mitten in der Nacht, nach Betriebsschluss, U-Bahn-Waggons putzen ging. Taschengeld erhielt ich immer nur dann, wenn Reiner einen Job bekam oder ich lange genug seine Therapiemaßnahmen ausgehalten hatte.

Ein knappes Jahr nach Opas Tod wurde Reiner mal wieder arbeitslos, weil er in dem Kaufhaus, in dem er als Sicherheitsmann arbeitete, ein Schlangenleder-Portemonnaie geklaut hatte. Als Ramona dann auch noch aus der siffigsten Kneipe unseres Viertels gefeuert wurde, zogen wir zähneknirschend zu Oma Senta. In ihrer Haushälfte führte eine schmale Treppe in den oberen Stock. Die Stufen waren nur halb so breit wie die einer normalen Treppe. Und sie waren so glatt, dass man selbst barfuß darauf ausrutschte. Oma Senta gab mir riesige Filzpantoffeln vom toten Opa, ich fiel gleich in der ersten Woche die Treppe hinunter und brach mir das Bein.

Die obere Etage, in der wir hausten, bestand aus zwei kleinen Zimmern und einem Klo. Dort war es sogar im Sommer düster.

Mein Zimmer diente auch als Abstellkammer. Ich schlief in einer von vergilbten Fotos mit finster dreinblickenden verstorbenen Verwandten umrahmten Ehebetthälfte. Das Bett stand zwischen einem Bügelbrett, einem golden gerahmten Kunstdruck von Botticellis Venus und gestapelten Gartenmöbeln mit schmutzigen Sitzkissen. In einem Schrank aus dunklem Holz bewahrte Oma Senta die Sachen meines toten Opas auf. Die Schranktür knarrte, ächzte und quietschte, und drinnen roch es nach Lavendel und Mottenpulver. Mein Opa hatte nur braune Anzüge besessen. In den oberen Fächern lagen eine Menge Mützen und Hüte – mein Opa hatte schon mit dreißig eine Glatze gehabt. Deswegen ließ Reiner sich auch die Haare wachsen, seit er zwanzig war. Er wollte mit Länge ausgleichen, was einmal an Fülle fehlen könnte.

Ramona trank bei jeder Gelegenheit von dem Whiskey, der für besondere Anlässe bestimmt war. Und egal, wo Oma Senta die mit Schokolade überzogenen Ingwerstäbchen, nach denen sie selbst süchtig war, auch versteckte – Kater Friedrich fand und fraß sie alle.

Als ein neues Gesetz das ganzjährige Wohnen in Kleingartenanlagen erlaubte, warf uns Oma Senta aus ihrer Haushälfte. Allein und schlecht gelaunt zu sein, gefiel ihr dann wohl doch besser. Außerdem glaubte sie, auf diese Weise bei Reiners Jobsuche den nötigen Druck zu erzeugen.

Mitten im Herbst quartierten wir uns in dem niedrigen Häuschen ein, um das sich Oma Senta seit Opas Tod nicht mehr gekümmert hatte. Zum Einzug schenkte sie uns zwei Heizlüfter, die vor allem Reizhusten verursachten. Reiner ging wieder U-Bahn-Waggons putzen, konnte sich in dem Häuschen nur gebückt vorwärtsbewegen und erlitt einen Bandscheibenvorfall. Ramona bekam Haarausfall und Quaddeln, und ich litt immer wieder unter Blasenentzündung. Nur Friedrich lebte selig als Chefkater in der riesigen, verlassenen Anlage und brachte uns als Dank mehrmals täglich totes und halbtotes Getier von seinen Streifzügen mit.

Ich lud nun gar keine Freunde mehr nach Hause ein. Nicht einmal meine beste Freundin Liza aus Liberia, obwohl sie mit ihrer Familie in einem Asylbewerberheim wohnte. Selbst dort hielt ich mich lieber auf als in unserer Schrebergartenkaschemme. Bei Liza lebten zwar noch mehr Leute auf noch weniger Raum, aber das Essen war sehr gut, niemand ließ seinen Frust an mir aus, und Lizas Vater half mir bei den Englischhausaufgaben.

In unserem Häuschen konnte ich von meiner Matratze aus die Wand des Schuppens sehen, in dem der Grill, das Werkzeug und Ramonas alte Trockenhaube gelagert wurden. Wenn ich es nicht mehr aushielt, zog ich Reiners gelbe Regenjacke an und ging in der Anlage spazieren. Die Jacke hing mir bis über die Kniekehlen, und ich schlurfte mit meinen löchrigen Turnschuhen stundenlang die feuchten Kieswege auf und ab. Niemand außer uns hauste hier den Winter über.

Nur ein Mal traf ich einen seltsamen Mann in einem auffälligen Anorak. Das Ding leuchtete schon von weitem. Dazu trug er einen Fahrradhelm, obwohl er wie ich zu Fuß unterwegs war. Als ich mich nach ihm umdrehte, sah ich ein blinkendes Stoppschild auf seinem Rücken.

Später erfuhr ich aus der Zeitung, dass der Mann Gernot H. hieß. Kurz nachdem ich ihn gesehen hatte, erhängte sich Gernot H. in seinem Häuschen, gleich bei uns um die Ecke. Man fand ihn erst im Frühling – in seinem Anorak, aber ohne Helm.

Es stellte sich heraus, dass Gernot H. geschieden war. Seine Exfrau hatte einen jungen Unternehmensberater geheiratet und all seinen Besitz mitgenommen. Er selbst besaß nur noch seine Kleidung und das Schrebergartenhäuschen. Seine Tochter Felicitas H. hatte, wie ihre Mutter, jahrelang keinen Kontakt mehr zu Gernot H. gehabt. Sie starb kurz nach seinem Tod auf Ibiza an einer Überdosis Pillen.

Es wurde Frühling. Oma Senta rutschte beim Bohnern der Killertreppe aus und brach sich das Genick. Sie war noch viel geiziger gewesen als wir vermutet hatten: Wir erbten genug Geld, um Reiners Traum zu verwirklichen.

LEBEN KURZ

Reiner und Ramona eröffneten einen Imbiss und nannten ihn Fehrmanns Spezialitäten.

Tante Trixi zog in die unerwartet frei gewordene Haushälfte, zerschnitt Badematten und beklebte damit die Stufen der Killertreppe.

Für uns gab es nun eine Drei-Zimmer-Wohnung über dem Imbiss. Ich bekam endlich ein Zimmer, das größer war als vier Quadratmeter, und Reiner musste nie wieder U-Bahn-Waggons putzen.

Bei der Eröffnung glänzten alle Arbeitsflächen, Ramona war nüchtern und trug eine frische Dauerwelle. Reiner hatte den ganzen Tag über ein Grinsen im Gesicht. Die Spülmaschine schnurrte wie Friedrich, der hinten im Vorratsraum in einer Zwiebelkiste schlief. Der ganze Imbiss roch nach frischer Farbe und Zwiebelmett. Ich hörte sogar für einen Moment auf an meinem Daumen zu lutschen, damit Reiner mir einen Esslöffel Mett in den Mund schieben konnte. Ich ekelte mich stumm, hielt die Luft an, versuchte das rohe Fleisch mit möglichst wenig Kontakt zur Zunge in die Speiseröhre zu lenken, und würgte alles hinunter.

Reiner meinte: »Meiner Tochter schmeckt es, guck mal, wie sie schlingt!«

Ich lächelte, wie man mit aufsteigender Magensäure eben lächeln kann, und nahm mir vor, mich an alles, was noch kommen sollte, zu gewöhnen.

So auch an Iris, Ramonas beste Freundin, die mich noch vor der Pubertät von meinem, wie Reiner es nannte, »sichtbaren Defekt« heilen sollte.

Iris war eine Hexe. Jedenfalls verdiente sie als Hexe ihr Geld.

Mein Vater nannte Iris gern »Irrnis« und pflegte zu sagen:

»Irrnis braucht mal was zwischen die Beine, dann is Schluss mit Hui Buh!«

Zunächst war er dagegen, dass Iris an mir »rumzaubert«. Er gab erst nach, als Ramona vorschlug, die Sitzungen könnten ja hinten im Vorratsraum des Imbisses stattfinden. Das überzeugte meinen Vater. Hauptsache, er konnte »den ganzen Simsalabim« beaufsichtigen.

Iris war sich sicher, dass am Morgen der Energiefluss am besten sei, und dass sie meine Aura sehen könne. Also radelte sie dreimal die Woche noch vor Schulbeginn mit ihrem Trekkingrad zu uns, und wir setzten uns im Vorratsraum auf zwei Fässer Sauerkraut.

Während ich meinen Kaffee nicht anrührte, exte Iris ihren Becher, wickelte dann die Batiktücher von ihrer weißblonden Stoppelfrisur, stopfte sie in einen Armeerucksack, setzte sich mit ihrer knatschenden Lederhose vor mich auf den Boden und sagte: »Los, Schnucki, nimm wenigstens einen Schluck Kaffee, ich ertrag keine müden Kinder! Augen auf, fucking life get's you anyway!«

Ich tat, wie mir befohlen, während sie sich Sunblocker ins Gesicht schmierte und den Rest unter dem Shirt an ihrem Bauch abwischte. Dann griff sie nach meinen Händen und tunkte sie in eine grüne Flüssigkeit, die nach Spülmittel roch. Iris rollte mit den Augen, bis man nur noch das Weiße darin sah, murmelte immer wieder drei Worte in einer mir unbekannten Sprache und schrie zum Schluss auf wie ein Pfau. Reiner schaute herein, schenkte Kaffee nach und schüttelte den Kopf. Wieder leerte sie ihren Becher in einem Zug, zündete sich eine Zigarette an, legte den Kopf in den Nacken und sagte:

»Was für ein scheißfrüher, ultimativ überflüssiger Morgen.«

Beim ersten Mal erwiderte ich noch:

»Warum das denn?«

Doch als sie zusammenzuckte und mich mit ihren eisblauen Augen irritiert anstarrte, verstand ich, dass sie nicht mit mir gesprochen hatte.

Iris rauchte ihre Zigarette jedes Mal in drei Zügen, sodass es knisterte und die Glut aussah wie ein winziges Laserschwert. Erst nach dem letzten Zug blies sie den gesamten Rauch mit einem lauten Stöhnen wieder aus und zerquetschte die Zigarette auf dem Fass. Meistens riss sie dann noch den Filter ab und schmiss ihn verächtlich in den Aschenbecher.

An einem dieser Tage, auf dem Weg zum Imbiss, verknallte sich Iris an einer roten Ampel in einen betagten Fahrradkurier. Wochenlang faselte sie mit Ramona über das Wunder der Liebe auf den ersten Blick. Dann stellte sich aber heraus, dass sich die beiden bereits kannten. Sie war ihm mit Anfang zwanzig schon mal auf Bali begegnet.

Da sie damals beide schon ziemlich lange unterwegs waren, ganztags kifften, fest glaubten, braun wäre ihre natürliche Hautfarbe, und nur noch über das Nötigste und mit jedem Englisch sprachen, war ihnen in diesen Tagen gar nicht aufgefallen, dass sie aus der gleichen Stadt kamen.

Iris hielt ein Wiedersehen mit neununddreißig für Fügung, da sie, wie sie verkündete, wohl erst jetzt bereit sei, die große Liebe anzunehmen. Doch die große Liebe machte sich nach kurzer Zeit wieder aus dem Staub, was Reiner so kommentierte:

»Da würd ich aber auch die Pferde satteln, wenn mir so 'ne Muschi wie Irrnis auf den letzten Metern noch ihre Gene unterjubeln will!«

Seit der Sache mit dem Kurierfahrer rauchte Iris morgens, schon bevor es losging, drei Zigaretten und murmelte vor sich hin: »Was für eine universale Riesenscheiße!« An ihrem vierzigsten Geburtstag saß sie lange mit Reiner und Ramona in unserer Küche, die direkt neben meinem Zimmer lag. Ich wachte im Morgengrauen auf, als Iris brüllte:

»Reiner, du Pisser, was denn, was willst du mir denn damit sagen, du billiger Familien-Macho! Ich spiel hier jetzt nicht die Rolle Singlefrau ab vierzig! Leben nach Zahlen – das ist so fucking scheiß-banal!«

Reiner meinte, Iris könne es nur nicht verknusen, dass sie schon so verschrumpelt aussehe. Das komme »von der ewigen Reiserei, die hat zu viel Mittagssonne aus allen Richtungen auf den Kopf gekriegt!«.

Nach den Rucksacktouren, die sie bis Anfang dreißig unternommen hatte, war außer dem Kurierfahrer eigentlich nichts Gutes in Iris' Leben passiert. Drogen vertrug sie nicht mehr, andere Interessen hatte sie nicht entwickelt, heiraten fand sie banal, die Liebe nannte sie »einen Furz im Wind«. Also wurde sie esoterisch, arbeitete als Hexe und verdiente gar nicht schlecht an Leuten, die so ähnlich drauf waren wie sie – nur in reich.

Irgendwann kündigte Iris plötzlich ihre Wohnung und reiste als lebender Schutzschild in den Irak, um gegen den Angriff der USA zu protestieren. Ich glaube, den USA war Iris' Leben genauso egal wie ihr selbst.

Als ihr, wie zu erwarten, die anderen Aktivisten auf die Nerven gingen, reiste sie auf eigene Faust weiter in Richtung Südost, um sich wie früher gedankenlos in die Sonne zu legen. Irgendwo bei Belutschistan wurde sie von einem Leoparden gefressen. Man fand den Armeerucksack und ihren tätowierten Arm: Warrior of Light – darüber zwei springende Delfine.

Bei der Beerdigung war außer uns nur ein Afghane anwesend, den Iris aus politischer Nächstenliebe irgendwann ohne finanzielle Gegenleistung geheiratet hatte. Ihm drohte damals die Abschiebung, da die USA in seiner Heimat den Taliban den Rang abliefen. Er brach bei der Bestattung von Iris' Arm weinend zusammen. Reiner fing ihn auf und drückte ihn fest an sich, bis er aufhörte zu schluchzen. Später, bei uns zu Hause, aß Rahim mit verquollenem Gesicht eine Unmenge von Schweinefleisch, übergab und bedankte sich.

Ich begleitete ihn noch zur Tür. Er strich mir über den Kopf und sagte: »Leben kurz.«

In diesem Moment verliebte ich mich in ihn. Ramona rief, er solle doch mal wieder auf ein Schnäpschen vorbeischauen. Natürlich besuchte er uns nie wieder.

MITSCHÜLER

Lange war ich mir sicher, mich nie in einen Jungen meines Alters verlieben zu können. Sie schienen mir zu einfältig oder feindselig. In der zwölften Klasse entwickelte ich dann aber überraschend doch noch ein gewisses Interesse.

Im Kunst-Leistungskurs saß ein Junge namens Kassian neben mir. Er war neu an der Schule, hatte eine Klasse übersprungen und sprach nur selten außerhalb des Unterrichts. Egal welche Aufgabe wir gestellt bekamen, Kassian malte irgendetwas anderes. Aber auch dafür bekam er dann immer eine Eins.

Wir wechselten in den ersten Wochen kaum ein Wort miteinander, außer ich lieh mir einen Stift, oder er bat mich um ein Kaugummi. Trotzdem besserte sich meine Laune, wenn er neben mir saß. Einmal hatte ich das Gefühl, er würde an mir riechen, als ich mich an ihm vorbei über den Tisch lehnte, um nach einer Schere zu greifen. Ich spürte seinen warmen Atem durch mein T-Shirt und stieß vor Schreck mit der Elle gegen seinen Kopf. So schnell ich konnte, rannte ich auf die Toilette und blieb dort bis zum Ende der nächsten Pause mit angezogenen Beinen auf dem Klodeckel sitzen. Zurück im Kunstraum stand er über mein Bild gebeugt, lächelte zum allerersten Mal und sagte: »Basilisk und Zentaur im Gespräch mit Hydra? Nett.«

»Nein, das sind nur die Leute im Imbiss, und das da ist meine Stiefmutter.«

Ich zog ihm das Blatt weg. Er lächelte noch immer und sagte: »Nett, sehr nett.«

Kassian sah mich lange aufmerksam an. Seit diesem Vorfall konnte ich mich kaum noch konzentrieren, wenn er in meiner Nähe war.

Am letzten Tag vor den Sommerferien wartete er auf dem Schulhof auf mich und fragte, ob ich nicht mit zu ihm nach Hause kommen wolle, Mittagessen, was auch immer. In der U-Bahn saßen wir schweigend nebeneinander. Wir mussten zwölf Stationen fahren. Ich schlug meine Beine möglichst weiblich übereinander und beobachtete mich in der Fensterscheibe. Nach der Hälfte der Strecke öffnete er seinen Lederrucksack, zog zwei Halbe-Liter-Dosen Bier heraus, gab mir eine und sagte: »Auf ex!«

Ich trank meine Dose aus, ohne abzusetzen. Ich kannte da einen Trick von Ramona: Man musste gleichzeitig atmen und schlucken. Kassian nahm mir die leere Dose ab, zerdrückte sie mit einer Hand und stopfte sie in den Müllbehälter unterm Fenster. Er hatte seine noch nicht ganz ausgetrunken und gab mir den Rest.

Als wir bei ihm ankamen, zeigte er mir alle Zimmer im Haus. Er fragte, ob es okay für mich wäre, wenn ich vor ihm pinkeln würde. Zu meiner eigenen Verwunderung hatte ich nichts dagegen. Also führte er mich im ersten Stock in ein geräumiges Badezimmer, und ich setzte mich auf die Toilette und pinkelte, während Kassian sich mir gegenüber an die Wand gelehnt einen runterholte.

Beim Pinkeln prägte ich mir das sich scheinbar endlos wiederholende Segelbootmotiv auf den Kacheln in Kassians Badezimmer ein. Schließlich bemerkte ich, dass auch das Klopapier mit dem Segelbootmotiv bedruckt war. Kassian stöhnte laut auf, schrie durchdringend, als hätte er Schmerzen, und stand dann eilig auf. Er hatte in ein Kleenex gespritzt, das er in den goldglänzenden Kosmetikmülleimer neben dem Waschbecken warf.

In der Küche im Erdgeschoss öffnete Kassian den beinahe deckenhohen Kühlschrank und packte einen halben Truthahn aus mehreren Lagen Alufolie aus. Gierig verschlangen wir den kalten Braten, bis nichts mehr übrig war. Jemand schloss die Haustür auf, und eine Frauenstimme rief nach Kassian. Er legte den Finger auf die Lippen. Ich deckte das zerfledderte Vogelgerippe hektisch mit der Alufolie zu und verbarg meine fettigen Hände zwischen den Beinen. Als Kassian auch auf ihr erneutes Rufen nicht antwortete, hörten wir sie sagen, sie sei auch schon wieder weg, sie habe nur ihre Matte vergessen!

»Was für eine Matte?«, fragte ich, nachdem die Tür ins Schloss gefallen war. »Keine Ahnung, für irgendeinen affigen Sport eben«, antwortete er finster und bohrte mit einem Zahnstocher zwischen den Zähnen herum, bis es blutete. Er hatte noch weißere Zähne als mein Vater auf dem alten Foto.

In einem anderen riesigen Bad, direkt neben Kassians Zimmer, hielten wir die Hände gemeinsam unter den heißen Wasserstrahl. Kassian drückte jede Menge türkis schimmernde Seife aus dem Spender und wusch mir die Hände. Dann spülte er sich mit einer türkisfarbenen Flüssigkeit den Mund aus und putzte sich die Zähne.

Wir schliefen auf seinem großen Bambusbett miteinander. Ich wunderte mich über den banalen Schmerz meiner Entjungferung, während ich auf ein Deckengemälde starrte, das Kassian zeigte: auf einer Schaukel unter Wolken barfuß in einem weißen Anzug Saxophon spielend.

Hinterher streichelte ich lange seinen Rücken. Es war keine Unebenheit zu spüren, kein Haar, kein Pickel, nicht einmal ein kleiner Leberfleck. Er bewegte sich nicht. Kurz dachte ich, er sei tot, doch plötzlich seufzte er und sagte, ich müsse jetzt gehen, er habe zu tun.

Während der Sommerferien rief er einmal bei uns an und ließ mir über Reiner, der ihn Karsten nannte, einen schönen Gruß ausrichten. Danach war er nicht mehr auf meiner Schule, und es gab das Gerücht, er besuche ein Eliteinternat in der Schweiz.

ABSTRAKTION

Seit der Geschichte mit Kassian dachte ich öfter über mein Aussehen nach. Ich betrachtete mich im Spiegel, versuchte mir vorzustellen, wie er mich wohl gesehen hatte, und fragte mich, warum er mich erst wollte – und dann nicht mehr.

Ich fand meine Arme plötzlich zu lang und meinen Oberkörper im Verhältnis zu den Beinen zu kurz. Meine Brüste – Rohrkrepierer: Wenn ich auf dem Rücken lag, war da einfach nur Flachland. Eigentlich sah ich noch immer so aus wie nach meinem ersten Wachstumsschub.

Meine Haare waren zwar nicht dick, aber ich hatte sehr viele, hier und da sogar Locken, und sie waren viel dunkler als die von Reiner. Auch waren sie immer zu trocken und zerzausten schnell, weshalb ich andauernd Kletten herausschneiden musste. Und bevor sie lang wurden, brachen sie meistens ab. Aus Verzweiflung schmierte ich mir irgendwann täglich den Kopf mit einer Intensiv-Öl-Haarkur von Ramona ein, die nach Marshmallows roch, doch von den Inhaltsstoffen bekam ich Schuppen und Pusteln auf der Stirn.

Ein Gemeinschaftskundelehrer, der immer Pullover aus Viskose mit tiefem V-Ausschnitt ohne was drunter trug, meinte auf einem Skiausflug zu mir, nachdem er reichlich Grog in sich hineingeschüttet hatte: »Wenn sich nur alles zurechtgewachsen hat, wirst du ein schöner Schwan sein.« Und ich solle doch meine langen Filmstarbeine in Nylons stecken, das würde er gerne mal sehen!

Das war das erste Kompliment meines Lebens.

Eine Zeitlang war ich dann so dünn, dass mir ohne Gürtel alles die Hüften runterrutschte.

Ramona behauptete, sie selbst sei geschnitten wie eine Asiatin. Die hätten auch auf wenigen Zentimetern perfekte Figuren und schmale Taillen.

Ramona trug deshalb breite Stretchgürtel, mir schenkte sie zu meinem sechzehnten Geburtstag schwarze Wildleder-Pumps mit Zehn-Zentimeter-Absätzen. Das strecke den Arsch und mache einen graziösen Gang. Ich wankte wie auf Stelzen und trug lieber wieder die alten Turnschuhe von Tante Trixi. Die gingen bis über die Knöchel, waren mal weiß gewesen und hatten vorne jede Menge Löcher.

Im Biologieunterricht sahen wir uns ein Bild von einem Vogel namens Schuhschnabel an. Ich fand, dass meine Nase seinem Schnabel ähnelte, aber es schien niemandem außer mir aufzufallen. Außerdem hatte ich ja schon einen Spitznamen. Sie nannten mich: Der Baum. Nicht einfach Baum, nein, ich war Der Baum – bis zum Abitur. Richtig gestört hatte es mich eigentlich nie.

Dass es mir aber nicht immer egal war, was Leute, die ich für Idioten hielt, von mir dachten, wurde mir erst klar, als meine Klassenkameradin Bettina Mittelkorn in meinem Zimmer stand, um sich ein Buch, das sie mir geliehen hatte, wiederzuholen. Eigentlich stand sie sogar nur vor meinem Zimmer, aber gerade das war mir unter den damaligen Umständen äußerst unangenehm. Ich hatte das Buch ein paar Monate zuvor, während eines Arbeitsgruppentreffens, im Bücherregal ihrer Eltern entdeckt. Erst nach längerem Zögern willigte sie ein, es mir zu leihen, und notierte den Titel auf zwei Zettel, dazu jeweils meinen vollständigen Namen. Mit Rotstift schrieb sie darunter Ausleih- und Rückgabedatum.

Beinahe gerührt von derart gewissenhafter Verwaltung unterschrieb ich besonders gut lesbar und salutierte zum Spaß. Bettina verzog keine Miene, legte einen Zettel in das Buch und klebte den anderen mit vier Streifen Tesafilm an das Bücherregal ihrer Eltern. Auf dem Zettel war als Rückgabedatum der darauffolgende Montag vermerkt.

Zwei Montage verstrichen, ohne dass ich der Vereinbarung nachkam. Am dritten Montag machte sie mich in der ersten kleinen Pause mit rotfleckigem Gesicht darauf aufmerksam.

Bettina war nicht der Typ Mensch, an den man dachte, wenn er nicht da war. Und ich dachte auch nicht mehr an das Buch, da mein Interesse an einer Vertiefung der Lektüre nach einiger Querleserei erloschen war. Also war das Buch nur noch das Buch von Bettina Mittelkorn. Obwohl das Buch überhaupt nicht zu ihr passte. Möglich, dass diese Konstellation zu dem Dilemma führte, das mit meiner Vergesslichkeit seinen Anfang genommen hatte. Jedes Mal, wenn ich in die Schule kam, erschrak ich bei Bettinas Anblick, und es tönte in meinem Kopf: Scheiße, Bettina Mittelkorn! Dann sagte ich: »Scheiße!« Und schlug mir kräftig auf die Stirn. Dabei versuchte ich, betrübt auszusehen.

Bettina entwickelte, neben der Frustration über meine Ignoranz ihren täglichen Erinnerungen gegenüber, einen Eifer, der mich in meiner Haltung bestärkte. Sie erinnerte mich vor Schulbeginn an das Buch, während der großen Pause und wartete nach Schulschluss vor dem Gebäude auf mich.

Ein paar Wochen blieb sie dabei beinahe höflich, dann wurde ihr Gesicht schon rot, wenn sie mich nur sah. Irgendwann begann sie, mich sogar am Wochenende anzurufen. Einmal meldete sich auch ihre nicht weniger devot-aggressive Mutter bei mir.

Langsam, aber sicher verwandelte sich ihre tapfere, wohlerzogene Beharrlichkeit in eine trotzige, unartige Feindseligkeit. Aber kein einziges Mal schaffte sie es, über sich hinauszuwachsen. Ihre Konzentration auf schuldhaftes Bitten und Beharren verhinderte den Impuls zu der längst überfälligen, direkten Forderung, der ich sofort nachgegeben hätte. Sie rechtfertigte sich stets mit neuen Gründen, das Buch nicht entbehren zu können. Dabei hatte ich gar nicht die Absicht, es zu stehlen. Diesen hysterischen Materialismus verachtete ich leidenschaftlich, so wie sie meinen rücksichtslosen Umgang mit dem Besitz anderer verabscheute. Ich zeichnete Bettina Mittelkorn in dieser Zeit häufig. Die Reihe taufte ich »Bettina 1-64«.

Dann hatte Bettina Mittelkorn Glück. Sie meldete sich im Ethikunterricht fingerschnipsend, um den Referatsauftrag zu dem in meinem Besitz befindlichen Buch zu bekommen: *Der Ekel* von Sartre. Ich gab auf.

Ich bedauerte sie zutiefst und hämisch, da ich wusste: Dieses Buch würde Bettina Mittelkorn überfordern. Nach der Schule verfolgte sie mich bis zu unserem Haus. Als wir vor meiner Zimmertür standen, sprachen wir beide kein Wort. Ich öffnete die Tür, ging hinein, sie blieb abrupt stehen und sagte: »Oh.«

Auch als ich sie hereinbat und mit dem Fuß ein wenig Platz auf dem Boden schaffte, betrat sie mein Zimmer nicht. Bettina stand einfach nur da, bekam ihre roten Flecken und hielt die Luft an. Aus ihrer Sicht war mein Zimmer wohl mehr als unhygienisch. Das wunderte mich nicht. Zu meiner großen Überraschung aber schämte ich mich vor Bettina. Ich ahnte, ich würde sie nie davon überzeugen können, dass in so einem Zimmer ein halbwegs normaler Mensch leben könne. Da sie mich aber ohnehin längst hasste – sofern Bettina Mittelkorn zu einem so aufwendigen Gefühl überhaupt in der Lage war –, machte ich mir nicht die Mühe, irgendeine Ausrede zu erfinden. Ich gab ihr nur das Buch und bedankte mich mit einem Knicks für ihre Geduld.

Noch am gleichen Tag fertigte ich eine Kohlezeichnung von mir in meinem Zimmer an. So, wie Bettina es erlebt haben musste: Niemand außer mir hätte einen Menschen in dem Kritzelkratzel erkennen können. Ich war nie abstrakter gewesen und beendete deshalb meine künstlerische Auseinandersetzung über Bettina Mittelkorn und mich.

Seit Bettina bei mir zu Hause gewesen war, begann ich mich mit größerer Sorge zu fragen, ob andere wohl Schlechtes über mich dächten. Vielleicht lag es auch bloß an einem spätpubertären Hormonschub, aber Bettina Mittelkorn war zu der Zeit der lebende Beweis für Oma Sentas Mantra: Es spielt im Leben immer eine Rolle, was andere von dir denken.

ABIPARTY

Der Einzige, der mich nie Der Baum genannt hatte, war Kassian.

Als er mich nach meiner Entjungferung hinauswarf, habe ich nicht geweint. Ein paar Wochen später, als ich wegen einer schmerzhaften Mittelohrentzündung nicht schlafen konnte, fing ich endlich an zu heulen. Aber ich glaube, Kassian war viel trauriger als ich, er litt im Stillen unter irgendetwas. Eigentlich konnte ich froh sein, nichts mehr mit ihm zu tun zu haben.

Die anderen Mädchen aus meiner Klasse hatten im Vergleich zu Bettina Mittelkorn weniger unterhaltsame Kleingeistigkeit zu bieten. Regelmäßig waren sie wegen irgendwelcher Jungs, die sie kaum kannten, aufgelöst. Sie sagten, sie fänden erst dann jemanden heiß, wenn er abweisend zu ihnen sei. Das sei irgendwie sexy. Die Schlimmste von ihnen hieß Merle.

Mein letzter Schultag war ein erstaunlich heißer Tag im Frühsommer. Morgens, nach der mündlichen Abiturprüfung, betrank ich mich auf dem Schulhof, so wie alle anderen auch. Niemand ging nach Hause. Am frühen Nachmittag laberte mich Schulsprecher Simon schon seit einer gefühlten Ewigkeit mit Nonsens voll. Ich hörte ihm zu, da er seine Flasche Champagner mit mir teilte und die meisten Mädchen meiner Stufe in ihn verliebt waren und blöde rüberglotzten, während er mir den Nacken massierte. Er behauptete, während der Prüfung auf Koks gewesen zu sein, und redete unentwegt davon, »dringend was rauchen zu müssen«, um »entspannt wieder runterzukommen«. Er glaubte fest daran, ich könnte ihm etwas besorgen, weil er mich mehrmals mit Désirée aus der siebten Klasse in der Raucherecke gesehen hatte.

Ich besorgte ihm einen Beutel Gras von Désirée und machte sogar noch Gewinn dabei. Désirée war ein seltsames, zierliches kleines Mädchen. Obwohl in ihrem kurzen Leben offensichtlich schon viel schiefgelaufen war, trat sie viel entschlossener auf als ich. Irgendwie hatte sie es sogar geschafft, sich von den Steilshooper Jungs von der Haupt- und Realschule nebenan nicht das Geschäft vermiesen zu lassen. Inzwischen arbeiteten sie sogar zusammen.

Ich beobachtete sie mehrmals inmitten einer Gruppe von Jungs. Alle hörten ihr zu. Dabei machte sie nie so große Gesten wie die Typen. Sie hatte die Hände meist in den Taschen ihrer tiefsitzenden Hosen. Zu jeder Jahreszeit trug sie die gleiche, viel zu große grüne Bomberjacke mit kaputtem Reißverschluss. Im Winter stand sie zitternd in der Raucherecke und zog sie eng um ihren Körper. Sie beherrschte es, mit Zigarette im Mundwinkel eine Unterhaltung zu führen, ohne dass ihr der Rauch in die Augen stieg. Sie konnte nach einem einzigen Zug ein Dutzend Ringe formen – und war noch dazu eine Einserschülerin. Eines ihrer Augen war grün, das andere braun, sie befand sich immer in einer grundalbernen Stimmung und war zu jedem nett, wenn auch nie übertrieben freundlich. Wäre sie nicht so viel jünger gewesen als ich, hätte ich sie gern besser kennengelernt.

Der Hausmeister erwischte Simon und mich schließlich im Schulgarten beim Kiffen. Zur Strafe zwang er uns, einen Aquavit mit ihm zu trinken. »Weil heute letzter Tag ist, ihr Arschgeigen!«

Ich kippte den Schnaps ins Beet der Fünftklässler, während Simon sich schon wieder nachschenkte und rief: »Da gehen mir aber die Lampen an, das ist was für Erwachsene! Gute Reise!«

Simon schenkte dem Hausmeister etwas von dem Gras, dann verzogen wir uns für immer vom Schulgelände.

Wir schlenderten in den Park. Eigentlich war es kein richtiger Park, man konnte die Straße hören und sehen, und es gab einen Parkplatz. Überall sah man Reste nächtlicher Gelage und anderen Müll: eine Fahrradklingel, ein halbleerer Beutel Oregano, ein abgerissener Buchdeckel, auf dem Rilke, *Sämtliche Gedichte* stand, und der mit einem neongelben Zwei-Euro-Aufkleber versehen war. Dann ein Barbie-Torso, abgebrannte Teelichter, ein leerer Flakon *CK One*, ein zerrissener Kontoauszug.

Der Müll war vollkommen sich selbst überlassen. Er lag überall, nur nicht auf dem Stückchen Rasen, auf dem ein Betreten-verboten-Schild stand.

Hinter den wenigen Sträuchern gleich neben der Wiese gab es zwei Tischtennisplatten, an denen nie gespielt wurde. Stattdessen tummelte sich dort eine in die Jahre gekommene Alkoholikerclique, die lautstark über Politik fluchte. Manchmal hauten sie sich auch gegenseitig auf die Fresse.

Da der Kiesweg durch den Park die Strecke von Block zu Block abkürzte und auf der anderen Seite ein großer Supermarkt war, eilten dort ständig ältere Damen mit Einkäufen vorbei und schauten sich ununterbrochen um.

Wir nahmen eine Weile auf der Lehne einer halbwegs sauberen Bank Platz, tranken noch mehr Champagner und taten so, als schwänzten wir die Schule. Kiffend zählten wir die vorbeihetzenden Omas. Wir fragten uns, ob sie Nazis gewesen waren, wie sie wohl mit neunzehn ausgesehen und ob sie jemals guten Sex gehabt hatten. Uns fiel unvermittelt ein, dass alle älteren Damen einmal Babys gewesen sein mussten, und nach einem Lachkrampf, den ich darüber bekam, brach mein Kreislauf zusammen.

Außer einem Mettbrötchen hatte ich vor der Prüfung nichts gegessen. Mein Vater hatte, wie jeden Morgen, noch bevor ich aufgestanden war, einen Eimer Zwiebelmett fertig. Er war überzeugt, dass nichts den Organismus besser schmierte als morgens zu einem schwarzen Kaffee rohes Fleisch zu essen.

Simon bot mir Koks an.

Als ich ablehnte, gab er mir aus seinem Rucksack einen knallroten Energydrink, massierte mir die Füße und sagte, er hätte sich gerade in mich verknallt. Ohne meine Reaktion abzuwarten, küsste er mich. Das heißt, er streckte spitz seine Zunge raus wie eine Schlange.

»Nicht so, mach mal weicher«, sagte ich.

Wir hatten beide einen fürchterlich trockenen Hals vom Rauchen, weshalb wir ständig husten mussten. Also tranken wir abwechselnd den Energydrink, ohne uns zu küssen. Er schmeckte nach Metall und Brausepulver. Irgendwann versuchte Simon, die Küsserei fortzusetzen.

Mit seinen Lippen auf meinen sagte ich: »Hör auf, mir ist schlecht.«

Nachmittags lagen wir bei mir zu Hause auf dem Bett. Simon zog eine

Line Koks und legte sich auf mich. Sein Schwanz war überhaupt nicht hart. Ich sagte: »Ich schlaf nicht mit dir, das kannste gleich knicken!«

Er schob mein Hemd hoch und kreiste mit seiner Zunge in immer gleichen Bahnen um meine rechte Brustwarze. Sie wurde wund und hart, und ich fror. Er griff mir in die Hose und hechelte: »Nur ein Mal, kurz, bitte!«

Inzwischen war sein Schwanz steif, aber kaum größer.

Ziellos befummelte er mich und drückte schließlich hektisch auf meinem Harnausgang herum. Ich war für eine aufklärende Ansage einfach nicht in der Stimmung. Sollten sich doch andere damit abmühen, Simon klarzumachen, dass er bereits mit neunzehn Jahren nichts als ein übler Grabscher war.

Ich wusste, dass es bei ihm zu Hause eine historische Pornosammlung gab. Immer wenn Simon eine Party geschmissen hatte, liefen auf dem Fernseher im großen Wohnzimmer Pornos aus den Siebzigern. Sein Vater war meistens geschäftlich unterwegs, die Mutter genoss das Leben in einem Domizil auf Mallorca.

Ich schubste Simon von mir herunter.

Er legte sich auf den Rücken, ordnete seinen Schritt und wandte sich mit sanfter Stimme an mich:

»Ich dachte, du fickst vielleicht mit mir.«

»Wie kommst du denn da drauf?«

»Weil ich in dich verknallt bin!«

»Bist du doch gar nicht!«

»Stimmt, aber ich find dich besonders, du bist nicht leicht zu knacken und vor allem so schön dünn. Ich dachte, du stehst vielleicht drauf, wenn ich sage, dass ich dich gut finde, und dann machst du es mit mir. Frauen wollen doch nur, dass jemand sie toll findet, die sind narzisstische Nutten, lassen sich für Ego-Bestätigung durchbumsen. Außerdem braucht ihr Sex, ihr seid ja auch nur Menschen und perverse Säue, wollt dazu aber Sicherheit, ich meine, emotional und materiell. Ich glaub, bei meiner letzten Freundin war das zumindest so!«

»Was war wie?«

»Weißt du, ich glaub, Merle ging's nur darum, dass ich sie toll finde.

Die wollte immer, dass ich ihr sage, sie sei hübscher als andere, auch als Frauen im Fernsehen oder Kino, heißer als It-Girls oder Supermodels, sie findet, sie sieht aus wie eine Mischung aus Gisele Bündchen und Liv Tyler, nur mit mehr Klasse. Das musste ich immer bestätigen, wenn sie mir ihre Magazine vors Gesicht hielt. Sie hat mir nie einen geblasen, sie hat gesagt, sie hätte Angst, dass sie davon Kieferstarre bekommt!«

Ungläubig dachte ich an seinen kleinen Pimmel.

Er erzählte weiter, dass es Merle erregt hatte, wenn er sie rasierte. Er hätte ihr beim Tod seiner Eltern schwören müssen, niemals mit jemandem darüber zu sprechen. Er lachte hysterisch, seine Augen tränten, er kam in Fahrt:

»Im Arsch fand sie es am geilsten, die Schlampe, im Arsch! Die Sau hat Bock gekriegt, wenn ich ihr den Arsch rasiert habe! Kannst du dir das vorstellen? Merle, verstehst du, kennst sie ja!«

Ich konnte es mir vorstellen, es fiel mir nicht einmal besonders schwer.

Er fuhr fort: »Wenn ich ihr das Arschloch rasiert habe, ist sie so feucht geworden, da hätte ich das Bad meiner Mutter mit wischen können, ahnst du das?! Ich durfte sie dann immer fingern, bis sie gekommen ist, das war vielleicht glitschig! Wenn sie gekommen ist, hat sie ›krass, krass, krass!‹ geschrien. Ich durfte ihn dann noch kurz reinstecken und hab immer sofort abgespritzt. Ich musste ein Kondom benutzen, obwohl sie die Pille nimmt. Und danach wollte sie immer ›Wicked Game‹ von Chris Isaack hören, hat sich an mich gekuschelt und ist sofort eingeschlafen.«

Er krümmte sich vor Lachen. Dann fing er an zu heulen und sagte, er wolle Merle später anrufen, weil er sie immer noch liebe. Ich machte »Dry your Eyes« von The Streets an und drehte so laut auf, bis ich Simons albernes Gewimmer nicht mehr hören konnte. Plötzlich stand er auf, drehte die Musik leise, setzte sich im Schneidersitz aufs Bett, hörte auf zu flennen und sprach wie ein Erleuchteter:

»Stine, ich habe keine Wahl, sie ist perfekt!«

»Perfekt ist nur der Tod«, antwortete ich.

»Ja, du hast recht, dann wäre sie nur noch diese perfekte Hülle ohne Gequatsche und Mätzchen.«

»Ja, aber nur relativ kurz«, gab ich zu bedenken.

»Das wäre es wert, Merle hat die splissfreiesten Haare und dieses dunkle Blond mit bronzefarbenem Schimmer. Und am Ansatz an der Stirn dieses flauschige Babyhaar. Ihre vollen Lippen sind immer leicht feucht. Sie hat fast kein Fett am Körper, nur an den richtigen Stellen ein bisschen. Und das Beste ist diese absolut glatte, feinporige Haut, wie bei einem Delfin!«

Ich schwieg. Es hatte selbst mich oft beeindruckt, dass Merle sogar im kalten Neonlicht der Turnhalle makellos aussah. Alle anderen wirkten im Licht der summenden Röhren wie ausgekotzt. Besonders schlimm war es im Winter. Auf Merle aber hätte man bloß eine Kamera richten müssen, und schon hätte man ein sexy Fitnessvideo gehabt.

Wenn sie beim Volleyball kurz auf der Bank saß, strich sie sich ständig über die Schenkel. Schwer zu sagen, ob sie ihre Glätte prüfte oder sich streichelte. Sie war schnell und geschickt, glänzte in jeder Disziplin. Ich hingegen nicht mal beim Basketball.

Nach einer weiteren Line Koks kam Simon auf die Idee, ich könnte ihm die Beine rasieren. Keine Ahnung, warum ich es tat, vielleicht, weil es der letzte Schultag war, und immerhin hatte er vor mir geweint.

Ich schob ihn in die Dusche. Mein Vater war unten im Imbiss, Ramona beim Bauchtanz. Er hatte versprochen, mich nicht mehr anzufassen, und hielt sich tatsächlich daran. Ich rasierte ihn mit einem rostigen Einwegrasierer von Ramona. Plötzlich hörte ich meinen Vater im Imbiss so laut brüllen wie noch nie. Vor Schreck schnitt ich Simon in den Oberschenkel. Er schrie noch schriller als Reiner, Blut tropfte auf mein Knie. Ich drehte die Dusche voll auf und hielt den Duschstrahl versehentlich auf Simons Sack.

»Pass auf, der Strahl! Meine Hoden schmieren ab, aaaaaahahaaa, Aua!«

Er fing an zu heulen und beschimpfte mich, ich hätte ihn vielleicht kastriert.

Ich knallte ihm eine, packte sein Gesicht und sagte:

»Halt die Klappe, komm mal runter, sonst erzähl ich das bei der Abiparty!«

Reiner brüllte meinen Namen.

Simon wimmerte, ihm blutete wegen des Kokains nun auch die Nase. Ich nahm Ramonas Schnaps aus dem Klokasten, drückte ihn an Simons Brust und sagte: »Hier, desinfizieren und trinken, ich bin gleich wieder zurück – und stopf dir was in die Nase!«

Simon heulte noch immer: »Ich brauch ein Sprühpflaster, sonst muss das genäht werden!«

»Stell dich nicht so an«, rief ich noch und schlug die Tür hinter mir zu.

Ich sprang die Treppen runter und rannte auf die Straße. Es standen so viele Leute im Imbiss, dass ich mich durchdrängeln musste.

Im Vorratsraum kniete Reiner neben einem umgestürzten Regal auf dem Boden, hielt Friedrich im Arm und weinte. Der Schädel der Katze war aufgeplatzt, ein Fass Sauerkraut auch, daneben lag ein umgekippter Eimer Mett. Irgendjemand machte ein Foto.

Simon trank Ramonas Schnaps aus, stopfte sich Klopapier in die Nase und folgte mir mit nacktem Oberkörper. Die meisten Leute waren inzwischen wieder gegangen. Ich saß auf dem Boden und sah zu, wie mein Vater mit einem Feudel im Blut herumwischte. Friedrich hatte er in Alufolie gewickelt und in meinen Arm gelegt.

Simon klopfte mir auf die Schulter und sagte:

»Hey, tut mir leid, aber es war doch nur eine Katze.«

»Simon, kannst du bitte einfach gehen?«

»Ja klar, okay, ich ruf dich an, war ein schöner Tag.«

Ich wickelte Friedrich in so viel Alufolie, dass kein Blut mehr herauslaufen konnte. Die Folie drückte ich ganz fest um den schlaffen Katzenkörper und legte das Paket in die Tiefkühltruhe. Reiner schaute mir dabei zu und sagte:

»Hoffe, die Gesundheitsfuzzis kommen bis zur Beerdigung nicht vorbei. Sonst können wir die Bude dichtmachen.«

Die Abiparty schwänzte ich. Die einzige Person, die ich gern noch einmal gesehen hätte, war meine Kindheitsfreundin Liza aus Liberia. Aber Liza war nie auf eine einzige Party gegangen, Liza hatte schon immer andere Sorgen gehabt. Wir hatten während der letzten Schuljahre kaum noch

Kontakt, und im Gegensatz zu mir hatte sie seit langem eine genaue Vorstellung davon, was aus ihr werden sollte. Sie interessierte sich für Zahlen, Geldanlagen, Rationalisierung. Mir sagte das alles nichts, meine Beschäftigung mit Geld beschränkte sich auf die Herausgabe kleiner Wechselgeldbeträge im Imbiss. Liza fing schon früh an, sich wie eine Erwachsene zu kleiden, und ging unmittelbar nach dem Eins-Komma-null-Abitur zum Studieren nach London. Deutschland war ihr ohnehin zu provinziell. Sie fand, dass es emotional zu aufwendig sei, hier als Schwarze zu leben. Ihre Eltern wohnten seit einiger Zeit auch nicht mehr in dem Asylbewerberheim.

Ihr Vater hatte seine oppositionelle Arbeit von Deutschland aus fortgesetzt und hielt mittlerweile gut besuchte Vorträge an der Uni, da er ein Buch über seine Flucht aus Liberia und das Leben danach geschrieben hatte, das in mehrere Sprachen übersetzt worden war. Liza hatte stolz ein Exemplar mit in die Schule gebracht, und unser GMK-Lehrer widmete ihm spontan ein paar Doppelstunden.

Wir nahmen vor allem das Kapitel durch, in dem beschrieben wurde, wie Lizas Vater jahrelang in einer Kerzenfabrik gearbeitet hatte. Der Chef dort war einer der wenigen Arbeitgeber gewesen, der eine auf ein halbes Jahr beschränkte Aufenthalts- und Arbeitserlaubnis akzeptiert hatte.

Kurz vor dem Abitur hatte ich mich auf Lizas Initiative hin noch einmal mit ihr in einem Café getroffen. Es war ziemlich anstrengend gewesen, denn sie hatte nur darüber sprechen wollen, wie ich mir meine Zukunft vorstelle, als wäre sie eine übermotivierte Referendarin. Sie benutzte mehrfach die Wörter »Potential« und »Willensentscheidung«. Schließlich hörte ich mich selber sagen, dass ich schon mal daran gedacht hatte, Bildende Kunst zu studieren oder mir zumindest einen anderen Job, außerhalb des Imbisses, zu suchen. Liza nannte diese Ideen optimal, klopfte mir zum Abschied auf die Schulter und gab mir die Hand, als hätte sie ein Geschäft erfolgreich abgeschlossen. Sie war die einzige Gleichaltrige, der ich mich unterlegen fühlte. Das hatte den Fortbestand unserer Freundschaft schon früh unmöglich gemacht.

Liza schrieb mir schon bald eine E-Mail aus London und schilderte darin wortgewandt und ausführlich ihre neuen Eindrücke. Unter »PS« erinnerte sie mich an unser letztes Gespräch und meine Vorsätze. Ich antwortete ihr nicht. Denn seit ich das Abitur in der Tasche hatte, übernahm ich immer häufiger Ramonas Schichten. Anfangs hatte Ramona während der Arbeit noch den Bauarbeitern zugezwinkert. Jetzt war sie selbst zum Baggern zu betrunken. Und wenn sie einmal einigermaßen nüchtern war, ging sie zum Bauchtanz. Sie sah aus wie ein geschminkter, alter Schwamm. Eine Säuferin eben, und das war nicht mal das Schlimmste.

Reiner und Ramona sagten immer, Selbständigkeit sei das größte Glück in diesen Zeiten. Wenn das die Wahrheit war, verstand ich nicht, warum sie sich dann ständig anbrüllten und manchmal sogar prügelten.

Waren es zuletzt die Lehrer gewesen, die den ganzen Tag redeten, musste ich jetzt den Leuten im Imbiss zuhören. Sie quatschten einfach drauflos, miteinander oder kreuz und quer. Sie erzählten, dass sie schon vor der Mittagspause unter Kreuzschmerzen litten, abends alle Antworten in der Gameshow im Fernsehen gewusst hätten, immer schon zur Monatsmitte hin knapp bei Kasse seien; sie nannten Selbstmordattentäter das Schlimmste auf Erden, redeten davon, der Chinchilla hätte ständig Blut im Urin und die Tochter sei noch immer mit dem Polen zusammen. Sie ließen sich über den Gatten aus, der neulich angepinkelt werden wollte, aber nur unter der Dusche, und berichteten, ein Nachbar, der durch Südamerika gereist sei, hätte einen Blutegel in der Nase mitgebracht, und das Tierchen sähe arg mitgenommen aus, wie ein verkohlter Regenwurm.

So redeten sie und dachten sich nichts weiter dabei. Dann und wann warfen sie mir Blicke zu.

Als Kind schon hatte ich eine Methode entwickelt, alles, was mich beunruhigte, erträglich zu machen. Was mir nicht gefiel, ließ ich zunächst verschwimmen, indem ich die Augen zusammenkniff. Wenn ich auf diese Weise eine Weile unliebsame Nachbarn, Ramona, Oma Senta oder Mitschüler betrachtete, verformten sie sich plötzlich und nahmen dann eine neue Gestalt an, die zumindest einen gewissen Unterhaltungswert hatte. Diese Macht, alles anders aussehen lassen zu können, versöhnte mich mit der Misere meines Daseins und balancierte meine Verstimmungen aus. Ich formte mir Menschen mit Tierköpfen, Nilpferde mit blond toupierten Perücken, rot glühende Kobolde, Hähnchen mit falschen Wimpern, Truthähne mit mondänen Hüten, Schweineköpfe mit Irokesenschnitt, Hyänen mit Schmollmund und entblößten Brüsten, die bis zum Boden hingen, Ramona als monströse Wespe mit Leopardenmuster, die immer wieder gegen die Glasscheibe prallt – und was mir sonst gerade einfiel. Wenn ich besonders gut war, gelang es mir sogar, das ganze Gewimmel von bizarren Erscheinungen in unserem Imbiss zur Mittagszeit nur noch blöken, krächzen oder zwitschern zu lassen. Es funktionierte leider immer nur so lange, bis jemand direkt das Wort an mich richtete und ich dadurch rabiat in die Wirklichkeit zurückgeholt wurde: »Bindehautentzündung, meine Kleine? Das ist aber gar nicht schön, hatte der Yorkshire neulich auch! Hat mich ganz verrückt gemacht, wie das Tier gelitten hat!«

Nach einigen Wochen in der Tiefkühltruhe sollte Friedrich endlich eine anständige Ruhestätte bekommen. Es war Mitternacht, wir standen im Regen neben dem Grab von Oma Senta. Mein Vater buddelte und grub und verscharrte Friedrich in seiner Zwiebelkiste über Oma Sentas Sarg.

»Mutti hatte keine Freunde, da gräbt außer uns niemand rum«, versicherte er uns.

Sogar Tante Trixi hatte sich aufgerafft, obwohl sie weder Tiere noch Beerdigungen leiden konnte und schon gar keine schwarze Kleidung.

Verschwommen sah ich meinen Vater, wie er mit der Schaufel die Erde flachklopfte, während Ramona vor sich hin redete – es klang stark nach der erfundenen Sprache, die Iris benutzt hatte, als sie mir das Daumenlutschen austreiben wollte. In meinen Ohren surrte und piepte es, und es fühlte sich an, als würde Wasser hineinlaufen. Ich bemerkte nicht einmal mehr den Regen, der auf mich niederprasselte, ich hörte mich nur noch schwer atmen, als steckte mein Kopf in einer Taucherglocke. Ramona hielt ihren halbkaputten Schirm über ein paar Patschuli-Räucherstäbchen, deren Gestank sogar bis zu mir durchdrang. Ihre Nase triefte, sie warf die Stäbchen weg und rotzte wie ein Fußballspieler auf den Boden.

Allmählich hörte es auf zu regnen, und durch den schmutzig grauen Himmel drang ein schwacher Sonnenstrahl. Ich roch frische, nasse Erde, hörte die Bäume rauschen und meinen Vater voller Pathos sagen:

»Diese Katze hat es gut gehabt, so gut haben es ja nicht mal die alten Menschen in den technisierten Westländern hier. Rentner leben schlechter als Haustiere, Rentner sind es, die in diesen Tierheimshows auftreten sollten.«

Tante Trixi rief: »Können wir jetzt gehen, ich glaub, da drüben auf der Birke sitzt ein Zombie.«

Ramona sagte:

»Katzen können die Toten sehen. Schade, dass Friedrich jetzt selber tot ist.«

Als ich sie fragte, woher sie das wisse, meinte sie:

»Ja, woher? Ich bin eben schon länger auf der Welt als du.«

»Ja«, flüsterte mir Tante Trixi ins Ohr, »schon viel zu lange.«

In den Wochen nach Friedrichs Tod starrte Reiner die meiste Zeit vor sich hin und war ungewohnt unfreundlich zu den Kunden und zu uns allen. Ramona ging ihm aus dem Weg, trank noch mehr als sonst und arbeitete deshalb noch weniger im Imbiss. Wenn sie sich doch mal aufraffte, verkaufte sie halbgebratene Würstchen, grün angelaufenes Mett, füllte Senf in den Ketchup-Spender, arbeitete in durchsichtigen Blusen und ohne BH, drehte Howard Carpendale so laut auf, dass der Sound durch die geschlossene Tür bis auf die Straße und nach oben in unsere Wohnung drang. Sie gab zu viel Wechselgeld raus und zweigte Geld für sich aus der Kasse ab.

Über viele Wochen hinweg übernahm ich all ihre Schichten. Der Fettgeruch ging nicht mal mehr nach einer langen, heißen Dusche weg. Ich lernte, dass ich stundenlang hinterm Tresen stehen konnte, ohne auch nur einen brauchbaren Gedanken zu haben. Fast jeden Tag passierte das Gleiche zur gleichen Zeit.

Jeden Freitag, kurz vor Feierabend, betrat ein älterer Herr in einer engen stonewashed Jeansjacke mit glühendem Gesicht den Imbiss. Er trug stets einen noch extravaganteren Hut, und ich sagte jedes Mal:

»Das ist ja mal ein Hut!«

Dann fasste er sich an den Kopf, als würde er sich an nichts erinnern.

»Wie meinen?«

»Na, ein schöner Hut ist das!«

»Ach so, vielen Dank, kleine Madame.« Er nickte mir zu und lächelte.

Er bestellte immer eine kalte Frikadelle, dazu eine Fanta mit viel Eis und Strohhalm, setzte sich an das Tischchen in der Ecke, rief mir nach etwa einer Minute zu, er warte auf seine Liebste, trank die halbe Fanta in einem Zug und kam dann wieder zu mir an den Tresen. Betrübt schaute er mich an und sagte, seine Liebste komme wohl nicht mehr, jetzt brauche er dringend verlässlichen Trost. Ich hatte den Wodka schon aus dem Tiefkühler geholt und goss ihm für lau seine Fanta damit auf.

Von Montag bis Mittwoch, kurz nach fünf, hatte ich stets das Vergnügen mit einer zeternden dürren Mutter, die in wöchentlich wechselnden Leggings die Tür auftrat. In einer Hand hielt sie eine Riesenflasche Cola Light, an der anderen zog sie ihren dicken Jungen hinter sich her. Atemlos und hustend beschimpfte sie ihren Sohn, schmierte ihre Kehle mit einem Schluck Cola und bestellte Pommes XXL. Während ich frittierte, redete sie weiter auf ihr Kind ein, regte sich über ihre Kolleginnen auf oder schimpfte auf ihren Mann. Sobald ich ihr die Pommes überreichte, stopfte sie dem Jungen gleich mehrere auf einmal in den Mund und brüllte:

»So, Moses, jetzt iss das und halt die Fresse, Mama braucht auch mal Ruhe!«

Moses kaute, die Augen starr auf seine Mutter gerichtet. Die junge Frau steckte mittwochs immer einen Euro Trinkgeld in das lachende Porzellan-Sparwürstchen auf dem Tresen und zwinkerte mir zu:

»Hab auch lange in so einer Bude gejobbt! Lass dich heiraten, alles wird gut, tach auch!«

Reiner nahm mich irgendwann zur Seite und meinte: »Der Dreck von anderen geht uns als Dienstleister vor Feierabend nix an. Also bloß nie drauf antworten! Auch wenn du denen am liebsten in die Fresse hauen willst – halt deine Klappe! Solange du hinter meinem Tresen stehst, wünschst du einfach nur einen schönen was auch immer, verstanden?«

Beim nächsten Mal wünschte ich Moses' Mutter also einen »Schönen Abend!«.

Sie drehte sich um, schaute auf die große Uhr hinter mir und keifte:

»Ist doch grad mal fünf! Man muss den Tag auch mal Tag sein lassen, Kleine!«

Sie gab Moses einen Schubs mit dem Knie und zog die Tür fest hinter sich zu.

Andere, die sich bestimmt ein besseres Mittagessen hätten leisten können, kamen nur wegen Reiner. Eine Weile waren wir sogar ein kultiger Treff für Teenager. Bis die Bullen mit ein paar Eltern vorbeischauten und mit Lizenzentzug drohten. Reiner hatte sich von seinen minderjährigen Fans so geschmeichelt gefühlt, dass er irgendwann nicht mehr nach Ausweisen fragte, bevor er die Bierdosen rausgab.

In letzter Zeit verbrachten wir die Schichten beinahe wortlos miteinander. Ramona ließ sich manchmal den ganzen Tag nicht blicken. Sie war neuerdings ständig unterwegs.

Seit ein paar Häuser weiter eine Berufsschule für Friseusen Räume bezogen hatte, hing Tante Trixi um die Mittagszeit gerne bei uns rum. Ich war darüber hocherfreut, und Reiner sah sich das Schauspiel immerhin eine Weile kommentarlos an. Als Tante Trixi sich eines Tages durch die Friseusen-Gruppe drängelte und dabei einer Dame auf den Hintern schlug, verbannte er seine Schwester hinter den Tresen. Abgesehen davon, dass sie die meiste Zeit die Auslage leer aß und lüstern die maskenhaft geschminkten Heteroschnallen anbaggerte, einer besonders schönen Halbinderin sogar heimlich Wodka in die Apfelschorle kippte, war es für mich die schönste Zeit im Imbiss. Denn Tante Trixis Geschichten waren die besten von allen.

TANTE TRIXIS ENGEL

Tante Trixi vertrieb sich niemals die Zeit mit ernsten Beziehungen, und sie hatte uns auch nie eine von ihren kurzen oder etwas längeren Liebschaften vorgestellt. Als wir zusammen im Imbiss arbeiteten, erfuhr ich endlich, woran das laut ihrer Selbstanalyse lag. Sie hatte nämlich schon immer ein verheerendes Problem mit ihrem Geschmack, da sie einfach nicht auf Lesben stand. Sie glaubte, auch wenn der Geschmack einem ein Leben voller Unglück beschere, könne man einfach nicht daran drehen. Sie war überzeugt davon, dass sie einfach nicht dazu bestimmt war – »von wem auch immer, von oben oder unten« –, glücklich zu sein.

Immerhin hatte Tante Trixi eine gewaltige Portion Charme, Charisma und ein hübsches Gesicht mit Oma Sentas stechend grünen Augen. Das verhalf ihr zu einem durchaus unterhaltsamen Liebesleben. Sie bekam sogar die eine oder andere orthodoxe heterosexuelle Gattin in die Finger. Als ich sie fragte, ob ihre Vorliebe für diese spießigen Frauen vielleicht etwas mit ihrer Mutter zu tun habe, sagte sie in Oma Sentas empört hysterischem Tonfall:

»Aber Kindchen, nein! Das ist ja widerlich, geradezu ekelhaft, was bist du bloß für ein verdorbener Teenager, Zelestine?!«

Tante Trixi hatte ein riesiges Linda-Evans-Tattoo auf dem Rücken. Seit ihrer Jugend verehrte sie Linda Evans, sie nannte sie einen konservativen Engel. Ich war etwa sieben, als ich mich plötzlich fragte, was eigentlich diese milde lächelnde, perfekt frisierte Frau auf dem Rücken meiner Tante zu suchen hatte. An einem zu kalten Sommertag im Schwimmbad saß Tante Trixi vor mir in ihr großes schwarz-weiß-kariertes Handtuch gewickelt, Lindas Augen und ihr perfekt gezwirbelter Pony lugten oben heraus. Ich erkundigte mich, und Tante Trixi sagte, sie fühle sich von dem Bild auf ihrem Rücken gleichermaßen beschützt und angetörnt, Linda Evans sei für sie der Hauptgewinn in der Lotterie der geistvollen Schönheit und somit absolut. Mit Linda Evans auf dem Rücken habe sie keine Angst mehr vor dem Tod.

Ich verstand diesen Zusammenhang nicht und hatte vielleicht deshalb in diesem Moment zum ersten Mal Angst vor dem Tod.

Tante Trixi schleppte, seit ich denken kann, eine riesige Tasche mit psychedelischem Muster mit sich herum, die zum Großteil aus Elastan bestand und mittlerweile ziemlich ausgeleiert war. Die Tasche nannte sie »Mutti«.

Das Ding war meist bis zum Rand voll mit Wärmepflastern, Fleck-weg-Spray, Einwegrasierern, Chinaöl, Koffeintabletten, schokolierten Kaffeebohnen, einem Elbsegler, einem Tütchen Konfetti, Wunderkerzen, einem Fläschchen Fernet-Branca, Trockenobst, Zwiebelringen, Vaseline, ätherischem Lavendelöl, Macadamia-Nüssen, Einwegunterhosen, Miniwörterbüchern jeder Art, Trockenshampoo, Aloe-Vera-Gel, einem Jojo, homöopathischen Kügelchen, Marihuana, einer Sprühflasche fürs Gesicht, einer Barbapapa-Figur, Vitaminpräparaten, einer Taschenlampe, Knallerbsen, einem Gameboy, einem Piccolo, einem ausklappbaren Bügel …

Aber niemals hatte sie Taschentücher oder einen Regenschirm dabei.

Tante Trixi sagte oft, man müsse immer und überall auf alles gefasst sein und dass sie an den Schutz durch Konsum glaube. Deshalb hatte sie »Mutti« stets gut befüllt dabei, auch, wenn sie nur kurz zum Bäcker ging. Wie sich bald herausstellen sollte, waren Tante Trixi und »Mutti« nicht auf alles vorbereitet.

Da Tante Trixi sich immer schlechter von ihren verhängnisvollen Affären mit verheirateten Frauen erholte, nahm sie vor ein paar Jahren, wie sie behauptete, zur Vorbeugung etwa zwanzig Kilo zu. Doch die Fettschicht konnte ihr Herz nicht schützen. Tante Trixis Privatleben nahm einige Zeit, nachdem Reiner sie wegen der Sache mit dem Wodka rausgeworfen hatte, eine weitere, dramatische Wendung. Seitdem litt sie an Klaustrophilie, und wir sahen uns nur noch bei ihr zu Hause, wenn ich ihr die Einkäufe vorbeibrachte. Sie verließ das Schlafzimmer im oberen Stock nun gar nicht mehr.

Und das Bett nur noch für das Nötigste. Wenn ich sie besuchte, nahm ich also vor ihrem Bett auf dem Fußboden Platz und hörte mir immer wieder an, warum sie es – auch im Sinne der allgemeinen Weltordnung – für vernünftig hielt, künftig nicht mehr aktiv an diesem Leben da draußen teilzunehmen. Ich konnte sie sehr gut verstehen. Denn bevor sich Tante Trixi entschieden hatte, ihr Haus eine Weile nicht mehr zu verlassen, war Folgendes geschehen:

Eines Morgens wachte sie mit dem Kopf am Fußende ihres antiken Himmelbettes auf und war nicht mehr wütend auf Reiner. Es hatte ein paar Wochen gedauert, bis sie einsah, dass er sie zu Recht rausgeworfen hatte. Sie tauschte Selbstmitleid gegen Selbstironie, schüttelte grinsend den Kopf über ihr Verhalten und gestand sich ein, dass sie die sorglose Enthaltsamkeit in beruflicher und privater Hinsicht satthatte. Sie hängte ihr Toulouse-Lautrec-Poster vom weiblichen Clown wieder auf, öffnete eine Flasche Sekt und trank darauf, von nun an für immer seriös zu sein. Am nächsten Tag kaufte sie eine teure Bewerbungsmappe, füllte sie mit Nachweisen über ihr abgebrochenes Psychologie-, Politik- und Ethnologiestudium und über die Tätigkeit als Reiseleiterin und Animateurin in diversen südeuropäischen sowie karibischen Clubanlagen.

Ihre Agentur für homosexuelle Seitensprünge, deren einziges Mitglied sie selbst war, ließ sie unerwähnt. Sie schickte ihre Unterlagen an Botschaften, Kulturzentren und Eventagenturen und bekam sogar Einladungen zum Gespräch. Bald arbeitete sie auf verschiedenen Veranstaltungen, schenkte Wein und Champagner aus, verteilte und sammelte Gläser, trug Häppchen umher, füllte Büfetts auf. Bei einer Matinée traf sie auf Eva Evangelista, die besonders schlanke Gattin eines südamerikanischen Ministers. Die Señora aß nichts, ließ sich aber eine Menge Rosé-Champagner von Tante Trixi nachschenken.

Während der Rede ihres schnurrbärtigen Gatten lallte Señora Evangelista irgendetwas Spanisches und lachte ein bisschen zu lang und zu laut für eine Matinée. Dabei zeigte sie mit zurückgeworfenem Kopf ihr großes, weißes Gebiss. Tante Trixi interpretierte das als ein Indiz sexueller Frustration. Die Señora trug trotz ihrer zierlichen Figur ein viel zu enges Kostüm und ging ständig auf die Toilette. Als Tante Trixi ihr folgte, erwischte sie die Señora beim geräuschvollen Koksen. Eva lud Tante Trixi auf ein paar Lines ein und war bereit für neue Erfahrungen.

Sie trafen sich ein paar Wochen, hatten unkultivierten Sex, und meine eher hedonistische Tante Trixi überzeugte Eva mit erotischem Kalkül und ihrem subversiven Charme von der Überlegenheit der Weiblichkeit und der Notwendigkeit einer Weltrevolution. Bald darauf verließ Señora Evangelista, für alle Beteiligten ziemlich unerwartet, ihren rechtskonservativen Mann und ihre pubertierenden Zwillingssöhne – und Tante Trixi.

Nachdem Tante Trixi den ersten Schock überwunden hatte, wich der Schmerz einer tröstlichen, regen Phantasie. Sie erzählte mit feuchten Augen, nicht die Liebe sei erloschen, sondern es habe bloß etwas Größeres begonnen. Eva habe ihre Kostümchen gegen einen Armeeanzug getauscht und würde nun im Untergrund irgendwo im Dschungel gegen den Machismo Südamerikas kämpfen. Und das mit dem Ziel der Einführung der absoluten Herrschaft der Mütter. Bei einem Anschlag habe sie einen erzkonservativen Minister, dessen Frau und deren Kinder ermordet und diese Tat *Mission: Befreiung in den Tod* genannt.

Tante Trixi behauptete, sie habe Eva ein paar Wochen später bei einem Fernsehinterview mitten im Dschungel gesehen. Eva habe Beatrix Fehrmann aus Deutschland für ihre geistige und sexuelle Befreiung gedankt, die Faust gehoben und sich obszön die Oberlippe geleckt. Ich suchte im Internet vergeblich nach diesem Beitrag.

Dann wurde Eva Evangelista nackt und skalpiert an einem Baum hängend gefunden. Tante Trixi brachte sich über eine befreundete Journalistin selbst ins Gespräch, und bald tummelte sich für ein paar Monate tatsächlich die internationale Presse vor ihrer Haustür. Weltweit wollten militante Frauen sie vor ihren Karren spannen. Erst nach einem islamistischen Anschlag in Europa mit vielen Toten flaute das Interesse ab, und Tante Trixi bekam im Gesicht eine hartnäckige Mischung aus Quaddeln und Akne. Der Dermatologe verschrieb ihr eine pflanzliche Tinktur, Kortisonsalbe, Akupunktur, eine Psychotherapie und empfahl ihr außerdem eine Diät und harte Psychopharmaka. Aber das Einzige, was Tante Trixi wirklich half, war der radikale Rückzug in ihr riesiges Himmelbett, um, wie sie sagte, sicherzugehen, keinen weiteren Schaden in der Welt anzurichten. Und obwohl ihre Haut sich schon vor Monaten erholt hatte, verließ sie das Haus noch immer nicht.

Neulich war ich bei ihr zum Frühstück eingeladen, und wir setzten uns immerhin mal wieder unten im Erdgeschoss zusammen an den Küchentisch. Sie schüttete zwei Tüten Brausepulver in ihren doppelten Espresso, trank, schüttelte sich, sprühte *Coco Chanel* unter den schwarzen Morgenmantel, schmierte sich Chinaöl auf Stirn und Schläfen und sagte:

»So, jetzt bin ich wach!«

Ich übergab ihr eine Tüte mit zehn Franzbrötchen, und da ich dachte, es wäre an der Zeit, mal wieder über meine statt ihre Probleme zu sprechen, verkündete ich, ich wolle auf keinen Fall im Imbiss versauern, und bat sie um Rat. Sie sah mich eine Weile kauend an und fragte dann:

»Und was willst du jetzt ausgerechnet von mir dazu hören?«

»Na ja, was könnte ich deiner Meinung nach machen? Du hast doch schon so viele verschiedene Jobs gehabt, bist rumgekommen. Ich muss aus der Imbiss-Nummer endlich raus, ohne Reiner zu verletzen!«

Sie entgegnete:

»Ach, wieso willst du überhaupt da weg, ist doch gemütlich so, gelitten wird überall, und du hast es schon gut mit Reiner, der liebt dich wie doof! Tu, was du tun musst, aber erwarte jetzt keine Durchhaltesülze von mir wie: Glaub an deinen Traum, dann kannst du es schaffen! Nee, nee, dafür bin ich schon zu durch. Ist auch gar nicht immer gut, das zu kriegen, wovon man träumt. Kann alles noch nach hinten losgehen oder übers Ziel hinausschießen! Frag mich mal. Oder guck dir die ganzen bescheuerten Leute im Fernsehen an!«

»Ich will doch nur mal einen anderen Job machen! Ich habe keinen Traum, außer, dass ich weg will, ohne dass Reiner sauer wird.«

Sie stopfte sich ein ganzes Franzbrötchen in den Mund und sprach kaum verständlich:

»Unmöglich! Der wird so sauer! Keine Träume haben ist ganz schön kaputt für dein Alter! Daran solltest du arbeiten, mehr Rat ist heute Morgen nicht drin, sorry, mein Gehirn ist völlig aus der Form. Waren gestern Nacht vor der Glotze ein paar Runden zu viel für eine alleinstehende Dreiundvierzigjährige!«

Sie schob ein drittes Franzbrötchen nach und versprach, Reiner nichts zu erzählen, der gar nicht bemerkt hatte, dass ich nichts aus meinem Leben machte. Nicht einmal, als er für eine Weile aufgehört hatte zu trinken, forderte er mich zu einem Gespräch über die Zukunft auf.

Ein paar Wochen später, als Reiner und ich kurz vor Feierabend allein im Imbiss waren, traute ich mich endlich, ein Gespräch zu dem Thema zu beginnen.

»Papa, du, sag mal, als du so alt warst wie ich, was wolltest du da so machen?«

»Das hier«, antwortete er und polierte den Tresen.

»Du wolltest schon immer einen Imbiss haben?«

»Nö, nicht direkt, aber mein Ding machen, keinen arschigen Chef haben, der jeden Tag seinen Mist und seine verklemmte Usche an mir auslässt.«

»Wollte dein Vater, dass du auch Hausmeister wirst?«

»Kann sein, hätt er bestimmt schön gefunden, aber dann war er ja auch schon tot.«

»Tot, ja, stimmt. Hm.«

»Ist irgendwas los, Stint?«

»Ich hab nur überlegt, weil ich ja jetzt so alt bin, wie du warst, als ich geboren wurde.«

»Lass dir bloß kein Kind machen! Du, eine Mettstulle ist noch über, hätt ich richtig Jieper drauf, ich teil mit dir, weil du richtig turbosuper gearbeitet hast heute. Mit Ramona wären wir hier heut ins Schwimmen gekommen. Der Laden läuft, bald machen wir vielleicht eine Filiale im Einkaufszentrum auf. Deine Filiale! Was meinste?«

Er schnitt die Brötchenhälfte entzwei, gab mir eine und schaute mich erwartungsvoll an.

»Papa, ich weiß nicht. Mal sehen.«

»Wär schon viel Verantwortung für dein Alter. Aber entspann dich, ein, zwei Jahre muss die Kasse noch klingeln, damit wir da Nägel mit Köpfen machen können, gewöhn dich mal in Ruhe an den Gedanken.«

Ich aß mein Brötchen, schloss die Tür ab und hielt bis auf weiteres die Klappe.

ZWEITER TEIL

DIE WÄHRUNG DES UNIVERSUMS

Ich sitze im Internetcafé und google den Namen meiner Mutter. Es riecht nach saurer Milch und Krankenhaus, im Hintergrund läuft »Where Is the Love« von The Black Eyed Peas. Wie immer lande ich auf französischen Internetseiten, vor allem von Vereinen, Ahnengalerien, Firmenprofilen. Keine der Frauen heißt genau wie sie, und auch sonst könnte keine meine Mutter sein: zu alt, zu jung, tot, zu blond und blauäugig, orientalisch, schwarz. Grenze ich die Suche ein und setze ihren Namen in Anführungszeichen, erscheint ein Ausrufezeichen in einem Dreieck, daneben steht: Keine Ergebnisse.

Dann eben nicht. Eigentlich ist es mir lieber so. Glaube ich. Heute riecht es hier auch noch nach Babykotze. Die blasse junge Mutter im gelben Polyester-Tanktop zwei Plätze weiter skyped schon seit ich den Laden betreten habe mit einem halbnackten Muskelfuzzi. Ich stehe auf und bleibe auf dem Weg zur Tür hinter ihr stehen, bis der Typ im Computer auf mich zeigt. Sie dreht sich um und brüllt: »Ey, du kleine Schlampe, das is voll privat hier, verpiss dich, du notgeile Sau!«

Das Baby fängt an zu weinen, ich mache einen Abgang und warte draußen auf Reiner, der mich schon vor einer Viertelstunde mit dem Auto hier abholen wollte. Ich gucke auf mein Handy und sehe, dass er schon mehrmals versucht hat, mich zu erreichen. Ich hatte mein Telefon irgendwann am Vormittag auf lautlos gestellt, da Ramona, wie fast jeden Tag, versucht hat, mich damit zu nerven, ihre Schicht zu übernehmen. Ich lese ihre hysterisch aggressiven Kurzmitteilungen durch, da blinkt Reiners Name wieder auf meinem Display. Ich gehe ran:

»Stine, wo bist du? Ich fahre, sach schnell, wo stehst du?«

»Da, wo wir abgemacht haben, vor dem Internetcafé!«

»Nee, da stehst du nicht, ich bin da eben zweimal dran vorbeigefahren – Ey, du Schwachmatenmeister, fahr mal weg da, jaha, pass mal auf, du Fliegenschiss! Ich steig gleich aus, du Pimmelfurz! – Stine, warte, ich seh dich, ich seh dich!«

Er bremst mit quietschenden Reifen, ich steige ein, knalle die Tür zu und sage:

»Wo ist Ramona? Hat sie dich mittags wieder alleine malochen lassen?«

Mein Vater winkt ab.

»Was treibt die denn schon wieder, Papa? Du lässt dich echt verarschen!«

»Lass das mal meine Sorge sein, mich interessiert vielmehr, was du schon wieder im Internetcafé gemacht hast.«

»Nix!«

»Ach, verkauf mich nicht für blöd, Stint!«

»Nenn mich nicht Stint!«

»Kannst ruhig mal sagen, was du gemacht hast in der Muffbude! Ich weiß es sowieso.«

»Schön für dich, ist aber trotzdem meine Sache, ist schließlich meine Mutter!«

»Meinetwegen. Aber du tust plötzlich andauernd einen auf geheimnisvoll. Hier, wie mit Dr. Ray, Trixis schnöseligem Rollkragenschwuli! Mit dem hast du ja seit neuestem auch so ein ganz inniges Ding.«

»Unsinn, man kann einfach gut mit ihm reden, Papa!«

»Pah! Der kann doch nicht mal richtig Deutsch!«

»Jetzt dreh nicht durch! Das ist meine Sache, wem ich was erzähle. Und mach dir keine Sorgen wegen meiner Mutter, die hat keine Spuren hinterlassen.«

»Aber warum suchst du denn überhaupt grad jetzt nach ihr?«

»Ich such nicht, ich hab nur mal geguckt.«

»Ich hab dir doch die letzten zwanzig Jahre auch gereicht, Stint, ich mein, Stine!«

»Irgendwie läuft alles aus dem Ruder, Papa.«

»Ja, aber doch nicht erst seit gestern, Zelestine.«

Es ist ein milder Frühlingstag, die Sonne hat noch keine Kraft. Heute ist Tante Trixis vierundvierzigster Geburtstag, und wie jedes Jahr steigt mir an diesem Tag zum ersten Mal der Sommer in die Nase.

Reiner hält vor der Waschanlage und sagt: »Bisschen frisch isses schon noch.« Er kurbelt das Fenster hoch, steckt sich eine Marlboro Menthol an und liest mir aus dem P.M.-Magazin vor:

»Die weltweite Biomasse der Ameisen ist größer als die der Menschen!«

»Mir egal«, sage ich.

Er zieht die Augenbrauen hoch, seine hervortretende Ader auf der Stirn ist heute fast violett. In meinen Ohren rauscht es. Wenn ich höre, wie mein Herz schlägt, habe ich Angst, dass es damit aufhört. Dr. Ray sagt, das sei neurotisch.

Mein Vater wischt sich übers Auge.

»Mensch, Tier, guck doch mal, wo du hinfliegst!«

Er reißt die Augen auf und sagt, ich solle mal nachsehen. Reiner starrt den Fliegenkadaver auf meiner Fingerkuppe an, bekreuzigt sich und sagt:

»Kann nicht schaden, ich hab mal gelesen, jedes unnötig getötete Tier macht mehr Minus auf dem Karmakonto.«

Ich wische meinen Finger an seinem Sitz ab.

»Du bist doch nicht schuld, wenn dir was ins Auge fliegt.«

»Fußballspieler bekreuzigen sich auch.«

»Ja, aber die sind katholisch.«

»Ja, Stine, auf dem Papier vielleicht.«

»Papa, das ist jetzt komplett albern.«

»Ach, dich interessiert doch nie, was mich interessiert!«

»Meinst du jetzt wegen der Biomasse der Ameisen? Gut, bitte sag mir, was daran interessant ist. Was sind deine Erkenntnisse dazu?«

»Dass wir Menschen uns alle zu wichtig nehmen, obwohl wir ursprünglich aus dem Schlamm gekrochen sind!«

»Also, ich bin nicht ›wir Menschen‹.«

»Das sagt doch alles, du bist ein gutes Beispiel, junge Dame, du nimmst dich zu wichtig, du solltest dich mal in Realität zu was setzen.«

»Du meinst in Relation!«

»Immer weißt du alles besser! Nee, ich mein schon ›in Realität‹. Ich weiß schon, wie ich das mein. Denk mal drüber nach, Tochter, dann kommst du auch drauf. Schlau genug biste ja!«

Mein Vater schleudert das blöde P. M.-Heft auf die Ablage.

»So, jetzt beruhigen wir uns mal wieder. Wir haben schließlich noch was vor!« Er klopft aufs Lenkrad.

»Bist du so weit, Stine?«

Ich nicke, er drückt die Zigarette im Aschenbecher aus und reißt mir die Sonnenbrille vom Kopf.

»Aua, pass mal auf, meine Haare!«

»Aufsetzen, nicht jammern!«

Wir setzen beide unsere verspiegelten Sonnenbrillen auf, und Reiner fährt in die Waschstraße. Die Idee mit der Waschstraße hatte Reiner an meinem siebzehnten Geburtstag. Das Geld, das ich dabei fürs Durchhalten verdiene, spart er für meinen Führerschein. Eigentlich bin ich nicht besonders interessiert daran, selber Auto zu fahren. Vielleicht kann ich meinen Vater irgendwann davon überzeugen, es mir für ein Studium oder ein Jahr in London auszuzahlen.

Für jede Minute, die ich in dieser beengten Situation durchhalte, gibt es inzwischen einen Fuffi, hyperventiliere ich, gibt es nur die Hälfte. Bei Ohnmacht gehe ich leer aus.

Ich schließe die Augen und stelle mir Dr. Ray vor, wie er in seinem beigefarbenen Ledersessel sitzt und von Zeit zu Zeit auf seinen Block schaut. Ich erzähle ihm alles, was mir von früher einfällt. Ich frage mich immer, ob er mich hübsch findet, obwohl er schwul ist. Seine Haut ist braun, sein Rollkragenpullover ultramarinblau. Er stellt mir kaum Fragen, lächelt, nickt und trägt immer diese Rollkragenpullover. Tante Trixi sagt, das mache er aus Eitelkeit, denn sein Hals sei zu kurz. In jeden seiner Pullover ist ein anderes Gemälde hineingearbeitet. Er hat sogar einen, auf den mit Strasssteinchen die *Sternennacht über der Rhône* von van Gogh geklebt ist.

Der blaue Pullover aber gefällt mir am besten, 100 Prozent Kaschmirwolle, seine Muskeln zeichnen sich darunter ab. Das Blau heißt nach seinem Schöpfer Yves Klein: *International Klein Blue*. Das perfekte Blau. Es soll den Verstand des Betrachters unterwerfen. Dr. Ray hat mir viel darüber erzählt.

Laut Klein ist Sensibilität die Währung des Universums. Den Satz hab ich letztes Jahr mit blauer Farbe an die Wand direkt neben unserem Imbisseingang gesprüht. Ramona übermalte ihn noch am selben Tag während meiner Schicht mit weißer Farbe, aber er schimmert immer noch durch.

Klein malte meist einfarbige Bilder, immer im gleichen Blau. Einmal stellte er eine leere Galerie aus. Die Besucher bekamen einen Cocktail, der ihren Urin blau färbte. Klein starb mit vierunddreißig an seinem dritten Herzinfarkt, angeblich, nachdem er sich fürchterlich über einen Kritiker aufgeregt hatte. Er hatte kurz zuvor geheiratet; bestimmt eine markant schöne Frau mit klaren Augen und interessanten Gedanken.

Mein Vater hält mir seine Stoppuhr zu nah vors Gesicht. Noch atme ich ruhig. Wenn ich Angst habe zu ersticken, beginne ich zu hyperventilieren, und zu viel Sauerstoff gelangt in mein Blut. Ein unerträgliches Kribbeln breitet sich von den Schläfen über den ganzen Körper aus, ich höre auf zu denken, Unruhe übernimmt die Kontrolle, und meine letzte Chance ist die Ohnmacht. Ich muss in den Bauch atmen, mich nur darauf konzentrieren. Warum in den Bauch? Die Lunge ist im Brustkorb, das weiß jedes Kind, habe ich zu Dr. Ray gesagt. Er meinte, man dürfe das alles nicht so organisch sehen. Ich stelle mir vor, wie er seine Hand auf meinen Bauch legt.

Mein Vater summt und gibt dem Duftbäumchen einen Schubs. Mein Atem stockt, mir wird übel, und gleich fängt es an zu kribbeln.

Ich stelle mir wieder Dr. Ray vor, diesmal in einem anderen Pullover, mit einem Bild von Joan Miró drauf. Das Bild heißt: *Sterne im Geschlecht von Schnecken*. Ein Geburtstagsgeschenk von Dr. Rays Mann Klaus.

Reiner tippt mir auf die Schulter:

»Alles gut, Stine?«

»Alles bestens!«

»Na was, geht doch. Und gleich feiern wir Geburtstag, ob Trixi will oder nicht.«

Unter normalen Umständen liebt Tante Trixi nichts mehr als im Mittelpunkt zu stehen. Sie inszeniert ihre Zustände zu einem öffentlichen Drama. Jedem in ihrer Nähe wird das Problem ständig präsentiert. Deshalb versuchen auch alle, es zu lösen. Trixi verteilt ihren Kummer wie Aufgaben und bekommt eine Menge Lösungsvorschläge. Ich hoffe, dass sie heute endlich das Haus verlässt.

Reiner geht schon seit einer Woche nicht mehr für sie einkaufen:

»Der Hunger treibt mein gefräßiges Schwesterlein schon irgendwann aus dem Haus, so viel ist mal sicher!«

»Ich glaube nicht, dass sie uns heute die Tür aufmacht«, sage ich.

Reiner haut mir auf die Schulter und sagt: »It's time for music!«

Er wühlt im Handschuhfach, fischt etwas heraus, riecht daran und schreit:

»Fleisch mit Käse! Das Katzenvieh hatte es gut bei uns!«

Er pustet Staub von dem Drops, leckt darüber, steckt es in den Mund und schluckt, ohne zu kauen: »Guck, ohne kauen. Kann ich auch, wie Friedrich, die alte Giersau!«

Reiner setzt seine Suche im Handschuhfach fort, wedelt mit einem Feuerzeug darin herum. Es riecht verbrannt, er ruft:

»Ah, da haben wir den Feind! It's time for music!«

Er fuchtelt mit *Rock Romance!* vor mir herum. Ich schlage seine Hand weg.

»Dabei muss man schweigen«, sagt Reiner und schweigt.

Dann dreht er »Here I Go Again« von Whitesnake leiser und fragt mich, ob ich noch Jungfrau sei.

Ich sage:

»Quatsch!«

Er schaut aus dem Fenster, wo es außer Schaum nichts zu sehen gibt. Ich bin mir sicher, dass er keine weiteren Fragen hat. Er ist eben mein Vater.

Dann dreht er sich doch noch einmal zu mir und fragt:

»War's der Schnösel von deinem letzten Schultag, der Nackte mit dem Klopapier in der Nase?«

»Nee, der Idiot doch nicht«, antworte ich und wende mich dem Schaum zu.

»Bist du in jemanden verliebt?«

»Nerv mich nicht«, zische ich und halte mir die Ohren zu.

Er spult die Kassette mehrmals vor und zurück, wir fahren aus der Waschstraße, ich atme tief durch, und wir rauchen zusammen eine Mentholzigarette.

Ich bin sicher, meinem Vater würde nicht gefallen, dass ich seit einer Weile mit Dr. Ray über meine Probleme spreche. Es war Tante Trixis Idee, sie rief mich plötzlich mitten in der Nacht an und sagte, unser Gespräch neulich habe ihr doch noch ordentlich was zu denken gegeben. Irgendjemand müsse die neurotisch unglücksselige Fehrmannkette durchbrechen – sie wäre für eine erfolgreiche Therapie allerdings schon zu arrogant. Wenn ich zu ihrem besten Kumpel Dr. Joseph Ray ginge, bräuchte ich nicht mal eine Überweisung – und der kenne sich aus mit Metamorphosen. Obwohl ich nicht alles verstand und Dr. Ray eigentlich ein plastischer Chirurg war (der irgendwann auch mal einen Heilpraktikerschein gemacht hatte), vertraute ich ihr. Außerdem war ich froh, dass mir mal jemand auf den Kopf zusagte, dass mit mir etwas nicht stimmt.

Wir waren uns sofort einig, dass Reiner von meinen Sitzungen bei Dr. Ray nichts wissen braucht.

Tante Trixi und Dr. Ray lernten sich vor ein paar Jahren kennen, als sie sich von ihm in zahlreichen Sitzungen ihr Linda-Evans-Tattoo weglasern ließ.

Während er ihren Rücken von Linda befreite, sprach sie über alles Mögliche und schließlich viel über Oma Senta. Er verstand sofort, dass Tante Trixi mit dem Tattoo nicht etwa ihren Mutterkomplex loswerden wollte, sondern tatsächlich Linda, von der sie kurz zuvor ein aktuelles Foto in einem Schmierblatt entdeckt hatte. Starr von zahlreichen Liftings und andern Operationen stand sie in einem lavendelfarbenen Catsuit, der nicht zu ihrem Alter passte, vor einem Studio ihrer Fitnesskette. Auch auf Tante Trixis Rücken war sie sichtbar gealtert, ihr ausgeleiertes Lächeln verbarg sich unter einer Fettfalte. Ein paar geplatzte Äderchen und Leberflecke bedeckten ihr Gesicht.

Tante Trixi verehrt die Schönheit, verachtet aber Menschen, die sich in übertriebenem Maße mit der Kontrolle über den eigenen Körper beschäftigen. Sie ist der Meinung, das mache Pudding aus dem Geist und entzaubere alles Wahrhaftige.

Dr. Ray versteht das alles, trotz oder gerade wegen seines Berufes. So wurden sie spontan beste Freunde. Bei seiner Hochzeit war sie Trauzeugin, und auch wir waren alle eingeladen. Obwohl Reiner durch Tante Trixi einiges gewohnt ist, hat er auf dem Standesamt albern rumgekichert, bis er schließlich auf den Flur flüchtete. Immerhin hat er sich bei dem Empfang danach mehrfach entschuldigt. Mit Ramona musste er frühzeitig nach Hause fahren, weil die von dem ganzen Champagner vom Stuhl gekippt war. Noch nie war ihr das zuvor passiert. Bis heute erzählt Reiner immer wieder gern, dass dies einer der besten Tage seines Lebens gewesen sei, wegen Ramonas Slapstickeinlage und da er noch nie so etwas Lustiges gesehen habe, wie zwei Männer auf dem Standesamt.

Reiner fragt Dr. Ray sogar manchmal nach englischen Vokabeln, um seine Lieblingslieder besser zu verstehen. Um medizinischen Rat würde er allerdings niemanden bitten.

Dr. Ray ist schon den ganzen Tag bei Tante Trixi. Wir haben uns gestern nach der Schicht im Imbiss gemeinsam überlegt, wie wir Tante Trixi an ihrem Geburtstag endlich aus dem Haus bekommen. Niemandem fiel etwas Gescheites ein und so entschieden wir, dass Dr. Ray zunächst allein mit ihr frühstücken sollte. Bei Franzbrötchen, Amerikanern, Natas, Rosinenschnecken, Champagner mit Waldmeistersirup und Espresso mit Brausepulver darf Tante Trixi neunzig Prozent der Zeit schimpfen und lamentieren, so wie sie es liebt. Dr. Ray und Reiner haben zwischendurch telefoniert. Angezogen hat Tante Trixi sich bis vor einer Stunde noch nicht. Ramona konnte sich gestern nicht an unserem Gespräch zum Thema Tante Trixi beteiligen, da sie weder zu Hause noch erreichbar war. Ich glaube, sie könnte ohnehin gut damit leben, wenn sie Tante Trixi nie wieder sehen würde. Und mein Eindruck, dass Ramona auch gut ohne Reiner leben könnte, erhärtet sich zunehmend. Mein Vater blendet all die Zeichen, die sich mehren, bräsig-zufrieden aus.

Ohne eine Miene zu verziehen sagt er:

»Ramona ist schon den ganzen Tag nicht zu erreichen, erst ist sie nicht ans Handy gegangen, jetzt ist es aus. Vielleicht braucht sie einfach ein bisschen Abstand, Stint. Machen wir keine große Sache draus, kommt in den besten Ehen vor.«

»Na denn, Papa, wie du meinst. Aber dann jammer mich nicht voll, wenn sie irgendwann für immer Abstand will.«

Seit die Katze tot ist, schläft Reiner nicht mehr im Ehebett, sondern im Wohnzimmer, obwohl er bestimmt einen halben Meter länger ist als die abgenutzte Couch.

Reiner schreibt Ramona mit einer Hand eine Kurzmitteilung, während er vor Tante Trixis Haus parkt. Als er gerade dabei ist, etliche Ausrufezeichen an die Nachricht dranzuhängen, rammt er beinahe einen Pfahl.

Wir brauchen dringend etwas von unserer beknackten Normalität zurück und haben deswegen heute einfach alles so gemacht wie jedes Jahr. Der Tisch im *Casa Blanco* ist reserviert, das Auto gewaschen, ich habe ein Geschenk besorgt, und Reiner hat sich die Haare hochgesteckt wie Königin Beatrix.

Hauptsache, er nennt mich heute nicht mehr »Stint«. Beim Einparken fährt er gegen einen Getränkecontainer.

»Kann man dem Leben entkommen, wenn man es auf seine Wohnung beschränkt? Kann man das Leben aussperren?«, frage ich leise.

»Was? Was faselst du da schon wieder? Meinst du, ich kann hier so stehen bleiben, Stint?«

»Ich weiß nicht, Reiner, ist mir egal, ich will, dass wir sie aus der Wohnung kriegen.«

»Ach was, Stint! Ruf doch mal Ramona auf dem Handy an, sag ihr, wir sind um zwanzig Uhr auf jeden Fall alle bei Blanco, wir werden Spaß haben, wir sind eine große Familie, wir und der Schwuli, alles Rock 'n' Roll!«

»Nenn Dr. Ray nicht immer so, das ist armselig.«

»Wieso nicht? Stört dich, dass er schwul ist? Bist ein bisschen verknallt in den, was? Hab ich gesehen, deine roten Wangen, wenn der dir ein Küsschen zur Begrüßung gibt.«

»Schwachsinn, Papa!«

»Na komm, der ist ja auch ein Hübscher und riechen tut er auch gut. Hab ihn gefragt, er sagte, das sei Bergamotte, teures Zeug, könne man im Internet bestellen, direkt aus Kalabrien. Und immer gut drauf ist er auch, wie ich! Wenn der nicht immer so auf schlau machen würde, könnt der glatt mein Bruder sein! Sein Macker dagegen ist 'ne richtig launische Trulla, kommt der auch?«

»Nee, ich glaub, der kommt, wenn überhaupt, erst spät ins Restaurant.«

»Gut, den kann ich nämlich nicht ab, das ist so ein Spießer!«

Mein Vater schielt leicht mit dem rechten Auge, was mir in den letzten Wochen schon ein paarmal aufgefallen war, vielleicht ist es ein Tumor, vielleicht aber auch nur Nervosität.

Ramonas Mailbox geht an, sie spricht mit ihrer heiseren Stimme, wie eine Nutte. Ramona zieht seit einer Weile wieder in ihren alten Stretchkleidern um die Häuser. Dreimal in der Woche hat sie angeblich Bauchtanz. Sie behauptet, »das hilft gegen Rücken« und fülle sie auch sonst aus. Manchmal träume ich, wie sie tanzt, aber in meinen Träumen tanzt sie in ihrem Bauchtanzoutfit diesen seltsamen irischen Stepptanz. Immer häufiger träume ich, dass sie auf dem Nachhauseweg verschwindet und in mehrere Müllsäcke verpackt gefunden wird. Reiner klingelt lange an Tante Trixis Tür, und ich kaue auf einer Haarsträhne herum. Reiner haut mir auf die Finger: »Was machst du denn da wieder für Kindereien?«

Er hält mir Tante Trixis Geschenk, einen ganzen Balkonkasten bepflanzt mit gelben Stiefmütterchen, vors Gesicht:

»Halt das, Stint, und lass das Knabbern! Eine junge Dame steckt sich nichts in den Mund!«

»Papa!«

Er kriegt einen roten Kopf.

»Entschuldige, entschuldige, ähm. Ich mein ja nur, jetzt haste das mit dem Nuckeln endlich im Griff und, ach, ich sag gar nichts mehr.«

Ich nehme ihm das sperrige Ding ab.

»Scheißhässliche Blumen sind das! Wieso eigentlich gelbe Blumen?«

»Wieso nicht, gelb wie die Sonne!«

»Und der Neid!«

»Neid ist was für Feiglinge. Trixi ist eine mutige, dicke Sonne, bei der jemand das Licht gedimmt hat.«

Reiner beginnt »Happy Birthday« zu singen, als die Tür sich öffnet. Doch da steht Dr. Ray, und Reiner verstummt.

Dr. Ray trägt heute den Dalí-Pulli mit den Tigern und sieht sehr gut, aber schlecht gelaunt aus.

»I'm so glad to see you! Die Lady schafft mich! Seit Stunden versuche ich zu verbessern die Situation. No chance! Ich könnte langsam Trixi treten in die ass! Aber birthday is birthday!«

Ich befeuchte meine Lippen, mir wird schwindelig, da nimmt Dr. Ray mir den schweren Blumenkasten ab. Mein Kreislauf stabilisiert sich, ebenso Reiner, der das Geburtstagslied genau an der abgebrochenen Stelle wieder aufnimmt. Dr. Ray stimmt mit ein und deutet mit dem Kopf nach oben auf Tante Trixis geöffnetes Schlafzimmerfenster. Als sie das Lied fertig gesungen haben, sagt Dr. Ray wieder: »Birthday is birthday«, stemmt den Blumenkasten in die Höhe und geht hinein.

»Ja, Joseph, geboren werden wir alle nur einmal oder keinmal«, erwidert mein Vater und drängt sich an Dr. Ray vorbei ins Haus.

»Du bist so ein Spinner, Reiner, und immer mit Brett vor Kopf durch das Wand. Du bist ein very funny guy! Ich bin sicher, dass du bist viel mehr klug, als du zeigst in dein neverending show.«

»Ich wasch dir gleich deinen hübschen Ami-Klugscheißerkopf, Joseph! Denk nicht so viel, und vor allem quatsch nicht rum! Sag mir einfach nur, wie es um meine Schwester und ihre Turbulenzen steht.«

»Sie ist noch immer in bed in Pink-Panther-Unterwäsche. So kann sie nicht in die *Casa Blanco*.«

Ich bin mir sicher, auch das würde im *Casa Blanco* nicht weiter auffallen.

»Alles paletti, ich mach meiner Schwester mal Dampf unterm Furzkissen! It's time for music!«

Reiner springt die Killertreppe hoch.

»Na, dann mal Remmidemmi!«, rufe ich.

Dr. Ray nimmt mich fest in den Arm, küsst mir die Stirn und klopft mir auf den Rücken.

»Alles wird gut oder zumindest besser.«

Er drückt mich an seine breite Brust, er riecht nach Bergamotte, Seife und Wolle. Beinahe hätte ich ihn geküsst, da lässt er mich los, seufzt und öffnet Tante Trixis Kühlschrank. Nachdem er eine Weile darin gestöbert hat, ruft er: »Hello!« und schwenkt eine Flasche roten Martini hin und her (als gebe es nichts Erfreulicheres auf der Welt).

Er schenkt zwei Saftgläser randvoll ein, und als ich ablehne, trinkt er beide eins nach dem anderen in einem Zug aus und sagt:

»Ist ein wichtiger Tag heute für euch alle, oder?«

»Na ja, wir gehen außer an Tante Trixis Geburtstag nie alle gemeinsam irgendwo hin.«

»Ja, Familie braucht Rituale, Ritual ist wie Familiensuperkleber.«

»Wo ist denn dein Mann?«

»Klaus? Oh, der Verrückte hat versucht, sich seinen Nacken selber einzurenken! Jetzt fühlt er sich nicht so gut. Er hat ein Schmerzmittel genommen, nun er ist sehr müde und sehr glücklich, das war's für heute! Aus das Mickey Mouse!«

»Schade«, lüge ich. »Klaus ist so komisch, wenn er einen Witz erzählt. Wie er dann selber ewig weiterlacht, auch wenn kein anderer lacht.«

»O ja, und über meine Witze lacht er nie, nicht mal aus Höflichkeit, wenn andere Leute dabei sind. Mach dir keine Sorgen, es wird auch ohne Klaus big fun. Ich werde alles geben! Und dein Vater ist ein sehr lustiger Frosch.«

»Du meinst: komischer Vogel!«

»Ja, aber er guckt manchmal wie ein Frosch oder dieses andere froggy Tier, heißt Krote?«

»Kröte!«

»Er hat ein bisschen den Habitus von Trixi, aber sie ist natürlich viel schöner! Ach, ich freu mich, birthday party in das großartige strange Restaurant *Casa Blanco*! Oder meinst du, es ist doch zu viel für sie heute?«

»Nö. Glaubst du, Tieren wird es auch manchmal zu viel?«

Reiner kommt die Treppe runtergesprungen und ruft: »It's time for music! Seid ihr auch so weit, Trixi zieht sich gerade an.«

»Wie hast du es geschafft?«, staunt Dr. Ray.

»Ich hab ihr nur versprochen, dass sie diesen Sommer mit uns auf den Campingplatz nach Italia mitkommen darf!«

Das ist eine Katastrophe. Am liebsten würde ich gar nichts dazu sagen, so wütend bin ich.

»Reiner! Bist du bescheuert? Ramona bringt Tante Trixi um, wenn die nicht vorher Ramona umbringt! Das wird kein Urlaub, das wird Horror! Da hab ich keinen Bock drauf!«

»Na, dann wären wir immerhin zwei Schlampen auf einen Schlag los, was, Stint? Gib mir mal einen Schluck von deiner Martina, Joseph!«

»Du trinkst das, Reiner? Habe gedacht, immer nur Bier und Bier mit Schnaps und Bier mit Limo.«

»Ach, gib her die Sippsche, ich muss vergessen, was ich grad angestellt hab. Stint hat ja recht, wo Stint recht hat! Aber Ramona muss das verstehen, die muss da jetzt durch, Blut is dicker als Schnaps. Wo ist die alte Suffschlumpe eigentlich? Ruf da noch mal an, Stint. Und sag ihr, Trixi fährt mit uns in die Ferien. Wir konnten sie leider nicht nach ihrer Meinung fragen, da sie nämlich mal wieder nicht da war. Sagt mal, poppt die jetzt ihre Bauchtanzlehrerin, oder was? Eine Lesbe in der Familie reicht doch!«

»Papa, beruhig dich!«

»Birthday is birthday«, trällert Dr. Ray.

»Ach was, meiner Schwester tut das nichts, die mag das, wenn ein Konflikt siedet. Ich geh mir mal das Gemüt runterkühlen.«

Reiner verschwindet im Badezimmer. Kurz darauf hört man es laut plätschern, als ließe er sich ein Bad ein.

Ich halte mein Ohr an die Tür, an der ein Riesenposter von Victoria Beckham hängt. Er lässt tatsächlich Wasser in die Wanne laufen.

Ich klopfe gegen Poshs Kopf.

»Reiner, haben wir denn noch so viel Zeit, dass du in Ruhe ein Bad nehmen kannst?«

»Keine Sorge, Stint, ist eiskaltes Wasser. Will nur einmal untergehen, dann ist wieder gut.«

Mein Vater legt sich manchmal in eine Wanne mit eiskaltem Wasser, wenn ihm der Kopf schwirrt. Er nennt das *Antisauna.*

Ich setze mich zu Dr. Ray auf das alte Sofa von Oma Senta und lehne meinen Kopf an seine Schulter. Tante Trixi hat den Schonbezug nie abgenommen. Er ist so schmutzig, dass man kaum das Muster des Sofas erkennen kann.

Dr. Ray wischt mit seinem feinen Stofftaschentuch an einem Rotweinfleck herum. In der Küche finde ich Sprühreiniger, aber weder einen Lappen noch eine Küchenrolle. Also muss ich ins Bad. Ich klopfe mehrmals an Victorias Kopf, bekomme aber keine Antwort. Ich betrete die Antisauna. Wie erwartet ist Reiner mit dem Kopf unter Wasser und zählt über Wasser mit einer Hand die Sekunden ab. Ich verschwinde mit dem Klopapier, bevor er wieder auftaucht.

Zusammen mit Dr. Ray putze ich den Plastikbezug, bis man darunter wieder Ranken und Blumen erkennen kann. Als wir fertig sind, ist Tante Trixi noch immer nicht aus ihrem Schlafzimmer gekommen. Langsam verlässt mich die Zuversicht, alles könne zumindest an diesem Abend gut werden.

Dr. Ray steht auf, geht im Zimmer herum und zupft an seinem Rollkragen. Irgendwann lässt er seinen Kopf dann darin verschwinden.

Reiner schreitet, eingewickelt in ein weißes Handtuch und mit einem Turban auf dem Kopf, aus dem Bad und sagt: »So, jetzt ist wieder klare Brise im Gehäuse! Joseph, wo ist dein Kopf?«

Mein Handy klingelt, und in dem Moment, als ich rangehe, erscheint Tante Trixi strahlend auf der oberen Treppenstufe. Sie blickt vielsagend in die Runde und schreitet dann langsam die Treppe hinab. Während Dr. Ray sich noch einen Martini einschenkt, kreischt Ramona durchs Handy, wo wir bleiben, sie sitze schon längst im Restaurant.

»Wo warst du denn?«, unterbreche ich sie. »Warum schaltest du dein Handy aus, wir wollten uns doch hier treffen, du kannst ja wenigstens mal anrufen, Reiner hat sich Sorgen gemacht.«

»Batterie war leer. Und jetzt bin ich doch wieder ansprechbar, gib mal Reiner!«

»Papa, Ramona ist schon im *Casa Blanco*.«

»Sag ihr, sie soll ein Apfelschörlchen trinken, ich föhne mir noch in Ruhe die Haare.«

Ramona brüllt, sie trinkt, was sie will, und legt dann auf.

Tante Trixi trägt ein langes weißes Kleid mit zu viel Dekolleté. Dazu goldene Sandaletten. Sie ist gebräunt, als sei sie in den letzten Tagen mehrmals auf der Sonnenbank gewesen. Ihre blondierten Haare sind zu kleinen Zöpfen geflochten, und sie riecht zu stark nach *Coco Chanel*. Unten angekommen geht sie direkt auf Dr. Ray zu, nimmt eine Schere aus ihrer Tasche und schneidet einen Schlitz in seinen noch immer über den Kopf gezogenen Rollkragen.

»Prost, Joseph! Happy Birthday to me!«

Dr. Ray nimmt einen Schluck durch den Schlitz und sagt:

»Ich schenke dir vierhundertachtundfünfzig Euro, das war der Preis vom Pulli, darling.«

»Das wäre doch nicht nötig gewesen, mein Bester«, antwortet sie.

Ich stehe auf und breite meine Arme aus. Ich konnte noch nie ganz um Tante Trixi herumgreifen. Je größer ich wurde, desto mehr nahm sie an Masse zu – so blieb alles beim Alten.

»Einen Herzlichen zum Geburtstag. Gut, dass du runtergekommen bist!«

»Runter? Nein! Ich bin nur besser draufgekommen.«

Ich drücke ihr einen Kuss auf den Mund. Sie grinst mit ihrem überschminkten Mund so breit, dass man alle Zähne sieht. Auf den vorderen ist Lippenstift.

»Schöne Farbe«, sage ich.

»Ja, *Rouge Roulette*. Das Einzige, was ich von Eva noch hab.«

»Du trägst ihren Lippenstift? Den Lippenstift einer Toten?«, ruft Dr. Ray und krempelt seinen Kragen runter.

Ich hoffe, dass mein Vater auf der Stelle etwas dazu sagt. Und er tut es:

»Ich will hier ja jetzt keine dicke Lippe riskieren, aber tote Lippen soll man küssen!«

Der Einzige, der lacht, ist Dr. Ray. Er hat inzwischen fast die ganze Flasche Martini ausgetrunken.

Reiner zieht sich im Badezimmer bei offener Tür wieder an. Ich sehe, wie Dr. Ray einen Blick auf meinen nackten Vater riskiert und das Gesicht verzieht. Ohne aufzublicken ruft Reiner:

»Na, Joseph, das mal ein Körper, was?«

Ich gebe Tante Trixi mein Geschenk, eine Gummikugel für ihre Tasche »Mutti«. Sobald man an einer Schnur zieht, geht die Kugel auf, und es werden zwei Strandlatschen daraus. Man muss doch mit allem rechnen, selbst damit, dass es Sommer wird, auch wenn man sich das gerade überhaupt nicht vorstellen kann. Tante Trixi zieht sofort an der Schnur und schlüpft mit einem zufriedenen Seufzer in die Latschen:

»Wo hast du geparkt, Bruder? Ich bin nämlich so weit! Und wo ist eigentlich der Kobold? Ähm, pardon, Ramona?«

»Sie wartet im Restaurant«, meint Reiner mit gesenktem Kopf.

»Na, dann mal schnell, sonst gibt es da ja gleich nichts mehr zum Anstoßen!«

Das plüschige Lokal ist voll bis auf einen großen Tisch genau in der Mitte, an dem Ramona vor einer leeren Sekttulpe sitzt.

Dr. Ray hat so viel Martini intus, dass er noch vor dem Essen anfängt, »Bang Bang« von Nancy Sinatra zu singen. Ramona haut mit der flachen Hand auf den Tisch und schreit, er solle aufhören, sie hasse dieses Lied. Als er weitersingt, versucht sie ihn unterm Tisch zu treten, aber ihre Beine sind zu kurz, und sie fällt vom Stuhl.

Dr. Ray stimmt »Three Times a Lady« von Lionel Richie an und schnipst mit den Fingern, Ramona brüllt, dass sie dieses Lied am allermeisten von allen Liedern auf der Welt hasse. Reiner kniet vor ihr nieder und singt »Hello again« von Howard Carpendale, ohne auch nur einen einzigen richtigen Ton zu treffen. Die Leute an den anderen Tischen sind nur zum Teil amüsiert. Blanco, der heute extra seinen hellgrauen, im Internet ersteigerten Frank-Sinatra-Anzug trägt, stürmt mit einer Magnum-Flasche Lambrusco aus der Küche und ruft: »Sie lag ein Jahr im Koma! Liebe ist groß!«

Eine Frau, die ein bisschen aussieht wie Ramona in schnieke, johlt und klatscht Beifall.

Ramona juchzt und tut so, als kämen ihr die Tränen. Blanco schenkt Lambrusco ein.

Reiner bestellt wie immer die Managerlasagne mit vier verschiedenen Sorten Fleisch und einer Soße aus Schweineblut und Milch. Als der Teller schließlich vor ihm steht, macht er ein Gesicht wie ein Kind vor einem Pfefferkuchenhaus.

Tante Trixi kriegt zwei Dutzend Koteletts mit Mangognocchi und Wodkakurkumasahnesoße. Sie und Reiner sagen gleichzeitig:

»Was kann uns besser nähren als fremde DNA!«

Sie fallen sich um den Hals und verdrücken eine Träne, bevor sie beginnen, alles schweigend und schmatzend in sich reinzuschaufeln.

Dr. Ray hat ein Gericht namens »Rabiosa« ohne Sättigungsbeilage bestellt: gegrilltes Schweinefilet in Arrabiata bestreut mit reichlich gehackten Habaneros. Das nehme ich auch und verbrenne mir den Gaumen, während er genüsslich isst und immer wieder betont, sein Stoffwechsel sei auf Hochtouren, und er nehme gerade ab, während er esse. Ramona bekommt ihre Minestrone Speziale mit Grappa aufgegossen. Chefköchin Norberta kommt aus der Küche, erkundigt sich, ob alles in Ordnung ist, und massiert Tante Trixi den Nacken. Dabei strahlt sie unverdrossen, denn sie hält uns für eine glückliche Familie, weil wir zusammen an einem Tisch sitzen. Ramona bleibt heute erstaunlich nüchtern. Sie baut einen Hügel aus Olivenkernen vor sich auf, nagt an einem Hühnerbein, kaut lange mit offenem Mund und spuckt dann geräuschvoll eine Sehne aus. Sie salzt wie immer ordentlich nach. Irgendwann wird sie vielleicht austrocknen, wie ein See versickern. Ich lege mein Besteck hin und warte aufs Dessert. Zu der großen Sahnetorte gibt es noch eine Magnumflasche Lambrusco. Nachdem Blanco eingeschenkt und die Stücke verteilt hat, fängt Tante Trixi plötzlich an, zu viel und zu laut zu reden – wie immer. Ich bin mir sicher, dass ihre Depression in letzter Zeit ohnehin mehr Show als Zustand war. Man ließ ihr alles durchgehen. Jetzt hat sie es auch noch geschafft, dass sie mit uns in den Urlaub darf. Reiner stochert in seiner Torte und scheint genau das Gleiche zu denken wie ich. Reiner hat uns Tante Trixi in Italien eingebrockt. Und Tante Trixi, überaus heiter, berichtet uns von einer Drehbuchautorin, die schon dreimal angerufen habe. Man wolle die Geschichte von Eva Evangelista fürs Fernsehen verfilmen. Als Dokufiction! Natürlich fürs Spätprogramm.

Tante Trixi betont, dass ihre Geschichte nicht für die beste Sendezeit taugt:

»So soll man leben, frei ab achtzehn«, ruft sie und schenkt Lambrusco nach.

Ramona verzieht das Gesicht. Als sie mit dem Essen fertig ist, holt sie ihren großen, roten Parfümflakon *Hypnotic Poison* aus der Tasche, besprüht ihre Hände, zündet sich eine Menthol an und verschwindet dann unterm Tisch, um zu telefonieren. Ich beuge mich runter und ziehe die Tischdecke hoch. Sie hält die Hand vors Telefon:

»Was starrst du so blöd? Hab ich was im Gesicht? 'Ne Nase vielleicht? Ich seh das, Kindchen, ich seh deinen Blick. Gibt's ein Problem oder was?«, brüllt sie mich an.

»Mit wem musst du denn jetzt so dringend telefonieren?«

»Wen geht das was an?«

Reiner kommt von der Toilette:

»Ist irgendwas?«

»Was weiß ich«, sage ich und streiche die Tischdecke glatt.

Außer uns sind fast alle Gäste weg, nur die Frau, die aussieht wie Ramona in schnieke, knutscht im Séparée mit ihrem jüngeren Freund. Tante Trixi und Blanco koksen in der Küche, Dr. Ray tanzt alleine zu »Lose Yourself« von Eminem. Irgendwann tanzen alle außer mir zu »Dirty« von Christina Aguilera. Ich zünde mir eine von Reiners Mentholzigaretten an.

Blanco setzt sich neben mich und fragt:

»Was macht die Liebe?«

»Nichts«, antworte ich.

»Irgendwann hast du mir viel zu erzählen, die Liebe holt sich jeden von uns!«

»Redest du eigentlich so geschwallert, weil du Italiener bist?«

»Oh, so ein freches Mädchen wie du kriegt mal viel Liebe, aber vielleicht keine Hochzeit!« Blanco grinst verzückt.

»Oma Senta hat immer gesagt, bis zur Hochzeit sei alles wieder gut.«

»Ach, das wär so schön, vielleicht heiratet Tante Trixi mich ja doch noch, aber ein Zungenkuss wäre auch schon o.k.«, sagt Blanco, steht auf und versucht Tante Trixi einen Kuss zu geben, bis sie schreit, sie küsse keine Männer. Ich trinke alle Gläser aus, die auf dem Tisch herumstehen, und gehe auf die Toilette. Ich knie mich auf den Boden und klappe den Deckel hoch, aber mir ist nicht schlecht genug. Also klappe ich ihn wieder runter und setze mich drauf. Mit einem Fuß stemme ich die Tür von innen zu. Den rostigen Schlüssel in Reiners Abwesenheit umzudrehen, wäre wirklich Geldverschwendung. Ich bleibe ungefähr so lange so sitzen, wie es dauern würde, um zu pinkeln, pinkle dann doch noch und setze mich wieder auf den Deckel. Schließlich kommt Reiner und fragt, ob alles in Ordnung sei.

»Mir ist nur schlecht.«

»Soll ich dich nach Hause bringen?«

»Ja, wenn's dir nichts ausmacht.«

»Quatsch, Zelestine. Ich trink nur noch ein Likörchen, und dann ist finito la musica!«

Schließlich fährt mich Dr. Ray nach Hause, weil Reiner schon im Sitzen wankt. Ich frage mich, wann Reiner wieder einfällt, dass er Ramona sagen muss, dass Tante Trixi mit nach Italien kommt.

Mein Vater hält Feierlichkeiten generell für den idealen Moment, um Unannehmlichkeiten zu verkünden. Er meint, eine ausgelassene Stimmung stimme milde.

Dr. Ray und ich laufen durch die kühle Nacht. Er fragt, warum ich nicht noch ein bisschen ausgehe, auf den Kiez oder wo auch immer meine Generation sich rumtreibe. Ich antworte, dass ich froh sei, nach Hause in die leere Wohnung zu können und außerdem keine Lust auf meine Generation habe. Er fängt an zu laut »Lose Yourself« von Eminem zu rappen, er kann es komplett auswendig. Erst als wir endlich sein Auto gefunden haben, ist er still. Wir steigen ein, er sucht die CD, Eminem rappt weiter, ich zünde mir eine Zigarette an.

»Oh, sorry, Joseph, stört es?«

»Rauch ruhig, enjoy!«

Ich rauche und enjoye.

»Glaubst du auch, dass Trixi uns alle verarscht hat?«

»Wie meinst du?«

»Na, es ist doch wohl offensichtlich, dass es ihr überhaupt nicht so schlecht geht, wie sie tut. Sie wollte nur noch länger im Mittelpunkt stehen!«

»Von das Aufmerksamkeit?«

»Von der Aufmerksamkeit!«

»Ja, aber das is not so bad, wenn Aufmerksamkeit ihr bessere Laune macht, oder?«

»Aber das darf doch nicht das Einzige sein, also es kann doch nicht nur so ablaufen, dass man nur dann glücklich ist, wenn man mehr beachtet wird als alle anderen.«

»You know, manchmal es reicht, dass eine einzige wichtige Person einen nicht mehr beachtet. Dann will man von allen anderen mehr Beachtung, die gar nichts damit zu tun haben. Anyway, deine Oma hat was an Trixi kaputtgemacht forever. War sie wenigstens nett zu dir?«

»Nein, sie war zu niemandem nett. Und sie hat beschissen gekocht. Man hatte immer das Gefühl, sie will alles noch mal umbringen beim Kochen: Fleisch, Fisch, Gemüse, alles. Sie hat Gemüse immer so lange gekocht, bis es braun oder gelb wurde oder beige.«

»Vielleicht hatte sie Angst vor Keimen und Bakterien. Viele alte Menschen haben das, wegen Krieg. She never told you about it?«

»Nein, aber sie hat sich auch ziemlich oft gewaschen. Jedes Mal, nachdem sie auf der Toilette war, ist sie kurz duschen gegangen.«

»Hast du manchmal mit ihr gesprochen, über Trixi oder so?«

»Nicht direkt, sie hat bloß andauernd über sie hergezogen. Es war ihr sowieso ziemlich egal, ob irgendjemand glücklich ist mit seinem Leben. Sie hatte da sehr eigene Vorstellungen. Sie hat mir mal geraten, später jemanden zu heiraten, den ich nicht liebe, weil's mir dann besserginge. Dabei ging es ihr gar nicht gut mit ihrem Mann, den sie nicht geliebt hat. Sie hat ihre Tochter aus dem Haus gejagt! Oma Senta hat immer betont, sie hätte es nur gut gemeint. Ich glaube, sie hat Tante Trixi trotzdem geliebt, sie zumindest vermisst, sonst hätte sie ja nicht ständig von ihr geredet.«

»Whatever, Liebe ist das Geliebte zu lassen, wie es ist. Wer sich nicht daran hält, vergiftet sein Herz und andere Herzen auch.«

»Was ist eigentlich mit deinen Eltern?«

»Meine Mutter hat in Las Vegas in einem Casino gearbeitet. Sie hat immer vor Publikum geputzt, weil es nie geschlossen war. Eigentlich war sie eine actress. Sie hatte Humor bis zum Schluss, bis sie hatte Feierabend für immer.«

»Wie ist sie gestorben?«

»Bei einer Schießerei in dem Casino. Aus Versehen. Kein Gangster war tot, nur sie war tot, nur meine mom.«

»Oh, das tut mir leid.«

»Ihr Name war Candy. Sie war sehr blond, sehr groß und kräftig, sie sah aus wie Audrey Hepburn in blond and big.«

»Verstehe. Wusste sie, dass du Arzt werden wolltest?«

»Nein, ich wollte das erst später, als sie tot war. Ich brauchte eine Beschäftigung, ohne viel an privates Zeug zu denken. Davor wollte ich eigentlich art studieren.«

Er deutet auf seinen Pullover und streicht zärtlich über die Tiger.

»Tut mir leid«, sage ich noch mal.

Dr. Ray gibt dem Kreuz, das am Spiegel baumelt, einen Schubs, und ich lege meine Hand auf sein Bein. Er nimmt sie, sieht mich kurz eindringlich an, schiebt sie langsam weg, seufzt und bittet mich um eine Zigarette. Ich habe ihn noch nie rauchen sehen. Er inhaliert den Rauch tief, hustet aber nicht.

»Warst du schon immer schwul? Ich meine, so ohne Ausnahmen?«

»Ich habe meine Erfahrungen gemacht, es war interessant, mehr nicht«, sagt er, zieht noch einmal an der Zigarette und drückt sie dann im Aschenbecher aus.

»Findest du mich attraktiv? Irgendwie?«

»Ja, aber ich würde lieber mit deinem Vater knutschen.«

»Soll das ein Witz sein?«

»Nein.«

Das sitzt, mein Kloß im Hals ist so groß, dass ich das Gefühl habe, nicht mal schlucken zu können. Dr. Ray reicht mir eine Literflasche Wasser und sagt:

»Hier, austrinken, dann fühlst du dich besser. Ich bin ganz sicher nur eine Projektionsfläche, in ein paar Jahren lachst du dich tot darüber.«

Ich steige aus dem Auto, knalle die Tür zu, laufe ein paar Schritte und atme tief durch. Er ist noch immer nicht losgefahren, also gehe ich zurück und klopfe ans Fenster. Er kurbelt es runter, ich gebe ihm einen sanften Kuss auf den Mund und sage:

»Ich wollte nur mal wissen, wie du schmeckst. Schöner Pullover übrigens!«

Nun doch stark hustend und leicht errötet versucht Joseph ein Lächeln.

»Und?«

»Nach Marlboro-Menthol, Kaugummi, Martini, Bergamotte und irgendwie auch nach Mann.«

Er grinst, fängt an zu lachen und legt dabei den Kopf in den Nacken. Ich sehe auf seinen Adamsapfel unter der gebräunten Haut, er ist nicht zu groß und nicht zu klein. Als er sieht, dass ich ihn anstarre, hört er auf zu lachen.

»Schluss jetzt, Stine, du brauchst einen Tapetenwechsel, musst mit Leuten in deinem Alter fun haben. Whatever, du bist so pretty und klug, du findest sofort einen smarten Typ, wenn du mal ausgehst.«

»Die sind alle langweilig. Und hübsch bin ich schon gar nicht. Hast du dir mal meine Nase angeschaut?«

Er gibt mir einen Kuss auf die Stirn und tippt mir auf die Nase.

»Deine Nase ist interessant, aber wenn du damit psychisch langfristig nicht okay bist, kann ich es operieren. So, that's enough! Geh raus in die Nacht, in Bars, Discos und so, ich bin zu alt und viel zu homosexual!«

UNTER LEUTEN

Ich mag es, wenn die Wohnung leer ist. Ich ziehe mich aus und stelle mich nackt vor den Spiegel. Ich ziehe den metallicblauen Push-up-BH an, den Ramona mir gekauft hat. Die Größe stimmt sogar, damit scheint sie sich auszukennen. Es sieht gar nicht so schlecht aus, das Ding ist extrem gefüttert und formt selbst meine kleine Oberweite zu einem Dekolleté. Es liegt noch eine passende Unterhose in der kleinen Tüte. Ein Stringtanga, der ein bisschen zu locker sitzt. Aber so alles in allem gefalle ich mir ganz gut. Ich mache mir einen hohen Pferdeschwanz, ziehe meine weitesten Baggypants an, drehe »Fit But You Know It« von The Streets voll auf und tanze und pose vorm Spiegel herum. Ich mache die Musik schließlich so laut, dass Frau Boje von oben klopft. Das macht die sonst nur, wenn Ramona und Reiner sich streiten. Ich ziehe die BH-Träger noch ein bisschen straffer und hole mir ein Bier aus dem Kühlschrank.

Kassian hatte meinen Brüsten gar keine besondere Aufmerksamkeit geschenkt. Er streifte sie, als er schon längst in mir drin war, nur ein Mal ganz kurz mit der Zungenspitze. Eigentlich ist mir Sex ziemlich egal. Was daran romantisch sein soll, verstehe ich gar nicht. Mein erstes Mal fand ich auf eine andere Weise gut, die ich nicht benennen kann, und man erlebt Sex nur mit einigen auserwählten Menschen, exklusiv eben. Vielleicht ist das das Tolle daran, und Romantik ist noch exklusiver, die höchste Stufe. Eigentlich habe ich überhaupt keine Ahnung, aber ich wäre manchmal gern jemandem nahe, Haut an Haut. Als Kassian in mir drin war, war es, als wäre er ganz weit weg. Und als es gerade begann, mir zu gefallen, war es auch schon vorbei. Vielleicht sollte ich das nächste Mal vorher Alkohol trinken, um mich schneller gehenlassen zu können. Viele Mädchen aus meiner Klasse machten das so und gaben später damit an, dass sie komplett besoffen von irgendeinem beliebten Typen ordentlich durchgebumst worden seien.

Ich überlege, wohin ich jetzt noch ausgehen könnte. Ich gehe zur Vitrine im Wohnzimmer und nehme Ramonas Whiskey mit in mein Zimmer. Eine halbe Stunde später suche ich in meinem Handy nach Telefonnummern von Leuten, die nachts unterwegs sein könnten. Die meisten wären irritiert, mitten in der Nacht und nach so langer Zeit von mir zu hören. Schließlich schreibe ich Simon eine SMS. Er antwortet mir sofort: Wir sind alle im *Supereverything*. Ich habe keine Ahnung, was das ist, und rufe die Auskunft an.

Die Bar ist gar nicht so weit entfernt. Drinnen ist es so voll, dass noch einmal genauso viele Leute draußen herumstehen. Alle Frauen sind frisiert, glitzern und stolzieren auf hohen Absätzen herum, dazwischen ein paar Typen, die aussehen wie im Wahlkampf; einige tragen saubere Turnschuhe zum Anzug. Ich habe mir heute gerade mal die Haare gewaschen, trage zu den Baggypants ein Van-Halen-T-Shirt von Reiner, dazu die alten Turnschuhe von Tante Trixi.

Ich weiß nicht warum, aber ein blasser, großer Typ mit Schmollmund, Frisur, einem Unterhemd und zu enger dunkelgrüner Bundfaltenhose kommt auf mich zu und quatscht mich voll. Er will wissen, ob wir nicht letztens in Paris, New York oder Mailand auf den gleichen Partys waren. Ich bitte ihn um eine Zigarette. Er gibt mir eine Mentholzigarette und berichtet mir, dass man in der amerikanischen Hip-Hop-Szene schon lange Menthol raucht.

»Bei mir zu Hause auch«, sage ich, was er total cool findet. Als er erfährt, dass ich noch nie in Paris oder New York war, wirkt er seltsam enttäuscht.

»Ich komm viel rum, ich bin Model! Du hast auch ein interessantes Gesicht und einen lässigen Style!«, sagt er. »Und du bist ziemlich groß für ein Mädchen«, fügt er hinzu, als sei das eine besondere Leistung.

»Kann ich deine Nummer haben? Ich würde dich gern mal treffen und an meine Agentur vermitteln, die machen dann erst mal ein paar Polaroids, aber ich glaub, du hast echt Potential.«

»Als Model?«

»Strike!«, sagt er, schnalzt mit der Zunge und kneift die Augen zusammen, als blende ihn die Sonne.

»Aber warum sollte ich etwas derart Schwachsinniges machen?«

»Wegen der Kohle, honey, und man kommt auf der ganzen Welt rum, ist immer unterwegs.«

»Nö, lass mal, da verblöde ich lieber gleich hier gemütlich im Imbiss meines Vaters.«

»Wie du meinst, aber denk noch mal drüber nach, früher oder später schlägst du in der Agentur auf, darauf wette ich. Ich bin übrigens Folk«, sagt er stolz.

»So heißt du?«

»Nee, eigentlich Volker, Folk ist mein Künstlername, mein internationaler Code, du verstehst? Also, gibst du mir jetzt deine Nummer? Wie heißt du eigentlich?«

»Candy.«

»In echt?«

»Ja, meine Mutter war Amerikanerin, sie wurde in Vegas erschossen, als ich noch klein war.«

»Heftig, krass, don't know what to say, honey. Ich will dich treffen, und du musst meine Bookerin kennenlernen, wie groß bist du?«

»1,78.«

»Perfect. You're such a beautiful girl! Je länger man dich anguckt, desto schöner wirst du, du bist ein richtiges Original. Hättest du vielleicht Lust, nachher zu ficken? Ich hab auch was dabei, du verstehst?«

»Jetzt dreh mal nicht durch, Volker, ich bin hier verabredet! Mit meinem Freund.«

Er steckt die Daumen in die Taschen seiner Hose, verfällt in eine seitlich gekippte Pose und sagt: »Ooookaaayyy … Schade, schade. Aber falls du ihn irgendwann abschießt, ich bin eigentlich immer hier, wenn ich nicht im Ausland bin.« Drinnen ist Simon nirgends zu finden, ein Typ greift mir in die Haare, ich drehe ihm die Hand um, eine Frau lallt mich an der Bar voll, sie wolle irgendwann mal mit einer Frau rummachen. Es ist nicht klar, ob sie damit mich meint. Ich werde sie nicht los, obwohl ich an ihr vorbeisehe und keine Fragen stelle. Als ein Typ sie von hinten umarmt, macht sie eine unmissverständliche Geste, dass er verschwinden soll. Kurze Zeit später geht sie mit ihm weg.

Ich finde Simon schließlich auf der Toilette, er lehnt, eine Lolli lutschende Frau im Arm, an der verspiegelten Wand in dem geräumigen Damenklo und redet mit zwei Typen über die Verfilmung von Videospielen.

»Celestinaaa! Meine Süße!«, ruft er, obwohl ich direkt vor ihm stehe.

»Hi, Simon, ich bin nur gekommen, um mich zu verabschieden.«

»Na, das ist ja originell, muss ich mir merken.«

»Nein, Mensch, ich bin schon mindestens eine Stunde hier. Es gefällt mir nicht!«

»Ooookaaayyy … schade, schade. Wollen wir woandershin?«

»Nee, lass mal, mir reicht's.«

»Ooookaaayyy. Ich funk dir, wo wir später noch aufschlagen.«

Simon ist in dem einen Jahr seit dem Abitur noch mehr so geworden, wie er ist.

Ich trinke an der Bar schnell hintereinander zwei Wodka und schlendere ein bisschen durch die Nacht, der Mond ist nicht einmal halb zu sehen. Man kann auf viele Arten jung sein, leben und sterben. Verpassen tut dabei jeder was. Alles bestens also.

Ich bin müde, erschöpft, mir ist kalt, trotzdem will ich nicht nach Hause und beschließe, zu Fuß auf den Kiez zu laufen, da ich so gut wie pleite bin. Ich gehe möglichst lange an der Hauptstraße entlang und treffe fast nur einzelne Personen, meistens Männer. Obwohl ich mittlerweile ziemlich betrunken bin und immer wieder Autos vorbeirasen, habe ich Angst und beschleunige meine Schritte, renne ein weites Stück der Strecke und fahre schließlich doch noch ein paar Stationen mit dem Nachtbus. Auf der Reeperbahn ist überall Licht, Musik, Grölen, die meisten Leute sind in Gruppen unterwegs – ich werde hellwach und friere nicht mehr.

Ich suche eine Kneipe, in der ich mit Leuten aus meiner Klasse auf einer langweiligen Geburtstagsparty war. Ich finde den Laden einfach nicht wieder und hole mir an der Tankstelle einen halben Liter Elephant-Bier, das fast so viel Prozent hat wie Wein. Auf einer Bank sitzen französische Austauschschüler und quatschen mich an. Ich trinke mein Bier mit ihnen und höre mir ihre deutschen Vokabelaufzählungen an. Sie sagen lauter versaute Sachen und gackern herum. Ich rufe ein paarmal »Bravo« mit französischem Akzent. Sie fragen, ob ich in genau die Kneipe mitkommen will, die ich gesucht habe.

In der *Tube* hängen bunte Lichterketten an der Decke, der Tresen klebt, es gibt Graubrot mit Schweineschmalz für lau, es läuft Nirvanas »Come as You Are«. Die Leute sitzen in kaputte Sofas versunken und trinken alle das gleiche Bier. Ich entdecke Désirée. Sie schläft in einem Sessel auf dem Schoß ihres Freundes Malte, der auch nicht mehr besonders frisch wirkt, mir aber zunickt. Er hat ein breites Gesicht, stoppelige Pausbacken, einen geflochtenen Kinnbart und eine Stupsnase. Seine Augen stehen dicht zusammen, und sein Mund sitzt zu weit in der linken Gesichtshälfte. Unter seiner St.-Pauli-Mütze ragt splissiges Haar hervor. Er streichelt Désirée wie in Zeitlupe den Kopf.

Die Franzosen laden mich zum Schnaps ein und sind ganz außer sich darüber, dass in der Muffbude so freimütig gekifft wird. Ich wecke Désirée. Kaum wach, hält sie mir die Hand zum Einschlagen hin. Ich stelle ihr die Franzosen vor. Sie spricht schlafwandlerisch sicher Französisch und wirkt auf einmal ganz adrett. Ich dachte, ihr Name wäre eine geschmacklose Laune ihrer Eltern gewesen. Dabei wurde sie in Cannes gezeugt. Ich erfahre, dass ihre Mutter ein französischer B-Movie-Star war, der deutsche Vater Koch auf Kreuzfahrtschiffen.

Désirée schenkt den Austauschschülern einen Beutel Gras, nachdem sie ihre deutschen Vokabeln aufgezählt haben. Dann verkauft sie ihnen noch ein paar grüne Pillen mit Schmetterlingen drauf. Malte lädt uns zu einer Runde türkisfarbenen Schnaps ein, von dem noch niemand etwas gehört hat. Die Freude ist groß, die Luft schlecht. Als alle ausgelassen und sehr französisch akzentuiert »The Passenger« von Iggy Pop mitsingen, stelle ich mein Bier auf den Tresen, wimmele Alain nach einem kurzen Zungenkuss ab und gehe.

Vor der Tür liegt ein Fahrrad. Das typische Fahrrad, das man eben so liegen lässt. Ich stelle es hin. Da der Ständer sofort einknickt, muss ich es auffangen. Die Kette ist verrostet und ausgeleiert, aber sie sitzt da, wo sie hingehört. Die Farbe ist uneindeutig. Metallic-Bronzegrün mit einem Schuss Orange.

Um die Stange sind mehrere »Ein Herz für Kinder«-Sticker geklebt. Es gibt am Lenker nur noch einen Gummigriff, ansonsten Klebstoffreste. In der Mitte klemmt statt einer Klingel eine Gummi-Entenkopf-Hupe. Ich sehe mich um und hupe. Kein Besitzer meldet sich. Also fahre ich los, die Reifen sind aufgepumpt genug, und die Rücktrittbremse funktioniert. Auf dem Weg nach Hause mache ich einen Abstecher zum Friedhof.

Eigentlich will ich zu Friedrichs und Oma Sentas Grab, aber dann ändere ich die Richtung und radele quer durch den Park zum Grab von Iris' Arm.

Ich sehe zum ersten Mal, dass ein Abbild ihres Delfin-Tattoos in den Stein gemeißelt wurde, ebenso der Schriftzug *Warrior of Light*. Vielleicht sagen die Tattoos der Menschen vor allem etwas darüber aus, was sie nicht sind.

Ich setze mich im Schneidersitz auf das Grab. Genau so, wie Iris immer dasaß, wenn sie zu meinen Händen gesprochen hat. Ich imitiere ihren feierlichen Gesichtsausdruck und erkläre meinen nächtlichen Ausflug ab sofort zu einem ernstgemeinten Besuch.

Es liegen überhaupt keine Blumen auf dem Grab. Vermutlich findet Ramona das Grab einfach nicht wieder. Rahim, der schöne Afghane, hat seine Liebe bestimmt einer neuen Frau geschenkt. Er ist ein Mann, der Blumen aufs Grab legen würde, zumindest solange eine andere Frau nichts dagegen hätte. Man sollte keine lebendige Frau rasend machen, indem man einer Toten Blumen bringt.

Ich wünschte, ich wäre romantisch. Iris hat sich bestimmt auch nicht sonderlich für Dekorationen interessiert. Sie interessierte sich mehr für Unsichtbares, faselte ja immer was von Aura, Energiefluss und allerlei Summsumm.

Als Kind dachte ich, eine Aura müsste unbedingt grün sein, eine amorphe lichtdurchflutete grüne Masse, wie ein fliegender Slime. Yves Klein hätte sich als Kind sicher eine blaue Aura gedacht. Wenn irgendetwas von Iris' übersinnlichem Geschwafel gestimmt hat, müsste jetzt doch zumindest ein Blatt vom Baum fallen. Das könnte ich dann als Zeichen deuten.

Ich frage mich, warum ich gar keine Angst habe, so ganz allein, nachts, auf dem Friedhof; irgendwann komme ich zu dem Schluss, ganz schön besoffen sein zu müssen. Zu besoffen auf jeden Fall, um die Lage nachts auf einem Friedhof richtig einzuschätzen.

Mein Handy piept. Sicher hat Reiner bemerkt, dass ich nicht in meinem Bett liege.

Es ist eine Nachricht von Simon:

Wo bist du?

Auf dem Friedhof!

Okay. Witzig. Ficken?

Dann versucht er sofort, mich anzurufen. Ich mache das Telefon aus und überlege, ob ich hierbleiben soll, bis die Sonne aufgeht. Doch als ich in der Nähe jemanden husten höre, nehme ich mein neues Fahrrad und radle los.

Ich höre Reiner und Ramona schon im Treppenhaus schnarchen. Sie haben gar nicht bemerkt, dass ich nicht da bin. Ich stelle das Rad in den Keller, suche einen Schlafsack und lege mich im Imbiss in den Vorratsraum neben das Regal, das Friedrich erschlug.

DIE FÄHRTE

Mein Kopf ist ein unförmiges, schmerzhaftes Ding. Meine Arme sind eingeschlafen. Der Geruch von rohem Fleisch, Kaffee und Essig dringt mir in die Nase. Langsam werde ich wach.

Reiner hat mir ein Mettbrötchen und einen Becher schwarzen Kaffee neben den Schlafsack gestellt und mit Perlzwiebeln, einem Gürkchen und einem Streifen Paprika ein lachendes Gesicht in das Hackfleisch gedrückt.

Ich esse das Gesicht und trinke den Becher Kaffee in einem Zug aus – wie die Schnäpse letzte Nacht. Sodbrennen breitet sich aus, ich stehe trotzdem auf. Ich habe noch immer die Klamotten von gestern an. Ich schlurfe zu Reiner, der sagt:

»Geh duschen, Tochter! Hast du dein Brötchen gegessen? Du solltest was essen vorm Duschen, sonst kippst du mir noch um, fidibumm!«

»Lass mich in Ruhe, ich riech immer noch besser als dein Fett von gestern!«

»Hey, hey, jetzt mach dich mal locker! Ich hab auch einen ordentlichen Schädel. Wann warste denn da? Hat Ramona auch geschnarcht? Sag ihr das mal, sie sagt nämlich immer, das sei nicht sie! Weißt du, wer mich heute Morgen im Treppenhaus so vollgequatscht hat, dass ich noch mehr Kopfschmerzen gekriegt habe: die Borkenhagen. Die Ische kann labern, sag ich dir, und seit ihr Stefan weg ist, kommt die gar nicht mehr auf den Punkt, Mensch muss der gelitten haben. Das ist eine komische Tante, macht jetzt auf Buddhisterin, weil sie nicht mehr gefeudelt wird.«

»Ach Papa, so einfach ist das alles nicht.«

»Doch, so einfach ist das, Stine. Kein Mann, rumsdibumsdi werden die Weiber alle zu Kartenlegerinnen und suchen im Himmel nach Antworten, dabei sollten sie einfach mal ihrer Muschi auf die Spur kommen. Die machen stattdessen alles, um zu vergessen, dass sie überhaupt eine haben! Die werden Metaphistiker!«

»Metaphysiker, Papa! Männer haben also den Durchblick, oder was?«

»Klar, die bringen die Sache auf den Punkt, gehen rumbumsen, um zu vergessen, wenn's sein muss, ein Leben lang. Ist immer noch besser, als ein Leben lang rumzuflennen.«

»Du meinst also, Männer können besser mit ihren Gefühlen umgehen?«

»Ja, auf den Punkt gebracht, schon, Stine! Das Leben ist ein Fass voll einfacher Lösungen, man muss es nur anstechen!«

»Und was ist die Lösung?«

»Moderne Frauen, so wie die eine da, na, wie heißt die doch gleich? Ach, nie komm ich auf den Namen.«

Er steckt einen Löffel in den Metteimer und leckt einen dicken Klumpen ab.

»Wo ist denn Ramona?«

Ich bekomme keine Antwort.

»Papa?«

Er starrt plötzlich durch mich hindurch, so wie neulich, da knallte ich ihm versehentlich die Tür an den Kopf, als ich ins Bad wollte. Er stand neben dem Wäschekorb, wie erstarrt, Ramonas Bauchtanzrock in seinen Händen. Sie hatte sich eine Stunde vorher auf den Weg gemacht. Er drückte mir den muffigen Stoff ins Gesicht: »Hier, riech mal!« Ich schlug seine Hand weg.

»Stinkt, Stint! Der wurde schon eine ganze Weile nicht mehr gewaschen.«

»Sie ist eine Schlampe, Papa.«

»Vielleicht merkt sie gleich, dass sie ihn vergessen hat, und kommt noch mal wieder.«

»Nee, dann müsste sie schon längst wieder da sein, sie ist mit dem Auto los, da bräuchte sie zehn Minuten.«

»Vielleicht haben die da Leihröcke, so wie Schlittschuhe auf der Eislaufbahn.«

»Dir ist echt nicht zu helfen, Reiner, bescheiß dich doch alleine!«

Ich knallte die Tür so stark zu, dass das Glas sprang. Ich öffnete sie noch mal einen Spalt breit und sah meinen Vater noch immer mit dem ekligen Rock in der Hand. Er schielte mit dem rechten Auge.

»Tut mir leid, Papa, war nicht so gemeint, war der Wind. Kannst du mir ja vom Lohn abziehen. Bestimmt gibt es für alles eine logische Erklärung.«

»Schon gut, Stint, ist doch bloß Glas.«

Ich ging in mein Zimmer und wartete. Als Ramona zwei Stunden später nach Hause kam, hörte ich, wie Reiner sie fragte, wie es beim Bauchtanz gewesen sei, und ihr zur Begrüßung einen Kuss gab. Dann redeten sie über den Tagesumsatz und darüber, was es im Fernsehen gab.

Reiner ist eine Memme. Lieber knetet er stundenlang Hackfleisch, legt sich in eiskaltes Badewasser oder hört *Rock Romance!*, statt sich einem Problem zu stellen.

Später holte ich den Bauchtanzrock mithilfe einer Plastiktüte wieder aus dem Wäschekorb. Der Gummizug war vollkommen ausgeleiert. Ramona ist klein und schmal, ein bisschen was auf der Hüfte hat sie mittlerweile, aber der Rock würde nicht halten. Man müsste einen Knoten in das Gummi machen, damit er ihr nicht runterrutscht. Sie hat in den letzten Wochen sicher nicht darin getanzt. Ich schnitt ein großes Loch in die Mitte des Rocks.

»Wo ist Ramona? Wird doch gleich die Hölle los sein über Mittag«, sage ich laut und trete Reiner ans Schienbein.

»Ja, was denn? Die ist oben und wollte gleich mal los, sich vorm Bauchtanz noch ein Sommerkleid kaufen.«

»Und das findest du in Ordnung, du sollst dich hier abrackern, und sie geht shoppen?«

»Ach was, ist ja plötzlich so warm geworden, riechst du nicht den Sommer, Stint? Sie hat nichts mehr, das passt, sie hat ja so abgenommen im letzten Jahr, die kleine Süße!«, antwortet er und klatscht einen Spachtel voll Mett auf eine halbe Schrippe.

»Ach ja? An Gehirnzellen vielleicht! Wie auch immer, ich geh duschen. Soll ich dir gleich helfen?«

»Nö, Stint, mach dir mal einen schönen Tag, ich pieps dich an, wenn die Hütte brennt. Aber wäre toll, wenn wir heut Abend mal die Schichten durchquatschen könnten. Ich brauch dich diesen Monat noch ein bisschen mehr. Ramona muss sich entfalten, sie will sich vielleicht noch für Afro-Dance anmelden, oder für Flamenco.«

Er drückt ein Gesicht in das Mett und legt es in die Verkaufsvitrine.

»Läuft wie verrückt mit den Gesichtern drauf, nicht nur für die Kinder. Das Brötchen lächelt dich an, es will gegessen werden, so macht man Geschäfte! It's time for music!«

Hauptsache, die Geschäfte laufen. Ich verdrücke mich nach oben.

Ich stopfe meine Sachen in die Waschmaschine und schließe das Bullauge, stelle mich unter die Dusche und lasse kaltes Wasser über meinen Körper laufen, bis es weh tut.

Ich kann nicht den ganzen Sommer im Imbiss stehen, sonst werde ich verrückt. Schlimmer, als im Imbiss hinterm Tresen stehen, ist nur: im Sommer im Imbiss hinterm Tresen stehen. Der Schweiß auf meiner Haut mischt sich mit dem Frittierfett in der Luft zu einem einzigen Fettfilm. Ich dehydriere, trinke eine Unmenge Sprite, aber der Durst hört nie auf. Mein Magen wird flau, und wenn ich versuche, eine Kleinigkeit zu essen, bloß in ein trockenes Brötchen beiße, bekomme ich sofort Sodbrennen. Manchmal verschwinde ich kurz in den Vorratsraum und halte meinen Kopf in die Gefriertruhe. Mittags ist aber oft so viel los, dass ich nicht einmal auf die Toilette kann. Ich murre nie, sage nicht einmal, wie beschissen ich es finde, ich arbeite wie eine Besessene, weil es Reiner stolz und glücklich macht. Er hält mir die Hand zum Einklatschen hin und nennt uns das beste Team, das sich bei der Lebensolympiade tummelt. Ich strahle ihn an und hoffe, dass mir sein Glück zum Leben reicht.

Nach den Schichten starre ich im Spiegel auf meine schmierige, rotgefleckte Haut voller Mitesser, auf die tiefen blaugrauen Augenringe, und wenn ich mir in die Augen sehe, gerate ich in einen Identifikationsschlamassel und denke: Das bist du? Seltsam.

Um dabei nicht in Panik zu geraten, nehme ich mir in diesen Momenten fest vor, Reiner zu sagen, dass ich mein Leben so beschissen finde, dass ich wegmuss aus seiner Welt, dass ich nicht ihm und Ramona zuliebe immer kleiner werden kann. Sonst würde sich mein Selbstwertgefühl völlig auflösen, und ich würde in der Klapse landen.

Aber würden sie das überhaupt verstehen?

Ich brauche Menschen, mit denen man ein Gespräch führen kann, das über das Notwendigste hinausgeht. Ich habe mich bisher nicht getraut, auch nur einmal das Einklatschen mit Reiner zu verweigern. Ich hoffe, es ist schon etwas wert, dass ich für mich alleine beschlossen habe, nicht als irrer Feigling sterben zu wollen.

In der Lebenshilferubrik einer Frauenzeitschrift von Ramona las ich neulich, dass man statistisch gesehen neue Leute meist bei der Arbeit kennenlernt. Ich könnte in einer Bar anfangen, den Job würde ich hinkriegen. Aber bestimmt hängt dann irgendwann Ramona oder so jemand wie Ramona oder Simon und solche Leute da rum.

Die Hitze schlägt mir zusammen mit dem Restalkohol aufs Gemüt. Ich sollte den Rest des Tages zu Hause verbringen. Ich verlasse das Bad und bleibe nackt auf dem dunklen, schmalen Flur stehen. Im Schlafzimmer am Ende des Flures sehe ich Ramona hin und her huschen. Ich schleiche in die Küche direkt neben dem Schlafzimmer und lausche.

Ramona singt »Deine Spuren im Sand« von Howard Carpendale. Meine Haut trocknet schnell, und es ist schon wieder zu heiß, die Kopfschmerzen setzen genau dort ein, wo sie unter dem kalten Wasser aufgehört hatten. Ramonas Handy klingelt mit dem gleichen Carpendale-Lied, und als spüre sie meine Nähe, reißt sie die Ziehharmonika-Tür des Schlafzimmers zu, nachdem sie vertraulich »Hallöchen« gehaucht hat.

Ich trippele auf Zehenspitzen hinüber und lausche an der Plastiktür, durch die normalerweise jedes unliebsame Geräusch bis in mein Zimmer dringt, doch Ramona flüstert, deutlich vernehme ich nur ihr dreckiges Lachen. Also gehe ich zurück ins Bad, versperre die Tür mit der Wäschetonne und suche darin nach dem Bauchtanzrock. Der ausgeblichene Fetzen liegt ganz unten. Das Loch und die Schweißränder sind noch da. Ich starre auf das scheußliche Teil und rieche daran, sogar der Gestank ist verblasst. Ramona singt »Ti amo«, ich reiße das Loch noch weiter auf, bis der Rock vollkommen zerfetzt ist.

Als ich aus dem Bad komme, ist das grelle Deckenlicht im Flur an und die Schlafzimmertür wieder auf, Ramona summt nur noch, als sie mich erblickt, rennt mit einem Piccolo in der linken Hand hin und her, stellt sich vor den großen Spiegel im Flur, betrachtet sich zufrieden von allen Seiten und zieht ihren ohnehin übertriebenen Lidstrich nach. Sie trägt eine schwarze Pailletten-Korsage, hautenge Hüftjeans, einen goldenen String und weiße Stilettos. Aus ihren paar Haaren hat sie sich eine Palme auf dem Kopf gemacht – wie früher.

»Man sieht deine Unterhose«, sage ich.

»Na hoffentlich, die war schweineteuer!«, antwortet sie, ext den restlichen Piccolo und stellt die Flasche einfach auf den Boden.

»Verstehe, schick, schick, wo soll's denn hingehen, schöne Frau?«

»Verarsch mich nicht, Stinker! Ich schwitz, da kommt man mit der Malerei gar nicht hinterher! Seit ich vierzig bin, bin ich ein Gesichtsschwitzer, bestimmt kriegt mich auch noch der Alterszucker!«

Ramona schwitzte schon früher immer so stark, dass es morgens von ihrem Gesicht auf meine Schulbrote tropfte, wenn sie mir überhaupt mal welche schmierte. Deshalb verschenkte ich meinen Proviant im Sommer immer an verhasste Mitschüler.

Ramona sagt: »Wenn man jung ist und schwitzt, finden die Männer das geil!«

»Und was hat das jetzt mit Alterszucker zu tun?«, erkundige ich mich.

»Also, man hat auf alle Fälle auch viel Durst beim Alterszucker!«

»Aha, mhm, ja. Na, den hast du ja!«

»Lachsack gefrühstückt, Stinker? Och nö, guck ma da, wie meine Oberarme hängen, die kann man richtig hin- und herschwingen.«

»Ach was, du siehst gut aus. Außerdem hast du ja jemanden, der dich liebt, egal ob was schwingt. Reiner meinte, du gehst shoppen? Kann ich mitkommen, ich brauch dringend einen kurzen Jeansrock für den Urlaub.«

»Och nö, Stine, ich brauch Ruhe zum Aussuchen. Ich bring dir so einen Fummel mit, wenn du willst.«

»Nett von dir, soll ich dir Geld geben?«

»Nein, lass mal, ich freu mich doch, wenn ich dir eine Freude machen kann.«

Das ist gelogen. Ich gehe in mein Zimmer, lehne die Tür an, lege mich auf mein Bett und warte. Ramona stöckelt herum, sprüht sich so ausgiebig mit Diors *Hypnotic Poison* ein, dass es die ganze Luft verpestet. Dann ruft sie viel zu freundlich: »Also, Jeansmini dann? Deine Beine hätte ich auch gern! Bis später, ich such dir was Hübsches aus.«

Die Tür fällt ins Schloss. Das war eindeutig ein Kompliment zu viel. So ist sie sonst nicht mal, wenn sie gute Laune hat. Sie will mich vom Denken abhalten. Ich warte, bis die Haustür unten zuknallt, und folge ihr. Reiner braucht mich heute zum Glück erst zur Mittagszeit.

Es ist nicht besonders schwer, Ramona zu verfolgen, sie ist nicht der Typ, der sich umschaut. Auf ihre wunderliche Art ruht sie in sich selbst, zumindest, solange sie weiß, wann es wieder etwas zu trinken gibt. Sie zupft und zieht an ihrem Kleid, sieht flüchtig in jedes Schaufenster, öffnet ihren Palmenzopf, schüttelt ihr dünnes Haar, schneuzt sich ungeniert die Nase, betrachtet das Ergebnis, fährt sich mit der anderen Seite des Taschentuches über die Stirn und das Dekolleté, holt flink ein Deo aus der Tasche, sprüht sich kurz unter die Achselhöhlen und zieht den Lippenstift nach.

All das schafft sie, ohne ihre Schritte zu verlangsamen.

Sie verschwindet im Shoppingcenter, kommt nach etwa einer halben Stunde mit einer Tüte wieder raus, wirft einen Blick auf die Uhr und setzt schnellen Schrittes ihren Weg fort. Ein paar Straßen weiter bleibt sie abrupt vor einem zweistöckigen himmelblauen Haus stehen und schaut wieder auf die Uhr.

Sie lehnt sich an eine Litfaßsäule und raucht schnell zwei Zigaretten hintereinander. Ich stehe hinter einem Gebüsch und rauche mit ihr.

Zwei Nonnen kommen aus dem Haus. Als sie verschwunden sind, schnipst Ramona hektisch die eben angezündete dritte Zigarette weg, überquert schnell die Straße und klingelt an der Tür. Ein Mann öffnet, ich sehe ihn nur zur Hälfte. Kurz darauf werden die Rollläden im ersten Stock heruntergelassen.

Ich nähere mich dem Haus und lese:

ÖKUMENISCHER PFLEGEDIENST
Leitung: Joachim Matthias

Darunter, hinter einem rostigen Draht, klemmt ein Stapel Broschüren. Ich nehme mir eine heraus, sodass alle anderen auf den Boden fallen.

Mensch und Natur sind Gottes Schöpfung. Die Arbeit für kranke und alte Menschen ist in unserem Pflegedienst von diesem christlichen Grundgedanken getragen. Die Würde des Menschen ist unantastbar. Jedem Menschen begegnen wir mit Respekt und Achtung.

Schnell verwerfe ich den Gedanken, Ramona könnte hier arbeiten. Und das, ohne damit zu prahlen! Ihr Aufenthalt in dem himmelblauen Haus hat sicher einen anderen Grund. Pflegepersonal trägt niemals goldene Gürtel.

Mir ist ein bisschen schlecht, außer dem Mettgesicht habe ich noch nichts gegessen. Ich versuche nicht an meinen übersäuerten Magen zu denken und lese weiter in der Broschüre:

Fachberatung in allen Fragen der häuslichen Krankenpflege, Familienpflege, Grundpflege sowie der allgemeinen Körperpflege.

Plötzlich wird die Tür geöffnet. Schnell verstecke ich mich hinter einem Lieferwagen.

Ramona kommt aus dem Haus, ein Mann steht hinter ihr, sie umarmen und küssen sich, sie hören gar nicht mehr auf, angewidert wende ich mich ab. Schließlich verabschieden sie sich. Ramona geht zunächst rückwärts und wirft dem Mann immer wieder Küsse zu. Erst als er sich umdreht, um wieder ins Haus zu gehen, dreht auch sie sich um und beschleunigt ihre Schritte. Sie hüpft fröhlich davon, wie ein kleines Mädchen, das zu Hause sein muss, bevor die Straßenlaternen angehen. Er schließt die Tür, die Rollos werden bis zur Hälfte wieder hochgezogen. Ich warte, es vergeht fast eine Stunde, mein Magen knurrt und drückt. Gerade als ich mich entscheide, die Angelegenheit zu vertagen, öffnet sich die Tür und Ramonas Lover tritt heraus. Er trägt einen Rucksack, über einer Schulter hängt ein Turnbeutel. Mein Verdacht, dass es sich um Pflegedienstleiter Joachim Matthias handelt, verstärkt sich, als ich ihn mit einem schweren Schlüsselbund mit Karabinerhaken an der Tür herumhantieren sehe. Er überprüft immer wieder, ob abgeschlossen ist. Irgendwann scheint er endlich überzeugt zu sein und steckt sich den Schlüsselbund in die Hosentasche.

Dann läuft er direkt an mir vorbei und rempelt mich an, ohne sich zu entschuldigen. Ich folge ihm mit ein wenig Abstand. Er sieht ganz anders aus als Reiner, er ist nicht so groß, aber dünn und drahtig, trägt ein kurzärmeliges, kariertes Hemd und eine enge, zu kurze Jeans. Seine Beine sind stark behaart, die nackten Füße stecken in Wildleder-Mokassins mit Bommeln dran. Unter einer Schiebermütze lugen seine schwarzen Locken hervor. Plötzlich bleibt er stehen, holt umständlich eine Thermoskanne aus seinem Rucksack, verschüttet beim Einschenken die Hälfte und trinkt hastig den Becher aus. Dann setzt er seinen Weg fort, nimmt die Mütze ab und entblößt seine Halbglatze. Mit einem Stofftaschentuch wischt er darüber und auch über die Stirn. An einer Bushaltestelle bleibt er schließlich stehen, schließt lange die Augen und atmet tief ein und aus. Als der Bus kommt, steigt er vorne ein und geht unbehelligt am Fahrer vorbei. Meine Karte will der Fahrer sehen. Ich zeige ihm meine alte Schülermonatskarte und werde angebrüllt, dass ich jemand anderen verarschen könne. Ich entschuldige mich unterwürfig und behaupte, ich habe meine neue Karte verloren. Der Busfahrer richtet den Blick frontal aufs Fenster und sagt, das wäre alles Pillepalle, ich müsse jetzt bezahlen oder sofort aussteigen. Während ich in meinen Taschen wühle, haut er auf seinem Lenkrad herum. Mir fehlen fünfzehn Cent für ein Ticket. Ramonas Lover und die anderen Fahrgäste gucken auf den Boden. Ich muss aussteigen, die Tür schließt sich sofort mit einem Zischen, und der Bus braust davon.

Ramona hat mir tatsächlich einen Jeansrock aufs Bett gelegt. Dazu einen knallroten Lippenstift, eine Probe von *Hypnotic Poison*, aufklebbare Nägel, Strassohrringe und falsche Wimpern.

Sie geht zweimal die Woche in das himmelblaue Haus, montags und freitags, und sie behauptet dann, sie ginge zum Bauchtanz. Ich bitte ständig darum, sie begleiten zu dürfen, und habe neulich sogar behauptet, auch Bauchtanz lernen zu wollen.

»Dafür braucht man schon einen Bauch, Stinker, da warte mal noch zehn Jahre, du Gräte!«, hat sie nur gemeint.

Ich überlege, ob ich Reiner von der Sache erzählen soll, und weiß nicht, was mich davon abhält.

Seit einigen Wochen bin ich dazu übergegangen, nur noch Joachim Matthias zu beobachten. Um sicherzugehen, dass es sich um Joachim Matthias handelt, habe ich mich einmal hinter der Litfaßsäule versteckt und laut und deutlich seinen Namen gerufen. Irritiert hat er sich nach allen Seiten umgesehen, sogar Richtung Himmel.

Montags und freitags geht er in das Restaurant *Napoleon*. Er bestellt jeden Montagmittag Cordon Bleu und freitags eine Quiche Lorraine. Nachdem er sich montags von Ramona verabschiedet hat, macht er sich kurze Zeit später auf den Weg zum Sport, deswegen der Turnbeutel.

Ich sitze mit ihm im Bus und starre ihn die ganze Zeit über an. Er bemerkt es nicht. Auf eine beneidenswerte Art scheint er in sich versunken zu sein. Vielleicht ist er aber auch bloß müde.

Beinahe verpasst er seine Haltestelle, erst im letzten Moment, kurz bevor die Türen sich wieder schließen, schreckt er hoch und springt auf die Straße. Ich werde von den Türen eingeklemmt, als ich ihm hinterherrenne. Der Busfahrer brüllt:

»Mensch, Mädchen, wo bist du denn schon wieder mit deinen Gedanken?« Als ich auf der Straße stehe, ist Joachim Matthias schon um die nächste Ecke gebogen. Ich renne ihm nach und sehe gerade noch, wie er in einem Kiosk verschwindet. Fünf Minuten später kommt er wieder heraus und hält sich ein verpacktes Eis an die Stirn. Ich bleibe stehen und schaue in ein Schaufenster, sodass ich ihn in der Scheibe beobachten kann. Er wirft das Eis in einen Mülleimer, riecht an seiner Hand, massiert sich den Nacken und die Schläfen, wühlt in seiner Tasche und schüttet sich den Inhalt von zwei Tütchen in den Mund. Dann geht er schnurstracks in das Gebäude, vor dem er stehen geblieben war. Ich überquere die Straße.

Es ist ein Vereinshaus. Ich lasse Joachim Matthias die Treppen hochsteigen und sehe mir die Broschüren am Eingang an. Es handelt sich um einen Verein des Behindertensportverbandes. Im gleichen Haus befindet sich auch eine Beratungsstelle für Menschen mit multipler Sklerose.

»Willst du irgendwie was Bestimmtes?«, höre ich eine weibliche Stimme sagen. Ich drehe mich um. Am Empfang, der eben noch unbesetzt war, steht eine junge Frau in einem löchrigen Nachthemd, geringelten Strumpfhosen, Doc Martens und halbrasiertem Kopf. Ihre Ohren sind an allen möglichen Stellen durchstochen und stark gerötet. Um ihren Bauchnabel herum sind Sterne tätowiert, und in der Mitte prangt ein rot funkelnder Strassstein. Mit ihren riesigen schönen Augen guckt sie mich aufmerksam an.

»Nee, na ja, also, vielleicht. Kennst du den Typen, der da eben die Treppe hoch ist?«

»Wen? Hab niemanden gesehen?«

»So einen mit schwarzen Locken, Mokassins und einem Turnbeutel.«

»Ach, du meinst Jo. Der ist so ein verklemmter Spießer, ein leibhaftiger Weirdo. Wenn der nicht so'n Lappen wär, hätt ich Angst vor dem. Aber wieso willst du das wissen? Bist du irgendwie pervers und hast Bock auf den?«

Sie macht einen Schritt auf mich zu, in ihrer kleinen Hand hält sie eine große Tüte mit ziemlich viel Gras.

»Quatsch!«, sage ich und mache einen Schritt zurück.

Sie grinst mich an und zwinkert.

»Wenn du hier die Empfangsdame spielst, damit ich in den Keller verschwinden kann, erzähl ich dir alles über den!«

»Du bist hier die Empfangsdame?«

»Ja, wieso?«

»Na ja, deine Klamotten und so.«

»Gefallen sie dir nicht?«

»Das meine ich nicht, es ist nur …«

»Also, mein Vater ist hier so eine Art Oberchefboss, deshalb musste ich nicht zum Vorstellungsgespräch. Passt du jetzt auf oder nicht?«

»Gern.«

»Wie heißt du überhaupt?«

»Stine. Und selber?«

»Melody.«

Melody bleibt ziemlich lange weg, sie hat mir gesagt, ich brauche nichts machen, außer zu sagen, dass sie gleich wieder da ist.

Als sie zurück ist, setzen wir uns auf die Treppenstufen im Eingangsbereich. Sie berichtet mir, während sie ihren nächsten Joint baut, dass Joachim verheiratet sei und zwei pubertierende Kinder habe. Markus und Michaela. Seine Frau Marlies sei an multipler Sklerose erkrankt und sitze im Rollstuhl. Der Sportverein sei ein gemischter Sportverein für Behinderte und deren Angehörige. Joachims Kinder haben seine schwarzen Locken geerbt, seien aber schöner als er. Eigentlich laufe alles ganz gut für Joachim Matthias, glaubt Melody. Sie seien eine glückliche Familie, trotz der Krankheit seiner Frau. Als sie ihre Ausführungen beendet hat, ist auch der Joint fertig. Sie fügt noch hinzu:

»Sex darf Marlies inzwischen ablehnen. Die sind sowieso religiös. Denen reicht angeblich ein bisschen Fortpflanzungssex, Sperma rein, Hände hoch, sonst Schuldgefühle. Was für eine verlogene Drecksideologie.«

Melody arbeitet gelegentlich am Empfang des Sportvereins. Eigentlich hat sie eine Zwei-Personen-Reggae-Punk-Funkelectropop-Band namens Blue Magpie and Lavender Sqiud. Als ihre wichtigsten Einflüsse nennt sie Gogol Bordello, The Congos, George Clinton, DAF und Les Rita Mitsouko. Sie spielt Keyboard, Bass, Ukulele, Säge und singt. Ihr Mitstreiter spielt Percussion und Schlagzeug. Auf ihrem MP3-Player darf ich mal reinhören, das Stück heißt »Granulated« und gefällt mir ganz gut.

Ich sehe ihre großen, schwarz geschminkten Augen jetzt mehrmals die Woche. Um Informationen von ihr zu erhalten, genügt es, mich als Gegenleistung an ihren Platz zu setzen, damit sie in Ruhe im Keller kiffen kann.

Wenn ihr Vater vorbeikommt, sage ich, sie sei auf der Toilette oder Pommes holen. Irgendwann drängt sie mich, ihr zu beichten, warum ich so viel über die Familie Matthias wissen will. Ich erzähle ihr schließlich von meinem Verdacht, dass Joachim Matthias etwas mit meiner Stiefmutter hat. Sie bekommt einen Lachanfall, der bei Leuten mit derartig hohem Graskonsum eher ungewöhnlich ist. Als sie sich beruhigt hat, steht sie von der Treppe auf, zieht an meinem Arm und sagt:

»Los, scheiß auf den Empfang, heute kommt eh keiner mehr, wir gehen in den Hinterhof, da ist es jetzt beinahe ein bisschen schön.«

Nach einigen verregneten Wochen ist es an diesem Sonntag in der Stadt tatsächlich heiß geworden. Ich setze mich hinter dem Sportverein auf eine Regentonne und bin angenehm bekifft. Melody hat ihr löchriges weißes Kleid ausgezogen. Sie sitzt oben ohne in ihren Boxershorts auf einem ausrangierten Trampolin in der prallen Sonne und lackiert sich die Fußnägel.

Wir quatschen ein bisschen über das Leben. Melody hat kurz vor dem Abitur die Schule geschmissen, weil sie sowieso Musik machen will. Es stellt sich heraus, dass Melody und Désirée, die Dealerin aus der Siebten, sich kennen. Sie berichtet mir, dass sie und Désirée sich im letzten Jahr auf einem Musikfestival backstage kennengelernt haben und Désirée den besten Stoff der Stadt am Start hat. Sie habe da sogar Snoop Dog versorgt, und der sei ziemlich beeindruckt gewesen.

»Bist du da mit deiner Band aufgetreten?«, frage ich.

»Nee, wir haben ja grad mal 'ne EP fertig. Ich hab ein Praktikum bei einem Online-Musikmagazin gemacht, ein paar Eindrücke in Texten verarbeitet und das eine oder andere kleine Interview gemacht. Sie fanden es so gut, dass ich jetzt ab und zu als Freie für die arbeite.«

»Cool«, sage ich und fühle mich irgendwie beschissen.

Sie richtet sich auf dem Trampolin auf, fällt sofort wieder um und streckt mir beide Hände entgegen, winkt mir, ich solle rüberkommen. Ein wenig unentschlossen stehe ich auf, gehe zu ihr, und wir verbringen den Rest des Nachmittags auf dem Trampolin. So viel wie an diesem Tag, habe ich zuletzt mit Simon gekifft. Irgendwann springen wir tatsächlich auf dem

Teil herum, so lange bis der alte Stoff an einer Stelle reißt und ich mit einem Bein darin hängen bleibe. Es gibt ein Alter, da ist Freundschaft vor allem Konspiration. Seit die Schule vorbei ist, habe ich dieses Gefühl nicht mehr gehabt. Kurz überlege ich, ob ich einfach anfangen sollte, täglich zu kiffen, um mit Melody und Désirée auf dem See des kongenialen High-Seins zu schippern. Ich würde vielleicht endlich wieder mehr an meinen Zeichnungen arbeiten oder sogar eine Mappe zusammenstellen. Doch dann denke ich, wie jedes Mal, wenn ich Pläne schmiede, an Reiner. Eine unerträgliche Traurigkeit überkommt mich, die ich nicht verstehe und die mich lähmt.

Melody und ich liegen nebeneinander auf dem Trampolin in der Dämmerung, teilen uns den letzten halben Liter Elephant-Bier und rauchen meine Mentholzigaretten.

Es ist jetzt beinahe ganz dunkel, hier im Hinterhof hört man von überall die Leute, die auf den umliegenden Balkonen sitzen und reden. Melody hat keine Lust, nach Hause zu gehen. Dort sitze nur ihr Vater im Wohnzimmer und höre über Kopfhörer seine alten Simon-&-Garfunkel-Platten.

Melody fängt an »Bridge over Troubled Water« zu singen. Ihre Stimme ist unglaublich, und mir schießen plötzlich Tränen in die Augen. Ich weiß nicht, wie lange ich schon nicht mehr geweint habe. Als sie es bemerkt, bedankt sie sich.

»Wenn ich ein Arsch wäre, würde ich dir raten, mit dieser Stimme zu einer Casting-Show zu gehen«, sage ich.

»Ja, ich weiß, das haben mir schon viele gesagt. Und dass die mich auf jeden Fall weiterlassen würden, weil ich schon optisch so aus dem Rahmen falle, blabla.«

»Stimmt, aber was für eine Verschwendung wäre das!«

»Genau. Du wirst ja auch nicht Model, nur weil du groß, dünn und hübsch bist.«

»Stehst du eigentlich auf Frauen?«, frage ich.

»Nee, also, nicht so wie du jetzt meinst. Also, ich würde theoretisch nichts ausschließen, aber eigentlich nicht, wieso?«

»Weil du so cool bist.«

»Und deswegen muss ich 'ne Lesbe sein? Du bist ja beschränkt.«

»Wahrscheinlich. Aber die coolste Person, die ich kenne, ist meine Tante, und die ist eben 'ne Lesbe.«

»Aber sie ist doch nicht cool, weil sie lesbisch ist, oder.«

»Nee. Und eigentlich ist sie auch nicht ganz dicht.«

Melody hat keinen Kontakt zu anderen Verwandten, weil ihr Vater schon seit Jahren mit niemandem mehr aus seiner Familie spricht. Er hat mit dem Rauchen aufgehört und trinkt den ganzen Tag Cola mit ausgepresster Zitrone. Melody meint, sie mache sich ständig Sorgen um ihn. Sie zieht ihre Bomberjacke an, zerdrückt die leere Bierdose und sagt:

»Bernd kann mit Frauen nichts anfangen. Er findet die meisten bescheuert. Nur die, die ihn bescheuert finden, findet er nicht bescheuert.«

»Wie war denn deine Mutter so?«

»Na ja. Also, ich kannte sie kaum, sie starb ja, als ich fünf war. Ich erinnere mich an ihre langen, schwarz gefärbten Haare und an ihr Parfüm *Jicky* von Guerlain. Ich habe noch immer einen Rest davon in ihrem letzten Flakon. Sie war Backgroundsängerin bei Schlagergrößen, hatte viele Affären, sie war eigentlich immer unterwegs, bevor sie krank wurde. Seit sie tot ist, interessiert Bernd nur noch Essen und Arbeit, und am Wochenende hört er eben seine 70er-Musik, guckt fern, schimpft auf Politiker, guckt sich Fotos an, heult und träumt rum. Alleinsein macht einige Menschen komisch, hab ich mir überlegt, da kann man aus Frust schon mal spießig werden. Manchmal lernt er irgendwelche Tussis übers Internet kennen, trifft sich aber nie mit denen. Er hat nie ein Date. Manchmal frag ich ihn, ob er mit mir in den Zoo geht, so wie früher. Darüber ist er dann irgendwie glücklich, kann sich aber nicht aufraffen, es in die Tat umzusetzen. Saufen kann er auch nie gehn, weil er Alkoholiker ist. Ich kann ihm einfach nicht helfen, das tut weh. Er hat sich früher immer gewünscht, dass ich etwas Handwerkliches lerne, wie er. Ich mach das hier nur, um in seiner Nähe zu sein. Und seit ich bei den Behinderten jobbe, fühl ich mich auch besser, der Mensch ist eben einfach gestrickt. Wenn das mit der Musik nicht klappt, lerne ich einen Pflegeberuf, vielleicht mach ich das auch parallel. Einfach nur sein Kunstding zur eigenen Befriedigung durchziehen, scheint mir doch ein bisschen unmoralisch zu sein. Ich bewerb mich vielleicht schon nach dem Sommer. Als ich Bernd das neulich gesagt habe, war er platt, stolz und zufrieden wie lange nicht. In der Pflege zu arbeiten, hält er für anständig und wichtig. Was hast du denn jetzt eigentlich vor?«

»Hm, ich weiß nicht, keine Ahnung was ich will. Als ich einmal im Berufsberatungszentrum einen Test gemacht hab, kam raus, ich solle Polizistin werden. Wahrscheinlich, weil ich angab, ich würde gern mit Menschen arbeiten. Wenn das so ist, kann ich aber eigentlich auch gleich weiter im Imbiss hinterm Tresen stehen.«

»Wieso willst du denn mit Menschen arbeiten? Du bist eher der Eremitentyp. Manchmal sogar abweisend und zickig, selbst wenn man freundlich zu dir ist. Auf jeden Fall bist du launisch und nicht grad eine soziale Frohnatur.«

»Hä? Was soll das denn heißen?«

»Nix. Nur dass du dich, glaub ich, selbst nicht checkst.«

»Aber du dich, oder was? Du machst doch auch vieles nur, damit dein Vater glücklich ist.«

»Jetzt pass mal auf, Stine, werd hier nicht persönlich. Ich hab dir das im Vertrauen erzählt. Was ist los mit dir? Musst du gleich beleidigend werden? Immer schön bei sich selber bleiben. Ich würde mich an deiner Stelle auch mal freuen, von wegen Imbiss und so. Irgendwann erbst du das Ding ja schließlich. Ich check echt nicht, warum du das nicht willst, ist doch ein ehrlicher Job. Oder hältst du dich für was Besseres?«

»Jetzt mach mich mal nicht so von der Seite an, okay!«

»Und du, zick mal nicht wieder rum, ey. Geht mich ja auch nichts an, ist mir auch egal!«

Ich begleite Melody schweigend bis zum Kiosk. Dort besorgt sie sich ein neues Bier und sagt, sie wolle noch auf den Kiez in die *Tube*. Sie fragt mich aber nicht, ob ich mitwill. Ich hebe zum Abschied schnell die Hand, da hat sie sich auch schon umgedreht. Seit diesem Tag bin ich nicht mehr beim Sportverein gewesen.

Immer wenn ich anfange, mir Gedanken über einen Beruf zu machen, den ich ausüben könnte, kommt mir schnell alles lächerlich vor. Manchmal denke ich auch so lange über etwas nach, bis es absurd wird. Ich denke zum Beispiel an meinen Vater und habe Mitleid mit seinem Gang, seinem Gesichtsausdruck, seiner Welt. Gelegentlich ist es so schlimm, dass mir Männer in seinem Alter, auch wenn ich sie überhaupt nicht kenne, grundsätzlich leid tun. So endet fast jede meiner Überlegungen zum Thema Zukunft.

Doch Melody hat mir auf ihre beschissene, ehrliche Art Mut gemacht.

Es ist Freitag. Ich habe ausgeschlafen, obwohl es nachts noch um die dreißig Grad heiß war. Um kurz nach zwölf stehe ich vorm *Napoleon.* Alle Gäste sitzen draußen im großen Garten, nur Joachim Matthias sitzt drinnen allein auf seinem Stammplatz ganz hinten in der Ecke an dem kleinen Fenster und schaut zufrieden auf, als ihm der Kellner seine Quiche serviert. Ich gehe durch das große leere Lokal auf ihn zu, lege meine Hand auf die Lehne des freien Stuhls ihm gegenüber und frage:

»Darf ich?«

Überrascht schaut er auf, mit großen Kalbsaugen. Er sieht sich im Restaurant um und antwortet dann:

»Ähm, ja, sicher, aber kennen wir uns denn?«

»Ich kenne Sie.« Meine Stimme ist leise, ich bin plötzlich ein wenig nervös.

»Ach so, woher denn, entschuldige, ich komm nicht drauf.« Er klingt verlegen.

»Ich weiß, wo und was Sie arbeiten. Aber wir haben uns nie persönlich kennengelernt.«

»Interessant!« Er lehnt sich auf seinem Stuhl zurück, nimmt seine Mütze ab, betrachtet sie flüchtig und setzt sie dann wieder auf. »Was kann ich für dich tun? Irgendetwas auf dem Herzen? Setz dich doch, dann können wir miteinander sprechen. Möchtest du was trinken?«

Am liebsten würde ich ihm eine reinhauen. »Gern.«

»Was möchtest du?«

»Ich weiß nicht.«

»Orangensaft, frisch gepresst? Der tut gut, ich bestell mir auch einen. Du kannst mich übrigens duzen. So alt bin ich nun auch wieder nicht.«

»Okay, wie du meinst.«

Er winkt den Kellner an den Tisch und bestellt.

Er lehnt sich wieder zurück, verschränkt die Arme hinterm Kopf, nickt mir zu und wartet darauf, dass ich anfange, ihm mein Herz auszuschütten. Ich hatte mir alles im Kopf zurechtgelegt, aber jetzt fällt mir noch nicht einmal mehr der erste Satz ein.

»Hast du ein ernstes Problem?«, versucht er mir auf die Sprünge zu helfen.

»Ich, also ich …« Im Hintergrund rattert die elektronische Saftpresse so laut, dass ich mein eigenes Wort kaum verstehe. Also zucke ich nur mit den Schultern und versuche zu lächeln. Erst als ich mir eine Zigarette angezündet habe, fühle ich mich etwas besser.

»Du bist doch so etwas wie ein Seelsorger?«

»Ja, auch. Wenn meine eigene Verfassung es zulässt, bin ich das sehr gern. Eigentlich liegt der Schwerpunkt meiner Arbeit aber in der Organisation von Hilfe. Wie heißt du überhaupt?«

»Stine, ich bin Stine.«

»Joachim.«

»Matthias. Ich weiß!«

»Stine. Mir scheint, dass du Hilfe brauchst. Ich kann dir gerne die Telefonnummer der Seelsorge für junge Erwachsene geben.«

»Ehrlich gesagt habe ich ganz speziell Fragen an dich«, sage ich, rutsche auf meinem Stuhl hin und her und drücke die Zigarette so aus wie Iris damals. Dann stütze ich meinen Kopf in die Hände und sehe ihn lange an, ohne zu blinzeln. Langsam wirkt auch er ein wenig verunsichert.

»Hör zu, Stine, ich weiß zwar nicht, was das hier soll, aber du kannst mich gern alles fragen, was du willst.«

Ungeschickt versucht er, den Kellner auf sich aufmerksam zu machen.

»Warum sitzt du bei dem schönen Wetter eigentlich hier drinnen?«, frage ich.

»Ich bin allergisch gegen Insektenstiche. Sie können tödlich für mich sein.«

»Das ist ja beängstigend«, flüstere ich, falte die Hände und sehe ihm dann wieder lange, ohne zu blinzeln, in die Augen.

Er senkt den Kopf.

»Glaubst du, dass Allergien auch psychische Ursachen haben können?«

»Inwiefern?«

»Na ja, vielleicht so eine Art unbewusst selbstauferlegte Strafe vielleicht.«

»Das weiß ich nicht. Ich jedenfalls habe schon seit meiner Kindheit eine Vielzahl allergischer Probleme.«

»Ich auch, also keine Allergien, aber Probleme.«

»Nun, dann hoffe ich sehr, dir helfen zu können, zumindest könnten wir uns gemeinsam eine Strategie überlegen, wo und wie du dir am effektivsten helfen lassen könntest. Aber lass uns jetzt erst mal was essen, such dir was aus, ich lad dich ein.«

Ich blättere eine Weile in der Karte und sage:

»So eine große Auswahl, man weiß gar nicht, was man nehmen soll. Vor allem, wenn man Hunger hat. Da scheint einem ja alles appetitlich!«

Er zuckt mit den Schultern und beginnt, seine Quiche zu essen, stopft sie richtig in sich hinein.

»Entschuldige die schlechten Manieren, aber ich hatte heute bisher nur ein paar Snacks.«

»Kein Problem, Manieren sind bei mir zu Hause eine unbekannte Größe.«

Er hört auf zu essen, lehnt sich zurück und schaut mich mit halbgeschlossenen Augen an. Als er meine Hand nehmen will, ziehe ich sie weg. Er sagt: »Die Welt hält einiges bereit. Auch für dich, Stine.«

»Bist du verheiratet?«

»Wie bitte?« Er verschränkt die Arme.

Die geplatzten Äderchen seiner Wangen röten sich. Seine Haut erinnert an Pergamentpapier. Er schluckt mehrmals, sein riesiger Adamsapfel ragt hervor. Ein richtiger Zacken, als stecke eine Haiflosse in seinem langen dünnen Hals. Joachim Matthias' Hals könnte nichts verbergen. Kein Rollkragen würde ausreichen, der Adamsapfel würde sich unter jedem Stoff abzeichnen oder ihn durchstechen.

»Warum willst du das wissen?«

»Ich weiß nicht, ob ich jemals heiraten werde. Die Ehe, die ich jeden Tag mitbekomme, ist ziemlich abschreckend.«

»Die deiner Eltern?«

»Die Ehe meines Vaters und meiner Stiefmutter Ramona.«

Seine Ohren werden rot. Sie sind ganz klein und liegen eng am Kopf an. Er starrt mich mit seinen Kalbsaugen an und greift nach seinem Besteck.

»Willst du auf etwas Bestimmtes hinaus?«

»Ramona trinkt zu viel.«

»Und du willst ihr gerne helfen, weißt aber nicht wie.«

»Ja, aber ich kann nicht. Sie wird niemals damit aufhören.«

»Ramona Fehrmann? Das ist eine alte Freundin von mir.«

»Das wusste ich nicht.«

»Verkauf mich nicht für blöd, junge Dame«, sagt er ernst, aber ruhig.

»Ich sagte doch, ich will ein bisschen plaudern. Über Ramona. Und über Marlies.«

»Marlies?«

»Deine Frau.«

»Ja. Das geht dich alles nichts an. Was willst du von mir?«

»Ich weiß es nicht so genau. Ich brauch eine Herausforderung. Auch so ein Problem. Weißt du, meine Stiefmutter bedeutet meinem Vater aus irgendeinem Grund sehr viel. Sie macht ihn irgendwie glücklich. Zumindest glaubt er das. Und das Glück meines Vaters ist wichtig für mich. Das verstehst du doch.«

Er schweigt und starrt auf den Rest der Quiche. Ich greife nach dem Besteck in seiner Hand.

»Darf ich probieren? Du scheinst keinen Appetit mehr zu haben. Markus und Michaela sind übrigens süß. War es schwer für deine Frau, als sie in den Rollstuhl kam? Waren die Kinder da schon aus dem Gröbsten raus?«

Ich steche mit der Gabel in die salzige Torte.

Er schließt die Augen, atmet tief durch und sagt dann:

»Falls du Geld willst, muss ich dich enttäuschen. Ich habe keines. Meinetwegen lass uns auffliegen. Ich wusste, Gott wird reagieren, und da sitzt du nun, mein Prüfstein, und wir werden beide etwas verlieren und gewinnen. Ich sollte dir danken.«

»Von was redest du? Ich sagte doch, das Glück meines Vaters ist mir heilig. Daher will ich auch niemanden auffliegen lassen. Und ja, ich will Geld. Aber ich will es verdienen. Also brauche ich einen Job.«

»Und wie kann ich dir dabei helfen, wenn du mich noch nicht mal erpresst?«

»Mir einen Job geben. Aus Nächstenliebe oder so?«

»Was für einen Job?«

»Na, einen Pflegejob.«

»Hast du denn in diesem Bereich Erfahrung?« Er nimmt seine Mütze ab, die Glatze ist schweißnass.

»Nein, aber ich würd gern welche machen.«

Er zerrt die Serviette mit einem Ruck aus seinem Kragen und wischt sich die Hände übertrieben lange an ihr ab. Dann fährt er mit einem Finger über den Tisch, als würde er einen Baum malen. Der Kellner kommt heran und räumt wortlos den Teller ab. »Nun gut«, sagt er, als der Kellner wieder weg ist, »dann komm am Montag zu uns, wir haben unseren Sitz hier gleich um die Ecke, in der …«

»Weiß ich doch, das himmelblaue Haus. Wann soll ich da sein? Um acht, wie du?«

Er nickt und räuspert sich.

»Wir können wirklich jemanden brauchen.«

Er lächelt schief, wischt sich die Hände noch mal an der verknüllten Serviette ab, die der Kellner liegen gelassen hat, klopft dreimal auf den Tisch, steht auf und geht. Auf halbem Weg dreht er sich noch einmal zu mir um und sagt:

»Entschuldige, ich muss jetzt los, wir sehen uns am Montag.«

»Ja, gut, bis dann. Und grüß Ramona!«

»Wenn ich sie sehe, ja.«

Joachim bezahlt am Tresen, dreht sich ein letztes Mal um und macht das Peace-Zeichen.

Aus irgendeinem Grund, den ich nicht verstehe, bin ich schlechter gelaunt als vor dem Treffen mit Joachim Matthias. Dabei ist alles so gelaufen, wie ich es mir vorgestellt hatte. Ich habe einen neuen Job. Trotzdem schmerzt mein Nacken, und ich habe ein Piepen im Ohr.

Ich gehe in den Park, lege mich auf die Wiese und beobachte eine Amsel. Sie sitzt in einem Strauch, pickt nach Beeren und fällt jedes Mal wild flatternd herunter, wenn sie eine abgezerrt hat. Die Alkoholikerclique von der Tischtennisplatte ist heute nicht da. Ein kleiner Junge spielt mit sich selber Tischtennis, immer wieder schlägt er den Ball gegen das Metallgitter. Ich schließe die Augen, das Klacken des Balles beruhigt mich. Als ich aufwache, ist der Junge verschwunden.

Auf dem Weg nach Hause bremst ein offensichtlich teures Auto direkt neben mir, die Scheibe fährt runter, der Typ, gegelte Haare, verspiegelte Sonnenbrille, starrt mich an. Ich starre auf die Straße.

»Celestine?«

»Ja?«

»Ich bin's, Kassian. Erinnerst du dich? Wir waren mal in einem Kunstkurs, vor zwei, drei Jahren.«

»Kunstkurs, ja, erinnere mich. Ich hab's eilig, tut mir leid.« Ich gehe einfach weiter.

Kassian hängt seinen Arm aus dem Fenster und fährt langsam schweigend neben mir her. Ich habe mich nie gefragt, ob ich ihn jemals wieder sehen werde. Als Erinnerung war das, was passiert war, ganz in Ordnung, nun ist es mir aber peinlich. Er fährt plötzlich vor mir auf den Bürgersteig, steigt aus, hält mich am Arm fest und nimmt die Sonnenbrille ab. Auf seinem schmalen Nasenrücken hat er einen roten Abdruck.

»Soll ich dich mitnehmen?« Er lächelt mich schief an und sieht sich um.

»Nein, danke. Ich wohn gleich hier.«

»Geht es dir gut?«, fragt er.

»Ja, sicher. Irgendwie gut zumindest.« Ich merke, dass ich rot werde.

»Studierst du jetzt?«, fragt er und steckt sich einen Brillenbügel in den Mund.

»Ich? Ich studier doch nicht!«, erwidere ich und wundere mich über den aggressiven Tonfall. So spreche ich sonst nur mit Familienmitgliedern.

»Ach so. Ja, warum auch? Was ich dir schon länger einmal sagen wollte … also … Es ist gut, dich zu treffen, weil …«

»Weil was?«

»Weil ich … Ich hätte mich bei dir melden sollen. Damals. Ich hatte ein paar Probleme, ich konnte nicht, ich … Wollen wir irgendwo ein bisschen in Ruhe reden oder so?«

Meine Ohren glühen, ich zucke mit den Schultern.

Er öffnet die Autotür, und ich steige ein, ohne zu wissen, warum. Er fährt ein Stück und parkt dann in einer ruhigen Seitenstraße.

»War doch degeneriert diese Schule, immer so viel Gebrüll, die Leute und die Lehrer, alles Schwachköpfe.«

»Und wenn schon.«

»Du hast getickt wie ich.«

»Wie du?«

»Ja! Du bist anders als die anderen und hast Angst davor. Du wusstest auch, dass wir uns ähnlich sind.«

»Wie kommst du darauf?«

»Weil du mit zu mir nach Hause gekommen bist. Du hast mich verstanden, einfach so. Ich hab mir das vorher schon immer vorgestellt, also das, was wir dann gemacht haben. Genau so.«

»Ich nicht.«

»Das weiß ich«, sagt er und legt eine CD ein.

»Was ist das für Musik?«

»Jazz, Abdullah Ibrahim, das Stück heißt ›Blues for a Hip King‹«, flüstert er und streicht mir mit dem Finger über die Stirn.

»Das ist schön, aber es passt nicht zu dir«, sage ich und schiebe seine Hand weg.

»Ich weiß. Willst du kiffen?«

»Nein.«

»Sollen wir uns küssen?«

»Nein.«

»Ich bin bald wieder weg, ich studiere in den USA.«

»Verstehe. Gute Reise.«

»Ich werd dich nie vergessen.«

»Kannst du ruhig.«

Er macht die Musik aus.

»Ich glaube, du überschätzt mich«, sage ich.

»Und wenn schon.« Er hält mein Gesicht fest und drückt seine Lippen auf meine. Ich lasse es zu, es ist beinahe schön. Nach ein paar Minuten schiebe ich ihn weg und frage:

»Was machst du nach dem Studium, wirst du zurückkommen?«

»Niemals.«

Er sieht mich verstört an, seine Augen sind hellgrün.

»Warum niemals?«

»Willst du denn immer hierbleiben?«, entgegnet er.

»Ich weiß nicht, ich bin nicht wie du.«

»Besuch mich, ich zahl den Flug, ich hab eine Wohnung weit oben über der Stadt, da ist niemand außer uns, gib mir deine Nummer oder deine E-Mail. Bitte.«

»Ich kann hier nicht weg, mach's gut, Kassian.« Ich öffne die Tür.

Er zieht mich so fest an sich, dass ich meine Arme nicht mehr bewegen kann. Er kneift in die Haut meines Oberarmes und dreht sie um, sodass es schmerzt. Dann flüstert er mir ins Ohr:

»Abschied tut weh.«

Ich schreie auf, befreie mich mit einem Ruck, stoße ihn weg, er lässt sich übertrieben ans Fenster fallen, man hört, wie der Kopf an die Scheibe knallt. Ich steige aus, fange an zu rennen und drehe mich nicht mehr um.

Ich sehe Ramona schon von weitem im Imbiss. Sie sitzt mit Tante Trixi zusammen und trinkt Bier aus einem Plastiksektglas. Reiner ist nirgends zu sehen.

»Arbeitest du etwa?«, frage ich Ramona.

»Ja, ich maloch hier, warum auch nicht. Ist ja schließlich mein Restaurant!«

Tante Trixi haut sich auf die Schenkel: »Restaurant, witzig! Restaurant! Ich hätt dann gern als Vorspeise die schwarznuancierten Kartoffelstreifen del Fett von gestern an Volleipampe, als Hauptgang nehm ich das Brät vom depressiven Schwein ohne Namen, aber aus der Region und mit extra Adrenalinwürze durch lebenskurze Qual an original germanischem Kohl blanc. Und bitte den essigroten Cabernet Gastritis vom Château Tetra! Herrlich! Dafür gibt es drei, nein, dreiunddreißig Sterne, ach was, Planeten!«

»Kann ja nicht jeder so schischi sein wie du, Beatrix! Es gibt Leute, die müssen für ihr Geld arbeiten. Wer hat schon Zeit, den ganzen Tag Faxen zu machen!«, rülpst Ramona, steht auf und sprüht die Vitrine mit Glasreiniger ein.

»Spinnst du, da liegen doch noch Lebensmittel!«, brülle ich sie an.

»Willst du dich hier hinstellen, Stinker? Mit dir hab ich noch ein Hühnchen zu rupfen! Ich könnte Reiner alles sagen, dann sitzt du mit mir in der gleichen Scheiße! Vielen Dank auch, du dreckige feige Egosau!«

»Häääää? Was 'n hier los?«, fragt Tante Trixi.

»NICHTS!«, rufen wir gleichzeitig.

»Ist ja schon gut.« Tante Trixi scheint nicht besonders interessiert. Sie ist zu sehr mit sich selbst beschäftigt, um neugierig zu sein. Sie sagt: »Na, was auch immer, ich treff mich jetzt mit Joseph. Ich hab da so eine neue Idee fürs Geldverdienen. Vielleicht steigt er mit ein.«

»Ja, anständige Leute verarschen, das kannst du!«, schreit Ramona, immer noch wild und ziellos auf einer Stelle wischend. Tante Trixi steht auf und stellt sich dicht vor die Vitrine.

»Wieso verarschen? Ich verkaufe Aphrodisiaka! Frauen lieben so einen Scheiß! Was kann ich denn dafür? Und mal ganz ehrlich, Ramona, woher weißt du eigentlich, was anständige Leute sind? Das hätte ich ja gern mal von dir gewusst, also ich hätte Zeit!«

Ramona sprüht mit dem Reiniger in Tante Trixis Richtung.

»Und wie soll dir Dr. Ray dabei helfen? Bei deiner neuen Geschäftsidee?«, frage ich.

»Na, er hat doch hier den Heilpraktikerschein gemacht. Ich beziehe einfach einen Raum in seiner neuen Praxis in der Hafencity – und so können wir meine Mixturen nebenher verticken. Ist so halblegal, der Plan, aber mal unter uns, die Reichen haben doch alle Dreck am Stecken, die darf man verarschen. Ich bitte dich, die zahlen tausend Euro für ein T-Shirt. So blöd muss man erst mal sein.«

Tante Trixi nimmt sich Bockwürstchen aus der Kühltruhe.

»Deinen Ehrgeiz bräuchte die junge Dame hier mal. Na, aber man kriegt ja auch anders eine Arbeit, wenn man nur gefühllos genug ist!«, krakeelt Ramona.

Kurz befürchte ich, sie könnte mich mit dem Sprühreiniger betäuben. Tante Trixi sortiert einen Haufen Zettel und murmelt mit vollem Mund:

»Ja, da ist was dran, Ramönchen, und Frauen tun sich ja leider hantelschwer damit, einfach mal was anzunehmen. Gefühllos ist gut, abgebrüht ist besser, falls man gefühllos überhaupt noch steigern kann. Ich muss los, sonst verpass ich noch Josephs neue Sprechstundenhilfe! Frisch von der Schule, ein heißes blondes Teil.«

Ich umarme Tante Trixi und drücke ihr einen Kuss auf den Mund.

»Du riechst irgendwie nach Wurst. Grüß Joseph, er hat mir übrigens neulich mal das von Candy erzählt.«

»Wer ist Candy?«, brüllt Ramona.

»Josephs Mutter!«, brüllt Tante Trixi zurück.

»Der hat eine Mutter?«, fragt Ramona.

»Nee, weißt du, Ramona, die Schwulen werden immer noch vom Storch gebracht – und keiner weiß, wo die Störche die herhaben.«

»Haha, ich dachte nur, weil die ja nie da ist.«

»Ja, das bringt tot sein so mit sich! Tschüss, Ladys!« Und schon ist Tante Trixi aus der Tür.

»Ja, bis die Tage«, murmelt Ramona.

Kaum ist sie am Haus vorbei, dreht sich Ramona zu mir um und schreit mich an:

»Wie kannst du es wagen, zu Joachim zu gehen! Er ist am Boden zerstört. Du Monstergöre, du gefühlloser Giftzwerg! Der ist am Ende, wenn du das verrätst! Am Ende, sag ich dir! Wenn das rauskommt! Ehebruch ist vor Gott Sünde!«

»Vor Gott? Und sonst so?«

»Wenn der das erfährt!«

»Wer? Gott?«

»Reiner, du Scheißkuh!« Sie wirft den Sprühreiniger mit voller Wucht auf den Boden.

»Ich schätze, Gott weiß sowieso Bescheid, das bringt Gottsein, glaube ich, so mit sich. Freut mich, dass Reiner wenigstens in deinen schlimmsten Befürchtungen die Zweitbesetzung ist. Und: selber Scheiße. Ich weiß gar nicht, was du willst, Ramona. Ich hab es doch für mich behalten, ich hätt es Reiner auch einfach stecken können, dann müsst ich mich hier nicht von dir beleidigen lassen, dann könntest du dir jetzt was von Reiner anhören! Und was deinen Turnbeutelträger Joachim angeht, der hat es ganz gelassen genommen.«

Ramona setzt sich auf einen Hocker und sieht beinahe nachdenklich aus.

»Reiner ist ein starker Mann, der überlebt das. Deshalb ist er ja mein Mann. Joachim ist sensitiv, auch wenn dir das entgangen sein sollte!«

»Himmel, Ramona! Wo hast du denn dieses Wort aufgeschnappt?«

»Er empfindet so viel! Er ist tiefgründig, und wir haben tiefgründige Gespräche.«

»Aha, und deshalb betrügt er seine kranke Frau, ja?«

»Die schläft doch nicht mehr mit ihm, was soll er denn da machen? Und im Stehen wollte sie schon früher nie. Und überhaupt: Seit wann spielst du dich als Moralapostel auf, Stinker?«

»Lenk nicht ab, Ramona. Und keine Details bitte. Ich will davon nichts, rein gar nichts hören! Du widerst mich an!«

»Wenn du mir schon nachspionierst, dann halt das jetzt auch wenigstens aus!«, schreit sie und springt auf.

»Nee, ich muss gar nichts aushalten. Du machst jetzt genau das, was ich dir sage, oder ich erzähl Reiner, Marlies, Markus und Michaela alles, verstanden?«

Sie schaut mich fragend an, fuchtelt wild mit den Händen und sagt:

»Wer sind die?« Sie scheint es wirklich nicht zu wissen. Vielleicht ist es bei einem besonders tiefgründigen Gespräch gar nicht nötig, Namen zu nennen. Ich kläre sie auf:

»Na, seine Familie! Frau und Kinder! Du weißt nicht, wie die heißen?«

»Nein, wozu? Ich kenne nur Fotos. Reicht doch. Hübsche Kinder übrigens. Die Frau im Rollstuhl ist 'ne echt arme Sau, vor allem, weil sie mal so richtig gut aussieht.«

»Und wieso ist es bedauerlicher, wenn sie gut aussieht?«, frage ich.

»Bei den Schönen fällt Unglück immer mehr auf! Das ist so, Stint. Kannst mir ruhig glauben!«

»Woher kennst du eigentlich Joachim?«, frage ich. »In einer Kneipe hast du den bestimmt nicht kennengelernt.«

»Nee, ich kenn ihn von früher, aus dem Heim. Er war schüchtern und hat eigentlich immer komisch gerochen. Ich hab ihm als Einzige gesagt, dass er stinkt, dass seine Klamotten müffeln, als seien sie nach dem Waschen zu lange nass geblieben, so als habe man sie in irgendeinem schimmeligen Kellerloch getrocknet. Danach hat er nie wieder so komisch gerochen. Und dann hat er mir Liebesbriefe geschrieben. Aber damals kam er nicht in Frage. Früher habe ich mir immer vorgestellt, wie ich mit einem Typen zusammen als Paar aussehe. Ich wollte die anderen beeindrucken, sie neidisch machen. Mehr will man doch am Anfang nicht vom Leben. Heute will ich einfach nur noch Liebe, egal wie die aussieht.« Den letzten Satz sagt sie ganz traurig. So traurig, wie ich Ramona noch nie gehört habe. Ich räuspere mich:

»Und Joachim liebt dich?«

»Ich weiß nicht, aber es fühlt sich toll an mit ihm. Weißt du noch, als Iris gerade gestorben war, da hat sie mir doch diese dicke Warze auf die Stirn gemacht. Und genau in der Woche hab ich auch Joachim wieder getroffen. Das war alles kein Zufall, Stine!«

»Du machst es dir ganz schön leicht!«

»Nix ist niemals leicht bei mir im Leben!«, ruft Ramona.

»Ach was, bei wem ist das schon so?«

»Ich bin nicht schuld, ich hab ihn ja nicht angerufen oder so. Ich wollte Reiner gar nicht betrügen. Aber als Joachim mich ansah und meine Hand nahm, da …«

»Da was?«

»Da sah er mich dann so an mit seinen großen Augen, hast du doch gesehen, so italienische Augen, wie im Urlaub der Claudio vom Strandkorbverleih.«

»Hast du mit dem etwa auch was gehabt? Ach, nee!«

»Ich dachte, du weißt das, ähm … ich …«

»Ich weiß auf alle Fälle genug. Hör zu, ich sag dir jetzt, was du zu tun hast!«

Sie nickt und macht sich eine Dose Bier auf.

Ich setze mich auf einen Barhocker und zünde mir eine Zigarette an. Ramona fängt an, ihr Bier zu exen.

»Also, erstens wird bei der Arbeit nicht mehr gesoffen.«

Sie wirft das volle Bier in den Müll. Ich brauche Zeit, hole es daher wieder heraus und drücke es ihr in die Hand.

»Das ist das letzte Mal, warte kurz.« Ich gehe hinter den Tresen und mache mir auch eine Dose auf.

»Es wird vor allem gearbeitet.«

Ramona trinkt und nickt.

»Jeden Tag«, sage ich.

»Auch sonntags?«

»Ja, jeden Tag, damit Reiner mal freimachen kann!«

»Stine, ich bin mal ganz ehrlich mit dir, ja, ich find das eine schwierige Nummer, so ganz ohne Alkohol durch den Alltag. Wie soll ich denn da mal runterkommen?«

»Mir egal, du kriegst es eben irgendwie in den Griff!«

»Ich weiß nicht. Ich kann es versuchen. War's das? Oder willst du mich noch mehr quälen?«

»Eine Sache noch, du könntest Reiner darin bestärken, mich wegen meines neuen Jobs nicht zu nerven.«

»Warum solltest ich das tun?«

»Weil du schließlich so was wie meine Mutter bist!«

Sie sieht mich erstaunt an, ein Lächeln huscht über ihr Gesicht.

»Na gut, ich tu das für dich. Ich sag ihm, dass du ihm damit nicht wehtun willst. Ich sage ihm, du musst mal raus in die Welt. Und dafür darf ich Joachim noch einmal treffen.«

»Nein!«, brülle ich.

»Zum Schlussmachen?«

»Na gut.«

»Bist du jetzt durch mit deinen Befehlen, kann ich gehen?«

»Wieso gehen? Du hast Schicht. Ich gehe!«, sage ich und knalle die Tür zu. Sie reißt sie wieder auf und schreit hinter mir her:

»Schlaf schön, Töchterchen!«

Ich gehe nach oben, lege mich ins Bett, schließe die Augen und bin hellwach. Mein Nacken ist so verspannt, dass mir übel wird, wenn ich mich auf die Seite drehe. Irgendwann döse ich doch ein bisschen weg und schrecke mitten in der Nacht mit rasendem Herzen wieder auf. Ich stehe auf und versuche eine Yoga-Übung, die mir Dr. Ray gezeigt hat. Doch davon werde ich noch nervöser. Ich habe das Gefühl, minutenlang nicht auszuatmen, überall unter der Haut kribbelt der überschüssige Sauerstoff.

Ich öffne das Fenster, lege mich wie früher als Kind mit dem Rücken auf die Fensterbank und lasse den Kopf raushängen. Mein Herz rast, es fällt mir schwer zu atmen. Wenn ich jetzt das Bewusstsein verliere, stürze ich auf die Straße. Also mache ich Liegestütze, bis ich nicht mehr kann. Irgendwann schlafe ich erschöpft auf dem Boden ein und träume von Kälbern, die Joachim-Matthias-Köpfe haben und mich einkreisen. Ich höre Ramona schreien, sie wird in einem weit entfernten Stall abgeschlachtet. Reiner kommt aus dem Imbiss gerannt, läuft den weiten Weg bis zu mir, verscheucht die Kälber, hält mir seinen Eimer unter die Nase, rührt Ramonas Blut unter sein Mett und sagt, dass wir zusammenhalten müssen.

»Stine, kleine Stine, du hast einfach zu viel Angst, es gibt für alles einen Ausweg.«

Ich wache auf, Reiner sitzt neben mir auf dem Boden. Kaum habe ich die Augen geöffnet, ruft er:

»Du willst uns verlassen, warum?«

»Was?«, murmele ich.

»Warum gerade jetzt?«

Ich richte mich auf, mein ganzer Körper schmerzt.

»Papa, Mensch, ich bin doch noch gar nicht richtig wach.«

Er stellt mir einen kalten schwarzen Kaffee hin, auf einem Teller liegt ein Mettbrötchen ohne alles.

»Hab ich dir irgendwas getan?«, fragt er.

»Nee, ich will doch nur mal was anderes machen, ich zieh ja nicht aus oder so.«

»Das kannst du dir auch gar nicht leisten. Ich zahl dir keine Bude.«

»Das will ich doch auch gar nicht, ich will nur was Neues ausprobieren.«

»Na, abhalten kann ich dich nicht.«

»Nee, aber du …«

»Wenn's dir nicht gefällt, kannst du zurückkommen, aber nicht jederzeit, nur wenn wir eine freie Stelle haben. Ich hab schon einen Zettel ans Fenster gemacht, dass wir 'ne Aushilfe suchen. Nur dass du das weißt.«

»Ist ja gut, dann viel Glück bei der Suche.«

»Wie deine Mutter bist du. Die hatte auch keinen Humor. Mensch, Stine, ich hab doch noch gar keinen Zettel aufgehängt. Warten wir erst mal ab, ob dir dein neuer Job überhaupt gefällt. Sozialdienst? Das mach ich hier auch, guck sie dir an die ganzen Kaputtis, die mich jeden Tag vollnölen. Wo sollen die denn hin, wenn die nicht mehr zu Fehrmanns kommen können? Ich bin nicht nur schlagfertig auf die witzige Tour, sondern auch, wenn jemand Rat braucht. Da kannst du noch was lernen, Stint! Aber wer nicht will, der hat schon.«

»Papa, es tut mir leid, es ist doch nicht gegen dich gerichtet, dass ich …«

»Ich weiß mehr über dich, als du denkst, zum Beispiel, dass du viel mit Dr. Schwul rumquatschst. Und ohne Trixis Weisheiten wärst du mir vielleicht längst eingegangen.«

»Ach, Papa.«

»Ach«, sagt er und drückt meine Hand, bis es schmerzt.

»Ich hab mit Ramona alles geklärt, Papa. Sie übernimmt ab jetzt wieder mehr Schichten.«

Er sieht mit ernster Miene an mir vorbei.

»In Ordnung«, meint er mit feuchten Augen, steht auf und geht zur Tür.

»Papa?«

Er verlässt mein Zimmer und schließt die Tür so leise wie nie zuvor.

GESCHMACKSSACHE

Es ist kühl für einen Sommermorgen. Ich stehe vor dem himmelblauen Haus und warte. Mehrmals schon habe ich geklingelt. Im oberen Stockwerk sind die Rollos hochgezogen. Ich setze mich auf eine der drei Stufen, hole einen Notizblock und einen Stift aus meiner Tasche und skizziere die Menschen, die auf dem Weg zur Arbeit vorbeieilen. Eine Frau mit Aktenmappe fragt mich nach dem Weg zum Arbeitsamt. Sie ist etwa Anfang dreißig, doch ich werde sie später wie ein Kind zeichnen, aufgeregt und ängstlich. Sie hat eine seriöse Frisur und ist dezent geschminkt. Ihre Haare wippen steif, wenn sie den Kopf über den Stadtplan senkt. Aus Eitelkeit trägt sie ihre Brille nicht, und die neuen Kontaktlinsen holt sie erst am Nachmittag ab. Sie ist nicht von hier, in ihrer Heimatstadt brauchte sie nie einen Stadtplan. Unsicher schaut sie zu mir hinunter, dreht einen Fuß gekünstelt zur Seite, als wolle sie wieder gehen. Ich habe zu lange geschwiegen, sie zu lange abschätzig betrachtet. Ich reiße mich zusammen und lege die Hand auf den aufgeschlagenen Notizblock. Ich weiß, wo das Arbeitsamt ist, Tante Trixi hatte mich einige Male dorthin mitgenommen. Sie hat immer mindestens drei Nummern auf einmal gezogen. Bis heute weiß ich nicht, warum.

Die Frau hat sich auf den Weg gemacht, den ich ihr gesagt habe, ihr zitroniges Parfüm hängt noch in der Luft. Von weitem beobachte ich, wie ihre Schritte sich an der nächsten Straßenkreuzung wieder verlangsamen. Ich beginne, sie zu zeichnen.

Wenige Minuten später nähert sich mir eine weitere Frau. Diesmal zielstrebig. Sie trägt einen Parka und hat zwei geflochtene Zöpfe. Für diese Frisur ist sie eigentlich zu alt. Sie sieht aus, als hätte sie seit zwanzig Jahren nichts an ihrem Aussehen verändert. Ihre Augen sind verheult, an ihrem Zeigefinger hängt ein Schlüsselbund. Ich sitze ihr im Weg. Sie streckt mir die Hand mit dem Schlüsselbund entgegen.

»Hi, ich bin Betti. Eigentlich Elisabeth. Aber das muss nicht sein. Bist du Celestine?«

Ich schüttele Bettis kalte Hand, der Schlüsselbund rasselt.

»Ja, aber das muss nicht sein. Die meisten nennen mich Stine. Ich habe schon mehrmals geklingelt.«

»Der alberne Gong! Wir bräuchten hier mal ein richtiges Ringring. Jo meditiert um diese Zeit. Deshalb hat er seine Bauarbeiterkopfhörer auf den Ohren. Selbst das Telefon hört Jo im Nirwana nicht. Ich wollte rechtzeitig hier sein, aber mein Meerschweinchen lag heute früh ganz apathisch in seinem Kot und wollte nicht fressen. Verständlich, oder? Wer hat schon noch Appetit, wenn man in der eigenen Scheiße liegt!« Sie zwinkert mir zu, während sie das sagt.

»Tut mir leid. Was hat es denn?«, frage ich.

»Weiß nicht, ich habe es eben beim Tierarzt abgegeben. Vielleicht ist es heute Abend schon tot. Ich soll mich drauf einstellen, hat der Scheißtyp gesagt. Aber der gute Tierarzt war zu weit weg für heute Morgen. Habe mein Auto neulich nicht mehr durch den TÜV gekriegt.«

Sie zieht die Schultern hoch.

»Aber was soll's. War ja nur ein Auto. Obwohl ich echt an Frank gehangen hab!«

»Frank?«

»Na, das Auto, Frank das Auto. Mein erster Schwarm hieß so, Frank. Ist nie was aus uns geworden, egal … Ich gehöre nicht zu den Leuten, die behaupten, die große Liebe könne nur auf Gegenseitigkeit beruhen. Was für Langweiler!«

»Äh, ja, kann sein«, murmle ich.

»Das hört sich nicht danach an, als hättest du eine Meinung zu irgendwas. Musst du auch nicht, jung müsste man sein. Scheiße, bin ich schon wieder hektisch, ich habe einen zu hohen Blutdruck, seit ich vierzig bin. Du musst mir gleich mal deine Handynummer geben. Und sowieso deine Daten. Ich mach hier nämlich den ganzen Bürokram. Und dafür das ganze verfickte Soziologiestudium. Studierst du?«

»Nee. Erst mal nicht.«

»Besser so! Ich wünschte, ich hätte mit zwanzig einfach bloß irgendwas gearbeitet, um zu sparen. Dann hätte ich jetzt auf Korsika meine Hütte mit Ziege am Strand und würde meinen eigenen Käse fabrizieren. Aber so kann man sich ja nicht mal Urlaub leisten.«

Sie schließt endlich auf, ich stehe hinter ihr, sie macht einen Schritt zurück und rammt mir ihren bunten Schulranzen ins Gesicht.

»Vorsicht auf den billigen Plätzen! Das Ding ist echt sperrig, aber robust, ich häng dran.«

Sie schließt noch eine weitere Tür auf, schaltet dann überall Licht an und ruft:

»Komm rein, trau dich!«

Ich folge ihr durch ein riesiges Wartezimmer in ein kleines Büro. Es hängen lauter Landschaftsbilder an der Wand, und es riecht nach Lavendel. Sie stellt mir einen Holzstuhl hin.

»Vorsicht, Splitter! Willst du was trinken? Oder frühstücken? Du kannst dir ein Brot schmieren, ich zeig dir die Küche.«

Wir gehen durch einen langen Flur. In der Küche steht ein großer Holztisch, drumherum bunte Stühle. Betti schaut in den Kühlschrank, auf dem ein klitzekleines Radio mit langer Antenne steht. Sie stellt verschiedene Sorten Marmelade auf den Tisch.

»Alles nur Gelee, ohne Stückchen! Mögen wir hier nämlich nicht. Hoffe, das ist okay für dich?« Dann stellt sie noch einen Tetrapak Kirsch- und Orangensaft dazu.

»Ohne Fruchtfleisch. Fruchtfleisch mögen wir hier nämlich auch alle nicht.«

»Aha.«

»Nur die Körner im Brot finden wir hier alle gut, dabei sind das ja auch Stückchen. Irgendwie. Wir sind eben alle schon etwas älter. Da hat man so seine Eigenheiten entwickelt. Da weiß man, ob man Stückchen mag oder nicht!«

Ich lache aus Höflichkeit, Betti verzieht keine Miene. Sie legt die Hände auf den Kirschsaft und guckt mich lange an, als wolle sie mich hypnotisieren.

»Im Kirschsaft sind natürlich sowieso keine Stückchen. Nicht, dass du denkst, ich bin doof oder so.«

»Hauptsache es sind keine Kerne drin«, versuche ich zu scherzen.

Betti lacht nicht, sie lächelt nicht mal. Ich ziehe ungeschickt einen Stuhl unter dem Tisch hervor. Betti ruft:

»Der gelbe! Den nehme ich auch immer! Versteh das bitte nicht falsch, es gibt hier keine zugeteilten Sitzflächen oder so. Jeder kann sitzen, wo er will. Rot, grün, gelb, blau, egal! Aber ich mag Gelb als Farbe eben. Nur gelbes Essen find ich so was von eklig, Eigelb, igittigitt, damit kannst du mich jagen.«

»Verstehe«, entgegne ich ernst, »dann magst du auch keine Bananen?« Ich versuche ein Gespräch nach ihrem Geschmack anzufangen.

»Nee, dingdong, denken nicht vergessen! Die sind ja nur gelb von außen. Innen sind sie eher hellbeige oder dunkelweiß!«

»Ah! Also würdest du auch einen gerupften Kanarienvogel essen?«

Kurz scheint sie irritiert, dann sagt sie:

»Häääää? Scherzkeks verschluckt, was? Würde ich nicht. Aber ich esse schon Fleisch, so ist das nicht. Du denkst jetzt bestimmt, ich bin so eine komische Alternative mit Doppelmoral, oder? Da sag ich dir mal was: Die ganzen Christen hier, angefangen bei Jo persönlich, die sind regelrecht doppelt und dreifach gemoppelt mit ihrer Moral. Ich würde sogar Meerschweinchenfleisch essen, in einem Land, wo die Kultur mir das abverlangt. Ich würde niemals Gastfreundschaft ausschlagen. Niemals! Ich muss jetzt mal ein paar Anrufe erledigen. Magst du mir auch einen Toast schmieren? Mit Hagebuttengelee. Gleich ist Jo wieder unter uns, also gebe ich das mit dir an dieser Stelle jetzt mal ab. Man kann mir nicht immer die Praktikanten aufhalsen. See you later!«

Weg ist sie. Sie hätte mir wenigstens sagen können, wo der Toaster steht.

Nachdem ich eine Weile danach gesucht habe, gehe ich zu ihrem Büro. Die Tür ist verschlossen, ich höre sie telefonieren und lausche. Sie wimmert irgendwas von »sie wüsste ja auch nicht weiter und sie hätte jetzt alles gegeben, aber Ulrich will wohl einfach nicht mehr«. Ich verziehe mich wieder in die Küche. Vielleicht heißt das Meerschweinchen Ulrich.

Kein Toaster zu entdecken. Ich öffne alle Türen und finde einen ganzen Schrank voll mit Löffelbiskuits und Tüten, die aussehen wie Chipstüten, aber keine sind. Ich lese die Zutaten und stelle fest, dass es sich um frittierte Schweinehaut handelt. Ich habe wirklich Hunger, aber wenn ich das esse, wird mir mit Sicherheit schlecht. Einen Schrank weiter finde ich mehrere Dosen mit Corned Beef und Hochzeitssuppe. Nirgends entdecke ich den Toaster, nur Toastbrot. Vielleicht kann ich es auf dem Herd toasten.

Es gibt auch keine Kaffeemaschine, nur einen Schnellkocher. Ich suche nach Instantkaffee und finde Zitronenteegranulat.

Ich mache das Radio an und drehe am Senderrad, bekomme aber nichts rein, außer Zischen und Piepen. Plötzlich sagt jemand mit einer weichen, dunklen Stimme hinter mir:

»Hier gibt es morgens keinen Empfang, erst ab fünfzehn Uhr, wir haben keine Ahnung, woran das liegt. Ich bin übrigens Dunja.«

Ich entschuldige mich für die verwüstete Küche. Alle Schränke sind geöffnet, die Schubladen rausgezogen. Dunja sagt, wenn sie Hunger habe, vergesse sie auch immer ihre Manieren. Sie drückt mich einmal kurz und fest: »Tag erst mal. Hoffe, Betti war nett zu dir.«

Dunja geht in Bettis Büro, kommt mit dem Toaster zurück und sagt:

»Du bist doch nicht unsere Sklavin! So, was kann ich für dich tun? Kaffee gibt es leider nicht. Joachim ist gegen unnatürliche Stimulanz. Also gibt es auch keinen Tee mit Wirkung. Er trinkt die ganze Zeit diese künstliche Zitronensuppe. Ich kann dir Pfefferminztee anbieten oder Eisenkraut.«

»Pfefferminz ist gut«, sage ich erleichtert.

»Minze ist gut für den Atem. Sollte Joachim mal trinken, wenn du weißt, was ich meine.« Sie lächelt verschwörerisch.

»Kann ich hier irgendwo eine Zigarette rauchen? Wahrscheinlich nicht, oder?«

»Da musst du schon für rausgehen. Also ganz raus, auf die Straße.«

Dunja schmiert mir einen Toast. Sie hat nur eine dünne Schicht Margarine und eine noch dünnere Schicht Quittengelee draufgeschmiert und ist nach oben verschwunden. Ein vollbärtiger Mann schaut um die Ecke.

»Moin, ich bin Herri.«

»Stine.«

»Herzlich willkommen, Glück auf, ich muss mal. Wir sehn uns zum Tagescheck um elf.«

Da ist er auch schon wieder verschwunden. Dunja kommt zurück, wirft einen Blick auf den halben Toast, der auf meinem Teller liegt, und greift beherzt zu.

»Magst nicht mehr? Ich schon! Du sollst jetzt zu Joachim. Treppe hoch und anklopfen nicht vergessen.«

Ich klopfe, Joachim antwortet nicht. Vorsichtig öffne ich die Tür.

»Komm rein«, ruft er. Er sitzt im Schneidersitz auf einer Decke. Ich denke an Iris. Er trägt Leggins.

»Hast du schon mal meditiert?«, fragt er mit sanfter Stimme.

»Nö.«

»Weißt du, worum es dabei geht?«

Er streckt sich ausgiebig.

»Entspannung«, antworte ich.

Er lächelt milde, streckt sich weiter mit geschlossenen Augen und furzt dabei mehrmals. Er entschuldigt sich nicht, sondern lächelt nur. Mir wird ein bisschen schlecht. Ich nehme schnell einen großen Schluck Pfefferminztee.

Joachim steht auf, dehnt sich und sagt:

»Das In-sich-Gehen ist ein großes Stück des Weges, den man geht. Es ist wohl der härteste Weg, schwer zu beschreiben, was mit mir geschieht. Es ist für dich auch unerheblich, denn es ist lediglich mein Weg.«

»Aber es gibt doch sicher etwas Allgemeines dazu zu sagen. Sonst gäbe es ja schließlich keine Bücher über Meditation. Und die gibt es ja nun haufenweise!«

Kurz entgleist ihm sein mildes Lächeln.

»Schlaues Kind. Doch da spielt sicher die Raffgier auch noch eine Rolle. Solltest du eigentlich wissen. Nun gut, sagen wir es mal so: Wenn du eine Birne isst, dann hast du diesen Geschmack der Birne auf der Zunge. Er durchfließt deinen Körper, der Geschmack begehrt dich, du begehrst ihn.

Der Geschmack der Birne, das Erlebnis des Kauens, das sind deine ganz persönlichen Erfahrungen. Du kannst dieses Erlebnis nicht verbindlich beschreiben. Trotzdem vermutest du, dass andere es auch so erleben – nur eben für sich. Und auf diese Art schaue ich auch Gott in mir an, das ist der Geschmack Gottes.«

»Ich mag aber keine Birnen«, sage ich.

Er lächelt nun gar nicht mehr.

»Dann eben Äpfel oder Bananen oder irgendein anderes Obst, meinetwegen auch Gemüse! Etwas aus der Natur, das man eben essen kann!«

»Und was ist mit industriell gefertigten Lebensmitteln?«, frage ich betont sachlich.

»Wenn es denn zum Verständnis beiträgt, ja. Auch die sind schließlich aus Gottes Ressourcen gemacht! Alles läuft auf dasselbe hinaus.«

»Ach, das ist ja einfach«, sage ich spöttisch.

Seine tiefe Entspannung scheint allmählich einer gewöhnlichen schlechten Laune zu weichen. Er beendet seine letzten Dehnübungen, verliert an Halt und taumelt. Ich mache keine Anstalten, ihm zu Hilfe zu eilen. Durch tiefes Einatmen mit gefalteten Händen erlangt er sein Gleichgewicht wieder.

»Madonna, mein Kreislauf!«, sagt er, schüttelt sich, springt auf und ab, läuft wie eine Marionette, pustet, streckt die Arme in die Luft, macht den Hampelmann. Ich frage mich, was ich hier überhaupt soll? Endlich lässt Joachim sich auf einen Drehstuhl fallen und dreht sich einmal im Kreis.

»Hast du schon alle kennengelernt?«, fragt er.

»Betti, Dunja und Harry. Sind das alle?«

»Er heißt Herri, nicht Harry! Wir sind hier nicht in Amerika. Eigentlich heißt er Heribert, aber den Namen kann er nicht leiden. Wenn man ihn so nennt, schweigt er gern mal einen halben Tag. Er hat fast immer Durchfall oder Verstopfung. Nächste Woche geht er endlich zur Akupunktur. Was weiß du über Gott, Celestine?«

»Gott? Wieso?«

»Na, schließlich arbeiten wir hier im Sinne der christlichen Nächstenliebe, das wirst du doch mitbekommen haben, als du mich und Ramona ausspioniert hast, oder?«

»Klar. Aber was tut das zur Sache?«

»Nun, wenn du hier anfangen willst zu arbeiten, solltest du schon ein wenig den Grundgedanken mittragen. Also, was fällt dir spontan zu Gott ein?«

»Okay. Also, Jesus ist sein Sohn und die Hauptfigur des Christentums!«

»Nicht schlecht, hätte ich dir gar nicht zugetraut.«

»Der Film läuft doch jedes Jahr im Dezember im Fernsehen, obwohl jeder das Ende schon kennt!«

»Und was ist das Ende?«

»Die Kreuzigung!«, rufe ich begeistert und hoffe, die Sache hat sich damit erledigt.

»Haben wir da nicht was vergessen?«, bohrt er nach.

»Was denn noch?«

»Was geschah nach der Kreuzigung?«

Er lächelt inzwischen wieder milde.

»Na, so einiges bis zum heutigen Tag.«

»Die Auferstehung natürlich!«

»Ach ja, das.«

»Was weißt du noch über Jesus?« Es scheint Joachim wirklich zu interessieren.

Ich erinnere mich kaum an den entsprechenden Schulunterricht und rate:

»Er war Handwerker, gesellig, hilfsbereit, beliebt, hatte immer Leute um sich. Er muss sehr charismatisch gewesen sein!«

»Er ist auch für dich gestorben«, freut sich Joachim und nickt mir mehrmals aufmunternd zu.

»Für mich? Unsinn! Was soll das denn heißen? Soll ich hier missioniert werden oder bekomme ich jetzt die Einführung in meinen neuen Job? Ich kann jederzeit hier rausspazieren, wenn es mir nicht gefällt, wir wissen beide, wie unchristlich die Sache dann enden wird!«

Joachim rollt mit seinen Kalbsaugen und sagt betont gelassen:

»Nicht so hastig. Ich meine es doch nur gut und bezahle dich sogar dafür, dass du ein wenig Bildung bekommst. Setz dich, ich mache mir eben schnell in der Küche einen Tee und bring uns was zu essen mit. Um elf gibt es eine Besprechung für alle. Vielleicht sind wir bis dahin schon mit unserer Einführung durch, falls nicht, holen wir das später nach.«

»Was ist mit dem *Napoleon*? Da gehst du doch montags immer hin.«

»Heute nicht!«, ruft er von der Treppe.

Ich bin plötzlich sehr müde und schließe die Augen. Da steht Joachim Matthias schon wieder im Raum. Er stellt eine Kanne auf den Schreibtisch, greift in eine Tüte, hält mir dann ein Stück frittierte Schweineschwarte unter die Nase und nickt mir schon wieder zu. Erst sanft, dann energisch. Er reißt die Augen auf und zieht die Brauen hoch, wedelt mit der Hand, in der er das frittierte Ding hält. Er lächelt und wedelt immer penetranter.

Ich fühle mich, als würde ich die Spezialität eines fernen Landes ausschlagen und so ein ganzes Volk beleidigen. Betti würde sogar ihr Meerschweinchen essen. Ich muss einfach nur zugreifen, mich und meinen Mund öffnen. Hinter Joachim Matthias meine ich eine glühende Sonne aufgehen zu sehen, aber da ist nur ein Glasschrank, in dem eine orangefarbene Familienflasche Shampoo steht.

Joachim Matthias zieht den Schweinehautsnack an seiner Nase vorbei, schließt die Augen und macht ein unappetitliches Geräusch, ein Stöhnseufzer. Dann sagt er: »Lecker!« Mir wird übel. Aus seinem Mund klingt es ekelhaft.

Trotzdem strecke ich meine Hand aus und halte sie auf. Triumphierend legt er den Snack hinein. Ich stecke mir das ganze kantige Teil in den Mund. Ich will es schnell hinter mich bringen. Es lässt sich aber leider nicht so gut hinuntermanövrieren wie Reiners Mett. Frittierte Haut muss man kauen. Erst tut es ein bisschen weh am Gaumen, irgendwo in meinem Mund ist plötzlich Blut, dann schmeckt es gar nicht schlecht. Fettig, salzig, knusprig.

Joachim Matthias kippt Zitronengranulat in die Teekanne und rührt mit einem Kochlöffel um. Er erklärt mir, das Wasser dürfe bloß warm sein, nicht heiß, damit das Vitamin C erhalten bliebe. Joachim Matthias glaubt an Vitamin C in Zitronengranulat. Da wundert es mich nicht, dass er Ramona für eine attraktive Frau hält. Vielleicht sollte man ihm sagen, dass er die böse Stiefmutter vögelt.

Joachims eindringlicher, flackernder Blick, dazu das Lächeln mit leicht geöffnetem Mund. Ich denke an Menschen, von denen die Nachbarn hinterher sagen, sie hätten immer nett gegrüßt.

Als ich einmal nicht einschlafen konnte, dachte ich darüber nach, was die Kriterien dafür sein könnten zu glauben, einen Menschen sehr gut zu kennen: Man weiß, was er für ein Verhältnis zu seinen Eltern hat, was er verdrängt, wen er für seine Feinde hält, wen er belügt, wer ihm das Herz gebrochen hat – und man kann sich jederzeit seine Hände vorstellen, auch, wie sie sich anfühlen.

Ich starre Joachim Matthias an, er setzt sich auf seine Hände.

Ich fange an, mich mit Schweineschwarte vollzustopfen, Joachim hebt einen Korb auf den Schreibtisch und setzt sich eine rote Bommelmütze auf den Kopf.

»Warum die Mütze?«, frage ich mit vollem Mund.

»Das ist die Erklärerkappe. Rot hält wach und steigert die Aufmerksamkeit!«

»Das ist eine Mütze, keine Kappe! Sagst du Kappe wegen dem Papst?«

»Du weißt gerne alles besser, kann das sein?«, fragt er.

»Ist das eine Sünde?«

»Sicher ist es eine Variante des Hochmutes.«

»Und der kommt vor dem Fall.«

»Wenn man Glück hat, schon, ja! Dann folgt Demut«, ruft er mit erhobenem Zeigefinger.

»Demut? Das Wort gefällt mir nicht«, sage ich und knülle die Tüte zusammen.

»Es ist nicht immer das, wonach es im ersten Moment aussieht! Es ist wie mit G e h o r s a m !«, sagt er.

»Also, ich denke nicht, dass ich mit D e m u t und G e h o r s a m etwas anfangen kann.«

Joachim legt einen Zeigefinger auf die Lippen, atmet tief durch die Nase ein und wieder aus, faltet dann die Hände auf dem Tisch und predigt:

»Mit ›Gehorsam‹ und ›Demut‹ ist nicht sklavische Unterordnung gemeint. Du musst alles dialogisch verstehen.« Er deutet auf mich, auf sich, immer hin und her und hebt dann beschwörend seinen Finger, reißt die Augen weit auf und fährt mit sanfter Stimme fort:

»In Gehorsam steckt das Wörtchen ›hören‹.«

Er legt wieder den Finger auf die Lippen und schweigt eine Weile. Dann lässt er seine flachen Hände mit ein wenig Abstand um seine Ohren kreisen, schließlich um meine, bis ich mich räuspere.

»Ein Wachsein für das Göttliche in uns, so auch ein Wachsein für die Mitmenschen … Dass ›Demut‹ und ›Gehorsam‹ Befreiung und innere Ruhe bedeuten – das sagt Jesus in der Bergpredigt.« Auf einmal holt er tief Luft, und dann wird es plötzlich sehr laut. Beinahe schreiend zitiert er:

»Sorgt euch nicht um euer Leben und darum, dass ihr etwas zu essen habt, noch um euren Leib und darum, dass ihr etwas anzuziehen habt! Es geht Jesus nicht um das Gewicht der Dinge! Wenn materielles Heil das Einzige ist, um das ich mich kümmere, wird die Sorge ängstlich. Ist nicht das Leben wichtiger als die Nahrung und der Leib wichtiger als die Kleidung? Fragt Jesus! Die ängstliche Sorge ist unproduktiv, man blockiert sich. Weder kann man sich selbst wahrnehmen noch die anderen. Der Mensch darf sich um seine Belange kümmern, aber nur soweit es in seiner Macht steht. Die Macht des Menschen ist begrenzt! Alles Weitere soll er demütig und gehorsam Gott überlassen, der auch die Vögel ernährt, ohne dass sie säen und ernten!«

Er knallt beide Hände mehrmals auf den Tisch, dreht die Handflächen dann langsam nach oben. Ich warte einen Moment, um sicherzugehen, dass er fertig ist, dann sage ich:

»Ich kann Vögel gut leiden. Vielleicht hat Gott Vögel lieber als Menschen, deshalb versorgt er sie, ohne dass sie eine Gegenleistung erbringen müssen.«

»Gott liebt alle seine Geschöpfe«, ruft Joachim Matthias und ballt die Hände zu Fäusten.

»Aber warum geht es zwischen Mensch und Gott dann ständig um Strafe und Belohnung, das ist doch irdisch, also gesellschaftlich längst überholt!« Joachim lehnt sich zurück, verschränkt die Arme und sagt:

»Ich will sicher nicht die Gottesverteidigung zum Inhalt meiner Einführung machen. Aber ich habe hier ein paar ganz alltägliche Gegenstände in einem profanen Korb mitgebracht. Die würde ich dir jetzt gerne zeigen.«

Vielleicht zieht er gleich eine Handpuppe über seinen Schwanz und sagt, ich solle das Kasperle mal ganz lieb drücken. Stattdessen stellt er eine leere Flasche auf den Tisch und spricht:

»Das ist eine Pfandflasche. Was kann ich damit machen?«

Ich zucke mit den Schultern und mache ein grübelndes Gesicht.

»Na, was? Eine Pfandflasche, Celestine! Da muss man doch nicht lange nachdenken! Sag schon!«

»Laut Jesus sollte ich sie wegwerfen, anstatt mir die Mühe zu machen, mich im Supermarkt an den Rückgabeschalter zu stellen und ewig zu warten, bis jemand kommt, um mir dafür ein paar Cent zu geben. Ich soll mich schließlich nicht unnötig mit Sorge und Aktivität bezüglich meines materiellen Wohls aufhalten, sondern mich mit Wichtigerem beschäftigen, oder?«

»Unsinn! Unsinn!«, ruft er verärgert.

»Wieso Unsinn? Hast du dort schon mal gewartet? Meistens kommt keiner, obwohl man klingelt. Das ist wirklich Zeitverschwendung. Ich kauf daher nur noch Tetrapaks.«

»Das meine ich nicht. Die Flasche ist geliehen, oder? Wenn es eine Pfandflasche ist, ist sie eine Leihgabe!« Joachim Matthias brüllt.

»Nein, nicht solange ich das Geld dafür hingelegt habe. Solange ich es nicht zurückbekommen habe, ist es meine Flasche!«, brülle ich zurück.

Er gibt eine Art beherrschtes Knurren von sich, hebt die Flasche an und stellt sie geräuschvoll zurück auf den Tisch.

»Nein. Nein. Nein. Du bist nicht der Eigentümer, du bist nur der vorübergehend Nutzungsberechtigte! So ist es gedacht und geregelt und gemeint! Wenn du dich daran nicht hältst, erfüllt die Pfandflasche ihren Zweck nicht mehr. Zweck! Zweck! Zweck!«

Er haut mit beiden Fäusten auf den Tisch, seine Ohren sind rot. Ich habe es mit dem wahrhaftigen Joachim Matthias zu tun und entscheide daher zu kooperieren. Ich nehme die Flasche in beide Hände, betrachte sie aufmerksam, werfe sie hin und her, halte sie ihm entgegen und sage vorsichtig:

»Aber es macht doch nichts, wenn ich sie nicht zurückbringe. Ich könnte einfach Leitungswasser hineinfüllen!«

Er schaut auf das Etikett:

Naturtrüber Apfelsaft.

»Leitungswasser wäre aber der falsche Inhalt. Es würde nicht draufstehen, was drin ist.«

Er klingt ein wenig erschöpft.

Ich antworte:

»Wir könnten Leitungswasser draufschreiben«, und reiße das Etikett ab, »oder wir füllen nichts hinein, dann wäre es jetzt schon gut so. Nichts drauf, nichts drin! Wen interessiert das überhaupt?«

Joachim Matthias lehnt sich in seinem Stuhl zurück und dreht aggressiv Däumchen. Mürrisch sieht er mir lange in die Augen, ohne auch nur einmal zu blinzeln.

»Celestine. Es geht um den Glauben. Nicht um Logik.«

Ich sehe ihn an und blinzle übertrieben häufig. Ich weiß wirklich nicht, was er von mir will.

»Es ist doch ganz einfach. Dein Leben gleicht dem einer Pfandflasche.« Er klingt überzeugt.

»Was? Nee, nee, deins vielleicht! Meins nicht!«, rufe ich.

»Du bist ja eine noch schlimmere Kratzbürste als ich dachte. Aber Ramona hatte mich ja gewarnt.«

Eine Weile sagen wir beide nichts mehr. Joachim macht Atemübungen, und ich überlege, einfach zu gehen. Da fällt mir ein, dass ich gerade zwölf Euro die Stunde verdiene. Mir wird warm ums Herz, ich strecke mich und sage: »Also gut, hör zu: Mein Leben ist eine leere Flasche, in die ich keinen Tee füllen soll, wenn nicht Tee draufsteht, richtig? Hast du dir dieses Schulfernsehen eigentlich selber ausgedacht? Das hakt ja hinten und vorne. Ich könnte dir bei der Ausarbeitung vielleicht noch mal helfen. Schließlich bin ich ja die Zielgruppe.«

»Versuch erst gar nicht, mich zu verarschen. Jesus hat dir dein Leben geschenkt. Du darfst dein Leben so leben, wie du willst! Du lebst es aber nur auf Zeit. Deine Zeit ist geschenkt!« Er sagt es wieder lauter als nötig und spuckt dabei auf die Flasche und die Tischplatte.

»Ist das Leben die Flasche, oder bin ich die Flasche?«, frage ich.

»Wenn du nur dein Leben lebst, erfüllt das keinen Zweck. Du musst etwas daraus machen. Du musst es mit den richtigen Inhalten füllen. Wenn du es mit den falschen Inhalten füllst, kann das dir und anderen schaden!«

»Warum hast du nicht gleich gesagt, dass das hier eine Moralpredigt wird? Warum stellst du mir überhaupt Fragen, wenn du schon alle Antworten parat hast? Ich brauche Arbeit, keinen Guru!«

»Im Dialog lernen, ist eingängiger.«

»Aha. Und da du alles so genau weißt, wüsste ich jetzt gern, welches die falschen Inhalte im Leben sind.«

»Alles, was dir Kraft nimmt, ist mit falschem Inhalt gefüllt. Lass dich immer von Jesus mit Freude und neuer Kraft befüllen.« Er schließt die Augen und atmet laut. Er bräuchte wieder eine Meditation.

»Joachim? Das hier raubt mir langsam die Kraft. Und ich habe Hunger.«

»Jetzt weiß ich, was ich mit dir anfange. Ich werde dich zu Frau Bonne schicken!« Er strahlt.

Zufrieden lehnt er sich zurück und tippt sich an den Kopf.

»Wer ist Frau Bonne?«

»Frau Bonne ist eine furchtbare Frau. Sie ist über neunzig, übergeschnappt, widerspenstig, hochmütig! Sie redet mit mir, als sei ich ein kleiner Junge, sie nennt mich Bubi oder Kerlchen, hat mich schon geohrfeigt und bezichtigt mich, eine vermoderte Seele zu haben. Sie ist verrückt, eine echte Herausforderung, wenn du mit der klarkommst, zolle ich dir meinen Respekt. Sie vergrault jede Pflegekraft, auch die Nonnen. Von der letzten Nonne hat sie verlangt, sie solle ihr Kondome kaufen. Und zum Aids-Test wollte sie auch unbedingt mit ihr. Eine bizarre Schreckschraube. Sie beerdigt plattgefahrene Tauben. Sie entfernt sie mit einem Tortenheber von der Straße, egal, ob sie dabei den ganzen Verkehr aufhält. Ich warte nur auf den Tag, an dem sie sich dabei mit irgendetwas infiziert oder selber plattgefahren wird. Ha! Sie ist furchtbar gesund und hat nur die üblichen Verschleißerscheinungen. Sie braucht bloß Gesellschaft, jemanden, der für sie einkauft und aufpasst, dass sie nichts Süßes isst und nicht säuft.«

»Warum darf sie das nicht? Sie ist doch schon uralt.«

»Stimmt, gib ihr ruhig Zuckerwatte mit Schnaps, mir recht! Nein, Spaß beiseite, das sind eben die Regeln. Daran hat sich auch Frau Bonne zu halten. Gerade sie braucht Regeln. Dunja soll dir mal die Unterlagen zu Frau Bonne geben. Lieselore Bonne ist ihr voller Name, aber nenn sie bloß nicht so, dann isst sie den ganzen Tag nur Kernobst, um dich unentwegt zu bespucken oder zu bewerfen. Das kann richtig wehtun! Nenn sie Lilli.«

»O.k. Dann weiß ich ja jetzt, was ich zu tun habe. Kann ich nun zu Dunja gehen?«

»Nein, wir fahren gleich mit der Walnuss fort. Ich sage den anderen, dass die Sitzung ohne uns stattfindet.«

Walnuss also. Ich werfe einen Blick in den Korb, nachdem er die Treppe hinunter ist. Da liegen zwei Walnüsse, aber kein Nussknacker. Außerdem befinden sich in dem Korb eine Scheibe Brot, eine Taschenlampe, eine Rolle Fertigteig, eine Glühbirne und ein Kompass. Ich schaue mich in dem Büro um, stehe auf, wechsele die Seite. Die Schubladen des Schreibtisches sind abgeschlossen.

Ich höre Joachim Matthias unten mit Herri streiten. Herri hat eine krächzende Stimme, die mitten im Satz abbricht. Joachim schreit: »Gib es zu, Heribert! Übernimm Verantwortung, Heribert! Nimm jetzt den Essig und mach das weg!«

Irgendwann ist Stille. Joachim steht kurz darauf mit rotschwitzigem Gesicht wieder vor mir und verkündet: »Wir brechen die Schulung ab. Ich bekomme gerade Migräne.«

Er sieht wirklich aus, als hätte er Schmerzen.

»Was ist mit den anderen Sachen im Korb?«, frage ich.

Er schaut in den Korb und legt alle Gegenstände nebeneinander, redet von harter Schale und weichen Kernen, die Glühbirne sei durchgebrannt wie der Christ, dem durch Sünde das Leuchten fehle, der Teig werde geknetet wie wir von Gott, die Taschenlampe leuchte den Weg wie Jesus, und der Kompass könne durch magnetische Felder gestört werden, wie der Glaube durch falsche Einflüsse. Das Brot isst er auf, während er seinen Text runterrattert. Am Schluss sagt er, es sei das Brot des Lebens gewesen. Es stille den Hunger nach Vergebung. Er sei jetzt satt, ich könne gehen.

Den Rest des Tages verbringe ich in meinem Zimmer auf dem Boden und zeichne eine Serie. Ich nenne sie: »Joachim Matthias in Dr. Rays Rollkragenpullovern«. Der Adamsapfel von Joachim Matthias ist zunächst kaum sichtbar, dann sticht er langsam durch den Kragen, bahnt sich seinen Weg nach oben zum Kopf und durchtrennt die Halsschlagader. Von Bild zu Bild wächst mein Hass, und je länger ich zeichne, desto weniger ähnelt das Motiv Joachim Matthias. Vielleicht bin ich einfach zu müde.

In meinem Traum liegt eines von Joachim Matthias' Kalbsaugen auf dem Boden meines Zimmers und starrt mich an. Dann läuft eine Träne heraus und kullert unter mein Bett. Ich wache auf und mache das Licht an.

Pünktlich stehe ich am nächsten Morgen vor dem himmelblauen Haus. Betti trifft wieder so spät ein wie gestern. Sie sagt, das Meerschweinchen habe die Nacht nicht überlebt, sie hätte es zum Sterben mit nach Hause genommen, sei aber nicht groß traumatisiert.

Herri hat sich für den Vormittag krankgemeldet. Alle anderen sind in der Küche. Auch zwei Gast-Nonnen aus Indien. Joachim Matthias sitzt zwischen ihnen. Sie sind kaum älter als ich. Beide schauen finster, bis man sie ansieht, dann erfolgt serviles Gelächle. Eine der beiden Nonnen ist hübsch. Was für eine Verschwendung, denke ich. Die andere ist außergewöhnlich hässlich, sie hat sogar zwei Warzen auf der Wange, und einer ihrer Vorderzähne steht so weit vor, dass sie ihn auch mit geschlossenem Mund nicht hinter den Lippen verbergen kann. Sie versucht es trotzdem unentwegt.

Dunja ist während der ganzen Besprechung mit etwas anderem beschäftigt. Sie schmiert Toast, macht Tee, räumt ab, füllt Kekse in Schälchen. Geleitet wird die Sitzung von zwei Frauen, die ich am Tag zuvor nicht kennengelernt habe. Betti betrachtet ihre Handflächen und pult an ihrer Hornhaut. Dunja greift immer wieder nach den Keksen auf dem Tisch, bis

Betti ihr grob auf den Arm haut und sagt: »Nun nimm dir doch die ganze Schale nach hinten und friss da, das nervt!«

Dunja hört auf, Kekse zu essen, und hält sich den Arm. Die Versammlung löst sich auf. Ich helfe Dunja, die Küche aufzuräumen. Ab und zu begutachtet sie die Stelle an ihrem Arm und drückt daran herum. Ich frage:

»Tut's noch weh?«

»Mhm, wird bestimmt ein blauer Fleck.«

»Wie bist du eigentlich hier gelandet?«

»Ich hab Hauswirtschafterin gelernt. Meine Mutter meinte, das hilft, einen Mann zu finden. Hat aber nichts genützt. Mich hat keiner geheiratet!«

Sie seufzt und schaut wieder auf ihren Arm.

HEINRICH, DER EINZIGE

Die hohe Holztür des baufälligen Jugendstilhauses, in dem Lilli Bonne wohnt, ist nur angelehnt. Von ganz weit oben höre ich schnellen Jazz. Ich schaue auf die Klingelschilder, aufgeklebte Zettel mit verblasster Tintenschrift. Auf einem Schild steht eindeutig: Bonne. Ich klingele und starre auf die Gegensprechanlage, eine sternförmige Anordnung von Löchern. Niemand antwortet. Plötzlich wird die große Haustür mit Schwung aufgestoßen. Jemand mit einer tief ins Gesicht gezogenen schwarzen Kapuze drängt sich an mir vorbei, bleibt nach einigen Metern stehen, geht noch mal zum Eingang zurück und zieht die Tür fest zu.

»Hey, was soll das? Ich muss da rein! Weißt du, ob die Klingeln kaputt sind? Ich muss zu Frau Bonne.«

»Klingel bei Eckhout, dann macht Heinrich dir auf«, murmelt der Typ, ohne mich anzusehen.

Er tippt auf seinem iPod herum, setzt riesige Kopfhörer auf und entfernt sich dann mit schnellen Schritten.

Eckhout also, ich klingele. Diesmal bekomme ich sofort Antwort.

»Guten Tag! Was will die Welt?«, tönt es aus der Sprechanlage.

»Guten Tag, Herr Eckhout? Ich muss zu Frau Bonne, ich bin vom Pflegedienst. Frau Bonne öffnet mir nicht. Können Sie vielleicht?«

»Ach, Sie haben meinen Namen ja richtig ausgesprochen! Waren Sie schon mal in Holland?«, fragt er.

»Nein.«

»Wirklich nicht? Ich sag es Ihnen, ein Land, wie man es sich vorstellt, überall herzensgute hübsche Frauen und Blumen. Mögen Sie Blumen? Ich mag Ranunkeln, die haben kugelrunde Köpfe und wirken immer ein wenig zerzaust, sie sind nicht so eingebildet wie die gemeinen roten Rosen!«

»Könnten Sie bitte die Tür öffnen, Herr Eckhout?«

»Erst einmal muss ich wissen, ob Sie eine Nonne sind. Sind Sie?«

»Nein, ich bin ein ganz gewöhnlicher Mensch, ich heiße Stine!«

»Sicher? Nicht vielleicht Schwester Stine? Solche mögen wir hier nämlich nicht.«

»Sie können ja runterkommen und nachsehen«, sage ich.

»Ach nein, der Mühe mit den ganzen Stufen ziehe ich das Vertrauen vor. Wissen Sie, Stine, ich wohne ganz oben. Und ich bin ein alter Mann. Sind Sie eine junge Frau?«

»Ja!«

»Dann sagen Sie mir altem Mann doch etwas Nettes!«, ruft er.

Ich höre die Musik im Hintergrund, die ich schon im Treppenhaus gehört habe.

»Mir gefällt Ihre Musik!«

»Ach, das freut mich, dass sie Ihnen gefällt, es ist Django Reinhardt. Am liebsten habe ich es noch ein bisschen lauter. Ich höre ja nicht mehr so gut. Leider. Musik ist doch der Schlüssel zum Universum. Davon wissen Sie als Nonne aber wohl nichts. Immer nur im Chor singen, erweitert ja nicht gerade den Horizont.«

»Ich bin keine Nonne!«

»Ja, das ist möglich, ach, ich würde Ihnen so gern vertrauen, denn Vertrauen macht so einen Spaß. Nur um das zu beschleunigen, sagen Sie bitte schnell noch etwas Versautes! Danach können wir uns dann auch duzen.«

»Bitte?!«

»Na etwas, das einer Nonne nie über die Lippen kommen würde. Bezeichnen Sie zum Beispiel das männliche Geschlecht! So wie Sie wollen, meinetwegen auch mit einem eher sachlichen Ausdruck, aber nennen Sie es beim Namen.«

»Sind Sie ein Triebtäter oder so?«

»Aber nein. Ich dachte nur, das wäre auf die Schnelle der beste Beweis. Sie können auch etwas anderes sagen, Hauptsache, es ist ein bisschen schlüpfrig. Dann lass ich Sie sofort eintreten!«

»Gut, also: Penis, Pimmel, ficken, bumsen, Orgasmus, Sperma schlucken.«

»Hu, hu, hu, jetzt bin ich aber rot geworden. Na, da weiß ich ja gar nicht, ob so eine ungenierte Dame die Richtige für Lilli ist«, ruft er.

»Hören Sie auf, mich zu verarschen. Was sind Sie eigentlich für einer?«

»Keine Sorge, ich bin einer, der sich an Abmachungen hält, und du bist genau die Richtige! Warte, ich komm runter. Und hör auf mich zu siezen!«

»Ich dachte, das ist zu anstrengend. Nun summ schon, Heinrich!«

Er fängt an zu summen.

»Den Türöffner mein ich, du Clown!«

»Ich weiß, ich weiß, aber die Technik ist doch kaputt«, sagt er.

»Warum bist du dann nicht gleich runtergekommen, um nachzusehen, ob ich eine Nonne bin?«

»Nonnen verkleiden sich manchmal als richtige Frauen. Und außerdem hatten wir doch eine nette Unterhaltung. Was glaubst du wohl, wie ich aussehe?«

»Wie ein alter Clown!«

»Ahh, da werden wir gleich sehen, ob es zutrifft!«, ruft er fröhlich.

Ich warte. Der Knopf seiner Gegensprechanlage klemmt, die ganze Straße wird mit Django Reinhardt beschallt. Es dauert eine ganze Weile, dann reißt Heinrich die Tür auf, steht da und strahlt mich an wie ein Zirkusdirektor, der die Show eröffnet.

Er ist riesig und trägt einen dunkelroten Samtanzug. Dichtes weißes Brusthaar schaut oben heraus, unten seine nackten Füße. Die langen weißen Haupthaare sind zu einem Mozartzopf geflochten. Im Gegensatz zu Händen, Füßen und Hals ist sein Gesicht orangebraun, als benutze er Selbstbräuner oder billiges Make-up. Seine leuchtend blauen Augen wirken künstlich, wie farbige Kontaktlinsen, dazu dicht getuschte Wimpern, blauer Lidstrich und eine beeindruckend große Nase. Seine Zehennägel wachsen geschwungen nach oben und sind spitz gefeilt, sie erinnern mich an orientalische Schnabelschuhe. Auf die Haut seiner Füße sind Blumenornamente tätowiert.

»Bist du Theaterschauspieler?«, frage ich und blicke auf.

»Ho, ho! Vielleicht. Nein, hübsches Kind, eher ein Straßen-Bajazzo, und überhaupt, ich war Dirigent, der große Heinrich Eckhout! Hast du noch nie etwas von mir gehört?«

»Nein, tut mir leid.«

»Keine Sorge, ich bin nicht eitel.«

Ich ziehe die Augenbrauen hoch.

»Mein Aufzug ist in der Tat ein wenig ungewöhnlich, das hoffe ich zumindest. Aber immerhin rasiere ich mir die Füße und die Nase von innen und außen. Die Schminke, ja, der letzte Auftritt ist noch nicht lange her, ich kam noch nicht dazu, sie abzuwaschen, und mir sind die Wattepuschel ausgegangen. Hast du vielleicht welche in deiner Tüte vom Supermarché? Das um die Augen steht mir doch ganz gut, nicht wahr? Oder lässt es mich ein bisschen schwul aussehen? Na, und wenn schon.«

»Bist du nun Schauspieler oder Dirigent?«

»Ja, hast du denn noch nie von dem berühmten Schauspieler Heinrich Eckhout gehört? Ich spiele nur noch auf der Straße, ein Hobby, sagt man, schlicht und schlecht. Es ist ein Vergnügen, ich trete zusammen mit meinem jungen Freund auf, er ist vielleicht an dir vorbeigekommen?«

»Das war dein Freund?«

»Er wohnt bei mir, seine Eltern sind keine guten Menschen, sie lieben ihn nur, wenn er macht, was sie wollen. Er will Straßentheater spielen, musizieren und auch mal die Beine hochlegen, um zu denken. Und das wollen sie nicht. Kannst du dir das vorstellen?«

»Hast du ein Verhältnis mit ihm?«, frage ich.

»Ja, ein sehr gutes Verhältnis sogar! Und du und ich, wir beide haben uns seit der ersten Begegnung an der Sprechanlage ja auch schon enorm gesteigert, findest du nicht?«

Er hält mir die Tür auf. Drinnen ist es kühl, es fällt kaum Tageslicht in den hohen Eingang. Über mir schwingt ein riesiger Kronleuchter hin und her, nur wenige seiner Kerzen funktionieren. Die Wände sind fast bis zur Decke dunkelgrün gekachelt, die Treppenstufen sind aus dunklem Holz, das Geländer ist rot lackiert, ich stehe auf einem orientalischen Teppich. Heinrich schreitet großen Schrittes an mir vorbei und macht einen Sprung auf die dritte Treppenstufe.

Ich versuche, hinter ihm her die Stufen hochzukommen, ohne zu weit zurückzufallen. Er hat so lange Beine, dass er vier Stufen auf einmal schafft. Er ist nicht mal aus der Puste, als wir vor Frau Bonnes Tür stehen.

»Voilà! Chez Lilli!«, ruft er, verbeugt sich tief, greift hinter meine Füße und zieht ein Gänseblümchen hervor.

Er klopft an die Tür. Nichts passiert. Dann holt er einen Schlüssel aus der Hosentasche und schließt auf. Frau Bonne sitzt mitten in ihrem Wohnzimmer unter einer Trockenhaube. Um sie herum drei Stehlampen, die trotz des hellen Tageslichts eingeschaltet sind. Als sie uns sieht, winkt sie und schaltet das Gerät ab. Darunter kommt eine völlig zerzauste, weißblonde Perücke zum Vorschein. Es riecht angebrannt. Die angesengten Haare verrutschen und entblößen die Glatze von Frau Bonne. Herr Eckhout rückt sie zurecht, Frau Bonne grinst und wendet sich ohne Umschweife an mich:

»Weißt du, diese Perücke hat nicht meine natürliche Haarfarbe, aber an die kann ich mich sowieso kaum noch erinnern. Vielleicht war sie in etwa so wie deine, Kindchen. Nein, heller, deine sind auch zu durcheinander. Das ist interessant, Frisuren sind was für alte Frauen. Ab einem bestimmten Alter tragen fast alle Frauen die Haare gleich. Nicht lang, nicht kurz, bloß frisiert.«

Die Tür fällt zu, Heinrich ist weg. Frau Bonne mustert mich und sagt:

»Ich hoffe, du willst mich nicht baden, wie die Nonne zuvor! Die habe ich erledigt. Ich vermute, die alte Seele Joachim hatte mir die Braut als Sterbebegleitung geschickt. Dabei bin ich noch nicht mal müde. Dieser deprimierende Brechreiz von einem Mann, dieses Männlein könnte unter Umständen vor mir dran sein!«

Sie steht auf und schreitet durch den langen, hell erleuchteten Flur. Ich frage, ob ich meine Schuhe ausziehen solle. Als Antwort bekomme ich nur ein spöttisches Lachen. Ich folge ihr. Es knarrt bei jedem Schritt auf dem ungeschliffenen Holzboden.

Am Ende des Flures hängt ein großer Spiegel mit Goldrahmen. Frau Bonne bleibt davor stehen. Ihre Haut ist gebräunt, sie trägt tiefroten Lippenstift und Rouge in der gleichen Farbe, einen Turnanzug aus Polyester und Badelatschen. Sie formt und zupft an ihrer Perücke, zerbröselt die angebrannten Spitzen zwischen ihren Fingern.

»Das ist nur die Perücke, die ich zum Kochen aufsetze, das macht nichts.«

Sie schiebt die verbrannten Haare, die nun auf dem Boden liegen, mit dem Fuß zur Seite.

»Ich habe Haare für jede Gelegenheit. Eine besonders hübsche Perücke trage ich nachts, falls die Feuerwehr kommt oder ein Einbrecher.«

Sie mustert mich im Spiegel.

»Du würdest nie zugeben, dass du gut aussehen willst, was?«

»Was? Wieso? Nein, über so etwas denk ich nicht nach, das spielt keine Rolle für mich.«

»Du bist eine Lügnerin.«

»Ach ja? Was soll das? Es ist mir wirklich egal!«

»Na komm, Früchtchen, niemandem, der bei Sinnen ist, ist sein Aussehen egal. Ich kann Frauen nicht leiden, die sich nie schminken, die sind bloß verklemmt, die haben Angst, dass sie auffliegen, als Verführerinnen.«

»Also, ich will niemanden verführen.«

»Nein? Sag ich's doch, du bist eine Lügnerin oder noch schlimmer: eine Langweilerin.«

»Was soll das? Sie wissen gar nichts über mich!«

»Aber ich sehe dich doch. Du verschwendest deine Schönheit, leg den Trampel ab!«

»Warum beleidigen Sie mich? Ich habe gar keine Lust, irgendwas ab- oder anzulegen, es ist mir egal, wie ich aussehe oder ob ich langweilig bin. Was spielt denn das für eine Rolle? Ich habe wirklich andere Sorgen! Sie sind ja bloß frustriert, dass Sie nicht mehr jung sind, und deshalb gehen Sie mir auf die Nerven. Ich bin nicht schön, ich bin nur jung. Wären wir im gleichen Alter, könnten Sie das unterscheiden.«

Sie lächelt, dreht sich um und zieht mich kurz an den Haaren.

»Dumm bist du nicht, das ist schon mal gut.«

»Na, da bin ich ja beruhigt, aber woher wollen Sie das jetzt wieder wissen, Sie halten sich wohl für weise, bloß weil Sie alt sind!«

Lilli klatscht in die Hände.

»Jetzt ist Leben in deinen Augen, du hast ganz weite Pupillen, oder hast du Drogen genommen? Hast du was dabei?«

»Nee, ich find Drogen scheißlangweilig.«

»Ach, aber warum das denn? Hast du mal Opium probiert?«

»Wissen Sie was, Frau Bonne, es reicht, ich bin ja einiges gewohnt von …«

»Früher«, unterbricht sie mich, »früher, du zickiger Schlauberger, früher, als alles in meinem Leben noch offen war, da war ich so schön wie du! Niemand konnte das übersehen. Heute falle ich nicht mehr auf. Ich mag es aber, wenn die Leute mich ansehen, auch wenn sie sich dabei amüsieren. Ich habe mir diesen Bräunungsapparat aus dem Fernsehen bestellt, ein tolles Ding. Willst du ihn benutzen? Du bist viel zu blass. Gehst du denn nie ins Schwimmbad?«

»Nein, da sind mir zu viele Teenager.«

»Dann benutz wenigstens Make-up, iss rote Beete, trink Karottensaft oder Rotwein. Aber so beleidigst du dein Gegenüber. Es ist eine Sache, sich nicht um die Schönheit zu scheren, aber du willst doch nicht, dass man sich Sorgen macht, wenn man dich ansieht?«

Frau Bonne schnippt mit den Fingern und befiehlt mir, mit in die Küche zu kommen.

Ich bleibe im Flur stehen, verschränke die Arme und überlege, ob ich wieder gehe. Sie kommt zurück, sagt: »Jetzt sei nicht gleich mucksch, du kriegst doch Geld dafür«, und zieht mich hinter sich her.

Frau Bonnes Küche ist groß, wirkt aber wegen des breiten dunklen Holztischs trotzdem ein wenig eng. In der Mitte stehen nebeneinander aufgereiht: eine Schale mit schrumpeligem Obst, eine Flasche Mineralwasser, ein Brandyglas, eine kleine runde Vase mit blassblauen Ranunkeln. Sie stellt mir einen Stuhl hin und klopft auf die Sitzfläche. Ich setze mich, er ist sehr hart.

»Willst du ein Sofakissen für drunter? Dein Hintern ist ja nicht so gut gepolstert.«

»Nein, danke, es ist bequem so.«

»Nimm's mir nicht übel, dass ich nicht immer nett sein kann, Kindchen, ich befürchte, sonst würde ich einschlafen, für immer, du verstehst?«

Ich nicke. Eine Weile sagt sie nichts mehr, sie sieht durch mich hindurch, ihre Augen werden feucht, und die Mundwinkel erschlaffen.

»Was ist mit Ihren richtigen Haaren passiert?«, frage ich.

»Bitte, was? Ach so, ja. Na, ich bin doch schon über neunzig, aber du hast recht, sie sind mir schon mit sechzig alle ausgegangen. Du hingegen hast Haare wie aus dem Märchen.«

»Haben Sie Kinder?«

»Ach, was für eine Frage, natürlich, das fragt jeder. Lass mich kurz überlegen. Kinder? Zumindest besuchen mich nie welche. Aber man hört ja oft, dass die Kinder nicht zu Besuch kommen, weil die Alten nicht aufhören zu reden, damit die Kinder keine Gesprächspause nutzen, um sich zu verabschieden. Was meinst du, wie kann man Menschen noch dazu bringen zu bleiben?«

»Indem man ihnen Komplimente macht«, antworte ich.

»Du hast recht, sogar ein gelogenes Kompliment wirkt verlässlich. Komplimente sind der Soßenbinder jeder Beziehung!«, sagt Frau Bonne.

»Machen Sie mir ein ehrliches Kompliment, sonst geh ich!«, sage ich.

»›Ehrlich‹ ist doch langweilig. Ich kann dir sagen, dass du tolle Haare hast, aber das hörst du ständig, stimmt's? Wenn ich dir aber sage, du hast eine zierliche Nase, wärst du baff!«

»Das war jetzt schon wieder gemein!«, sage ich.

»Nein, hässlich ist deine Nase nicht, sie ist nur keine Stupsnase.«

»Stimmt, dann belügen Sie mich eben.«

»Nein, das ist gar nicht nötig! Ich mach dir jetzt ein Kompliment: Ich hab mehr Lust, dir was von mir zu erzählen, als Lust, dich zu vergraulen. Das ist erstaunlich!«

»Wenn es interessant ist, was Sie zu sagen haben, hör ich sogar zu. Legen Sie los!«

»Gut. Damals also, da hatte ich noch viele, aber sehr dünne Haare. Meine Töchter hatten auch solche. Aber ihre waren seidig. Vom Vater hatten sie die Farbe.«

»Wie viele Töchter hatten Sie denn?«

Sie antwortet mir nicht, steht auf und verlässt die Küche.

Als sie zurückkommt, legt sie ein zerknittertes Schwarzweißfoto auf den Tisch und sagt: »Das bin ich mit meinem grünen Hut. Mit Mitte dreißig hatte ich auf dem Kopf schon eine winzige Kahlstelle, vielleicht lag das am Krieg. Und ich war bereits Witwe.«

»Oh, das ist … Das tut mir leid, ich …«

»Ach, der Mann war ohnehin nur noch ein schlaffer Körper mit toter Seele, als er aus der Gefangenschaft kam. Doch als er dann ganz tot war, war ich eben auch ganz allein. Da lässt man schon mal ein paar Haare.«

»Sie müssen mir das nicht erzählen, das geht mich schließlich nichts an«, sage ich schnell.

»Natürlich muss ich das nicht. Du willst es dir ja bloß nicht anhören. Du willst nicht, dass es traurig wird, und du hast keine Ahnung, was Traurigsein bedeutet. Ich war so traurig, dass ich damals zwei Jahre nicht geweint hab, glaub mir, ich konnte es nicht mehr.«

»Was haben Sie gemacht? Geschrien?«

»Nein, ich saß bloß in dieser Küche und hab in den Raum gestarrt. Dabei sind mir die Haare ausgegangen. Nach zwei Jahren hab ich entschieden, dass Schluss sein soll mit dem Traurigsein. Ich schaute in den Spiegel und mir wurde klar, da oben ist nicht mehr viel. Ich glaube, es kam auch von der schlechten Ernährung. Ich hatte keinen Appetit und sah aus wie ein krankes Bäumchen, um das jeder Vogel einen Bogen machen würde. Also bin ich dann jeden Tag in ein Restaurant oder hab Gäste eingeladen, Nachbarn, andere Witwen. So musste ich etwas essen und mich zurechtmachen. Die Haare trug ich zu einem strengen Knoten gebunden, damit man die Kahlstelle nicht sah. Und wenn ich ›streng‹ sage, meine ich das auch so. Ein ordentlicher Dutt muss wehtun. Davon sind dann auch die restlichen Haare ausgegangen.«

Ich fange an, mich zu räuspern, wie Reiner in solchen Momenten. Schließlich sage ich:

»Ich weiß nicht, was ich dazu sagen soll, entschuldigen Sie bitte, aber ich dachte, ich soll Ihnen was einkaufen, Sie schreiben mir eine Liste und so, und hinterher wollte ich hier nur putzen und wieder gehen. Könnte ich vielleicht einen Schluck von dem Brandy da haben?«

Sie strahlt mich an:

»Das war doch mal ehrlich, Kind! Das Zeug schmeckt, sag ich dir, so was Gutes kennst du nicht. Hol doch noch so ein Glas aus dem Schrank im Wohnzimmer, vielleicht ist es auch in der Vitrine.«

Ich laufe den langen Flur entlang.

Ich habe noch nie so viele verschiedene Gläser auf einmal in einem Schrank gesehen. Dicht an dicht stehen zerbrechliche Schwenker in allen Farben, viele gibt es nur einzeln, hohe Weingläser, plumpe Kneipentulpen, verzierte Schnapsgläschen. Dazwischen auch viel gesprungenes Glas und Scherben. Schließlich finde ich in einem aufgeklappten Sekretär genau das Brandyglas, nach dem ich gesucht habe. Es ist klebrig. Ich schalte das Licht im Wohnzimmer aus, als ich es verlasse. Lilli ruft aus der Küche, ich solle es sofort wieder einschalten.

Nachdem ich das Glas abgewaschen habe, setze ich mich. Lilli hat sich schon eingeschenkt, und während sie mein Glas bis zum Rand füllt, meint sie: »Ist doch scheußlich, so ein dunkles Zimmer!«

»Aber es ist doch Tag«, entgegne ich.

»Tageslicht allein ist mir zu wenig. Trinken wir auf dich, Celestine!«

»Woher kennen Sie meinen Namen?«

»Na, die Bullerbacke Joachim hat gestern am Telefon Bescheid gesagt, dass die humorlose Nonne wegbleibt und du mich nun besuchst. Er hat mich ermahnt, nett zu dir zu sein, ich solle dich nicht wegekeln, sonst komme er bald persönlich. Das wäre allerdings ein Schock! Ich bin nur nett zu guten Menschen.«

»Die Nonne war also kein guter Mensch?«

»Das weiß man bei solchen Leuten nie, die müssen sich ja nicht im richtigen Leben verantworten. Die frühstücken das Gutsein im Gebet oder schon durch ihre Konfession ab, glauben sie zumindest. Deshalb hab ich sie ein bisschen geärgert, aber Humor hatte sie keinen. Niemand kann ein guter Mensch sein, wenn er sich selbst nicht komisch findet. So jemand sieht sich nicht mit Distanz und erkennt nicht, wo er schlecht ist!«

Sie hält sich die Hand nah vor das Gesicht und sagt:

»Mach das mal, du siehst nicht einmal mehr die ganze Hand!«

Ich probiere es aus. Frau Bonne schaut in meine Tüten, holt einen Klostein heraus und reißt die Verpackung auf. Ich habe Zitrone gekauft, weil Dunja es aufgeschrieben hat.

Frau Bonne verzieht das Gesicht und zielt auf den großen Mülleimer.

»Ist das nicht der richtige Duft?«, frage ich.

»Duft, dass ich nicht lache! Darum geht es nicht. Ich will den, der das Wasser blau färbt. Zitrone macht gelbes Wasser, wie sieht das denn aus? Wie Pipi. Hast du eine Lieblingsfarbe für Klowasser?«

»Darüber habe ich noch nie nachgedacht. Kennen Sie Yves Klein, den Maler? Er hat ein eigenes Blau erfunden.«

»Klingt nach einem Spinner. Einem Spinner mit viel Geld. Oder war er ein Freund der Familie oder sogar ein Familienmitglied?«

Ich muss lachen und sage:

»Nein, meine Familie ist eher, na ja, gewöhnlich, also, außer Tante Trixi vielleicht, der fällt immer was Neues ein, um an Geld zu kommen. Ich habe noch nie gesehen, dass sie was gemalt hätte. Aber wenn sie es tun würde, wäre sie mit Sicherheit eine Symbolistin – und zwar eine von den versauten!«

»Waren sie das nicht alle?«, fragt Lilli und schaut selig.

Sie steht auf und läuft geschäftig in der Küche herum, macht Kaffee in einer Blechkanne auf einer Gaskartusche neben dem Herd. Sie erhitzt einen ganzen Liter Milch in einem großen Kochtopf auf dem Ceranfeld, schenkt zwei Becher voll mit Kaffee, setzt jedem eine Milchhaube auf und kommt wieder zu mir an den Tisch. Sie erzählt:

»Heinrich hat mir diesen komischen neuen Herd einbauen lassen. Ich war so wütend deswegen. Er argumentierte, der olle Gasherd hätte das Leben aller Hausbewohner gefährdet. Es stimmt, denn je älter er wurde, desto größer wurden seine Flammen. Irgendwann wollten sie gar nicht mehr im Herd bleiben. Das neue Ding tut so, als würde es glühen, und es scheint alles in sich aufzusaugen. Magst du lieber alte oder nur neue Dinge?«

»Keine Ahnung, auch darüber hab ich noch nie nachgedacht«, antworte ich und denke an das vollgestellte Schlafzimmer von Oma Senta, in dem ich eine Weile wohnen musste. »Vielleicht kommt es darauf an, wem die alten Sachen vorher gehört haben.«

»Meine alten Sachen haben vorher alle mir gehört«, sagt Lilli und grinst.

»Ja, natürlich. Entschuldigung, ich wollte nicht, ähm …«

»Das macht doch nichts Celestine, für dich ist ›alt‹ eben etwas anderes als für mich. Wir haben alle unsere Zeit. Das ist nur gerecht.«

Sie trinkt den restlichen Kaffee in einem Zug aus und fährt fort:

»Ich habe dir ja noch immer nicht gesagt, wie alt ich bin!«

»Das müssen Sie auch nicht, schließlich ist man doch so alt wie man sich fühlt!«

Sie guckt mich empört an und sagt: »Findest du nicht, dass das ein wirklich blöder, unwahrer Satz ist? Wer hat dir denn diesen Unsinn erzählt? Schließlich bin ich über neunzig, warum sollte ich mich denn nicht auch so fühlen? Wer behauptet eigentlich, nur der Körper würde altern und innen drin sei man so gut wie jugendlich, redet Blech! Mit solchen Leuten stimmt was nicht, das sag ich dir. Sterben ist sicher nicht die beste Aussicht, aber muss man deshalb gleich meschugge werden?«

»Tut mir leid, so habe ich das nicht gemeint, ich habe ja nur wiederholt, was andere alte, also … ältere Leute so sagen.«

»Siehst du, das sollte man nie tun, einfach wiederholen, was andere sagen. Warte, bis du eine Erfahrung selber gemacht hast, bevor du dir ein Urteil erlaubst, und sprich erst darüber, wenn du genug Abstand hast. Und verteile erst Ratschläge, wenn du zwei Jahre nicht mehr deswegen geweint hast!«

Lilli wirkt plötzlich abwesend und schaut wieder durch mich hindurch. Dann legt sie mir die Hand auf die Schulter und sagt:

»Ich sage dir was: Ich erinnere mich sehr gut und schon sehr lange an meine Zeit als junge Frau. Und wenn sogar die Erinnerungen altern, dann weiß man: Nun ist man alt. Und ich fühle mich so, ich fühle mich wie eine, die bald hundert Jahre alt wird. Meine Erinnerungen langweilen mich. Selbst die Nostalgie verblasst.«

Sie nimmt meinen Becher und trinkt den Kaffee aus. Ich frage:

»Haben Sie Angst vor dem Tod?«

»Wenn ich mich jung fühlen würde, hätte ich sicher Angst, aber zum Glück fühl ich mich alt. Sonst wäre das mit dem Sterben ja unerträglich.«

Sie holt eine Schale aus dem Schrank und drückt mir ein großes Stück Kandis in die Hand. Dann steckt sie sich eines in den Mund und nickt mir zu.

»Lutsch das, Kindchen, Zucker hält fit! Sicher, ich habe auch meine Schmerzen hier und dort, aber da bin ich nicht schlimmer dran als die ganzen jungen Leute. Guck sie dir an, Migräne, Gastritis, Anorexie, Fettleibigkeit, Rückenleiden, Erschöpfung und so weiter. Man könnte meinen, die Jugend von heute will die Alten übertrumpfen. Denen ist ihr Leben jetzt schon zu viel.«

Sie tastet meinen Arm ab, drängt mich aufzustehen und geht einmal um mich herum.

»Du bist zu dünn, du siehst aus wie ein Mädchen in Kriegszeiten. Ich mach dir morgen mal was Ordentliches zu essen!«

»Ich esse genug, mein Vater hat auch erst ab dreißig angesetzt!«

Lilli schüttelt den Kopf.

»Auch eine junge Frau muss einen weichen Körper haben. Zu dünn sein schadet den Lebensgeistern!«

»Mir geht es gut!«, rufe ich.

»Hast du einen Freund?«

»Nö.«

»Siehst du! Hast du Enki schon kennengelernt?«, fragt sie und strahlt.

»Nein, wer ist das?«

»Der junge Mann, der zurzeit bei Heinrich wohnt!«

»Ach so, sind die beiden ein Paar?«

Lilli lacht, schlägt sich auf die Schenkel und hört gar nicht wieder auf, bis ihr die Augen tränen. Hinter uns auf dem Herd zischt es plötzlich. Die im Topf verbliebene Milch kocht über und läuft auf den Boden. Ich nehme eine Rolle Haushaltspapier aus den Einkaufstüten und wische die Milch sorgfältig auf, putze auch zwischen den Holzdielen alles gründlich weg. In den Ritzen sind auch alte Spuren von getrockneter Milch. Lilli steht auf und zündet sich eine Zigarette an. Mit der Kippe im Mundwinkel greift sie nach meinen Haaren und bindet sie mit einem Gummiband fest zu einem Dutt. Es ziept, Lilli lächelt zufrieden und sagt:

»Die Milch ist wirklich flink beim Überkochen. Vorhin war ich stolz, dass es mir heute noch nicht passiert ist, weil es mir nämlich jeden Tag passiert, sogar wenn ich direkt daneben stehe. Immer kocht das verfluchte Zeug über. Dann ziehe ich den Topf immer so schnell vom Herd, dass er herunterfällt. Rums. Bums. Knall!«

Lilli hat sich ein Stück Küchenpapier unter den Schuh geklemmt und wischt damit ein bisschen hin und her. Ich sage:

»Schon in Ordnung, putzen ist ja jetzt mein Job.«

»Ich will nicht, dass du nur putzt, mir die Wäsche machst und einkaufst. Du erinnerst mich an meine Töchter. Alle jungen Mädchen erinnern mich an sie. Auch die jungen Männer. Sogar alle Bäume erinnern mich an sie, ach, und eigentlich die ganze Stadt, Sonne, Mond und Sterne. Und alles im Fernsehen auch. Das Einzige, was mich nicht an sie erinnert, ist Heinrich!«

»Sie haben also doch Kinder.«

»Lass uns lieber über etwas anderes reden, bitte.«

»Klar, kein Problem, äh, ist Heinrich wirklich Holländer?«, frage ich.

»Hat er das erzählt? Er kennt viele gute Geschichten! Als wir uns kennenlernten, behauptete er, Schriftsteller zu sein. Aber er musste bald zugeben, dass er keiner ist. Eigentlich war er ein großer Jazzmusiker!«

»Ich dachte, Dirigent?«

»Dirigent? Nein! Oder doch? Vielleicht. Hat er schon wieder geflunkert? Er ist um die Welt gereist mit seiner Musik, da hört man viele Geschichten. Er hatte nie einen großen Namen, aber er hat die Großen unterstützt auf ihren Tourneen, hat Stücke für sie geschrieben, Gershwin war sein Freund. Heinrich hat irgendwann dieses Haus gekauft, den Dachboden ausgebaut, ihn dann mit der darunterliegenden Wohnung verknüpft und ist eingezogen. Am Anfang habe ich mich gegen seinen Charme gewehrt. Nicht, weil es meine Art war, mich zu zieren, nein, damit habe ich nach dem Krieg aufgehört. Keuschheit hat mich unter den widrigen Umständen nicht mehr interessiert. Aber ich wollte eben nicht mehr lieben. Und als er zum ersten Mal mit seinen hässlichen Füßen vor meiner Tür stand, wusste ich, den würde ich lieben. Also habe ich mich geziert. Und er war ja auch zehn Jahre jünger als ich. Na, das ist er natürlich noch immer. Ach, es ist ja schon zwanzig Jahre her.«

Sie schaut mich an, ich sage:

»Macht ja nichts, ist doch logisch! Frauen leben schließlich auch ein paar Jahre länger. Also ist es nur logisch, meine ich, wenn der Mann jünger ist, dann stirbt man vielleicht noch am ehesten gleichzeitig.«

Ich schließe die Augen und denke mehrmals das Wort peinlich. Seit der Grundschule mache ich das so. Vielleicht sollte ich mir etwas Neues überlegen, um unangenehme Situationen zu überwinden. Lilli sieht traurig aus und zugleich so abwesend wie vorhin. Vielleicht hat sie gar nicht gehört, was ich gerade gesagt habe.

Ich weiß nicht, wie man für jemanden da ist. Bei uns zu Hause ist die höchste Form des Füreinanders, sich in Ruhe zu lassen. Ich esse, was Lilli mir angeboten hat. Ich stecke mir drei Stückchen Kandis in den Mund und zerbeiße sie laut und deutlich. Lilli nickt. Meine Zähne schmerzen, mir wird ein bisschen schlecht, Lilli steht auf und bringt mir ein Glas Wasser. Sie seufzt, nimmt einen Schluck Brandy und streicht mir über die Haare. Ramona strich mir früher auch oft über den Kopf, allerdings so grob, dass meine Haare sich statisch aufluden und wild abstanden. Plötzlich zieht Lilli die Hand weg:

»Die Sirenen heulten, und ich bin mit meinen Töchtern raus auf die Straße. Wir wollten nicht mehr in den Keller, weil dort eine Gruppe von Männern war, die die Enge ausnutzten. Wir wollten zum nächsten Bunker. Er war nicht weit weg, wir hätten es schaffen können. Die Sirenen waren eben erst angegangen. Ich dachte, wir schaffen es. Meine Töchter waren noch nicht einmal so alt wie du, als sie vor mir in die Luft geflogen sind. Sie steckten mitten in der Pubertät und wurden zerfetzt, und ich musste dabei zusehen. Ich bin stehen geblieben und hab darauf gewartet, dass es mich auch erwischt. Aber ich bin hier.«

Ich sitze angespannt und regungslos da, Schmerzen breiten sich langsam vom Nacken auf den Kopf aus. Der Zweite Weltkrieg war für mich kaum mehr als eine lästige Klausur in der Oberstufe gewesen. Oma Senta hatte nie darüber gesprochen, Reiner wurde danach geboren und interessierte sich sowieso nur für seine pseudowissenschaftlichen Magazine. Ich bin es nicht gewohnt, dass jemand so offen und ausführlich mit mir spricht. Es ist mir unangenehm, aber ich weiß nicht, wie ich das Thema wechseln soll. Lilli fährt ganz in Gedanken versunken fort:

»Ich hatte einen Nachbarn, er hieß Hans. So hießen viele, doch mein Hans war ein anderer Hans. Ein Schriftsteller, ein Schwächling, wunderbar! Er hatte nur noch anderthalb Beine. Trotzdem stand er jedes Mal auf dem Dach und schüttete Wasser aufs Nachbarhaus, wenn dort Feuer ausbrach. Deshalb ist unser Haus, dieses Haus, auch nicht abgebrannt. Natürlich hab ich mich gern revanchiert. Ich mochte ihn, ich war allein. An den Krieg gewöhnt man sich nicht. Je länger man es aushält, desto schlimmer wird es. Die Sirenen, die Panik, zu merken, dass jemand fehlt, der Hunger, die immer gleichen Lebensmittel – ich konnte nie wieder Steckrüben essen. Hans und mich verband einzig und allein der Krieg. Vorher hat er mich nie gegrüßt, so in sich gekehrt war er. Er hasste die Nazis. Auch ich war für ihn so eine deutsche Mutter. Damit hatte er recht, denn mehr war ich auch nicht. Irgendwann, viel zu spät, begriff ich, dass Schreckliches passierte. Mir war alles zu viel, deshalb hab ich keinen Unterschied mehr darin gemacht, was ich besser verdrängen sollte und was nicht.«

»Was ist nach dem Krieg aus Hans geworden?«

»Er ist nach Berlin, bekam eine Stelle bei einer Zeitung und heiratete eine Amerikanerin.«

Lilli nimmt sich eine von meinen Zigaretten, ich gebe ihr Feuer.

»Menthol, ach, wie albern, herrlich. Jetzt bist du dran, erzähl mir eine gute Geschichte!«, ruft sie.

Ich erzähle ihr von Iris' letzter Liebe und dass sie von einem Leoparden gefressen wurde, nachdem sie ihr Engagement als lebender Schutzschild aufgegeben hatte.

Lilli lacht schallend, und ich sehe all ihre Falten. Sie will Iris auf dem Friedhof besuchen. Nach dem fünften Glas Brandy und nachdem ich auch ein bisschen über meine Familie gesprochen habe, erlaubt Lilli mir, gründlich aufzuräumen, aber nur unter der Bedingung, ihr bald alles zu erzählen, was geschehen war, nachdem meine Mutter die Stadt verlassen hatte.

»Willst du deine Mutter finden?«

»Ich weiß nicht, aber ich werde nicht weiter nach ihr suchen.« Ich zucke mit den Schultern. Lilli winkt ab.

»Ach was, ich will dir nicht zu nahe treten.«

»Ist schon in Ordnung, Sie haben mir schließlich auch viel von sich erzählt, obwohl wir uns eigentlich gar nicht kennen.«

»Das ist etwas anderes. Das, was ich erzählt habe, sind alte Geschichten. Es ist viel mutiger, etwas von sich preiszugeben, das man noch erlebt. Etwas, von dem man nicht weiß, wie es endet. Alte Menschen reden gern. In meiner Generation war das Aussprechen von Erlebtem noch nicht so beliebt. Ich war vor ein paar Jahren mal in einer Gesprächsgruppe, um Kriegserlebnisse zu verarbeiten. Die meisten waren noch immer Nazis. Nur ein Mann war dabei, der einzig anständige Mensch dort. Er hat sich umgebracht, weil er gemerkt hat, dass er seine Schuld nicht loswird, nur weil er endlich über das, was geschehen war, spricht. Die anderen haben es nach den Sitzungen auch nicht mehr lange gemacht. Sie sind sofort gestorben, nachdem sie alles zugegeben hatten. Jetzt ist die ganze Anonyme-Nazi-Gruppe tot, nur ich nicht.«

Lilli lacht.

Sie zeigt mir ihre Perückensammlung auf der Frisierkommode im Schlafzimmer, sogar eine blaue ist dabei.

»Die hat mir Yves Klein gemacht, nachdem ich in den fünfziger Jahren in blaue Farbe getunkt über eine Leinwand gerollt bin. Das war nicht so angenehm, ich war die älteste Frau von allen. Aber er mochte meinen Körper trotzdem.«

»Sie haben Yves Klein gekannt?«

»Natürlich, ich habe viele gekannt, schließlich habe ich nie wieder geheiratet und ich hatte auch keine, wie sagt man, feste Beziehung. Ich habe gelebt, und da war man früher am besten bei diesen Künstlern aufgehoben. Ich hatte eine Menge Spaß mit ihnen.«

»Warum haben Sie mir vorhin nicht gesagt, dass Sie Yves Klein kannten?«

»Vielleicht ist es mir vorhin einfach nicht eingefallen, ich weiß es nicht. Aber so ein toller Typ, wie du denkst, war er gar nicht. So, für heute ist jetzt aber mal Schluss mit dem Gequassel. Ich bin müde, sehr müde. Ich geh jetzt sofort schlafen. Morgen kommst du ja wieder. Vergiss nicht, dir nach dem Putzen die Hände einzucremen, sonst sehn die bald aus wie meine.«

Lilli schmiert mir aus einem Pott Creme zwei dicke Kleckse auf die Handrücken, schiebt mich zur Tür, drückt mir den Wohnungsschlüssel in die Hand und fragt:

»Hast du eine Oma?«

»Ich hatte Oma Senta.«

»Woran ist sie gestorben?«

»An einer gebohnerten Treppe.«

»Das sind früher viele! Auch Ehemänner! Kann man sich denken! Ja, das Bohnern. Fehlt sie dir?«

»Ich weiß nicht. Sie war eben Reiners Mutter.«

»Du willst nicht, dass dein Vater denkt, dass er dir nicht genügt«, bemerkt sie.

»Woher wissen Sie das?«

»Ach, ich weiß gar nichts, gute Nacht!« Lilli schiebt mich ins Treppenhaus und schließt die Tür. Dann öffnet sie die Tür sofort noch einmal einen Spalt breit.

»Kommst du dann morgen Mittag? Hier hast du Geld und einen Zettel mit den nicht alltäglichen Besorgungen. Gib ruhig alles aus. Wenn noch was über ist, kauf dir was!«

Ich erinnere mich an die alte Frau mit dem Federhut damals an der Raststätte.

»Haben Sie einen Hut mit Federn?«

»Früher hatte ich viele Hüte, aber heute reicht mir eine Perücke. Noch was drüberstülpen muss ich nun wirklich nicht, sonst bin ich ja ein Turm!«

Sie winkt mir mit einem Taschentuch zu, als stehe sie auf einem Schiff.

Dann schließt sie die Tür. Ich warte einen Moment, aber das war es wohl für heute.

Ich habe keine Lust, nach Hause zu gehen. Ich schalte das Licht ein und setze mich auf eine Treppenstufe. Unten öffnet jemand die Eingangstür. Ich höre Musik, die aus einem Kopfhörer dröhnt. Es ist bestimmt wieder dieser Typ. Lilli hat gesagt, er heißt Enki, den Namen habe ich noch nie zuvor gehört. Er kommt die Treppen hoch und bleibt vor mir stehen. Ich rücke zur Seite, damit er an mir vorbeikann, aber er rührt sich nicht von der Stelle, nimmt erst die Kopfhörer ab, dann die Kapuze. In dem Moment geht das Licht aus.

»Ist alles in Ordnung?«, fragt er.

»Ja, alles gut.«

Er beugt sich über mich, greift an mir vorbei, schaltet das Licht wieder an und sieht mir dann lange und direkt in die Augen. Wir sagen beide nichts, er hat große braune, warme Augen und einen aufmerksamen Blick. Ich stehe auf, da gibt er mir die Hand.

»Enki.«

»Stine.«

»Wir sehn uns noch, Stine.«

Als er an mir vorbeigeht, lehne ich mich an die Wand und zähle seine Schritte bis zu Heinrichs Wohnung. Ich frage mich, wann ich ihn wiedersehe. Enki könnte vielleicht ein guter Freund werden. Aber bestimmt ist er gern allein. Noch viel lieber als ich es bin. Mein Herz schlägt schnell, ich bekomme kaum Luft und renne die Treppen runter, raus auf die Straße.

EIN PINGUIN AUF DER ANTENNE

Ich stehe vor dem himmelblauen Haus. Joachim hat gesagt, ich solle nach meinem Besuch bei Lilli bei ihm vorbeikommen, um über den Tag zu reflektieren. Es ist inzwischen Nacht, und müde hängt die Hitze zwischen den Häusern. Als ich klingele, öffnet mir niemand, doch die Tür ist nicht verschlossen.

Ich rufe hinein:

»Hallo? Ich bin wieder da!«

Im ersten Stock höre ich es rumpeln. Joachim ruft, ich solle bleiben, wo ich bin, er komme runter. Ich setze mich in die dunkle Küche. Da steht er plötzlich verschwitzt in der Tür.

»Was machst du denn hier, allein im Dunkeln?«

»Du hast doch gesagt, ich soll noch mal vorbeikommen!«

»Habe ich das gesagt? Aber ich meinte am Nachmittag, nicht mitten in der Nacht! Warst du bis eben bei Frau Bonne?«, fragt er, schaltet das Licht an und dreht den Dimmer hoch.

»Ja.«

»So lange?«

»Ja. Es war nett, sie ist nett und interessant.«

Joachim scheint sich nicht zu freuen.

»Soll ich noch die Spülmaschine ausräumen?«, frage ich.

»Das brauchst du nicht, Dunja macht das morgen früh, sie musste mit Herri in die Notaufnahme, der hat wohl eine Magenschleimhautentzündung, er ist zusammengebrochen und hat sich gekrümmt vor Schmerzen. Es war also gut bei der alten Hexe?«

»Sie ist überhaupt keine Hexe!«

Er reibt sich das Kinn, nickt, oben hustet Ramona. Erst ist es mehr ein Röcheln, dann hustet sie eine Weile mit Inbrunst, bis der Schleim kommt.

Joachim reibt sich das Kinn schneller, guckt mit seinen Kalbsaugen an die Decke, sein Adamsapfel wandert auf und ab. So ein Idiot. Die Kalbsaugen schließen sich, er senkt den Kopf.

Ich sage:

»Eigentlich braucht Frau Bonne tägliche Betreuung, sie ist doch fast hundert. Dafür würde ich gern doppelt bezahlt werden, fünf Tage die Woche und jeden zweiten Samstag! Außerdem darf sie ab heute essen und trinken, was sie will. Und Zigaretten rauchen! Und Zigarren!«

Er sieht mich entgeistert an, dann traurig. Schließlich zuckt er mit den Schultern, nickt und sagt:

»Gut, in Ordnung, was soll's, was soll's.« Joachim Matthias' Gesicht ist rotfleckig, das Kinn wund, sein Hosenstall auf, ich rufe nach oben, dass Ramona in spätestens einer Stunde zu Hause sein solle, und verschwinde.

Draußen treffe ich Dunja. Sie erzählt, dass Herri so starke Tabletten gegen die Schmerzen bekommen hat, dass er plötzlich gute Laune bekommen und ihr an den Busen gefasst habe. Sie wirkt, als hätte sie auch irgendwas genommen. Sie redet über die Spülmaschine und darüber, dass zu Hause ja ohnehin keiner auf sie warte.

Während sie vor sich hin redet und ich ihr gar nicht mehr richtig zuhören kann, muss ich plötzlich an Enki denken. Ich frage mich, was das für ein merkwürdiger Name ist. Ein Künstlername vielleicht? Oder Arabisch, Türkisch, Französisch, ich weiß es nicht, es ist mir auch egal, ich hätte einfach nur gern die gleichen Kopfhörer und so eine schwarze Kapuzenjacke. Als Dunja sich verabschiedet, drückt sie mich ganz fest an ihre großen Brüste. Sie riecht nach Lavendel, wie der Schrank von Oma Senta.

Eine halbe Stunde später stehe ich unter der kaputten Straßenlaterne vor dem Imbiss und beobachte Reiner, der sehr beschäftigt ist. Aber nicht mit Putzen, seine Hände befinden sich am Hintern von Tine. Tine von *Blumen Tine* auf der anderen Straßenseite. Ich gehe mit schnellen Schritten direkt auf den Imbiss zu und reiße die Tür auf. Reiner lässt den Tine-Hintern sofort los. Tine ist klein, zierlich, schüchtern, knapp dreißig und irgendwie ganz hübsch. Ich hatte mich schon länger gefragt, warum sie seit ein paar Wochen ständig bei uns isst, obwohl sie Vegetarierin ist. Sie bestellt Pommes mit Krautsalat und Zwiebeln, dabei gibt es eine Straße weiter einen pakistanischen Imbiss. Wenn Ramona das mit Reiner und Tine spitzkriegt, habe ich ein Problem. Dann gesteht Ramona Reiner alles, nur um sich an ihm zu rächen. Und sie wird ihm auch stecken, dass ich längst Bescheid wusste. Er schmeißt sie raus, sie rennt zu Marlies, damit sie wenigstens Joachim Matthias kriegt, der mich dann feuern wird – und ich werde obdachlos. Tine zieht hektisch an ihrem Hello-Kitty-T-Shirt. Ihre viel zu engen Hüftjeans bedecken nur den halben Hintern.

»Na, Stine, so spät noch unterwegs? Was macht die Schule?«, fragt sie.

»Stint ist da doch schon seit fast zwei Jahren raus!«, ruft Reiner.

»Papa! Seit einem Jahr!«

»Tatsächlich? Sach an. Tine und ich haben hier mal durchgesprochen, wie das mit der Blumendekorative auf der Fensterbank aussehen könnte. Sie meint, so ein frischer Strauß Gerbas die Woche macht schon was her!«

»Gerberas!« Tine kichert, als sei sie sechzehn.

»Ich weiß nicht, wie Gerberas aussehen. Aber gehen die hier nicht ganz schnell ein, bei dem ganzen Fett in der Luft?«, frage ich.

Tine zeichnet mit einem Kugelschreiber Blumen auf einen Bierdeckel. Warum geht sie nicht rüber und holt eine von diesen Scheißblumen? Aber dann müsste sie sich ja kurz von Reiner trennen. Und ihren roten Wangen nach zu urteilen, würde sie das am liebsten nie wieder tun. Sie hat ein Bein angewinkelt, wackelt damit unruhig hin und her, ihr Hals ist zu lang für den kurzen Rumpf. Ramona bumst ein pseudochristliches Mannskalb und Reiner einen abgebrochenen Flamingo. Warum steht mein Vater eigentlich nur auf Miniaturfrauen? Er sagt:

»Also, diese Gerba-Blumen sehen so richtig aus wie Blumen, mit in der Mitte einer runden Fläche und rundrum Blätter, so wie jedes Kind eine Blume malen würde!«

Tine hält mir stolz ihr Blumenbild vors Gesicht.

Ich nehme mir eine Portion Kartoffelspecksalat, setze mich und rauche dazu eine Zigarette. Reiner macht die Tür auf und zu.

»Sonst riecht das morgen früh nach Rauch.«

Vegetarier haben meist etwas übrig für frische Luft. Ich schnippe die

Zigarette nach draußen, als er die Tür wieder aufreißt, und gehe nach oben, ohne mich zu verabschieden. Reiner ruft, wie denn mein erster Tag war. Ich antworte nicht, bleibe stehen, er kommt mir nicht hinterher.

Ich liege im Bett. So fertig war ich das letzte Mal nach dem Abitur, und da war ich wenigstens betrunken. Meine Deckenlampe ist eine Laterne mit Sternen, darunter baumelt ein Mobile aus Plastikpapageien. An der Wand hängen Riesenposter von *Alien* und *Alien – Die Rückkehr*. Mein Schreibtisch ist am Kleiderschrank befestigt. Das Bett besteht aus den gleichen mit holzgemusterter Folie beklebten Spanplatten wie die anderen Möbelstücke. Ich habe ein Einbaukinderzimmer. Der bunt gesprenkelte Sessel stammt aus unserer alten Wohnzimmergarnitur, das einzige Stück, das Friedrich nicht vollkommen zerstört hatte. Mit dreizehn fand ich es schick, einen eigenen Sessel zu haben. Nur deswegen lud ich einmal ein paar Mädchen aus meiner Klasse ein. Den ganzen Nachmittag verbrachten wir dann aber im Wohnzimmer, weil ich keinen eigenen Fernseher hatte und die Mädchen unbedingt ihre Soaps sehen wollten.

Mein letzter Gast war Simon, und damals war es mir egal gewesen, wie es hier aussah.

Wenn Enki sich hier aufmerksam umsehen würde, wäre das schlimm für mich. Mein Kinn zuckt, ich hasse das, dieses Wimmern, das bin nicht ich. Trotzdem lasse ich es zu und kann fast nicht mehr aufhören zu heulen. Mein Kopf schmerzt. Auch Nasenbluten bekomme ich, aber es tut gut. Irgendwie.

Ich wache vor dem Klingeln des Weckers auf und schalte das Radio an. In den Nachrichten wird von einem Unwetter mit 10 Zentimeter großen Hagelkörnern ganz in der Nähe berichtet. Eine Joggerin starb, es gibt Sachschäden in Millionenhöhe, in Bagdad wurden bei einem Bombenanschlag mindestens zweiundachtzig Menschen getötet, darunter viele Zivilisten, dann läuft »Candy Shop« von 50 Cent. Ich mache mir nicht einmal einen Kaffee. Ich habe so tief geschlafen, dass ich mühelos hellwach bin. Ich schleiche durch die Wohnung, dusche kurz, ziehe mich an und laufe unter dem weiß-blauen Himmel zum Shoppingcenter.

Die Verkäuferinnen, die die Glastüren aufschließen, gähnen, die Schminke verdeckt kaum die verquollenen Augen. Die Hähnchen am Spieß sind blass und kalt und fangen gerade erst an, sich zu drehen. Die Frau, die den Knopf gedrückt hat, trägt einen Kittel und silberfarbenen Lidschatten. Sie lächelt, sagt, es dauere noch ein Weilchen, die toten Hühner hätten Zeit.

Nachdem ich alles für Lilli besorgt habe, was sie mir aufgetragen hat, ist noch Geld in dem Etui. In der Parfümerie sprühe ich Parfüm auf einen Pappstreifen. Es erinnert mich an faulige Blumen in Whiskey und heißt: *Awakening*. Ein anderes namens *Clue!* riecht nach Zuckerwatte mit Toilettenreiniger, und das Eau de Toilette *More* scheint eine Mixtur der Essenzen aus Kirschlollis, Cola, aufgeweichtem Asphalt und Portwein zu sein. Ich bin gut, denke ich, vielleicht sollte ich nach einem Job fragen. Eine Verkäuferin fährt ihren langen Hals aus und trippelt um mich herum; ihre Gesichtshaut sieht cremig-glatt und perfekt aus. Sie empfiehlt, einen Duft passend zu meinem Alter zu kaufen. Sie zerrt an meiner Hand und sprüht ihren Vorschlag auf mein Handgelenk. Es riecht nach Karamellbonbons, Weichspüler und Kokosnuss. Der Flakon ist einem Babydoll nachempfunden.

»Wie heißt das? Eau de pädophil?«, frage ich. Sie lächelt unverwüstlich, ich winke ab und gehe auf die nächste Toilette, um es abzuwaschen. In einem Klamottenladen gehe ich mit einem schwarzen Kapuzenpullover in Größe L zur Kasse. Die Verkäuferin, ungefähr in meinem Alter, weist mich darauf hin, dass es sich um einen Pullover für Männer handelt.

In einem Elektromarkt suche ich nach Kopfhörern. Die großen sind teuer. Ein Typ, der zwei Klassen über mir war, berät mich aufdringlich. Ich lerne von ihm, dass einige der großen Kopfhörer einen Hitzestau verursachen können, obwohl sie teuer sind. Er setzt mir einen auf. Sein Lieblingswort ist »Sound«. Seine Lieblingsmusik ist Hip-Hop, der »fett produziert« ist. Schließlich habe ich »Still D.R.E.« auf drei verschiedenen Kopfhörern gehört und sogar ein bisschen getanzt. Eigentlich stehe ich auf den Track, aber es kotzt mich an, dass der Idiot, an dessen Namen ich mich nicht erinnere, ihn auch mag. Bevor ich gehe, drückt er mir einen Flyer für eine Hip-

Hop-Party in die Hand und sagt voller Stolz, da lege ein schwarzer Freund von ihm auf.

Um ein Uhr bin ich bei Lilli in der Wohnung, die knallorangene Trockenhaube ist eingeschaltet und macht Lärm. Es hört sich an wie Staubsauger und Bohrmaschine zusammen. Und es riecht seltsam. Ich entdecke einen großen weißen Schiebeknopf an der Trockenhaube. Doch als ich ihn schiebe, wird es noch lauter, und der Geruch intensiver. In die andere Richtung wird es zwar leiser, geht aber auch nicht aus. Schließlich finde ich den richtigen Hebel. Ich bekomme einen kleinen Schlag, die Haube scheppert, dröhnt, zischt, ein bisschen Rauch steigt auf. Dann ist es still. Vorsichtshalber ziehe ich den Stecker.

Ich rufe nach Lilli und suche sie in der ganzen Wohnung. Sogar unterm Bett und im Schrank schaue ich nach. Reiner hat früher oft unangekündigt Verstecken mit mir gespielt, obwohl ich jedes Mal anfing zu heulen. Ich setze mich in Lillis Küche und beobachte Ringeltauben, die sich im Baum vor dem Fenster paaren. Ich strecke mich, bis mir schwindelig wird, laufe ein bisschen in der Wohnung umher, ziehe meine Schuhe aus und lege die Füße auf den Küchentisch. Die Ringeltauben gurren und flattern. Ich entdecke einen Zettel auf dem Fußboden. Es ist ein Brief an mich. Lilli ist bei Heinrich, und es gibt was zu essen. Im Treppenhaus kann man es schon riechen, ich bekomme Appetit, und meine Laune steigt. Ramona nennt jedes Lebensmittel Nervennahrung. Sie hat mich einmal mit zu ihrem Hausarzt geschleppt, weil sie sicher war, ich sei magersüchtig. Der Arzt betrachtete mich mit großem Interesse, ich musste mich nur mit Unterhose bekleidet immer wieder vor ihm drehen. Dann haute der Arzt mir auf den Hintern und meinte, zum Ende der Pubertät werde ich bestimmt noch zulegen, aber ohne Rundungen sei ein so junges Mädchen wie ich doch besonders schön!

Heinrichs Wohnungstür ist angelehnt, ich betrete ein Haus im Haus. Eine Wendeltreppe führt ins Dachgeschoss. Unten, in der Küche, steht Heinrich barfuß vor einem riesigen Topf und rührt schnell darin um. Ich versuche, nicht auf seine Füße zu starren. »Kochst du für das ganze Haus?«, frage ich. Heinrich beschäftigt sich erst mal weiter mit dem Inneren des größten Topfes, den ich je gesehen habe. Dann schaut er auf und ruft begeistert:

»Ah, da ist ja unsere Elevin, Prinzessin, Elfe! Ich kann zu wenig nicht haben, ich huldige der Verschwendung. Und der Übertreibung, stell dir vor! Was soll denn werden, wenn jemand noch hungrig ist, aber nichts mehr da ist. Eine beklemmende Vorstellung, findest du nicht? Magst du Risotto? Pilze? Steinpilze? Pfifferlinge? Austernpilze? Shiitake? Champignons? Parmesan? Das Zwiebelchen Schalotte? Brühe? Salz, Pfeffer? Ein bisschen Petersilie, ein Spritzer Zitrone? Wundertopf! Wunderbar!«

Ich sage:

»Ich mag Pilze, besonders die giftigen.«

Heinrich ruft:

»Giftig, wie schön! Aber, nein, nicht heute, so etwas gibt es an einem anderen Tag. Weißt du überhaupt, was Risotto ist?«

»Na klar, Reis mit einer Menge Sachen drin.«

»Genau! Aber was drin ist, darauf kommt es an. Das Geheimnis des Geschmacks liegt im Detail. Und rühren muss man, rühren, rühren. Man darf nicht aufhören zu rühren! Bei einem Risotto ist alles so dicht beieinander, da kriegt man nichts wieder raus. Wenn ein Teil ruiniert ist, ist der Rest auch ruiniert, alles ist ein Teil, alles ist der Rest, alles ist alles, alles ist nichts! Verstehst du? Man muss achtsam sein.«

Er schaut wieder in den Topf. Plötzlich riecht es etwas angebrannt. Heinrich wirft ein großes Stück Butter hinein, dann Wasser und Brühe und rührt.

»Wo ist Lilli?«, frage ich.

»Oben, geh doch auch hoch, du lenkst mich ab, junge Frau. Und nimm es persönlich, huhu! Geh und leiste ihr Gesellschaft.«

Bevor ich nach oben gehe, sehe ich mich ein bisschen um. Ein langer dunkler Flur führt an vielen Türen vorbei. Die Wohnung ist mit dem Dachgeschoss bestimmt zweihundert Quadratmeter groß. Ich könnte fragen, ob noch ein Zimmer für mich frei ist. Aber dann müsste ich mit Heinrichs Füßen unter einem Dach leben.

Als ich die Wendeltreppe hochsteige, fallen mir Bilder und gerahmte

Fotos jeder Art und Größe auf, die überall an den Wänden hängen. Vor allem Heinrich hängt dort, als junger Mann, mal mit Frauen, mal ohne, oft mit Musikern und oft verkleidet. Auch viele Zeichnungen gibt es, einige davon sind ziemlich versaut. Es stehen Gitarren und Skulpturen herum, überall liegen Platten, CDs und Kassetten. Zeitungen und Magazine sind auf den Treppenstufen und auf dem Boden verteilt. Durch das Dachfenster hängt welker Efeu bis auf den Fußboden.

Das Esszimmer befindet sich weit hinten im oberen Stockwerk, der Raum ist hell und großzügig, Gesellschaften könnten hier gemeinsam speisen oder Konferenzen abhalten. Am Kopf der gedeckten Tafel sitzt Lilli, vor sich ein gefüllter Champagnerkelch. Sie trägt eine andere Perücke als gestern und ist geschminkt. Sie hebt ihr Glas: »Celestine, ich hätte dich vermisst, wärst du nur eine Sekunde später gekommen!«

»Ich habe bei Ihnen in der Küche gesessen, die Tauben beobachtet und auf Sie gewartet. Der Zettel war auf den Boden unter den Tisch gefallen«, entschuldige ich mich.

»Ach, die schönen Ringeltauben. Hast du ihnen Namen gegeben?«

»Nein. Hätte ich das tun sollen?«

»Aber ja, natürlich, ich gebe ihnen jeden Tag neue Namen, man weiß ja nie, ob es dieselben sind.«

Sie nimmt einen Schluck.

»Gibt es etwas zu feiern?«, frage ich.

»O ja! Möchtest du auch ein Glas?«

»Was gibt es denn zu feiern?«

»Na, fällt dir nichts ein?« Sie zwinkert mir zu.

»Nein, überhaupt nichts.«

»Na, wir feiern, dass wir uns jetzt schon einen Tag kennen oder dass es gleich etwas Anständiges zu essen gibt. Oder magst du keine Pilze?« Sie macht ein trauriges Gesicht.

»Doch, sicher, warum fragen mich das alle?«

»Junge Menschen mögen doch vieles nicht. Auf der Liste von Nahrungsmitteln, die Menschen nicht mögen, stehen Pilze ganz weit oben neben Hammelfleisch, Rosinen und Käse.«

»Käse hätte ich nicht gedacht.« Ich nehme mir ein Brötchen aus einem Korb. Das Brötchen ist hart, ich krümle alles voll. Lilli sagt:

»Die Schrippe ist eine alte Schachtel. Ich vertrage sie so besser.«

Ich bemühe mich zu kauen und sage mit vollem, trockenem Mund:

»Eine schöne Wohnung hat Heinrich, so groß und verwinkelt.«

»Ja, da kann man einiges entdecken.« Lilli grinst.

»Was sind das für weiße Flecken auf Ihrer Hand?«, frage ich.

»Mir ist der Abdeckstift ausgegangen, da habe ich Tipp-Ex genommen. Es deckt wirklich hervorragend ab!«

»Was denn?«

»Na, Altersflecken, hast du vielleicht gedacht, ich habe die Masern? Das wäre mein Tod. Wenn ich zu lange im Bett liegen müsste, würde ich sterben.«

»Aber fallen diese weißen Flecken nicht viel mehr auf als Altersflecken?«

»Kann schon sein, aber die weißen Flecken habe ich selber gemacht, die anderen nicht. Erzähl mir doch lieber mal was Interessantes!«

»Joachim betrügt seine kranke Frau mit meiner Stiefmutter, deswegen erpresse ich ihn. Meine Forderung war der Job hier. Und gestern habe ich sie wieder zusammen erwischt, da habe ich die Bedingungen für mein Schweigen eben noch erhöht.«

»Das ist ja herrlich, du bist eine Kriminelle.«

»Eigentlich nicht.«

»Doch bist du. Ist das dein Traumberuf? Altenbetreuung, meine ich.«

»Ach, Traum. Nein, ich brauchte nur irgendeinen Job, um nicht im Imbiss zu versauern. Mussten Sie schon mal morgens um sechs Zwiebelmett machen? Ich muss das sogar manchmal essen, weil ich mich immer noch nicht traue, meinem Vater zu sagen, wie eklig ich es finde. Ich rauche und trinke mit ihm und habe Angst, seine blöde Mettpampe abzulehnen. Ich bin so ein Feigling. Dass ich jetzt diesen Job hier habe, war reiner Zufall. Oder eben Erpressung. Etwas Soziales ist aber schon von Vorteil für mich. Mein Vater hält es nämlich für wichtig, ein guter Mensch zu sein, wobei ich nicht so genau weiß, was er darunter versteht. Er weigert sich ja sogar, die abgelaufenen Würste den Obdachlosen vorm Einkaufszentrum zu geben. Er verkauft sie lieber oder schmeißt sie weg. Er sagt, er hätte auch vorm Einkaufszentrum landen können, aber da sei er lieber nachts U-Bahn-Wagen putzen gegangen, wieder zu seiner Mutter gezogen und dann sogar in den Schrebergarten. Das sei schwerer gewesen, als den Rest des Lebens besoffen vorm Einkaufzentrum rumzuhängen und zu betteln. Kaputtgehen sei das Leichteste, das könne doch jeder, und jeder kriege seine Würstchen eben nicht für umsonst. So sagt es Reiner. Er sagt auch, wenn er mich einmal erwischt, wie ich den Kaputtzkis was von seinem Fleisch schenke, feiern wir nie wieder meinen Geburtstag.«

»Dein Vater scheint ein Mann mit Prinzipien zu sein. Aber wenn du nur hier bist, weil deine Stiefmutter mit Joachim die Laken knittert, heißt das, wenn Joachim ein Zoodirektor wäre, würdest du jetzt vielleicht Bisonkot durch die Gegend karren?«

»Ja, schon möglich.«

»Und wenn deine Stiefmutter es mit einem Bordellchef getrieben hätte, würdest du jetzt auf den Strich gehen?«

Sie hatte recht, mit einer selbständigen Entscheidung für mein Leben hatte das mal wieder nichts zu tun. Und ich würde Ramona einen Zuhälter zutrauen. Oder einen von der Bank, dann hätte ich jetzt eine Banklehre an der Backe.

»Was willst du eigentlich, Celestine?«

Lilli legt mir ihre weiß gepunktete Hand auf meine Hand.

»Wenn ich das wüsste, würde ich nicht hiersitzen. Ich habe einmal überlegt, ob ich Kunst studiere, aber was soll das bringen? Reiner würde es nicht verstehen, er sieht sich ja nicht mal meine Zeichnungen an! Und eigentlich läuft es doch gerade ganz gut für mich, es ist alles in Ordnung.«

»Das Leben sollte aber nicht bloß ›in Ordnung‹ sein. In Ordnung? Sonst wird man schon sehr jung sehr müde. Wir können uns ja auch sehen, wenn du eine andere Beschäftigung gefunden hast. Und ich glaube dir irgendwie nicht, dass deine Überlegung, Malerei zu studieren, bloß ein zufälliger Gedanke war.«

Sie sieht mich an.

»Dr. Ray behauptet, ich gestehe mir nicht ein, was ich bin und will, weil ich dafür meinen Vater verlassen müsste, und zwar nicht bloß räumlich.«

»Wie heißt noch mal dieser große schwarz-weiße Vogel?« Sie steht auf und öffnet ein kleines Fenster.

»Pinguin«, sage ich beiläufig.

»Ach ja! Siehst du, jetzt ist der Pinguin erschrocken und weggeflogen. Dabei bin ich doch nur eine nette alte Dame, die ihm was von ihrem alten Brötchen abgeben wollte.

Ich drehe mich verwundert um. »Da saß ein Pinguin?«

»Ja, auf dem Dach gegenüber, sieh doch nur, jetzt sitzt er ein Haus weiter auf der Antenne, ich kann ihn kaum noch erkennen, so schlecht sind meine Augen.«

»Aber wo kommt der denn her? Ist der aus dem Zoo ausgebrochen?«, frage ich und besinne mich. »Lilli, ein Pinguin flattert nicht, ein Pinguin fliegt nicht, er steht herum, watschelt, glitscht, schwimmt und taucht, mehr kann er nicht!«

»Doch, das tut er sehr wohl, komm und sieh es dir an«, antwortet Lilli voller Begeisterung.

Ich gehe zu ihr und sehe eine Elster auf der Antenne.

»Das ist aber doch eine Elster!«

»Es könnte aber auch ein Pinguin sein, wenn du genau hinsiehst und die Augen zusammenkneifst, schau nur, mach es so wie ich.« Sie kneift die Augen fest zusammen.

»Das machen Sie? Das mache ich auch dauernd, seit ich denken kann, mache ich das!«

Wir stehen am Fenster, sie legt den Arm um mich, wir kneifen die Augen zusammen, und da sitzt er, der dicke fette Pinguin, er fliegt ein bisschen umher und landet dann immer wieder auf der Antenne des anderen Hauses. Unter seinem Gewicht bricht sie schließlich ab, er rutscht auf dem Bauch das Dach runter, gleitet ins Wasser des Yves-Klein-blauen Meeres, das die alten Häuser umspült, taucht ab, wir sehen verschwommen seine Silhouette, bis er ganz in den Tiefen der Häuserschluchten verschwindet.

Ich sage:

»Bestimmt gibt es da unten viele kleine Fische, er wird genug zu fressen finden und wieder zurückkommen. Hoffentlich.«

Zufrieden schaut Lilli mich mit noch immer zugekniffenen Augen an.

»Wenn ich dich jetzt ansehe, sehe ich, was du alles sein kannst. Aber ich werde es dir nicht verraten. Es wird nicht mehr lange dauern, dann kannst du es dir selbst vorstellen.«

»Ich würde auch gern auf der Antenne da drüben sitzen. Aber ich bin eben kein Vogel.«

Lilli öffnet die Augen und schüttelt sich.

»Nein, das bist du zwar nicht, aber du bist eine sehr nette Gesellschaft. Komm, essen wir endlich! Wo bleibt denn Heinrich, der alte Spinner? Hast du seine Zehennägel gesehen? Meine Augen funktionieren immer noch gut genug, um so etwas hässlich zu finden. Ich bestehe darauf, dass er im Bett Socken trägt! Wo bleibt er nur mit dem Risotto? Ich könnte es jeden Tag essen. Heinrich war lange in Italien. Er sagt, die Italiener seien große Jazz-Liebhaber, das wisse nur kaum einer. Viele meinen, Italiener lieben nur Adriano Celentano und die Oper. Heinrich lernte in Portofino bei einem exzellenten Koch, der Jazz liebte. Er konnte kein Instrument spielen, aber er polierte täglich mit Hingabe sein Saxophon. Ich gucke mal, wo Heinrich bleibt.«

»Soll ich den Tisch decken?«

»Das ist eine gute Idee, du deckst den Tisch, das Geschirr steht in der Küche. Da kannst du auch gleich nach Heinrich sehen, und ich schaue noch ein bisschen aus dem Fenster. Vielleicht kommt noch ein Strauß vorbei. Ich mag ihre langen, haarigen Hälse.«

Heinrich rührt noch immer in dem Topf. Er würdigt mich keines Blickes, als ich die Küche betrete. Irgendwann sagt er:

»Ja, meine Zehennägel sind seit eh und je eine Attraktion. Als Kind hatte ich deshalb eine Menge Ärger. Ich habe sie immer versteckt, sogar während heißer Sommer trug ich Socken. Aber irgendwann hatte ich die Angst vor Löchern satt. Ich bewarb mich mit meinen Zehennägeln bei einem Wanderzirkus, dem berühmten Zirkus Laterna. Leider musste ich vom

Zirkusdirektor erfahren, dass meine Nägel überhaupt nicht sensationell waren. Er stellte mir seine Frau vor. Und denk dir, Stinchen, die hübsche runde Dafne hatte sogar an den Händen diese nach oben gewachsenen Nägel. Er hätte viele Frauen mit geraden Nägeln heiraten können, immerhin war er ein attraktiver Direktor. Doch er wollte nur die eine. Und Frau Zirkusdirektor Laterna war so stolz auf ihre besonderen Nägel, dass ich begriff, dass auch meine Zehen kein Makel waren.

Dafne war immerzu mit der Pflege und Bemalung ihrer Nägel beschäftigt. So verpasste sie beinahe jeden Abend den Beginn der Pause, obwohl sie zu diesem Zeitpunkt eigentlich Zuckerbrezeln verkaufen sollte. Sie vermasselte dem Direktor das Geschäft, weshalb er mich dann doch noch einstellte. Ich stand jeden Abend pünktlich zur Pause mit einem Korb Brezeln bereit. Nach der Vorstellung verkaufte ich Heliumballons. So kam ich zur Musik. Ich beobachtete die ganze Zeit über die Musiker der Zirkuskapelle, während ich vor und nach der Pause herumstand. Nach zwei Jahren konnte ich jedes einzelne Lied nachspielen, ohne vorher auch nur ein Instrument angefasst zu haben. Ich trat der Kapelle bei und überredete die anderen Musiker, rechtzeitig vor der Pause einen Tusch zu spielen, damit Dafne ihren Einsatz nicht mehr verpasste. Der schöne Direktor war dankbar, aber geizig! Er kündigte den Musikern und ließ mich als Ein-Mann-Kapelle auftreten. Ich wurde die Sensation des Zirkus Laterna. Und das ganz ohne die Hilfe meiner Zehen.«

»Wirklich?«, frage ich.

»Aber ja, glaubst du, ich lüge? Meine Eltern hatten eine Schweinemast, wie hätte ich da zur Musik kommen sollen?«

Heinrich rührt selig mit seinen kräftigen, weiß behaarten Händen im Topf um. Es dampft und duftet. Gern würde ich mich nach Enki erkundigen, aber Heinrich ist kein Mensch, der den Mund hält. Sicher würde er aus einer Laune heraus sogar seine eigenen Geheimnisse preisgeben.

»Ich soll den Tisch decken. Wie viele Gedecke?«

»Drei Gedecke!«

Heinrich reißt mit einer Hand die Schubladen auf, während er mit der anderen weiter umrührt und dann schnell drei tiefe Teller mit Risotto füllt.

Ich denke, vielleicht habe ich Enki einfach nur im falschen Moment getroffen, wahrscheinlich könnte ich gar nichts mit ihm anfangen.

Einmal hörte ich »Flight of the Bumblebee« von Rimsky-Korsakov laut aus einer Wohnung im Parterre. Es war August, heiß, ich ging an dem weit geöffneten Fenster vorbei und war aus irgendeinem Grund aufgeregt. Ich hörte dieses Stück, als käme es direkt aus meinem Kopf. Ich schaute in die Wohnung und sah eine Frau stehend einen langen Schal zu dieser rasend schnellen Musik stricken. Ich fragte sie nach beidem. Sie erklärte mir, dass sie eine Diät mache und das Stricken sie ablenke. Nur solange sie stricke, denke sie nicht ans Essen. Sie habe gehört, im Stehen und wenn man schnelle Musik höre, verbrauche man viel mehr Kalorien.

Ich kaufte mir noch am gleichen Tag eine CD von Rimsky-Korsakov. Ich habe »Flight of the Bumblebee« nur noch einmal, und zwar an diesem Tag, gehört. Später ging es mir nur noch auf die Nerven, ich habe es jedes Mal sofort wieder ausgemacht.

Heinrich sieht mich an:

»Du träumst ja.«

»Oh, ja, Entschuldigung.«

Ich laufe mit zwei Tellern ziemlich hastig die Wendeltreppe hoch. Wir alle schlingen das Risotto in uns hinein, aber nur ich verbrenne mir den Gaumen. Heinrich stellt einen Ventilator auf den Tisch, damit das restliche Risotto schneller abkühlt. Er lehnt sich zurück und faltet die Hände hinter dem Kopf. Ich fürchte, er wird die Füße auf den Tisch legen, aber er streckt sich bloß und sagt:

»Wie schade, dass Enki keine Pilze mag.«

»Ist er denn hier?«, frage ich.

»Nein, sonst hätte ich ja etwas anderes gekocht.« Heinrich steht auf und holt zwei Flaschen aus einer Vitrine neben dem Tisch. In beiden Flaschen ist Kirschlikör.

»Eine Spezialität aus Polen«, sagt Heinrich, »für Frauen mit 17 Prozent, für Männer mit 40 Prozent Alkohol.«

Lilli sagt: »Was für ein Unsinn, da müssen wir Frauen ja mehr als doppelt so viel trinken!«

Heinrich nimmt die Flasche mit dem höheren Alkoholgehalt, streichelt ihren Hals, legt sie unter den Tisch und gibt ihr mit dem Fuß einen Schubs, sodass man sie rollen hört: »So Mädels, da wir schon zu alt und noch zu jung sind, trinken wir jetzt alle das Weibergesöff!«

Nachdem ich das klebrig-süße Zeug hinuntergestürzt habe, frage ich so gleichgültig wie möglich: »Hier, ähm, dieser Enki, wie ist der denn so? Und krieg ich noch so ein Gläschen?«

»Warst du denn vorher schon mal verliebt?«, fragt Heinrich und schaut mich selig mit seinen glasigen Augen an, wackelt dazu mit dem Oberkörper hin und her, wie ein Kleinkind, das nicht stillsitzen will.

»Wieso verliebt? Krieg ich jetzt noch so einen Drink oder nicht?«

Heinrich schenkt mir nach und hebt sein Glas, um anzustoßen:

»Auf Enki, denn er lehnt nie den Nachtisch ab. Traue niemals einem Menschen, der einen Nachtisch ablehnt!«

»Was gibt es denn zum Nachtisch?«, frage ich.

»Na, Kirschlikör. Aber vielleicht hättest du ja gern Enki zum Nachtisch?«

»Heinrich! Lass das!«, ruft Lilli.

»Ach Lilli, du hättest hören sollen, was Celestine mir durch die Sprechanlage geflüstert hat, sie ist nun wirklich keine Nonne. Geschweige denn schüchtern.«

»Woher willst du das wissen? Heutzutage wissen die jungen Menschen viel zu sagen, ohne irgendetwas erlebt zu haben!« Lilli haut mit der Faust auf den Tisch.

Ich mische mich ein:

»Ist schon gut, ich bin nicht so empfindlich.«

»Aber warst du denn nun schon mal verliebt oder nicht?«, fragt Lilli.

»Na ja, ein bisschen vielleicht in meinen Therapeuten. Er riecht immer so gut.«

»Nein, das ist etwas anderes. Dann warst du es noch nicht«, meint Lilli.

Als Heinrich schnell noch einen weiteren Likör getrunken hat, fragt er:

»Soll ich dir mal was aus dem Leben des jungen Heinrich erzählen?«

Lilli seufzt und fängt an, den Tisch abzuräumen. Ich stehe auf, um ihr zu helfen, sie drückt mich an den Schultern wieder auf meinen Stuhl:

»Hör gut zu, was Heinrich zu berichten hat, sonst erzählt er das nachher wieder mir oder den Passanten auf der Straße. Und er merkt, ob du zuhörst, selbst wenn er vollkommen weggetreten scheint.«

Er starrt eine Weile vor sich hin, als hätte er sein Vorhaben bereits vergessen, doch dann hebt er den Zeigefinger, sieht mich an, öffnet den Mund, schließt ihn wieder und beginnt:

»Nachdem ich ein berühmter Dirigent geworden war, ging ich nach Amerika. Ich dirigierte das größte Orchester New Yorks, und nachts spielte ich Jazz in einer Bar. Ich hatte viele Frauen jeden Alters und jeder Nationalität. Doch dann verliebte ich mich in die talentierteste Geigerin des Orchesters. Sie wurde schon bald Solistin – auch in meinem Leben! Ich wollte keine anderen Frauen mehr. Diese Liebe machte aus mir einen treuen, einen loyalen Menschen. Sie machte mich erwachsen, denn ich wurde mir darüber bewusst, dass es etwas zu verlieren gab. In ihr glaubte ich das perfekte Glück gefunden zu haben.

An unserem Geburtstag – wir hatten zufällig am gleichen Tag das Licht der Welt erblickt –, gaben wir ein großes Fest. Eigentlich trank sie nicht, aber wir hatten beide tolle Verträge unterschrieben und wussten, wir würden bald das große Geld machen. Zum ersten Mal trank sie mehr, als sie vertrug. Und zum ersten Mal gab sie sich im Bett hin, wie sonst nur beim Geigespielen. Sie brach sich dabei einen wichtigen Handknochen, das Gelenk war hin. Für immer!«

Heinrich steht auf, wirbelt wie ein Dirigent mit den Armen durch die Luft, schleudert den imaginierten Taktstock auf den Boden, setzt sich wieder, spielt kurz und schnell auf einer unsichtbaren Geige, legt sich die Hand auf die Brust und seufzt:

»Ja, was soll ich sagen – ein knappes Jahr später brachte sie sich um. Sie hatte mich nicht vorgewarnt, sie tat, als ginge es ihr gut. Sie schien glücklich zu sein. Ich wollte glauben, sie wäre die stärkste Frau der Welt. Sie wollte Kinder bekommen und zu Hause bleiben. Sie behauptete, dass das für sie genauso schön sein könne wie das Geigespielen. Aber sie schlief nicht mehr mit mir. Ich verdiente genug für uns beide und drängte auf eine Familie. Sie entschied stumm, wofür es sich noch zu leben lohnte – und starb!«

»Puh«, sage ich, räuspere mich ausgiebig und wühle in meiner Tasche nach Zigaretten. Heinrich holt aus einer Schublade unter dem Tisch ein Päckchen heraus, reicht mir einen Zigarillo, der nach Nelken duftet, und steckt sich auch einen an. Ich inhaliere und huste, er scheint es gar nicht zu bemerken und fährt fort:

»Oh, na ja, also, ich lernte ein, zwei schmerzerfüllte Wochen später, auch in New York, diese wunderschöne, sehr junge Primaballerina kennen. Sie tanzte schon mit zwanzig nur Solos, was soll ich sagen, sie war ein Star! Sie war eine Sensation, Amerikanerin. Die meisten ihrer Klasse kamen aus Russland. Ich wartete am Bühnenausgang, um sie zu fragen, ob sie mit mir ausgehen wolle. Und ob sie wollte. Wir waren sofort verliebt. Wir gingen in das beste Restaurant der Stadt, es war magisch. Aber dann verschmähte sie das Dessert.«

Er schaut mich mit großen Augen an und nickt mehrmals.

»Was passierte dann?«

»Nun, wir hatten ein wunderbares, lasziv inniges Jahr zusammen, aber ich habe sie nie viel und niemals das Dessert essen sehen. Das Hungern machte sie immer schwächer und fahriger, darunter litt ihre Konzentration. Deshalb brach sie sich nach einem Sprung den Fuß, und ihre Bänder rissen. Die große Karriere war vorbei. Und als sie nicht mehr tanzte, war sie plötzlich nur noch eine ganz gewöhnliche hübsche Frau. Sie hatte keine anderen Interessen, konnte mit Kunst nichts anfangen, machte im Kino bloß Dehnübungen, las nie, nicht mal eine Zeitschrift, wollte keine Musik mehr hören, da es sie an das Tanzen erinnerte. Bühnen deprimierten sie nun grundsätzlich, aber zu Hause war sie auch nicht glücklich. Ich begann, sie zu verachten und ertappte mich dabei, mir zu wünschen, sie täte es ihrer Vorgängerin gleich. Also machte ich Schluss.«

»Und dann hat sie sich umgebracht?«

»Nein, sie begann zu essen, eine Unmenge von Nachtisch, fing an zu trinken, Drogen zu nehmen und heiratete einen Großkriminellen, der viele Restaurants in New York besaß. Ich verließ Amerika und dachte, ich würde sie nie wieder sehen.«

»Und?«, frage ich nach, als er schweigt.

»Vor ungefähr zehn Jahren habe ich sie dann wiedergesehen.«

»Wo?«

»Im Fernsehen.«

»Dann hat sie doch noch die Kurve gekriegt?«, frage ich.

»Nein, es war in einem Beitrag über die fettesten Menschen der Welt, und sie war die Fetteste von allen!«

»Hast du sie gleich erkannt?«

»Ja, sofort, noch bevor ihr Name genannt wurde, habe ich sie an ihrem teilnahmslosen Blick erkannt. Das Gesicht eines Menschen, den man geliebt hat, vergisst man nicht! Aber noch einprägsamer war dieser furchtbar stumpfsinnige Ausdruck, den sie sich damals schon während der Reha zugelegt hatte. Diese Gleichgültigkeit allem gegenüber hatte sie hässlich gemacht. Und dieser Anblick löste in mir sofort wieder die gleichen Aggressionen aus, und so erkannte ich sie an meiner Abneigung wieder. Zum Glück sah ich mir die Sendung bis zum Schluss an. Sie hatte nämlich doch noch ein Interesse entwickelt. Sie entwarf Dessous für Dicke und war damit sehr erfolgreich. Sie schien mir weitaus zufriedener zu sein, als damals, als dürre Primaballerina.«

Lilli hat inzwischen alles in die Küche getragen und setzt sich wieder zu uns.

»Enki kommt heute erst spät. Als ich ihn vorhin getroffen habe, hat er mir erzählt, er wolle mit seiner Mutter zu der Vernissage einer Freundin. Celestine, du bist ja rot wie eine überreife Erdbeere. Bekommt dir der Alkohol nicht?«

»Ja, dieses süße Zeug. Mir ist davon ganz warm geworden«, sage ich.

Heinrich sagt mehr zu sich selbst:

»Nach einer großen unglücklichen Liebe kann man sich lange nicht mehr auf etwas anderes einlassen, manchmal dauert es sogar so lange, bis man …«

Ich unterbreche ihn:

»… mehr Angst vorm Tod hat. Ich denke oft darüber nach, was andere Menschen aus Angst vor dem Tod so alles machen.«

»Na, Sport zum Beispiel, dabei verbraucht man allerdings zu viel Energie und Zeit. Ich glaube, es ist gesünder, ab und zu einen Tag im Bett zu verbringen, als ziellos in der Gegend umherzujoggen und Passanten mit einer Schweißfahne zu belästigen.« Heinrich schenkt sich noch einen Likör ein.

»Ach, Heinrich«, sagt Lilli, »du fauler alter Mann.«

»Wer denkt, ist nicht faul!«, sagt Heinrich.

»Celestine, jetzt mal abgesehen von den neurotischen Liebeleien deiner Jugend, wer ist immer die erste große Liebe des Lebens?«

»Irgendein Popstar?«, frage ich.

»Die Eltern«, sagt Lilli.

»Aber meine Mutter kenne ich nicht.«

»Siehst du, was für eine große Enttäuschung. Aber dein Vater gibt sich Mühe.«

»Ja, er gibt sich Mühe.«

Ich stehe auf, gehe runter in die Küche und fange an abzuwaschen. Als ich damit fertig bin, wische ich Staub und poliere das Besteck. Heinrich kommt die Treppen runter.

»Nett von dir.«

»Keine Ursache, mache ich gern, das räumt meinen Kopf auf.«

»Das ist mir noch nie passiert. Ich hasse jede Art von Hausarbeit und erst recht den Staub, der dabei aufgewirbelt wird. Da ist mir der Dreck lieber. Aber wenn dir gerade danach ist, kannst du gerne die ganze Wohnung putzen.« Er dreht sich einmal im Kreis, fuchtelt mit den Armen und betrachtet dann etwas Unsichtbares auf seiner Hand:

»Guck, wie sie freudig tanzen und feindlich funkeln, die kleinen Staubbiester!«

»Warum hast du keine Putzfrau? Geld scheinst du ja zu haben!«

»Ich hasse es, Angestellte zu haben, das ist nicht nach meinem Geschmack. Um mein Gewissen zu beruhigen, müsste ich ihnen so viel zahlen, dass ich schnell verarmen würde und in eine winzige Behausung ziehen müsste. Das würde ich schon aushalten, aber wohin dann mit meinen ganzen Sachen?«

»Ich könnte umsonst für dich putzen, ich bin jetzt sowieso fast jeden Tag hier. Ich werde ja schon bezahlt, und so viel kann ich bei Lilli gar nicht putzen. Es ist inzwischen so sauber bei ihr, dass ich auch noch Zeit für deine Wohnung hätte. Also, wenn du nichts dagegen hast? Ich könnte hier einmal bis in die hintersten Winkel durchschrubben und alles richtig aufpolieren!«

Heinrich sieht mich ungläubig an und tippt mit einem Finger auf seiner Nase herum.

»Dazu hättest du wirklich Lust? Freiwillig? Ich würde dir sozusagen einen Gefallen tun?«

»Ich hätte einfach gern was zu tun, ich kann auch irgendwelche Unterlagen sortieren, abheften, deine Anzüge bügeln, was du willst.«

Heinrich ist nicht sicher, ob er mich nicht doch ausnutzen würde. Er windet sich im wahrsten Sinne des Wortes vor mir und schwenkt eine Espressokanne hin und her.

»Mensch, Heinrich, warum ist das so ein Problem für dich?«

»Ich war mal ein führender Gewerkschaftler.«

»Dann bezahl mich doch nach Tarif.«

»Aber nachdem ich Gewerkschaftler war, trat ich einer Sekte bei, die Geld als Zahlungsmittel ablehnte, das war damals in Finnland. Schöne Zeit war das, diese Natur, das Surren der Insekten, die längsten Tage meines Lebens. Wir haben einfach nur gelebt. Dann wurde mir das zu langweilig, ich ging nach Wien und verfiel einer Adligen – in erotischer Hinsicht. Sie ging aus Langeweile anschaffen. Als sie sich in mich verliebte und ich sie trotzdem weiter bezahlen wollte, jagte sie mich in der Früh aus ihrer Wohnung. Sie rannte mir fluchend und nackt bis auf die Straße hinterher, dabei wurde sie von dem Müllwagen überrollt.«

»Und was hat das mit mir zu tun?«, frage ich.

»Geld macht alles kaputt.«

»Nimmst du keine Miete von den Bewohnern deines Hauses?«

»Nur das Nötigste, um die Kosten zu decken.«

»Heinrich, lass mich einfach machen, ich brauche Ablenkung.«

»Wovon?«

»Von meinen Leuten.«

»Aber warum willst du dich in meiner Wohnung ablenken?«

Ich denke an Enki, meine Ohren werden heiß, ich sehe zu Boden und schiebe mit dem Fuß energisch etwas Unsichtbares zur Seite.

Heinrich sagt:

»Ja, nun gut, wie auch immer, der Mensch muss etwas produzieren, um sich lebendig zu fühlen. Und wenn es bloß Sauberkeit und Ordnung ist. Meinetwegen.«

Heinrich bekomme ich in den nächsten Tagen kaum zu Gesicht. Ich habe keine Ahnung, wo er sich herumtreibt. Auch Enki habe ich bisher nicht getroffen, anscheinend schläft er doch ab und zu bei seinen Eltern oder bei einer Frau.

DIE ANANAS

Ich bin in Heinrichs Wohnung damit beschäftigt, ein großes und bis an die Decke vollgestelltes Zimmer zu räumen, um den klebrigen Fußboden wischen zu können. Um die Glühbirne, die nackt von der Decke baumelt und die vor Jahren durchgebrannt ist, zu wechseln, klettere ich mühselig über zwei ächzende Regale bis auf die zentimeterdicke Staubschicht eines Schrankes, von dem aus ich meine Arme so weit strecken kann, dass ich sie zu fassen bekomme. Ich wechsle die kaputte Glühbirne durch eine Schwarzlichtbirne aus, die Heinrich mir auf den Küchentisch gelegt hat. Dann drücke ich den Lichtschalter. Noch nie habe ich ein so vollgemülltes Zimmer gesehen, selbst bei Oma Senta nicht. Zu Beginn ist es nicht einmal möglich, bis zum Fenster vorzudringen, um die samtenen Vorhänge aufzuziehen und es zu öffnen. Ich schalte den kugeligen Staubsauger ein, auf den jemand ein putziges Gesicht gemalt hat, stelle das Rohr aufrecht und lasse ihn eine ganze Stunde allein in dem Raum seine Arbeit verrichten. Erst danach ist es möglich, ein paarmal ein- und auszuatmen, ohne zu husten. Ich setze meine Arbeit trotzdem mit einem nassen Tuch über Mund und Nase fort. Nach Hause gehe ich nur noch, um zu schlafen. Ich sehe Reiner beinahe jeden Abend mit Blumen-Tine. Ramona sehe ich kaum noch. Wenn einer von beiden seine Affäre beendet, werden die Dinge außer Kontrolle geraten.

Ich habe auf Heinrichs Flur vier Stapel gebaut. Sie unterscheiden sich wie folgt:

Stapel 1: Sachen, die Heinrich unbedingt behalten sollte, die aber einen würdigeren Platz verdient haben. Dazu gehören zum Beispiel eine Tuba, eine Laterna Magica, ein orientalischer Teppich, eine Glaskugel, ein goldenes Teeservice, eine Jukebox, ein Tamburin.

Stapel 2: Sachen, die Heinrich ruhig weiter in dem Zimmer aufbewahren kann, die aber besser geordnet gehören: lose Fotos, gemalte Filmplakate, Tiaren, verschiedene Zauberstäbe und Hüte, Ausstellungskataloge, Tabulatoren, Pin-up-Kalender verschiedener Jahrzehnte und mehrere Schottenröcke.

Stapel 3: Hier liegen Dinge, von denen ich mir nicht sicher bin, ob Heinrich sie lieber behalten, verleihen oder vielleicht verkaufen möchte, zum Beispiel an ein Museum. Dazu gehoren ein ausgestopfter Tapir, ein getrockneter Piranha auf einem Brett, ein uralter Sattel, ein riesiger Schildkrötenpanzer, mehrere gebundene Ausgaben der Bibel und des Talmuds, ein Tandem, eine Tätowiernadel, ein Tutu, eine Wehrmachtsuniform.

Stapel 4: Dorthin habe ich alles gelegt, was ich für Müll halte: mindestens zwanzig Gläser abgelaufene exotische Soßen, Chutneys, Marmeladen, in Essig eingelegtes Gemüse, Pasteten und Pasten, eine angebrochene, deckellose Flasche Mariacron, in der eine Armee von Fruchtfliegen treibt und auf deren Boden ein unerklärlicher, schwarzer Klumpen liegt. Halbe Bücher, mehrere unangebrochene Tuben Pomade oder Haargel, gesprungene Vasen, getrocknete Blumensträuße, eine Satellitenschüssel, eine ungewaschene zusammengeknüllte Tischdecke mit vielen kleinen Klecksen und einem gigantischen, braunroten Fleck, ein Korb voll mit verschiedenen Zeitungen aus dem Jahr 1988, eine hüllenlose zerbrochene Liza-Minnelli-Schallplatte, vergilbte, eingerissene Kunstdrucke von Alfred Kubin und Franz von Stuck, die so lange eingerollt und mit einem Gummiband umwickelt waren, dass sie sich nicht mehr glätten lassen.

Erschöpft sinke ich an der Wand zwischen meinen Stapeln hinunter und schließe die Augen. Als ich aufwache, sehe ich Heinrich, der begeistert in meinen Stapeln stöbert, die jetzt aus diesem Grund keine mehr sind.

»Nicht alles wieder kaputt machen!«, rufe ich. »Ich hab endlich Ordnung geschaffen.«

»Ordnung? Was für Ordnung?«, fragt Heinrich, den Piranha in seinen Händen.

Ich erkläre ihm mein System, er findet die Idee gut, schiebt trotzdem alles wieder irgendwie zusammen, rennt in die Küche, macht Kaffee, schmiert ein paar Brötchen, kommt zurück, und dann sehen wir den Wegwerfstapel noch einmal durch. Am Ende ist er nur noch ein Häufchen, der ohne Anstrengung in einen Müllbeutel passt. Er mustert mich, rümpft die Nase und sagt:

»Du kannst hier gern noch duschen, ich hab Maiglöckchenseife und ein exzellentes Rosmarinshampoo aus dem Reformhaus.«

»Nein, danke, ich hau ab, ich brauche dringend ein bisschen frische Luft.«

»Es ist schwül draußen, Kind«, sagt er und wendet sich der zerbrochenen Liza-Minnelli-Platte zu.

»Wir finden deine fehlende Hälfte, ich habe da so eine Ahnung. War vielleicht irgendwo ein Hirschlederkoffer mit einem violetten Einstecktuch um den Griff geknotet?«

»Nein, ganz sicher nicht«, sage ich, nehme die Mülltüte und lasse Heinrich und seine Sachen für heute allein. Als ich eine Straße weiter bin, bemerke ich, dass ich den Müllbeutel noch immer in der Hand halte, und laufe zurück. Als ich versuche, die Tüte im Hinterhof in die übervolle Tonne zu quetschen, höre ich, wie jemand hastig die Treppe hochrennt, und stürme ins Haus. Ich erkenne Enki von hinten an seinem Kapuzenpullover. Bei ihm ist ein Mädchen mit hüftlangen rotblonden Haaren. Sie trägt ein kurzes Kleid, er hält ihre Hand und sagt etwas, das ich nicht verstehe. Sie lacht und nennt ihn laut einen Arsch. Ich warte, bis ich sie oben nicht mehr durch die Wohnung trampeln höre, und renne die Hälfte der Strecke nach Hause.

Am nächsten Morgen wache ich lange vor dem Weckerklingeln auf. Es ist so heiß, dass ich fürchterlich schwitze. Meine ganze Bettdecke ist nass. Die Sonne knallt ins Zimmer. Ich habe gestern Nacht vergessen, die Jalousie zu schließen, so kaputt war ich nach dem Duschen. Ich suche den Jeansminirock, den Ramona mir vor ein paar Wochen geschenkt hat, ziehe dazu ein weißes Unterhemd an und mache mich auf den Weg nach unten. Reiner baut vor dem Imbiss gerade ein paar Tische auf. Auch ihm läuft der Schweiß herunter, obwohl er nur seine Leopardenbadehose und Badelatschen trägt.

»Moinsen, willste Frühstück?«, ruft er.

»Nee, ich muss los!«

»Komm, ’n bisschen Schwein geht immer rein.«

»Ich hab keinen Hunger, ist doch auch viel zu heiß zum Essen.«

»Wie du meinst, aber heute Abend kommste mal vorbei auf ’ne Bierschorle, die Sommerfestsaison ist offiziell eröffnet. Trixi kommt vielleicht auch mit Joseph, der ist irgendwie früher von Sylt wieder zurück, hatte da Stress mit Klaus, weil …« Abrupt hört er auf zu reden, und über sein Gesicht huscht ein debiles Lächeln. Ich drehe mich um, Blumen-Tine kurbelt ihre Markise raus, sie hat ein Stretchkleid an, das aussieht, als hätte sie es Ramona geklaut. Reiner ruft:

»Je früher der Morgen, desto schöner die Blumen!«

»Tschüss, Papa!«

Er nickt, ohne mich anzusehen, und ruft weiter zu Blumen-Tine rüber: »Einmal Fehrmanns Frühschoppen süß und salzig?«

Tine antwortet: »Was ’n das?«

»Kaffee schwarz bis zum Rand mit Zuckerwürfeln und ’n Rundstück mit Mett und grobes Meersalz obendrauf, topmodern, Süße!«

»Prima, hab von so was schon geträumt heut Morgen im Halbschlaf, bin gleich so weit! Bei dir oder bei mir?«

Sie stellt zwei Klappstühle auf.

»Wo ist denn Ramona, Papa?«

»Was? Ach, die liegt noch im Bett, ist gestern noch mit den Mädels vom Bauchtanz feiern gewesen.«

»Aha. Also tschüss, Papa, ich weiß noch nicht, was ich heute Abend mache.«

Es scheint ihn nicht besonders zu interessieren, er ist schon auf dem Weg in den Imbiss.

Bei Heinrich angekommen, bleibe ich erst mal eine Weile im Flur stehen und lausche. Ich suche unter allen drei Garderoben nach ihren Schuhen, später im Bad nach Haaren oder neuen Kosmetikartikeln. Aber ich entdecke weder von Enki noch von der Blonden eine Spur. Ich sauge wie eine Besessene jeden Winkel des fast leeren Zimmers und dann den Flur im unteren Stockwerk. Die Sachen von gestern sind überall verteilt, einige liegen in der Küche und auf der Treppe. Ich zertrete einen der alten Blumensträuße und sauge ihn auf. Plötzlich steht Heinrich in einer langen Unterhose vor mir. Er sieht gleichermaßen müde und wütend aus.

»Stine, Kind, was soll das? Warum machst du so einen Lärm?«

»Früher Vogel fängt den Wurm!«, brülle ich.

»Wurm? Saugen am Morgen, das ist menschenverachtend!«, brüllt er zurück.

Ich sauge den Staub von der Decke, aus den Ecken, verlassene Spinnennester mit Fliegenleichen wirbeln durch die Luft, bis sie in meinem Saugrohr verschwinden.

»Lass das, das ist nicht gesund so früh, da kann einem ja angst und bange vor dir werden.« Heinrich ist wirklich wütend.

»Hausarbeit ist gut für den Kreislauf!«, rufe ich.

»Aber du schwitzt doch, bei diesen Temperaturen sollte man nichts tun, nur ruhen oder trinken.«

Ich schaue an mir runter, mein Hemd ist klatschnass und durchsichtig. Heinrich schaut nicht hin, nicht einmal kurz. Er hält sich die Ohren zu und geht wieder in sein Schlafzimmer. Ich sauge mich bis ins letzte Dunkel des Flures vor und stehe irgendwann vor einer verschlossenen Tür. Ich mache den Staubsauger aus und klopfe.

Sofort höre ich ein hellwaches »Herein!«.

Als ich die Tür mit einem Ruck öffne, stoße ich gegen zwei Füße. Er zieht sie zurück, ich schaue um die Ecke, Enki ist allein.

»Störe ich?«

Er trägt nur weiße Boxershorts und grinst, neben ihm liegt eine aufgeschnittene Ananas in einem tiefen Teller, daneben eine Dose Sprühsahne.

»Schon gefrühstückt?«, fragt er.

»Ich habe keinen Hunger.«

»Nicht? Dabei hast du dich so verausgabt. Bezahlt Heinrich dich dafür?«

»Was geht dich das an?«

»Nichts.«

»Wo ist deine hübsche Freundin?«, frage ich und beiße mir auf die Lippe. Er mustert mich, starrt lange auf meine Brüste, schaut mir in die

Augen und wieder auf mein nasses Hemd. Als ich die Arme verschränke, sieht er mir länger in die Augen. Ich halte seinem Blick stand, bis mir schwindelig wird.

»Meine Freundin? Du meinst Dahlia?«

»Die Blonde, ja. Was ist das denn für ein Name, hört sich an, als wäre jemand besoffen.«

»Dahlia ist nicht blond«.

»Und wer war die Blonde, die ich gestern mit dir im Treppenhaus gesehen habe?«

»Ach so, das war Kirsten, ich habe sie gezeichnet.«

»Und wer ist Dahlia?«

»Na, meine Freundin.«

Ich trete mit dem Fuß auf den Staubsaugerknopf und sauge eine aufgerissene Kondomverpackung auf. Er reißt das Kabel aus der Steckdose.

»Wer bist du überhaupt? Du kannst mir ja zumindest mal sagen, wie du heißt, bevor du mein Zimmer stürmst!«

»Das habe ich dir doch schon auf der Treppe gesagt!«

»Auf der Treppe?« Er sieht mich erstaunt an.

Ich weiß noch genau, wie er mich damals angesehen hat, aber er sieht wahrscheinlich jeden so an, ohne sich dabei etwas zu denken. Gut, dass ich niemandem von unserer Begegnung erzählt habe, aber es gab ja auch nichts, das ich hätte erzählen können … Ich habe jemanden auf einer Treppe in einem Haus getroffen, der hat mir seinen Namen gesagt, ich habe ihm meinen Namen gesagt, und er hat das Licht eingeschaltet, im oberen Stockwerk eine Wohnungstür aufgeschlossen und die Tür hinter sich zugemacht. Dann bin ich nach Hause gegangen.

Ich kann nichts beweisen, und der einzige Zeuge kann sich an nichts mehr erinnern. Also ist die ganze Geschichte nichts wert. Ich kenne die weiße Unterhose neben der Ananas doch gar nicht. Mit meinen Gefühlen läuft etwas schief, Tränen machen Druck und halten mich vom Atmen ab. Der Geruch nach Ananas ist plötzlich überall, ich habe vorher nie bemerkt, wie penetrant Ananas riecht. Wenn ich jetzt nicht heule, muss ich kotzen oder mein Kreislauf kollabiert. Der Druck weitet sich allmählich auf die Stirn und den Nacken aus. Ein Unterhosenidiot mit Ananas, denke ich mehrmals, kann mein weiches Befinden aber nicht mehr in zornige Bahnen lenken und stelle mich auf eine Ohnmacht ein. Verschwommen höre ich ihn gerade noch von weit her sagen:

»Warte mal, natürlich erinnere ich mich an dich! Du heißt Tine!«

Er verwechselt meinen Namen mit dem Namen der Frau, die mein Vater bumst. Er ist es nicht wert, in Ohnmacht zu fallen. Ich bekomme schlagartig wieder genug Luft, die Spannung löst sich. Endlich lasse ich den Staubsauger los und wanke ans Fenster. Ich atme in den Bauch und verstehe zum ersten Mal, was Dr. Ray damit meinte. Ich stelle ihn mir vor, er trägt seinen David-Hockney-Pullover mit dem nackten Mann am Swimmingpool.

Ich öffne das Fenster, sehe in den Himmel, die Sonne ist eine riesige Ananas. Ich lege mich auf den Rücken, lehne mich mit dem Kopf aus dem Fenster, halte mich mit den Händen an der Fensterbank fest und hänge mich tief hinunter. Manchmal, wenn ich das mache, steigt mir der Geruch von Ramonas Mentholzigaretten in die Nase, und ich bekomme große Lust, eine zu rauchen. Auf der Straße ist nicht viel los, ich zähle fünf Personen, vier stehen nebeneinander in einer graden Reihe, der Fünfte steht vor ihnen und gestikuliert.

Ich spüre leichten Wind auf meiner Haut. Enki ist ganz nah, seine Haut an meinen Beinen. Plötzlich packt er mich und zieht mich hoch.

»Pass auf, du rutschst ab!«

»Nee, ich mach das schon immer so, ich kann das, hast du zufällig Mentholzigaretten?«, frage ich.

»Zufällig nicht, aber diese Nelken-Zigarillos von Heinrich. Willst du eine?«

»Nee, lass mal, ich sollte jetzt nicht rauchen, ich hab auch mehr Bock auf, warte …«

Ich hole die halbe Ananas und lasse sie aus dem Fenster fallen. Die fünf Personen sind nicht mehr da. Niemand steht auf der Straße, nur Enki und ich lehnen am Fenster, als man die Ananas unten aufschlagen hört.

Enki fragt mich, ob ich irre bin. Wir starren zusammen auf den Fleck Ananas auf der Straße.

»Ich weiß nicht, man weiß doch nicht, dass man irre ist, wenn man es ist, das qualifiziert einen ja erst zum Irren«, antworte ich.

»Du hättest jemanden töten können.« Er grinst.

»Nein, hätte ich nicht, die Touristen sind weg.«

»Was für Touristen?«

»Da war so eine Gruppe mit einer Person, die abseits stand und was erzählt hat.«

»Ach die, ja, die sind hier jeden Tag, irgendwas in dieser Straße muss von historischem Interesse sein. Vielleicht ist es Heinrich.«

»Ich glaube, es sind die Gesichter, die in dem Haus gegenüber aus der Fassade gucken. Jede Figur hat einen anderen Gesichtsausdruck.«

»Und was hab ich für einen Gesichtsausdruck?«, fragt er.

»Du guckst irgendwie blöde.«

»Und du hast ein schönes Gesicht.« Er grinst immer noch und kommt näher.

»Geh weg!«, sage ich.

»Ist es dir peinlich?«

»Was?«, frage ich leise.

»Dass wir so einen Bock haben, uns zu küssen.«

»Ich küsse dich nicht, dein Atem riecht nach Ananas.«

»Deiner auch gleich.«

»Nein, bestimmt nicht.« Ich merke, wie mir schwindelig wird, drehe mich zum Fenster um und starre wieder auf den Ananasfleck auf der Straße. Enki legt seine Arme um meine Taille, schiebt seine Hände unter mein Hemd.

»Hör auf! Bitte«, flüstere ich.

Enki verschränkt die Arme und geht einen Schritt von mir weg.

»Hast du die Gesichter an dem Haus vorher noch nie gesehen?«, frage ich.

»Ich sehe nicht so oft aus dem Fenster.«

»Warum nicht?«

»Ich habe Höhenangst. Zumindest ein bisschen.«

»Das glaube ich dir nicht. Du bist nicht der Typ für Höhenangst.«

»Warum nicht?«, fragt er erstaunt.

»Du hast dir ja noch nicht einmal meinen Namen gemerkt, also hältst du dich für ziemlich wichtig.«

»Aha! Muss ich das verstehen?«

»Du glaubst, du stehst über allem.«

»Du meinst, ich schaue auf andere herab?«

Ich zucke die Schultern. »Ja, vielleicht.«

»Die Gesichter an der Fassade habe ich noch nie gesehen, weil da gar keine sind. Die Stadtrundgänge finden hier nur statt, weil um die Ecke ein scheußliches Kriegsdenkmal steht. Es gibt keine Gesichter an der Fassade.«

Er schaut auf meine Brüste und sagt:

»Wie heißt du denn nun? Nenn mir doch einfach deinen Namen, dann können wir endlich zum nächsten Teil übergehen.«

Ich verschränke die Arme. »Celestine«, sage ich sehr französisch und komme mir albern dabei vor. Enki nickt und klemmt die Hand unter das Bündchen seiner Unterhose. Er hat glatte, braune Haut und ist viel größer als ich dachte. Sein Körper ist schlank und ein bisschen muskulös, dabei wirkt er nicht wie jemand, der zum Sport geht.

Ich starre auf seine Unterhose, das Zimmer riecht nach Ananas. Am liebsten würde ich den Staubsauger öffnen und den Inhalt des Beutels auf dem Boden verteilen, damit ihm das Grinsen vergeht. Stattdessen nehme ich den Staubsauger und verlasse das Zimmer. Er ruft mir nach:

»Hey, das ist ein schöner Name, klingt französisch, bist du Französin? Ich bin Italiener!«

»Du bist doch nur ein halber Italiener«, rufe ich, ohne mich umzudrehen.

Er lacht.

»Ja, aber ich kann sein wie ein ganzer: Ciao bella bellissima!« Er pfeift.

»Fick dich doch ins Knie, fick doch Dahlia«, antworte ich.

»Hey, Celeste, ich hab es nicht so gemeint, es tut mir leid, warte doch mal, ich zieh mir nächstes Mal auch was an! Du heißt Stine! Siehst du, ich weiß es wieder, es ist mir eingefallen. Stine als Abkürzung von Celestine, das passt viel besser zu dir. Hey, warte doch mal!«

Ich lasse den Staubsauger auf dem Flur liegen und renne zur Tür, dort bleibe ich stehen, bis er bei mir ist und sagt:

»Küssen wir uns jetzt? Nur einmal kurz, damit wir wissen, wie es ist?«

»Damit wir das abhaken können? Gute Idee.«

Ich ziehe ihn an mich, lege ihm die Hände auf den Hintern, meine geöffneten Lippen auf seine, und stecke ihm die Zunge in den Mund. Er stöhnt auf und hält meinen Kopf fest. Das Gefühl ist unglaublich, besser als alles, was ich jemals erlebt habe. Ich weiß nicht, wie lange wir so im Flur stehen, aber plötzlich bekomme ich keine Luft mehr und dazu eine Höllenangst. Mit einem Ruck stoße ich ihn weg, knalle die Tür hinter mir zu und laufe die Treppen hinunter. Ich beschließe, ihn nie mehr wieder zu treffen, da ich Angst habe, sonst die Nerven zu verlieren und diesem Typen vollkommen ausgeliefert zu sein. Er hat eine Freundin, sage ich mehrmals laut zu mir – warum also sollte ich mich zum Idioten machen? Nur wegen eines Kusses? Mit den Armen vor dem nassen Hemd gehe ich in den Park, lege mich in der Nähe der Tischtennisplatte auf den Bauch unter einen Baum, drücke das Gesicht ins kühle Gras und versuche, mich zu beruhigen.

DAS GANZE OBST

Stine passt also zu mir. Was soll das heißen? Dahlia ist bestimmt eine überaus weibliche schöne Frau. Wenn man so einen klangvollen Namen hat, kann man nur gut aussehen. Ihre Eltern sind mit Sicherheit genauso schön wie sie. Deshalb waren sie sich auch der zukünftigen Schönheit ihrer Tochter gewiss und gaben ihr den Namen einer Blume. Sie sind die schönste Familie weit und breit.

Eines Tages trifft Dahlia einen jungen Mann, der genauso schön ist wie sie. Es ist Liebe auf den ersten Blick, und sie verbringen einen unglaublichen, sexy Sommer miteinander. Dahlia ist üppig und strotzt vor Weiblichkeit. Sie machen nichts, außer sich zu lieben oder das Bettlaken auszuwringen.

Der Grund, warum Dahlia in dieser Woche nicht mit Enki zusammen sein kann, ist, dass sie in Italien oder Spanien oder Brasilien oder wo auch immer Dahlias Verwandte herkommen, ihre kranke Großmutter pflegt und für die ganze Familie kocht. Ich könnte niemals sein wie Dahlia, auch nicht, wenn ich zehn Kilo zunähme. Ich bin keine Dahlia, ich bin nicht mal eine Celestine, ich bin einfach nur Stine. Vielleicht bin ich sogar nur eine schlechte Laune meines Vaters, ein ärgerlicher Zufall seiner Biografie, ein überflüssiger kleiner zickiger Fisch, ein Stint.

Kein Stint könnte jemals einen Lachs wie Dahlia ausstechen. Ich werde Enki nicht mehr beachten, ihn keines Blickes mehr würdigen, egal, wie oft er meine Nähe sucht oder wir uns zufällig treffen. Er wird jede einzelne Begegnung mit mir bereuen.

Zufällig laufen wir uns in den nächsten Tagen ständig über den Weg. Egal, was ich bei Heinrich in der Wohnung mache, er verfolgt mich, beobachtet mich, hilft mir. Obwohl ich kein einziges Wort mit ihm spreche, weicht er mir nicht von der Seite. Als ich eines Nachmittags nichts mehr zu putzen finde und Heinrichs Wohnung so glänzt, wie wahrscheinlich zuletzt vor seinem Einzug, entscheide ich, die Fugen im Badezimmer erneut zu reinigen. Es wird viel Zeit kosten, immerhin ist Heinrichs Bad noch größer als das in Kassians Haus. Enki folgt mir, wie immer, setzt sich mit einem Zeichenblock auf den kalten Boden und lehnt sich mit dem Rücken an die Wand. Ich besprühe einen Q-Tipp mit Reiniger und fahre damit langsam über die erste Fuge. Enki fängt an zu zeichnen. Ich schreie ihn an:

»Lass das gefälligst, ich sag schon Bescheid, wenn ich gezeichnet werden will!«

»Wer sagt, dass ich dich zeichne?«

Ich versuche, ihm den Block zu entreißen, er lässt plötzlich los, ich knalle mit dem Steiß auf den gekachelten Boden, der Schmerz ist so heftig, dass mir schwarz vor Augen wird und ich anfange zu weinen. Enki bleibt ganz ruhig. Er nimmt mich in den Arm und lässt mich so lange heulen, bis ich ihn wegdrücke. Dann setzt er sich wieder auf den kalten Boden und sieht mich an.

»Kann ich irgendwas für dich tun? Soll ich Eis holen?«

»Nein, lass mal, es geht schon.« Ich versuche aufzustehen und schreie vor Schmerzen.

Enki springt auf, stützt mich, hilft mir hoch, packt mich dann an den Hüften, dreht mich um, zieht mein Hemd hoch und meinen Rock unter den Steiß. Er kniet sich hin, pustet sanft und sagt:

»Ich glaube, das wird ein schöner blauer Fleck. Mehr nicht.«

Wir setzen uns dicht nebeneinander auf den Rand der Badewanne.

»Und was machen wir jetzt?«, frage ich.

»Vielleicht mal eine Pause.«

»Aber ich muss die Fugen putzen.«

»Warum darf ich dich eigentlich nicht zeichnen, wenn du schon nicht mit mir redest?«

»Ich rede doch mit dir.«

»Ja, aber warum darf ich dich nicht zeichnen?«

»Wegen Kirsten.«

»Wieso wegen Kirsten?«

»Die hast du erst gezeichnet, und dann hast du sie gebumst.«

Er sieht mich verwundert an.

»Ich habe sie gar nicht gezeichnet, ich habe sie nur gebumst! Zufrieden?«

»Warum hast du dann zu mir gesagt, du hättest sie gezeichnet?«

»Na, ich dachte, das würde dir besser gefallen. Ich wusste ja nicht, dass man dir die Wahrheit sagen kann. Die meisten Frauen wollen von Frauen vor ihnen nichts wissen.«

»Quatsch, die meisten Frauen wollen nur die Letzte sein, mit der ein Typ in seinem Leben Sex hat!«

»Und Männer wollen der Erste und der Letzte sein!«

»Genau.«

»Und was willst du?«, fragt er und legt seine Hand auf meinen Rücken. Vorsichtig streichelt er über die schmerzende Stelle.

Ich rücke zur Seite, frage:

»Wie alt bist du eigentlich?«

»Älter als du, jünger als Heinrich.«

Er schiebt mit der anderen Hand meine verschwitzten Haare weg und küsst meinen Nacken. Ich schaue auf meine Arme, meine Beine, ich habe Gänsehaut, es sieht komisch aus. Ich höre uns atmen, ich atme schneller als er, er küsst meinen Hals, legt eine Hand auf mein Bein, schiebt sie ganz langsam unter meinen Rock, die andere immer noch auf der schmerzenden Stelle. Plötzlich wird die Haustür aufgeschlossen und Lilli ruft:

»Hallo? Stine? Bist du hier?«

»Mist! Kannst du schon mal zu ihr gehen? Ich komme gleich nach!«

Ich springe auf, werfe einen Blick in den Spiegel und sehe, dass ich knallrot bin. Ich drehe das kalte Wasser auf und kühle mir das Gesicht, bis meine Stirn schmerzt. Enki redet auf dem Flur mit Lilli

Nach einigen Minuten sehe ich wieder halbwegs normal aus, aber meine Pupillen sind riesig. Ich mache das Licht im Bad aus und bleibe noch eine Weile im Dunkeln stehen.

Lilli und Enki sitzen inzwischen in der Küche. Er macht Musik an, und ich höre Espresso in der Kanne hochblubbern. Lilli zwinkert mir zu und sagt:

»Hier steckst du also, bei mir ist es schon ganz verschmutzt, aber ich halte es noch eine Weile aus. Vielleicht könntest du mir etwas einkaufen? Ich begleite dich, Hauptsache, du trägst es hoch. Und dann gehen wir Campari trinken! Was Frauen eben so machen, wenn sie was zu besprechen haben.«

»Ja, natürlich, tut mir leid, dass ich nicht da war.«

»Kein Problem, Heinrich und ich waren doch die letzten Tage als Pantomimen in der Fußgängerzone unterwegs. Ich hätte sowieso nichts von dir gehabt.«

Ich sage, ich müsse mal aufs Klo, gehe runter in Lillis Wohnung, setze mich in ihre Küche und lege die Beine auf den Tisch. Ich weiß nicht, warum, aber ich vermisse Enki sofort, obwohl er gerade noch da war. Mein ganzes Konzept ist durcheinander, ich weiß nicht einmal mehr, was mein Konzept war. Ich hatte schon oft das Gefühl, verrückt zu werden, aber jetzt habe ich zum ersten Mal Angst davor. Wenn ich nicht in seiner Nähe bin, wird diese Angst größer. Als ich ihn noch nicht kannte, war alles in bester Ordnung, nein, das ist nicht wahr. Aber ich war in bester Ordnung, ich kannte mich zumindest irgendwie aus, ich wusste, was ich zu tun hatte, um nicht völlig durchzudrehen. Ich sehne mich nach seinen Händen auf meiner Haut und seiner Zunge in meinem Mund.

Die Ringeltauben sind heute nicht da.

Lilli folgt mir in die Wohnung.

»Warum sitzt du hier und nicht bei uns oben? Ich dachte, du wolltest nur auf die Toilette!«

»Tut mir leid. Auch das mit dem Geschirr. Es staut sich ja wirklich in der Spüle! Ich fange dann gleich mal mit dem Saubermachen an.«

Unter fließendem Wasser spüle ich ab, obwohl Reiner mir beigebracht hat, dass sich das nicht gehört. Ich habe das Wasser so weit aufgedreht, dass der Fußboden schon nach kurzer Zeit nass ist. Ich bin barfuß, mir ist immer noch heiß, das Wasser wird nicht richtig kalt. Lilli reibt mir einen Eiswürfel über die Stirn und schmeißt ein paar Handtücher auf die nassen Dielen. Ich nehme den Eiswürfel und reibe ihn über Nacken und Arme.

Enki hat doch Dahlia, was soll dieses ganze Flirt-Ding also? Warum lässt er mich nicht in Ruhe? Warum bedrängt er mich so und läuft ständig ohne T-Shirt rum? Ich wische auf Knien den Boden. Lilli stupst mich mit dem Fuß an. Zum Glück fragt sie mich nichts. Ich bin mir sicher, dass sie weiß, was mit mir los ist. Sie weiß ja auch sonst immer alles.

»Scheiß Dahlia«, sage ich, ohne aufzublicken.

»Dahlia? Dahlia. Klingt hübsch. Nie gehört, wer ist das?«

»Er sagt, sie sei seine Freundin.«

»Frag ihn doch einfach direkt, was er von dir will. Liebe ist kein Spiel!«

Ich werfe den Feudel ins Waschbecken und laufe in Heinrichs Wohnung. Enki ist nirgendwo zu entdecken. Ich sehe überall nach, zuletzt in seinem Zimmer. Sein bescheuertes Zimmer mit der Ananas, in dem er mit Dahlia und Kirsten rumbumst.

Enki liegt mit geschlossenen Augen auf seinem Bett, wieder nur in Unterhose. Neben ihm steht eine große Schale Kirschen. Woher hat er nur ständig das ganze Obst? Er geht bestimmt niemals einkaufen. Ich setze mich neben die Matratze und beobachte ihn. Er bewegt seine Nase, als würde er im Traum an etwas riechen. Ich glaube ihm nicht, dass er schläft. Noch atmet er gleichmäßig. Wenn man spielt, dass man schläft, hält man das mit dem gleichmäßigen Atmen nicht lange durch. Er hält durch, minutenlang. Vielleicht spricht er im Schlaf, vielleicht sagt er gleich »Dahlia« oder »Kirsten« oder einen Namen, den ich noch nicht kenne. Doch nichts passiert. Auf dem Fußboden liegen überall Kirschkerne, das Parkett ist voller roter Punkte. Ich lege die Hand auf seinen Bauch und fühle, dass sein Herz schnell und gleichmäßig schlägt. Eigentlich wollte ich auf seinen Magen drücken, stattdessen fange ich an, seinen Bauch zu streicheln. Seine Haut ist glatt und warm, er schwitzt nicht. Enki seufzt. Ich streichele ihn tiefer, schiebe meine Finger in seine Unterhose, ganz langsam, nur ein bisschen. Er stöhnt leise. Wenn man sehr viele Kirschen isst, muss man schnell aufs Klo. Er wird gleich von alleine aufwachen, weil er mal muss. Ich drücke auf seine Blase. Sofort öffnet er die Augen. Schnell ziehe ich die Hand weg. Er sieht mich verwirrt an und dann auf seinen Schwanz.

»Was ist los?«, fragt er und legt sich auf den Bauch.

»Was läuft da zwischen dir und Dahlia?«

Ich versuche, nicht auf seinen Hintern zu starren.

»Dahlia?«

»Du hast gesagt, sie sei deine Freundin!«

»Ja, weil du mir so blöde Fragen gestellt hast.«

»Und was ist jetzt mit ihr? Ich finde, du bist mir eine Antwort schuldig, wenn du mir schon permanent auf die Pelle rückst!«

»Sie war meine imaginäre Freundin. Ich habe sie erfunden und mir vorgestellt, bis ich vierzehn war. Der Name klang schön, so weich, ich dachte es würde jeden beeindrucken, wenn meine Freundin so heißt.«

»Und dann?«

»Wie und dann?«

»Was passierte, als du vierzehn warst?«

»Da habe ich mich in ein richtiges Mädchen verliebt, die dann meine erste Freundin wurde.«

»Und wie hieß die?«

»Ist doch scheißegal. Darf ich erst mal wach werden?«

»Warum hast du mir nicht gleich gesagt, dass es Dahlia nicht gibt?«

»Ich wusste gar nicht mehr, dass wir überhaupt darüber gesprochen haben!«

Ich stehe auf, ich habe plötzlich Lust, meinen Vater zu sehen. Enki hält mich am Bein fest.

»Hey, Stine, wieso haust du denn schon wieder ab?«

»Ich muss los, du kannst mir ja deine Handynummer geben, dann rufe ich vielleicht mal an, wenn ich später was machen will!«

»Ich hab gerade kein Handy.«

»Warum nicht?«

»Weiß nicht, ich hatte eins, es ist weg, geht doch auch ohne!«

»Aha, na dann eben nicht.«

»Was machst du denn später, heute Abend, heute Nacht?«, fragt er.

»Nichts, fernsehen, ich bin zu Hause.«

»Und wo ist das?«

»Ruf mich doch an! Aus einer Telefonzelle.«

»Ich habe aber kein Kleingeld«, er guckt in seine Unterhose, grinst und zuckt die Schultern.

»Wenn du mich findest, machen wir was zusammen, wenn nicht, dann eben nicht«, sage ich.

»Wann soll ich dich denn finden, kleine Diva?«

»Ist mir egal, egal wie spät, egal was. Ich wollte sowieso mal wieder ausgehen!«

Enki folgt mir über den dunklen Flur, vor der Haustür sagt er:

»Solche Frauen wie dich gab es früher nur in meinen Geschichten.«

»Was denn für Geschichten?«

Er grinst mich an. »Bis später.« Dann öffnet er mir die Tür.

Ich nehme den Bus und beeile mich, unter die Dusche zu kommen. Reiner und Ramona stehen beide bei der Hitze im Imbiss. Das Geschäft läuft im Sommer immer sehr gut. Reiner bietet eine Bierbowle namens Sommersenta mit Cointreau, Limettensaft und Dosenmirabellen auf Eis an, und alle sind schon mittags bester Laune. Nachdem ich geduscht habe, gehe ich nach unten in den Imbiss, um mir die Zeit zu vertreiben. Draußen, um die Stehtische, sind mindestens zehn beschwipste Männer, drei Frauen und ein paar Teenager in der Nachmittagssonne versammelt.

Ramona flirtet und säuft mit ihnen, bis die Sonne untergeht. Ich nehme mir einen Klappstuhl und plaziere mich abseits unter Yves Kleins blass durchscheinenden Leitsatz. Auf der anderen Straßenseite sehe ich Tine vor ihrem Blumenladen auf einem Hocker im Schatten sitzen. Sie trägt eine Sonnenbrille mit herzförmigen Gläsern und hat eine Blüte im Haar. Ramona geht mehrmals mit einem Plastikbecher voll Sommersenta und Schnaps zu ihr rüber, um sie zu animieren mitzufeiern. Irgendwann zieht sie grob an Tines Arm, nimmt ihr die Sonnenbrille weg und läuft davon. Tine rennt ihr kreischend nach. Einige Männer lachen und feuern Ramona an. Ich gehe in den Imbiss und sehe, wie Reiner etwas Grünes auf ein Brötchen packt, dann Senf und Ketchup draufschmiert und zum Schluss eine Frikadelle drauflegt.

»Was ist das für grünes Zeug, Papa?«

»Rucola!«

»Seit wann gibt es Rucola bei uns?«

»Stine, man muss auch mal was Neues ausprobieren im Leben. Den Tipp hab ich von Tine. Ist enorm angesagt das Gestrüpp. Fünf Mal Gemüse und Obst am Tag sollen die Leute essen, da sollen sie es doch wenigstens einmal davon bei uns tun. Es liegt was in der Luft, willste Bowle?«

Mir reicht es für heute. Ich gehe nach oben in mein Zimmer, lege mich aufs Bett, versuche zu schlafen, denke an Enki und bin sofort wieder hellwach. Es beginnt zu dämmern, ich schaue auf die Uhr und dann aus dem Fenster. Zwei Polizisten diskutieren freundlich mit Reiner und lassen sich auf Rucolafrikadellenbrötchen einladen. Ich ziehe das kurze blaue Kleid an, das ich mir gekauft habe, und gehe wieder runter in den Imbiss.

»Stint, was ist los? Schön siehste aus, wie als du klein warst!«, brüllt Reiner, wischt sich die Augen und erzählt allen Anwesenden von meinem neuen Job. Er drückt mir einen Becher Sommersenta in die Hand:

»So, jetzt aber Feierabendbowlchen zischen! It's time for music!«

»Kriege ich auch was davon?«, höre ich plötzlich Enki hinter mir sagen.

Ich sehe das erzürnte Gesicht meines Vaters.

»Gedudel machen ist hier nicht! Abgang!«, sagt er extra laut und unfreundlich. Ich drehe mich um, Enki guckt ein bisschen verunsichert. Für Reiner sieht er aus wie einer von den Typen, die in der Fußgängerzone Musik machen.

Jetzt, wie er da mitten im Imbiss steht, erkenne ich erst, wie wenig er hier reinpasst. Er trägt ein ausgeblichenes Public-Enemy-T-Shirt, Flip-Flops, aus seiner Baggyjeans schauen seine Boxershorts raus, und auf seinen ungekämmten Haaren trägt er ein Barett mit Schachbrettmuster. Er hat tatsächlich ein kleines Akkordeon dabei.

»Papa, das ist Enki, ein Freund von mir!«

Reiner zieht etwas zu lang die Augenbrauen hoch und haut sich mehrmals auf die Wange, dass es klatscht.

»Peng, peng, ich Idiot, entschuldige bitte, ist ein bisschen heiß heute. Also: Herzlich willkommen! Sobald die zwei Bulleranten da draußen ihr Hackfleisch mit Gemüse vertilgt haben und endlich die Biege machen, kannst du hier gerne Ziehharmonika spielen.«

Enki winkt ab:

»Nein, vielen Dank, das gehört einer Freundin, ich muss es heute zurückbringen. Ich kann gar nicht spielen. Ich habe zwar einmal versucht, es mir beizubringen, aber es ist schwieriger als ich dachte.«

»Kann ich mir vorstellen, Kollege. Ich hab es mal mit Gitarre versucht.

Dachte, was für Idioten das können; morgens, mittags, abends nur bumsen und saufen – das kann ich auch. Ich dachte, das ist wie Autofahren. Aber ist komplizierter. Ich höre lieber Musik, vor allem beim Autofahren! Kennst du Whitesnake?«

»Ja, klar, das ist so eine Softrockband aus den Achtzigern!«

»Logo! Und wie! Ich sach dir, hart, aber weich! It's time for music!«

Reiner drückt Enki eine Dose Bier in die Hand.

»Hast du ein Auto?«, fragt mein Vater weiter.

»Ja, aber ich benutze es nie.« Enki öffnet das Bier.

»Warum nicht? Ah, verstehe, Lappen weg! Kein Ding, passiert jedem Mann einmal im Leben!«

»Danke fürs Bier.« Enki trinkt zügig.

»Woher kennt ihr euch denn?«, fragt Reiner.

»Von der Arbeit«, antworte ich, zupfe Enki am Ärmel und deute mit dem Kopf zur Tür. Aber Reiner bleibt dran.

»Ach, dann biste auch Altenpfleger. Ein komischer Beruf für einen Mann!«

Immerhin nennt er ihn »einen Mann«.

»Nein, ich arbeite dort nicht, ich wohne nur dort«, sagt Enki.

»Warum putzt du dann nicht für deine Oma? Ich dachte, das machen die Südländer so. Also in Italien, wo wir immer in den Urlaub …«

»Papa, er wohnt nicht bei Frau Bonne, sondern nur im gleichen Haus. Wir müssen jetzt auch los!«

»Wohin soll es denn gehen?« Reiner legt den Kopf schief und spielt mit einer Haarsträhne.

»Es interessiert dich doch sonst auch nicht, wohin ich gehe!«

»Aber vielleicht interessiert mich, wohin Enzo geht.«

»Enki!«, sage ich.

»Entschuldigung. Also, wenn du kein Altenpfleger bist, was machst du denn dann so?« Langsam wird es mir wirklich unangenehm, aber Enki scheint die Unterhaltung zu gefallen.

»Ich bin Künstler.« Mein Vater kriegt ein deutlich rotes Gesicht.

»Und was künstlerst du so?«

»Ich spiele Theater, schreibe Stücke und mache Musik. Ich schreibe auch Lieder. Aber bisher hat noch niemandem eins davon gefallen. Ich kann einfach keine Melodien und ich hasse Refrains, das halten die meisten Leute für ein Problem. Ich glaube nicht, dass ich mit meiner Musik jemals Geld verdienen werde. Ich zeichne aber auch, nur so zur Zerstreuung.«

»Ist das nicht ein bisschen viel Rock 'n' Roll? Man muss schon auch mal alle Kräfte auf eine Sache hin ausrichten, wenn man irgendeine Leiter raufkommen will und auch ein paar Moneten über haben will, mein ich!«

»Man kann sogar reich werden, wenn man Glück hat«, antwortet Enki und grinst.

»Papa, wir müssen jetzt wirklich los«, nutze ich den Moment, in dem Reiner sprachlos dasteht. Doch ich habe nicht mit Ramona gerechnet. Sie kommt an den Tresen, mustert Enki von oben bis unten, gibt ihm die Hand und sagt mit ihrer heute besonders heiseren Stimme:

»Guter Fang, Stine, grüne Augen und dunkle Haare, Mannomann! Ich bin die Mutter! Ramona!«

Mir ist bisher nicht aufgefallen, dass Enki grüne Augen hat, und als ich noch mal hinsehe, sind sie immer noch braun. Ramona hat eine Branca-Menta-Fahne. Enki nimmt meine Hand und sagt:

»Herr Fehrmann, Ramona, es hat mich gefreut, aber wir müssen los. Wir haben noch etwas vor, und da dürfen wir nicht zu spät kommen!«

»Nenn mich Reiner, Enzo!«

»Enki, Papa, er heißt Enki!«

»Das kann ich mir nicht merken, das klingt ja, als ob ein Vogel piept! Hast du nicht noch einen Namen?«

»Ja, mein zweiter Name ist Rinaldo, so heißt mein Vater, aber dann doch lieber Enzo!«

Da freut sich Reiner und hebt die Hand zum Einklatschen.

»Tschüssing, Enzo. Und schöne Haare übrigens, aber ich würd sie noch 'n bisschen länger wachsen lassen!«

Ramona meint:

»Ich find Rinaldo besser, das klingt so stark!«

Nachdem Ramona Enki ein bisschen zu lange gedrückt hat, verlassen wir den Imbiss endlich. Reiner reißt die Tür auf und ruft uns mehrmals hinterher, dass er viel Spaß wünscht und dass ich erst nach Hause kommen darf, wenn ich Spaß hatte. Ich beschleunige meinen Schritt.

»Nette Leute, deine Leute.« Enki nimmt meine Hand und zieht mich noch schneller hinter sich her. Wir haben es also tatsächlich eilig.

»Hey, bleib doch mal stehen!« Ich ziehe ihn zurück.

»Wo gehen wir überhaupt hin?«

»Lass dich doch überraschen!«

»Ich brauche keine Überraschung.«

»Sei dir da nicht so sicher, ich kann echt langweilig sein. Im Oktober und November bin ich immer schrecklich langweilig.«

»Bis dahin ist ja noch ein bisschen Zeit.«

»Oktober und November kommen schneller als man denkt. Im März bin ich übrigens auch langweilig!«

»Noch mehr Abgründe?«

»Ja!«

Wir bleiben stehen, er legt die Hände auf meine Hüften und zieht mich an sich. Seine Hand fährt über meinen Rücken, berührt meinen Nacken. Seine Augen sind braun – und haben tatsächlich eine schmale grüne Umrandung.

»Was ist? Du guckst so komisch!« Er lässt mich los und nimmt wieder meine Hand.

Ich habe noch nie jemanden geküsst, den ich mochte. Ich habe noch nie jemanden so gemocht. Nicht so. Alles an ihm ist schön, und deshalb habe ich Angst, etwas Falsches zu tun.

»Wir gehen ins Theater«, sagt er.

Ich höre mich mürrisch antworten:

»Bei der Hitze? Um diese Zeit? Ich wusste nicht, dass es im Theater Spätvorstellungen gibt.«

»Wir verpassen sie gerade, aber danach gibt es ein Fest. Die Regisseurin, Mira, ist eine Freundin meiner Eltern. Ich kenne sie seit meiner Kindheit. Ihr gehört auch das Akkordeon.«

»Sind deine Eltern in der Vorstellung?«

»Vielleicht ist meine Mutter im Foyer. Dort ist sie oft, aber ins Theater geht sie nie. Und mein Vater hat sich schon vor Jahren mit Mira zerstritten.«

»Warum?«

»Ach wegen diesem und jenem. Das ist nichts Besonderes, er zerstreitet sich ständig mit irgendwelchen Leuten.«

»Mit dir auch?«

»Ja.«

»Wohnst du deshalb bei Heinrich?«

»Kann schon sein.«

Wir laufen fast eine Stunde bis in den Süden der Stadt. Es ist noch immer sehr warm. Irgendwann lässt er meine Hand los, bleibt stehen und schließt ein Fahrrad auf.

»Ich habe es neulich hier stehen gelassen. Lass uns das letzte Stück fahren!«

Ich setze mich auf den Gepäckträger und weiß nicht wohin mit meinen Händen. Ich lege sie auf seinen Rücken.

Irgendwann fährt er durch ein Tor auf einen Platz mit ein paar kleinen Tischen, um die viel zu viele Stühle stehen. Überall hängen Lampions.

»Das ist ein Theater?«, frage ich.

»Ja, und das Café dort gehört dazu. Hier ist nur was los, wenn eine Vorstellung zu Ende ist oder noch nicht begonnen hat. Das Ragout ist vorzüglich, der Kuchen ist gut, die Sandwiches sind okay, und es gibt anständigen Wein.«

»So genau wollte ich es gar nicht wissen.«

»Oh, entschuldige«, sagt er und blickt mich irritiert an.

Ich habe absolut keine Ahnung, warum ich so schlechte Laune habe.

»Tut mir leid«, sage ich schnell, »so war es nicht gemeint. Wie heißt denn der Laden hier?«

Er deutet über die Tür, da hängt ein großes Schild: *Pinocchio*.

Nur eine Frau sitzt draußen an einem der Tische vor einem riesigen Glas Rotwein. Enki geht zu ihr rüber und küsst sie auf die Stirn. Er winkt mich ran.

»Darf ich dir meine Mutter Ingrid vorstellen. Ingrid, das ist Stine.«

Ingrid lächelt milde. Sie sieht nicht aus wie eine Hausfrau und deutet ein Nicken an. Enki nimmt einen der vielen Stühle und weist mich an, Platz zu nehmen. Ich füge mich, er verschwindet im Café.

Ich lächle Ingrid verkrampft an. Sie lächelt nicht, ihre Haut ist schneeweiß, dünn und ein wenig faltig. Ihr Alter ist schwer zu schätzen, sie hat blondierte Haare, darin einen Fell-Haarreifen. Ihre Lippen sind grellrot geschminkt, die durchsichtige Bluse hat die gleiche Farbe. Sie sagt noch immer nichts, legt ihre langen Finger um die große Tulpe des Glases und stellt es vor mich hin. Am Zeigefinger trägt sie einen klobigen grünen Plastikring, am kleinen Finger einen schmalen Goldring. Wieder deutet sie ein Nicken an, steht auf und geht ins Café. Sie trägt khakifarbene Bermudashorts und ist barfuß. Ich schaue unter den Tisch, dort stehen keine Schuhe.

Als Ingrid zurückkommt, hält sie ein weiteres Glas Rotwein in der Hand. Noch im Stehen trinkt sie es zur Hälfte aus, setzt sich und sagt:

»So, jetzt du, ein hervorragender Schwarzburgunder.« Sie leckt sich die Lippen.

Ich nehme einen Schluck, der Wein schmeckt.

»Sind Sie öfter hier?«, frage ich.

Sie lächelt mit ihren großen, vom Rotwein bläulich verfärbten Zähnen und zeigt viel Zahnfleisch. Sie sagt:

»Baggerst du mich an?«, wirft den Kopf nach hinten und lacht hysterisch, hört dann aber abrupt auf.

»Madonna, entschuldige! Verzeih! Mir fällt so selten etwas Spontanes ein, ich musste es einfach rauslassen. Ich wollte nicht unfreundlich sein. Obwohl mein Therapeut schon immer gesagt hat, ich solle es ruhig mal sein. Jetzt habe ich so viele Jahre geübt und kann gar nicht mehr damit aufhören. Es ist so befreiend!«

Wieder lacht sie hysterisch.

Ich sage: »Ich wollte nur ein Gespräch anfangen, Sie sind Enkis Mutter und deswegen wollte ich Sie kennenlernen.«

»Ja, Mutter. Das ist richtig, ich bin eine Mutter.«

Sie grinst mit der ganzen Breite ihres Zahnfleisches. Endlich schließt sie den Mund, sieht mich versöhnlich an und meint:

»Ich halte Gespräche für überbewertet. Trink deinen Wein, dann haben wir auch etwas geteilt, mehr als ein paar hohle Worte, die bloß das Schweigen beschallen.«

Sie steckt sich eine Zigarette an und sagt:

»Frag nicht, wenn du willst, nimm dir einfach!«

»Danke«, antworte ich und rauche nicht.

Sie raucht ihre Zigarette genau wie Iris damals, zieht so kräftig, dass die Funken sprühen und die Zigarette nach wenigen Zügen aufgeraucht ist.

»Warum sehen Sie sich nicht die Vorstellung an?«

»Warum siehst du sie dir nicht an?«

»Ich wusste nicht, dass es eine Vorstellung gibt.«

»Ich kann das Stück auswendig.« Sie sagt es verächtlich.

»Haben Sie es geschrieben?«

»Nein, natürlich nicht, mein Leben beschränkt sich aufs Zuschauen. Mehr will ich nicht! Zuschauen: großartig, großes Kino! Etwas erschaffen: nein, danke! Ich lebe von einem Augenblick zum nächsten. Ich erschaffe nichts, ich lebe und sterbe bloß. Ich bin doch nicht wahnsinnig und mache mir das Leben auch noch kompliziert.«

»Dann haben Sie das Stück also schon so oft gesehen, dass es Sie langweilt?«

»Langweilen, ja, gesehen, nein.«

»Sie haben es nicht gesehen und sind trotzdem gelangweilt davon?«

»Exakt!«

»Wie geht das?«

»Lies doch mal das Programmheftchen durch. Es geht um Liebe, Enttäuschung, Sucht und Kriminalität. So ist doch das ganze Leben, das kenn ich schon, das Leben. Guck dir lieber meinen wundervollen Sohn an!«, ruft sie.

Enki kommt zurück und sagt:

»Tut mir leid, ich musste da noch mit jemandem was klären.« Er seufzt.

Kirsten, das blonde Mädchen von neulich aus dem Treppenhaus, stürmt aus der Tür des Cafés. Sie trägt eine schmierige Schürze und eine Kochmütze. Ihr Gesicht ist gerötet und verheult.

»Darf ich vorstellen? Das ist Kirsten, sie kocht hier.«

Kirsten brüllt: »Fick dich, du Vollwichser, du Schwachmat!«

Ingrid ruft entzückt: »Die hast du mir gar nicht vorgestellt, Enki. Was für ein Charisma! Charmant!«

Kirsten läuft auf Enki zu und versucht ihn zu würgen. Er hält ihre Arme fest, was ihm aber nicht viel hilft. Sie scheint ziemlich kräftig zu sein und drückt ihn zu Boden. Sie rollen über den Kies, Kirsten flucht, Enki stöhnt. Irgendwann sitzt Kirsten auf ihm und versucht immer noch, ihn zu würgen.

Ingrid steht auf und geht, eine Arie schmetternd, in das Café. Kirsten prügelt auf Enki ein und streckt immer wieder ihre Hände in Richtung seines Halses aus. Diesmal ist sie erfolgreich. Sie drückt zu, sein Gesicht läuft rot an, er kriegt keinen Ton mehr raus und strampelt mit den Beinen. Ich springe auf, ziehe an Kirstens Kochmütze, die mit Spangen an ihren Haaren befestigt ist. Ich zerre daran, Enki ist schon fast violett. Schließlich ziehe ich ihr das Ding mit einem brutalen Ruck vom Kopf, wobei ich ihr ein paar Haarsträhnen rausreiße. Sie lässt von Enki ab, schaut mich wild an und brüllt: »Meine Haare, du Fotze!«

Sie springt auf, rennt auf mich zu und schreit. Ich packe sie an ihren blonden Haaren und zerre ihren Kopf nach hinten. Sie versucht trotzdem, mir an die Gurgel zu springen – und sie schafft es. Leute kommen aus dem Theater, das Stück muss zu Ende sein, das könnte mein Leben retten. Kirsten wütet in einem ungebremsten Anfall sadistischer Raserei, und sie ist stärker als ich. Ich bin mir in diesem Moment sicher, dass sie stärker ist als alle anderen Menschen auf der Welt. Sie packt meinen Hals und drückt mir die Luft ab. Ich gerate in Panik, das Adrenalin schießt durch meinen Körper, und ich höre von weit weg Menschen applaudieren und jubeln. Da sehe ich verschwommen, wie jemand Kirsten von links eins auf die Fresse haut. Blut spritzt. Sie lässt von mir ab, ich schnappe nach Luft. Ich sehe Ingrid, sie hat Kirsten jetzt im Schwitzkasten. Eine schwarze Frau im Matrosenhemd kippt Kirsten einen Eimer Wasser mit

Eiswürfeln über den Kopf und gibt ihr ein paar Ohrfeigen. Ingrid haut auch noch mal zu.

»Es reicht, Mama!«, höre ich Enki brüllen.

Die Frau im Matrosenhemd sagt: »Was ist denn hier los, seid ihr irre?«

Die Frau ist Mira, die Regisseurin. Enki stellt sie mir vor. Kirsten hat sich immer noch nicht beruhigt. Sie schreit und fuchtelt die ganze Zeit wild mit ihren Händen in der Luft. Zum Glück blutet ihr aufgeplatztes Gesicht so stark, dass der gerufene Notarzt sie zum Nähen mit ins Krankenhaus nimmt.

»Na, das war ja mal ein Schauspiel! Phantastisch!«, ruft Ingrid.

Mira schüttelt nur den Kopf. »Kirsten ist jähzornig, da darf man ihr doch nicht das Herz brechen, Enki!«

Enki versucht, meine Hand zu nehmen, ich ziehe sie weg. Eine Band fängt an, Musik zu spielen, ich habe gar nicht gemerkt, dass sie aufgebaut haben.

Mira wendet sich an Ingrid: »Und, hast du dir heute schon wieder nicht die Aufführung angesehen?«

»Nein, aber ich war immerhin da!«

Mira ruft für alle hörbar: »Meine beste Freundin ist eine frustrierte Frau, die niemandem Erfolg gönnt. Ich würde mit ihrem Mann schlafen, wenn er nicht ein noch größeres Arschloch wäre als sie!«

Ingrid lacht laut auf, diesmal klingt es nicht künstlich. Enki hat sich aus irgendeinem Grund wieder auf den Boden gelegt und die Hände hinter dem Kopf gefaltet. Ich gehe zu ihm, schaue auf ihn hinab und sage:

»Na, jetzt freiwillig?«

»Du hast mir das Leben gerettet. Danke.«

»Ach, Quatsch, die hätte dich schon nicht umgebracht.«

»Da wäre ich mir nicht so sicher. Du solltest wissen, dass Kirsten mal im Jugendknast war, weil sie ihre Mutter mit einem Kerzenständer gekillt hat. Sie hat ihn ihr an den Kopf geworfen und keinen Krankenwagen gerufen. Ihre Mutter hat sie andauernd verprügelt. Dagegen ist meine Mutter eine pädagogische Leuchte.«

»Oh, ach so, verstehe, wann war das denn?«

»Es ist schon über zehn Jahre her. Sie redet aber nicht so gern darüber.«

»Kann ich verstehen.«

Enki steht auf, hält mir die Hand hin und sagt:

»Eigentlich wollte ich mit dir hier einen guten Abend verbringen. Kriegen wir das noch irgendwie hin? Das alles hier muss sehr seltsam auf dich wirken. Und meine Mutter ist, wie du bestimmt bemerkt hast, manchmal ein bisschen spröde.«

»Ein bisschen?«

»Also, was ist? Feiern wir trotzdem noch zusammen?«

»Was denn?«

»Die Premiere eines Theaterstücks zum Beispiel.«

»Ich weiß nicht, mir ist, als wäre ich auf irgendwelchen exotischen Drogen.«

»Na, das ist doch eine gute Voraussetzung, um zu feiern!«

Ingrid kommt auf uns zu und ruft:

»Polka!«

Sie drückt mir ihr Glas in die Hand und beginnt, sich unaufhörlich zu drehen. Plötzlich bleibt sie stehen, taumelt, streckt mir die Hände entgegen und grinst so breit wie vorhin. Ihre Zähne sind immer noch blau. Enkis Mutter scheint mich doch zu mögen. Ich bekomme Lust zu tanzen.

»Was ist das für Musik?«, frage ich Mira, die sich bei mir eingehakt hat.

»Tschechischer Ska. Ich komme aus Prag. Nicht dein Fall? Nachher singt Jessica McIntyre Bossa Nova mit Gil an der Gitarre, Achid trommelt, und Freunde aus Berlin spielen ab Mitternacht Elektro und zum Abschluss polnischen Rock.«

»Das ist phantastisch!«, schreie ich und bewege mich immer schneller zur Musik, bis ich Seitenstechen bekomme. Ich rauche viele verschiedene Zigaretten, trinke Rotwein, Wodka und verliere mich in albernen Gesprächen und guter Musik. Während der letzten Zugabe verabschiedet Ingrid sich, mit ihr verlassen auch andere das Gelände. Die Verbliebenen wirken nicht, als hätten sie vor, jemals nach Hause zu gehen. Die Musiker sitzen alle auf der Bühne, trinken Kaffee und Schnäpse. Etwas, das wie Britpop auf Französisch klingt, tönt aus einem Ghettoblaster. Ich gehe an die Bar und hole mir ein Wasser. Auf der Bühne erspähe ich neben dem Sänger der polnischen Rocker noch einen freien Platz und mache mich auf den Weg. Der Typ ist viel älter als ich. Mira wälzt sich im Kies mit dem Schlagzeuger, der viel jünger ist als sie.

»Hey, na!«, sagt der Sänger und hält mir einen Joint hin. Ich ziehe daran, obwohl mich Kiffen eigentlich langweilt. Eine Zeitlang versuchte ich es zu mögen, weil ich glaubte, an der universalen Popularität müsse etwas dran sein. Ich steigerte sogar meinen Konsum, um es endlich zu verstehen, bekam aber bloß eine wirre Birne und sah schließlich überall Zeichentrickfiguren. Als ich aufhörte, wurde ich trotzdem tagelang kaum wach und schwitzte trotz tiefstem Winter nackt unter meiner Decke. Als ich kurz darauf Kokain probierte, war ich so aufgedreht, wie zum letzten Mal als Kind. Das gefiel mir gut, deshalb konsumierte ich es lieber nicht noch einmal.

Abhängig werden scheint mir nicht erstrebenswert. Die Aussicht, nur noch hellwach oder vollgedröhnt zu sein, ist mir zu apokalyptisch – das alles erzähle ich auch dem Sänger, nachdem ich an seinem Joint gezogen habe.

Er sagt:

»Verstehe. Das erinnert mich irgendwie an ›Don't Forget Your Bucket‹. Das erste Stück auf unserer neuen EP.«

»Und wie heißt ihr?«

»The James Spaders! Noch nie gehört oder was?«

»Doch, doch, bestimmt, irgendwann. Was ist das für ein Zeug? Es macht mich überhaupt nicht dröge«, sage ich.

»Grand Cru.«

»Was soll das heißen?«

»Es ist einfach besser!«

»Besser als was?« Ich ziehe noch einmal am Joint.

»Besser als Scheiße.«

»Das ist nicht schwer«, sage ich und höre mich lachen. Ich kann Enki nicht orten. Alles, was weiter entfernt ist als der Typ neben mir, schaukelt sanft im feierlich bunten Licht. Vorhin kam Kirsten aus dem Krankenhaus zurück, ich sah Enki mit ihr sprechen. Ich verrenkte mir fast den Hals, um zu sehen, dass sie auch wieder auseinandergingen. Ich werde so lange hier sitzenbleiben, bis Enki zu mir kommt und mich abholt.

»Wie heißt du?«, frage ich den Sänger.

»Mein Künstlername ist Blane Cholesterol, aber in Wirklichkeit heiß ich Sean, wie Puff Daddy!«

»Der heißt so?«

»Ja, Sean ist sein Geburtsname, ich steh voll auf den.« Er sagt es ohne Begeisterung.

»Auch auf Hip-Hop?«

»Nee, das ist mir meistens zu lustig, aber Puffy ist ein Rocker! Eigentlich sind die Rapper die Rocker von heute. Wo sonst gehört Rock-'n'-Roll-Lifestyle noch zum guten Ton? Und wo gilt Feminismus heute sonst noch als schlechter Geschmack?«

»Und das ist gut?«

»Yeah!«

»Hast du Probleme mit Frauen?«

»Nee, Quatsch, ich bin volle Ladung Feminist, ich mag nur einige Styles nicht, aber ich hör mir alles an, was Frauen zu sagen haben, alles! Meine Exfreundin hat immer über ihre Muschi gequatscht, mit Ausfluss und Abstrich und Fungi-Vaginalzäpfchen, Antifungi, Fungitoxic oder wie das heißt. Das hab ich mir alles reingezogen! Da war ich aber scheißfroh, dass ich grundsätzlich nicht lecke. Prinzipien braucht die Sau, dann wirkt sie auch mal schlau! Findest du das schlimm?«

»Keine Ahnung, ich habe keine Meinung dazu. Ich hatte noch nie Oralverkehr. Will ich auch nicht, es ist eine von diesen Sachen, über die zu viel geredet wird. Ich halte Oralverkehr für überbewertet. So wie Kiffen.«

»Ich denke, du hast keine Meinung dazu, weil du es noch nie gemacht hast?«

»Dann halte ich eben das Reden über Oralverkehr für überbewertet.«

»Weil du nicht mitreden kannst!« Sean zwinkert mir zu, für einen kurzen Moment sieht man seine Zungenspitze, gleich wird er sich die Oberlippe lecken, und ich werde mich ekeln. Sein Ausdruck ist lüstern, ich fühle meine Stirnfalte und meine verzogenen Lippen. Ich habe meine Gesichtszüge nicht mehr im Griff. Er lässt die Zunge drinnen. Mein Gesicht fängt an zu jucken und meine Nase wird taub. Ich schließe meine Augen, weil sie anfangen zu tränen. Ich wende mich von Sean ab, klettere von der Bühne und male Linien in den Kies. Enki ist nirgends zu sehen, ich sage:

»Ich will nicht über Sex sprechen! Die Leute reden auf Partys nur darüber, weil sie eigentlich Sex haben wollen.«

»Willst du über Liebe reden?!« Sean brüllt, als gebe es etwas zu gewinnen. Ich wechsele das Thema:

»Was läuft denn da für Musik? Hört sich ähnlich an wie eure Musik vorhin. Seid ihr das?«

»Nee, aber thank you for the compliment! Thank youhu pretty baby! Das sind The Sparkling Pubes, glory shit! Meine Idole! Der Kopf der Band ist der Bassist von Yves and the Abdullahs! Für Augustin war Yves' Tod das Beste, was ihm passieren konnte. Sie hätten sich natürlich einfach The Abdullahs nennen können, aber das hätte keiner geschluckt, es hätte einfach immer was gefehlt, weißt du, was ich meine?«

»Ja, Yves hätte gefehlt! Er war einer von den Großen. Schade um ihn«, sage ich und habe keine Ahnung, was ich da rede oder wovon Sean gesprochen hat oder woran Yves gestorben ist. Aber mein Zuspruch hat Sean gefallen. Schweigend hört er gar nicht mehr auf, im Zeitlupentempo zu nicken. Er öffnet den Mund, schließt die Augen, er ist wirklich gut im Blöd-Dasitzen.

»Wieso heißt du denn Sean, ich dachte, ihr seid Tschechen?«

»Nee, wie kommste denn darauf? Meine Eltern sind Polen, aber deshalb muss ich doch auch nicht Karol, Vaclav oder Pjotr heißen. Scheißvorurteile! Langweilig, diese Welt, aufgeteilt, eingekeilt, grenzwertig. Vielleicht waren meine Eltern eben polyglott, wenn auch nur abstrakt! Wie heißt du denn, deutsches Mädel?«

»Stine.«

»Ist das dein vollständiger Name?«

»Celestine.«

»Siehste!«, ruft Sean, wacht ein letztes Mal auf, zieht noch mal am Joint und sinkt dann vollkommen in sich zusammen. Ein paar Minuten sagt er nichts mehr und hört auch auf, apathisch vor sich hin zu nicken. Ich würde gerne gehen, nach Hause, ins Bett, und sofort einschlafen. Aber ich habe kein Geld mehr für ein Taxi. Ich laufe zu den Tischen, über denen die Lampions nicht mehr leuchten, doch es sind nur Fremde, die mir einen Platz anbieten. Reiner sagt, es gehört sich nicht, bei Menschen Geld zu leihen, die man nicht wiedersehen wird. Also gehe ich in Richtung Torbogen, um mich zu Fuß auf den Weg nach Hause zu machen. Da stürmt mir eine langbeinige Frau in Jesussandalen ungebremst entgegen. Wir stoßen zusammen, sie schaut mich wirr aus riesigen Pupillen an, um die Augen funkelt blauer Lidschatten. Sie riecht penetrant nach Kokosnuss, schüttelt ihre goldbraune Mähne, was den Geruch verstärkt, und ohne ein Wort der Entschuldigung aus ihrem großen, glänzenden Mund rennt sie stolpernd weiter. Ihr Mini-Ethno-Kleid verrutscht und legt die Hälfte ihrer Arschbacken frei. Sie hat noch weniger Hintern als ich. Sie rasselt mit ihren Fuß- und Armkettchen, während sie zielstrebig zu Blane Cholesterol alias Sean eilt. Sie kreist mit den Hüften, streckt ihm ihr Bein entgegen, windet sich orientalisch, tanzt, schüttelt sich und rasselt. Sie sagt ziemlich laut:

»Vaclav, Baby! Lass uns kurz aufs Klo, was ziehen und dann tanzen, ich bin so gut drauf heute!«

Ob das die Frau mit dem Vaginalpilz ist? Wie auch immer. Blane alias Sean alias Vaclav scheint nicht so begeistert darüber zu sein, sie zu sehen. Sie setzt sich mit gespreizten Beinen auf seinen Schoß, umschließt seinen schlaffen Körper mit ihren Beinen und versucht, ihn zu küssen. Man sieht nun ihren ganzen Hintern, bekleidet mit einem Tanga aus weißer Spitze. Ich muss hier weg.

Ich werfe noch einmal einen Blick auf Mira und den Schlagzeuger, die sehr damit beschäftigt sind, einander zu küssen. Dann gehe ich ins Café, beobachte, wie der Barkeeper am Tresen langsam ein Glas poliert. Ich sage, dass ich Geld für ein Taxi brauche, frage, ob ich eine Stunde arbeiten könnte. Er lacht, legt zehn Euro auf den Tresen und meint, ich könne es ihm irgendwann zurückgeben. Ich bestehe darauf, es sofort abzuarbeiten. Er sagt, wenn ich unbedingt wolle, könne ich den Geschirrspüler ausräumen, solle mir aber nicht extra eine Stunde dafür Zeit lassen. Ich bin einverstanden. Er legt Chansons auf, fragt, ob mir das gefällt. Ich zucke mit den Schultern und gehe in die Küche. Dort hält Enki Kirsten im Arm und streichelt ihr über den Kopf. Ich bleibe abrupt stehen, drehe mich um und eile hinaus. Das Geld lege ich dem Barkeeper wieder auf den Tresen.

Die langbeinige Frau, mit der ich am Torbogen zusammengeprallt bin, steht in der Tür und singt das Chanson laut mit. Dazu macht sie theatralische Gesten mit ihren langen Armen und rasselt mit ihren Armreifen. Ich mache mich schmal, schlüpfe mit höchster Körperspannung an ihr vorbei, ohne sie zu berühren, und verlasse den Hof durch den gelb beleuchteten Torbogen. Ich höre jeden meiner Schritte, wie in einer Tropfsteinhöhle, es hallt, als wäre ich allein.

Ich denke an den einzigen Urlaub, den wir nicht in Italien am See verbracht haben, sondern in Bulgarien, zu einer Zeit, als wir wenig Geld hatten. Bulgarien hatte lange, saubere Strände und war trotzdem billig. Überall wurden große, getrocknete Krebse als Spielzeug für die Touristenkinder verkauft. Der Geruch von toten Krebsen steigt mir in die Nase. Reiner kaufte mir den größten aller Krebse, obwohl ich lieber eine Muschel wollte. Ich zerbrach den Krebs im Hotelzimmer, um zu sehen, wie er von innen aussah. Reiner erzählte im Frühstücksraum jedem an unserem Tisch, seine Tochter wurde irgendwann Medizin studieren, weil sie einen toten Krebs zerbrochen hat. Er redete so lange davon, bis ihn das Hündchen eines alten Ehepaars in die Hand biss, als er gerade ein Päckchen Marmelade aus ihrem Korb nahm.

Ich glaube, es war der Tag, an dem wir zu einer Tropfsteinhöhle fuhren. Ausnahmsweise machten wir einen Ausflug mit. Denn eigentlich waren Reiner und Ramona die Treffzeiten immer zu früh, meistens verschliefen wir sogar das Frühstück. In der Höhle konnten sich die beiden dann vor Begeisterung gar nicht mehr einkriegen und stimmten in den Touristenchor ein: »Chic, chic! Und ach, guck, Steine wie Tropfen.« Sie lachten über ihre Bemerkungen, laberten alles Schöne weg, und ich bezweifelte, dass der Mensch ein Teil der Natur sein soll. Ich fragte Reiner danach, warum es Menschen überhaupt gibt und was passiert, wenn man tot ist. Reiner seufzte, schwieg und antwortete dann, dass das keiner verstehen könne und man immer zu doof für solche Gedanken bleibe, bis man sterbe. Da bekam ich eine Panikattacke, und wir mussten raus aus der Grotte.

Die Tropfsteinhöhle in Bulgarien wird wieder zu dem Torbogen in meiner Stadt. Das gelbe Licht färbt meine blasse Haut. Die Luft ist schwül, von weit her höre ich es donnern.

Auf der Straße, vor dem Tor, fällt ein dicker Tropfen auf meinen Arm. Dann noch einer. Ich warte auf den Regen, aber er bleibt aus. Der Blitz in der Ferne ist nur noch ein Flackern. Ein Auto blendet mich mit seinen Scheinwerfern, rast an mir vorbei, schlingert und fährt fast auf den Bürgersteig.

Ich muss hier weg, denke ich, Enki bringt alles durcheinander. Ich werde Simon anrufen oder Kassian, ich kann mit ihnen eine gute Zeit haben. Nimm einen Mann, hat Oma Senta gesagt, den du nicht zu sehr liebst, dann verlierst du nie die Kontrolle.

Ich weiß nicht mehr, aus welcher Richtung wir vorhin gekommen sind. Als ich höre, wie mir jemand nachläuft, drehe ich mich um. Es ist Blane alias Sean alias Vaclav. Er wirkt viel frischer als vorhin.

»Hey, wo warst du denn? Tatjana nervt. Ich bin schnell abgehauen, die kriegt heute sowieso nichts mehr mit und sonst eigentlich auch nicht besonders viel. Übrigens, Tatjana ist gar nicht meine Freundin, sondern nur 'ne Sängerin ohne Band, 'ne Schauspielerin ohne Film, sie modelt rum. Hast du ihr Versace-Kleid gesehen? Das hatte sie auch in der Kampagne an. Sie interessiert mich nicht mehr, ich bin selber schön genug. Findest du mich schön? Ich finde, du bist heiß, eigen, ein Original. Wollen wir noch woandershin? Im *Supereverything* ist heute 'ne fette Party. Da steh ich auf der Gästeliste plus so viele, wie ich will.«

Plötzlich taucht Enki hinter Blane alias Sean alias Vaclav auf und macht ein ernstes Gesicht. So ernst habe ich ihn noch nicht gesehen. Ich dachte, so ernst könne er gar nicht sein. Er sagt noch ernster, als er aussieht:

»Gibt es ein Problem?«

Blane alias Sean alias Vaclav dreht sich um. Er ist viel größer als Enki.

Noch mehr Prügeleien könnte ich heute nicht ertragen. Enkis Augen funkeln, ich ziehe ihn weg, sage:

»Tschüss, Sean, wir gehen ein anderes Mal aus.«

»Aber ich habe doch gar nicht deine Nummer.«

»Und die kriegst du auch nicht!«, ruft Enki.

Ich schiebe ihn schnell um die nächste Ecke.

»Sean, oder was?«, ruft er voller Verachtung. Er scheint ganz schön betrunken zu sein. »Der Wichser heißt Thomas!« Enki taumelt und versucht, das Fahrrad aufzuschließen.

»Ich dachte Vaclav«, sage ich.

»Ja, das interessiert dich, was? Ist doch egal, Vaclav dann eben. Aber er heißt Thomas. Der erzählt doch jedem was anderes, so einer ist das. Bei mir weißt du wenigstens, woran du bist!«

»Ach ja, weiß ich das?«

»Komm, wir gehn nach Hause! Ich fahre dich.« Er klopft mit der Hand auf den Gepäckträger.

»Wohin nach Hause?«

»Na, zu Heinrich, dann hast du es morgen früh nicht so weit zur Arbeit.«

»Ich soll bei dir schlafen, in deinem Bett?«

»Ja, in Thomas' Bett wärst du doch auch gegangen, oder?«

»Spinnst du? Ich nehme mir jetzt ein Taxi, du kannst mich mal!«

»Ach ja?« Er steigt auf sein Rad und fährt los.

Ich gehe einfach so schnell ich kann in die andere Richtung, ohne eine Ahnung davon zu haben, wo ich mich befinde. Enki dreht um und radelt mir nach. Er klingelt wild, gleich, denke ich, rammt er mir den Reifen in die Fersen. Doch er fährt nur neben mich und sagt:

»Du kannst doch um diese Zeit unmöglich alleine so weit nach Hause gehen! Es tut mir leid. Wenn du willst, sage ich es auch immer wieder: Es tut mir leid. Es tut mir leid. Es tut mir leid. Es tut mir leid. Es tut mir leid. Es tut mir leid. Es tut mir leid. Ich bin eifersüchtig.«

»Warum das denn? Zwischen uns läuft doch gar nichts. Wir haben uns nur ein einziges Mal geküsst. Das ist alles. Und du hast schließlich noch genug andere Frauen zum Küssen. Dafür brauchst du mich bestimmt nicht.

Ich kann bei so bildschönen Killer-Tussen, die wahrscheinlich genauso wild vögeln, wie sie um sich schlagen, ja auch nicht mithalten. Wer weiß, vielleicht stehst du ja auf so was. Tut mir leid, dass ich keine Perverse bin. Ich hatte genug Gelegenheiten, pervers zu werden, aber ich bin es einfach nicht! Kirsten ist garantiert eine großartige Perverse, und dazu kann sie heulen wie ein kleines Mädchen!«

Meine Stimme überschlägt sich, ich fange an zu husten, mein Hals ist trocken, trotzdem zünde ich mir eine Zigarette an. Enki steigt ab und schleudert das Fahrrad mit voller Wucht auf die Straße, da merke ich, dass ich heule. Enki sieht mich an und nimmt mich so fest in den Arm, dass ich kaum mehr Luft bekomme. Ich lasse die Zigarette fallen und weine sein T-Shirt so voll, bis auch seine Haut nass ist.

Wir gehen den ganzen Weg zu Fuß nach Hause. Enki stellt das Fahrrad an die Hauswand unter Yves Kleins Leitsatz. Mit einer Hand schließe ich die Haustür auf, mit der anderen halte ich seinen Arm und ziehe ihn die Treppe nach oben. Ich schalte kein Licht an, öffne leise die Tür meines Zimmers und drehe dann den Schlüssel um. Wir küssen uns lange, und irgendwann, als es hell ist, schlafen wir miteinander. Als ich aufwache, habe ich Durst. Enki liegt nicht neben mir, aber ich höre ihn, er sitzt neben dem Bett und schiebt Papier hin und her: leere Blätter, Blätter mit Zeichnungen drauf, angefangene und fertige Bilder. Viele davon befanden sich unter dem Bett. Das Gute daran, nie Gäste zu haben, ist, dass man seine Zeit nicht damit verschwenden muss, Spuren zu verwischen – die meisten Menschen nennen das Ordnung. Gestern wusste ich nicht, dass tags darauf jemand in meinem Zimmer sein würde. Und schon gar nicht, während ich schlafe. Solange ich liegen bleibe, denke ich, wird Enki weiter mein Papier hin und her schieben, aufheben, ansehen, urteilen. Also richte ich mich auf:

»Was machst du da?«

Mein Mund ist trocken, meine Lippen kleben zusammen, und ich krächze bedauernswert. Enki reicht mir eine Flasche von dem scheußlichen Tafelwasser, das Reiner verkauft. Er muss im Imbiss gewesen sein, hier oben steht immer nur Bier und Fanta im Kühlschrank. Reiner hat also genug Zeit, sich blöde Sprüche auszudenken.

»Was ist das?« Enki hält mir ein Blatt Papier entgegen.

»Eine Zeichnung, Rumgemale, was weiß ich.«

»Das ist gut, ist das von dir?«

»Ja, aber eigentlich auch privat.«

Er steht auf, setzt sich auf mich und strahlt mich blöde an.

Möglichst ohne auszuatmen, sage ich:

»Geh weg, ich habe Mundgeruch.«

Er setzt mir seine Kopfhörer auf, stellt auf volle Lautstärke, drückt mir einen Kuss auf den fest verschlossenen Mund und rollt sich runter vom Bett.

»Das Lied ist schön, sehr schön!«, brülle ich und nehme den Kopfhörer erst ab, nachdem es zu Ende ist. Enki hält einige meiner Bilder hoch.

»Das war ›The High Road‹ von Broken Bells, und deine Zeichnungen sind wirklich ziemlich gut. Hast du sie schon einmal jemandem gezeigt?«

»Ach, wieso denn, ich mach das nur so zur Entspannung. Ist vielleicht mein Hobby. Jeder braucht doch ein Hobby.«

»Ja, sicher! Du bist aber kein Hobbymensch, erzähl mir nichts. Das ist doch kein Hobby, das ist großartig.«

Ich weiß nicht, was er von mir will. Er schüttelt den Kopf und sagt:

»Da solltest du was draus machen! Das ist geil kaputt. Deine Stiefmutter zum Beispiel hast du echt gut getroffen, das hier mit dem aufgerissenen Kiefer meine ich. Hast du ein Foto als Vorlage genommen?«

»Nö, ich weiß doch, wie sie aussieht.«

Er blättert wieder eine Weile herum, es hört sich an, als würde er etwas sortieren. Dann sagt er:

»Besonders gut finde ich auch die Bettina-Serie. Ich habe dreiundzwanzig Stück davon gefunden, gibt es noch mehr?«

»Ja, der Rest liegt hier irgendwo rum. Die finde ich auch einigermaßen gelungen.«

Er sieht mich an:

»Falsche Bescheidenheit steht dir nicht.«

»Würde dir Größenwahn besser gefallen?«

Er lacht.

»Du erinnerst mich manchmal an meine Halbschwester. Irgendwas in deinem Gesicht, obwohl du ein ganz anderer Typ bist. Vielleicht die Nase, ein bisschen der Zug um den Mund und die Form der Augen, aber vor allem dein spezieller abschätziger Blick. Aber abgesehen davon hat sie viel dunklere Haut und markantere Gesichtszüge.«

»So wie du?«

»Ja, in etwa.«

»Was macht sie denn?«

»Sie macht Musik! Eurodance, Sommerhits! Sie verdient eine Menge Geld in Italien damit. Die Musik ist ziemlich beschissen, aber nicht uninteressant, mit Melodie, Euphorie-Kitsch, bumm, bumm. So etwas könnte ich nie! Spiel ich dir bei Gelegenheit mal vor. Aber eigentlich funktioniert das nur in einer Freiluftgroßraumdisco im Urlaub im Süden!«

»Vielleicht gehen wir ja mal zusammen im Urlaub in eine Freiluftgroßraumdisco im Süden. Ich kenne da eine in der Nähe des Campingplatzes, wo wir immer hinfahren.«

»In so einem Laden muss man sich schnell blöde saufen, so viel Kurzweil hält man sonst im Kopf nicht aus.« Er gähnt und streckt sich.

»Wieso eigentlich Halbschwester? Halb von Ingrid oder von deinem Vater?«

»Von Rinaldo, sie heißt Marcella, ist jünger als ich, sogar jünger als du. Meine Mutter weiß nichts von ihr.«

»Und wieso weißt du von ihr?«

»Weil mein Vater ein selbstgefälliger Möchtegern ist. Er ist Literaturprofessor, aber eigentlich will er Schriftsteller sein. Doch er schreibt einfach scheiße. Obwohl er großes Talent zur erbarmungslosen Hartherzigkeit hat, kann er nichts Unkitschiges erschaffen und hat auch noch nie ein Werk zu Ende gebracht. Als Kind habe ich ihn oft beobachtet, wie er Seiten zerknüllte, manchmal sogar verbrannte. Er kann nicht alleine sein, ohne dabei durchzudrehen. Und deshalb kann er nicht in Ruhe schreiben.«

»Versteh ich nicht, was hat denn das miteinander zu tun?«, frage ich.

»Na, wenn man allein ist, stößt man auf sich selbst. Und da mein Vater ein Mensch mit einem feigen kleinen Leben ist, könnte er nie etwas schreiben, das ihm gefällt. Er müsste vorher viel zu viel aufräumen. Ich werde irgendwann seinen Roman schreiben, das wird ihn fertigmachen.«

Enki verschränkt schlecht gelaunt die Arme vor der Brust.

Bisher hatte Enki mir nur von einem Theaterstück erzählt, das er angefangen hat zu schreiben. Und von der Idee für ein weiteres.

»Aber das ist privat, mein Hobby«, sagt er und grinst mich an.

»Verstehe. Dann reden wir eben weiter über deine Familie.«

»Das ist auch privat.« Er grinst immer noch.

»Komm schon. Erzähl mir noch was von deiner Halbschwester.«

»Sie lebt in Norditalien. Wir sehen uns einmal im Jahr.«

»Nach Norditalien fahren wir auch immer. An den großen See, seit vielen Jahren. Camping.«

»Hast du vorhin mit Freiluftgroßraumdisco eigentlich das *Planet Passion* gemeint?«, fragt er.

»Ja, so heißt der Laden!«

»Da war ich schon oft. Erst hieß es *Ruby Heaven*, dann *Papillion*, dann *Magic Rocket* – und nun schon seit einer ganzen Weile eben *Planet Passion*. Es hat mehrmals den Besitzer gewechselt. Marcella legt dort hin und wieder auf. Sie ist in Italien so etwas wie ein VIP, obwohl sie nicht mal achtzehn ist. Sie geht nicht mehr zur Schule und macht schon seit Jahren Musik. Kennst du die Gegend gut?«

»Geht so, meistens waren wir nur auf dem Campingplatz oder mit dem Tretboot auf dem See.«

»Oh, verstehe. Es gibt wirklich bessere Orte als den Campingplatz und die Disco. Als ich zum ersten Mal dort war und das Haus gesucht habe, in dem Marcella wohnt, habe ich mich verlaufen. Mein Vater hat es zwar genau beschrieben, aber ich habe mich trotzdem verlaufen und nachts vor einem Eremitenkloster geschlafen.«

»Und wie konnte dein Vater dir das Haus beschreiben, wenn ihr nie über Marcella gesprochen habt?«

»Er hatte es aufgeschrieben. Er führt akribisch Tagebuch. Ein gewisses Publikum würde ihn lieben, bildungsfernes Volk, auf das er herabschaut. Warum mein Vater meine Mutter geheiratet hat, habe ich bis heute nicht verstanden. Wahrscheinlich, weil sie zu allem ›Ja und Amen‹ sagte. Sie war ein ganz schöner Schwächling und scharf auf einen, der sie herumkommandierte. Es hat beiden nichts gebracht. Geliebt hat er eine egozentrische Bildhauerin, mit der er bloß eine Affäre hatte, sie trafen sich immer in München oder Paris. Sie war eine Chaotin und chronisch pleite. Manchmal hat sie Geld von ihm angenommen, aber das war's dann auch schon mit Zuwendung. Wahrscheinlich hat sie ihn nicht geliebt. Als sie schwanger wurde, wollte er ihr eine teure Wohnung besorgen, damit sie sein Kind in Ruhe großziehen kann. Das hat sie abgelehnt.«

»Und Ingrid hat das toleriert?«

»Ich habe keine Ahnung, wie viel sie wusste. Sie glaubte, wenn sie und Rinaldo ein Kind bekommen, stelle sich das Glück von selbst ein.« Traurigkeit mischt sich in seinen nüchternen Tonfall.

»Und was war mit der anderen Frau?«, frage ich.

»Lollo hat ihn verlassen, als sie im vierten Monat war. Sie hat ein Haus bei Grillo, einem kleinen Ort unweit vom See. Sie vermietet Zimmer an Touristen, die zum Malen in die Gegend reisen. Sie restauriert auch alte Puppen und Marionetten, organisiert kleine Ausstellungen an schrägen Orten und so. Sie kann davon leben. Ich glaube, dass sie sehr glücklich ist.«

»Glaubst du denn, deine Mutter ist mit ihrem Leben glücklich?«

»Nein! Als ich klein war, hat Ingrid manchmal Stunden damit verbracht, jedes Stück Stoff aus der Wohnung auf dem Balkon auszuschütteln. Es fing mit der Bettwäsche an. Jeden Tag hat sie die Betten abgezogen, die Laken einzeln ausgeschüttelt und gewaschen, nur um sie dann gleich wieder frisch zu beziehen. Als Kind dachte ich noch, sie sei eben eine im Haushalt besonders gründliche Frau, etwas, worauf mein Vater großen Wert legt. Doch dann wurde es von Jahr zu Jahr schlimmer. Sie schüttelte jedes Stofftaschentuch aus, jedes Handtuch, alle Deckchen, sogar die Topflappen, einfach jeden Fetzen Stoff, den sie fand. Sie machte eigentlich kaum etwas anderes. Irgendwann wurde sie dabei so energisch, dass ich Angst bekam, sie könnte mit dem orientalischen Teppich aus dem Flur tatsächlich davonfliegen. Vielleicht wollte sie das auch. Der kleine Balkon war jedenfalls der einzige Ort unserer großen Wohnung, auf dem sie sich wirklich wohlzufühlen schien. Das ist bis heute so, nur ist sie heute selten zu Hause. Weil ich es auch nicht mehr bin.«

»Und dein Vater hat nichts dagegen, dass sie so viel unterwegs ist?«

»Nein, Hauptsache, er kann weiterhin seine Affären haben.«

»Kennt er Marcella?«

»Er war einmal dort, als sie noch ein Baby war. Und vor ein paar Jahren war er noch mal dort, um Lollo als Geliebte zurückzugewinnen. Sie hat ihn ausgelacht. Er war gekränkt und hat versucht, ihr Haus zu kaufen. Der Besitzer, Geppetto, ein vermögender, alter Kunsttischler, der Lollos Geschichte kannte, hat ihr das Haus dann einfach geschenkt, damit Rinaldo ihm nicht mehr auf die Nerven geht. Er wohnt bis heute dort mit ihr zusammen, sie sind wie eine Familie. Lollo hat Geppetto sogar geheiratet, weil seine Mutter im Sterben lag. Die uralte Frau hatte sich ihr ganzes Leben nichts sehnlicher gewünscht, als dass ihr Junge doch noch eine Frau findet. Also hat Lollo ihr den Gefallen getan. Es gab ein großes Fest in Grillo. Ich war dort, es gab bestimmt zehn Gänge! Es war so ein großartiges Fest, beinahe hätte ich die Nächstbeste gefragt, ob sie meine Frau werden will, nur um noch mal so zu feiern.«

»Lass mich raten, am nächsten Morgen ist Geppettos Mutter gestorben?«

»Nein. Sie hat sich vor lauter Glück wieder erholt, es war ein Wunder! Sie ist erst ein Jahr später gestorben, am Hochzeitstag. Geppetto hat Lollo immer unterstützt und beschützt. Liebe gibt es eben auf viele Weisen. Eine Zeitlang hatte er einen Freund, einen Schweden, der immer den Spätsommer in Grillo verbrachte.«

»Wann fährst du wieder hin?«

»Bald, und du?«

»In ungefähr zehn Tagen. Ich muss Reiner fragen. Wir könnten dich mitnehmen. Ein Platz ist noch frei!«

»Nein, danke, ich nehme den Zug.«

»Wird dir im Auto schlecht?«

»Nein, ich bin nur gerne mit dem Zug unterwegs.«

»Na gut, dann treffen wir uns einfach dort.«

»Warum fährst du nicht mit mir?«

»Ich kann nicht, ich muss mit den andern mitfahren. Meine Tante Trixi kommt auch mit. Ich kann Reiner unmöglich mit ihr und meiner Stiefmutter allein im Auto lassen.«

»Verstehe. Ich habe deinen Vater übrigens heute Morgen getroffen. Er nennt mich immer noch Enzo und wollte, dass ich ein Brötchen mit rohem Schweinefleisch esse. Ich mag ihn!«

»Tut mir leid, ich weiß, es ist eklig, es tut mir …«

»Keine Panik«, unterbricht Enki mich, »ich hab's gegessen, auf nüchternen Magen. War gar nicht schlecht, und hinterher habe ich mich zum ersten Mal wie ein richtiger Mann gefühlt.« Er grinst.

Als ich gegen Nachmittag wieder aufwache, ist Enki schon weg. Ich habe verschlafen. Eigentlich hätte ich schon längst bei Lilli sein müssen. Schnell renne ich ins Bad, beeile mich, dusche kurz, vergesse, meine Haare zu waschen und ziehe wieder das Kleid von gestern an.

Ich laufe nach unten zu Reiner, der mich mit einem Brötchen bewirft. Ich fange es nicht auf, es fällt zu Boden. Ich entschuldige mich und brülle: »Kein Hunger, Stress!«

»Verknallt, was? Wurde ja auch Zeit!«

Draußen ist es bewölkt, heiß, und die Luft ist unangenehm feucht, ich hoffe, dass es bald regnen wird und renne den ganzen Weg zu Lilli. Vor Heinrichs Haus steht ein Krankenwagen, meine Knie werden weich. Ich frage einen Typen im Kittel, was los ist, bekomme aber keine Auskunft.

Die Tür zu Lillis Nachbarn im ersten Stock steht offen. Heinrichs Stimme ist aus der Wohnung zu hören, ich rufe ihn, er guckt sofort um die Ecke und macht ein besorgtes Gesicht.

»Was ist passiert? Etwas mit Lilli?« Ich huste, und es fühlt sich an, als würde mein Herz im Kopf schlagen.

Heinrich winkt ab: »Nein, nein, alles ist gut, nur nicht für das Bürschchen, das hier wohnt. Er hat eine Psychose und wollte nackt an der Hauswand hochklettern. Er hätte sich wenigstens eine Badehose anziehen können. Sie haben die Tür aufgebrochen und ihn grad noch so auf dem Balkon erwischt. Er dozierte vom Balkon aus Geschichten fürs Volk – von Bin Laden über seinen Vater bis Michael Jackson war für jeden was dabei. Er wandte sich als Nackedei an die ganze Welt. Dabei konnte man ihn nicht einmal unten auf der Straße richtig verstehen. Gleich bringen ihn die Wächter, wie er sagt, ins Haus von Mahony Mullah und Data Hugenott.«

Ich meine in dem Typen mit der Psychose Malte, Désirées Exfreund, zu erkennen, ganz dürr geworden. Er grüßt mich verschwörerisch. Die Boxershort, die man ihm wohl angezogen hat, sitzt zu weit.

»Du hast bestimmt Hunger«, sagt Heinrich. »Ich habe vorhin Aal mit grüner Soße gemacht. Wenn Marzipan, die Katze aus dem zweiten Stock, nicht schneller war, können wir jetzt Aal essen. Lilli macht ein Nickerchen, sie war den ganzen Tag auf dem Friedhof! Enki habe ich heute noch nicht gesehen. Magst du grüne Soße?«

»Weiß nicht, was ist denn da Grünes drin?«, frage ich vorsichtig.

»Na, jedenfalls kein Waldmeister! Hoho! Komm, Stineska, wir machen für uns noch was aus diesem Tag. Ich folge Heinrichs schnellen Schritten nach oben, Marzipan huscht flink zwischen seinen Beinen hindurch aus der Wohnung. Heinrich dreht sich zu mir um und sagt:

»Dann eben grüne Suppe ohne Einlage!«

Er läuft den langen Flur entlang, an der Küche vorbei. Heinrich ruft aus seinem Rumpelzimmer:

»Ich zeige dir leere Leinwände, die du beim Aufräumen übersehen hast!«

»Ich habe bestimmt nichts übersehen! Und warum sollte ich mir eine leere Leinwand ansehen?«

»Warum nicht? Es ist das vollkommene Bild, man kann darauf alles sehen, was man will.«

»Lilli sagt, das kann man überall.«

»Hat sie da recht? Ja, das hat sie!«

»Also brauchen wir nicht einmal Leinwände. Wir können uns einfach die Wand angucken oder die grüne Soße, da kann man alles, was man will, sogar in Grün sehen.«

Heinrich kommt ohne Leinwände um die Ecke gebogen, in seinem Haar hängen Staubflusen. Er hat nicht gefunden, wonach er gesucht hat, macht aber dennoch ein vergnügtes Gesicht, reibt sich die Hände, geht schnurstracks an mir vorbei in die Küche, wirbelt herum, ohne dass ich erkennen kann, was genau er vorhat. Dann setzt er sich auf den Herd und nimmt den Topf mit der Soße auf den Schoß. Er gießt zwei Becher Sahne hinein, salzt und pfeffert maßlos nach.

»Ist die Herdplatte nicht an?«, frage ich.

»Ja, aber nur auf Stufe zwei. Hilft gegen Flatulenzen!«

»Flatu … was?«

»Blähungen. Fürze.«

»Ach so, aber wenn es nicht hilft, wirst du auf die Herdplatte flatulieren. Es wird stinken, und womöglich wird das Haus abbrennen.«

»Nein, das wird es nicht. Und jetzt Ruhe im Auditorium, ich muss nachdenken.«

Nach einer Weile scheint Heinrich zu Ende gedacht zu haben. Er grinst breit, reißt die Augen auf und zieht die Brauen hoch wie ein Clown. Mit dem Zeigefinger deutet er auf etwas, das ich nicht sehen kann, und sagt feierlich:

»Damals! Was auch immer ›damals‹ in deiner Vorstellung bedeutet, sagen wir, nach dem Krieg, das ist immer noch lang genug her, man muss sich aber nicht mehr die Nazis vorstellen. Also in einer Zeit, in der ich jung war und du nirgends, da gab es eine Menge Mädchen, von denen man nicht wusste, wie sie wirklich waren, weil sie sich nur an Vorschriften hielten: Fanatikerinnen! Sie waren, wie Fanatiker im Allgemeinen, niemals selbstironisch. Genieß die Jugend, sonst verlierst du mit vierzig bestimmt ständig die Contenance. Nichts ist peinlicher als jemand, der seine Pubertät nachholt!«

»Worauf willst du hinaus?«, frage ich.

»Da du bald eine Reise in den Süden machst, an der ich bedauerlicherweise nicht teilnehmen werde, kannst du mir ja eine Postkarte schreiben. Wäre ich dein Liebhaber, wäre diese Karte gewiss ein mehrseitiger Brief!«

»Junge Frauen schreiben heute nur noch selten mehrseitige Briefe, eher betrinken sie sich im Urlaub …«

»… und ertrinken nach dem Liebesspiel im See um Mitternacht, wie romantisch!«

»Nein, um Mitternacht tanzen sie mit Drinks und Zigaretten in den Händen. Gegen vier gehen sie auf die Toilette und kotzen.«

»Das ist gut, man soll auch nicht in einen See kotzen! Und was machen die jungen Frauen von heute, nachdem sie gekotzt haben?«

»Sie kauen Zahnpflegekaugummis, haben Sex und trinken weiter, bis es hell wird.«

Heinrich springt plötzlich auf und rennt hinaus. Kurz darauf kommt er mit einem Stapel Leinwände zurück. Als er die Küche betritt, fallen sie alle zu Boden. Es staubt bis zur Decke.

»Ich will sie dir gern schenken, vielleicht kannst du was damit anfangen. Ich male nicht mehr, ich habe es nur ein Mal versucht. Aber bevor ich anfing, hatte ich mir schon all diese Materialien besorgt. Ich war ein eingebildeter, junger Fatzke.«

Heinrich trommelt auf den Herd, kippt die grüne Soße in einen größeren Topf, zerteilt einen ganzen Knoblauch, wirft beide Hälften hinein, gießt Brühe und Weißwein nach. Schließlich serviert er eine hellgrüne Suppe. Wir essen in der Küche. Die Suppe schmeckt so ähnlich, wie alles, was Oma Senta immer gekocht hat. Nachdem alles verkocht und der Geschmack bloß noch ein freudloses Einerlei war, rührte sie in jedes Gericht eine Unmenge frisch gehackte Petersilie. Ich weiß nicht, ob sie eine Vorliebe dafür hatte oder ob sie selber an ihrer Kochkunst zweifelte. Selbst nachdem Reiner durchgesetzt hatte, dass die Petersilie in einer Schale beigestellt wurde, griff Oma Senta in einem Moment, in dem Reiner unaufmerksam war, zu und verteilte sie auf die Teller. Wenn Reiner seinen Mund zum Protest öffnete, kam sie ihm zuvor und sagte: »Vitamine, Reinerchen, grüne Vitamine, im Grünen da ist alles drin!«

Ich erzähle Heinrich von Oma Sentas Petersilienmacke. Er reißt mir den Teller aus der Hand:

»Aber dann darfst du das nicht essen! Essen ist auch etwas Metaphysisches, das muss man ernst nehmen. Petersilie ist Gift!«

Er schmiert mir ein Brot, schneidet eine kleine dicke Wurst in kleine dicke Scheiben und sagt, Wurst sei das Gegenteil von Petersilie, und dass es sich um eine italienische handeln würde. Heinrich erklärt mir, dass es auf dem Markt von Grillo unzählige Wurstsorten gebe. Jedes Mal entdecke man neue: harte und weiche, runde, einzeln oder aneinandergeknüpft, einmal hätte er sogar dreieckige Wurst bekommen. Heinrich verschwindet und kommt mit einer aufgeschlagenen Landkarte zurückgeflattert. Ich kann ihn gar nicht mehr sehen, da er die Karte komplett aufgeschlagen vor sich herträgt. Er wirft sich und die Karte auf den Boden, fährt mit dem Finger darauf herum und sagt:

»Schau hier, hier ungefähr liegt Grillo. Meine Karte ist zu alt, wahrscheinlich gab es damals noch gar nicht so viele Einwohner dort wie heute, darum hat der Ort keinen eigenen Punkt bekommen. Weit oben im Hinterland liegt er, trotzdem ist es vom See aus nur ein Spaziergang dorthin. Außer es geschieht etwas Unvorhergesehenes. Links von der Stadt gibt es einen kurzen Anstieg, nicht beschwerlich, wenn man jung ist. Du musst nur die Treppen hinaufsteigen, dann überquerst du eine große Straße und gehst vorbei an vielen alten Mauern und Hecken und an ein paar felsdurchsetzten Hängen. Wenn du dich dann umdrehst, siehst du den See blau glitzern und funkeln. Natürlich nicht, wenn es neblig ist. Man muss den piemontesischen Nebel ernst nehmen, er ist dicht, so dicht, dass häufig Gäste an ihren Hotels und Pensionen vorbeilaufen. Manchmal sieht man diese Touristen nie wieder. Wenn Nebel ist, fordere ihn nicht heraus, warte an Ort und Stelle, bis der Nebel sich auflöst. Gibt es ein Gewitter, musst du dich auf den Boden legen. Meine selige Mutter sagte immer, mir seien die Zehennägel nach oben gewachsen, weil zu Beginn ihrer Schwangerschaft gleich neben ihr ein Blitz in eine Blutbuche eingeschlagen war.«

Ich setze mich zu Heinrich auf den Boden. Er fährt immer weiter mit dem Finger über die Karte.

»Hier ist das Eremitenkloster, dahinter beginnt ein bewaldeter Hang, an dem ein Weg verläuft. Wenn du an einem Graben vorbeikommst, musst du dich rechts halten und durch ein lichtes Wäldchen an einem steinigen Flussbett entlanggehen. In der Mitte verliert der Hang an Höhe, sodass du bequem wieder aus dem Wald herauskommst. Direkt am Waldrand beginnt der Pfad zu Lollos Haus. Es gibt einen zweiten Pfad, der etwas schmaler ist. Wenn du eine Brücke erreichst, bist du falsch! Eigentlich müssten auch einige Schilder zur Villa Alba weisen, so hieß übrigens Geppettos Mutter. Aber man weiß nie, ob so ein Schild mitten in der Natur richtig steht. Außer Wandertouristen sind dort nur Kinder unterwegs. Und Kinder finden Touristen meist ziemlich merkwürdig, weil sie das Touristsein noch nicht verstehen. Man kann die Schilder drehen, und weil Kinder sich überall auf der Welt an den gleichen Dingen erfreuen, zeigen die Wegweiser oft in eine falsche Richtung. Also halte dich daran, was ich gesagt habe! Ich zeichne es dir noch mal auf.«

Heinrich stemmt sich vom Boden ab und macht einen Drehsprung, wühlt in einer Schublade und beginnt, mit einem Leuchtstift auf der Landkarte herumzuzeichnen.

Ich tippe ihm auf die Schulter und frage:

»Warum muss ich das jetzt alles wissen?«

Er schaut nicht auf und stammelt:

»Ja, weißt du, es ist so, Enki hat sich nämlich schon auf den Weg gemacht, er war vorhin in Eile. Er wollte, dass ich dir Bescheid gebe, dass er schon los ist.«

»Was? Warum so umständlich, Heinrich? Warum hast du mir das nicht gleich gesagt?«

Ich habe einen Kloß im Hals, meine Knie werden weich.

»Ich wollte nicht so mit der Tür ins Haus fallen.«

»Seit wann das denn nicht?«

»Er hat gesagt, ich soll dir ausrichten, ihr seht euch dort. Ich dachte, vielleicht wirst du verletzt sein, wütend. Du weißt ja, was mit dem Überbringer schlechter Nachrichten passiert …«

»Spinnt der? Der spinnt doch! Ich kann doch nicht einfach so weit weg vom Campingplatz, was denkt der? Haut ab und glaubt, ich laufe ihm hinterher?«

Ich haue mit der flachen Hand auf den Tisch, dass es schmerzt.

Heinrich versucht mich in den Arm zu nehmen, ich trete ihn. Er sagt:

»Puh, du hast aber ganz schön Kraft! Gerat nicht in Panik, du siehst ihn doch wieder.«

»Das will ich gar nicht. Würde ich ihm was bedeuten, wäre er gar nicht weggefahren, ohne sich von mir zu verabschieden.«

»Ach, wie schön, ihr Frauen seid doch noch ein bisschen wie früher. Solange ihr jung seid, versteht ihr selten was von Selbstgenügsamkeit. Und ihr glaubt, Liebe hätte was mit Abhängigkeit zu tun. Ein spaßverderblicher Fehler.«

Heinrich kommt auf mich zu und nimmt mich in den Arm.

»Ich erzähle dir jetzt eine Geschichte, die mir einmal mein alter Freund Abdullah Ibrahim erzählt hat. Ein großer Musiker. Aber das nur am Rande. Die Geschichte handelt davon, wie in seiner Heimat Südafrika durch List Affen gefangen werden: Wenn man zum Beispiel in einem Café sitzt, hocken ringsherum in den Bäumen häufig Affen und beobachten, was man da so isst. Natürlich will der Affe immer gern etwas von dem Schmaus abbekommen, den sich der Mensch gönnt. Man sitzt also da und isst genüsslich ein paar Nüsse, sodass der Affe gut erkennen kann, dass es Nüsse sind. Man isst nicht alle Nüsse, sondern steht irgendwann auf und legt sie in eine kleine Mulde in einem Baum. Der Affe klettert von seinem Baum herunter und macht sich flink auf zu dem Baum mit dem Loch. Er steckt seinen Arm hinein, greift nach den Nüssen und bekommt seinen Arm dann nicht mehr heraus. Warum? Er müsste dazu die Nüsse wieder loslassen, denn seine Faust passt nicht durch das kleine Loch. Das wird er aber nicht tun, da er zu gierig ist. So kann man ihn sehr leicht einfangen. Er erkennt nicht, dass man nicht alles haben kann, und hat am Ende weder Freiheit noch Nüsse! Und so tun die Menschen es auch immer wieder. Der Zauber des Glücks, meine liebe Stine, ist die Freiheit!«

»Und was ist Freiheit?«

»Dein Mut beschert dir Freiheit, Stine, immer wieder, dein ganzes Leben lang. Es ist das Gesetz des Lebens. Mehr verrate ich dir heute nicht. Nur noch eins: Von Wasser allein ertrinkt man nicht!«

»Wie auch immer, Heinrich, es ist nett, dass du all das sagst, dass du versuchst, mich zu trösten, aber ich meine doch bloß, ich hätte mir gewünscht, es wäre eben anständig gewesen, wenn Enki sich verabschiedet hätte. Nach letzter Nacht meine ich. Er hat bei mir übernachtet. In meinem Zimmer. In meinem Bett.«

»Unter einer Decke? Ah ja, hm, hm. Vielleicht sind das nicht die besten Manieren, da hast du sicher recht. Aber er hatte wohl Angst, nicht von dir loszukommen. Er ist verliebt, wenn er dich noch einmal gesehen hätte, wäre er geblieben und hätte sich nicht auf den Weg gemacht. Ich, Heinrich, bin voller Überzeugung, dass es sich so und nicht anders in Enki ereignet hat. Sich auf den Weg zu machen, war zu diesem Zeitpunkt das Wichtigste für ihn, aber nicht gegen dich gerichtet.«

»Na, und woher weißt du das alles? Hat er es dir so gesagt?«

»Ach, Stine, es spielt doch keine Rolle, woher ich alter Mann weiß, was ich weiß. Wichtig ist nur, dass du weißt, dass Enki losmusste und dass es nichts mit dir zu tun hatte. Er hat noch einiges aufzuarbeiten, was seine Biografie betrifft. Das solltest du ihm zugestehen. Sein Vater ist ein schlechter Mensch, der sehr viel Macht über ihn hat. Er hat einfach Angst, dass noch jemand Macht über ihn haben kann. Er muss erst gegen die schlechte Macht gewinnen, um für die gute Macht offen sein zu können. Er hat einen Schreck bekommen wegen dir, wegen euch. So wie du. Enki hatte immer wieder Frauen, aber die sind nur ein- und wieder ausgegangen! Geflitter!«

»Heinrich, was bist du eigentlich? Yoda? Ein Psychologe, Spinner oder Hexenmeister?«

»Enki hat gesagt, ihr trefft euch in Grillo! Ein guter Ort, um sich wiederzusehen.«

»Mal sehn. Er hat ja nicht mal ein Handy.«

»Oh, aber er hat bestimmt deine Nummer!«

»Nein, hat er nicht. Wir haben uns ja auch so immer gesehen. Hier bei dir. Jetzt nicht mehr. Ich habe es doch gewusst, ich hätte mit Sean-Vaclav mitgehen sollen.«

»Ach, der, o nein! Der fröhnige Musiker, nichts für dich, aber das weißt du ja selbst. Du bist nur trotzig! Er ist ein lustiger Kerl, hat auch mal hier gewohnt. Ich habe ihn rausgeworfen, weil er eine furchtbare Freundin hatte, die immer nackt herumgelaufen ist, als hätte sie Kleider an. Sie hat sich andauernd gebückt, um ihren herumliegenden Schnickschnack aufzusammeln. Ich habe einmal versehentlich ihr Popoloch ansehen müssen. Und das in der Küche! Sie hat nach Kokosnuss gerochen, morgens, mittags, abends. Man sollte außerhalb der Karibik die Finger davon lassen. Aber sie war auch so eine Nuss, eine Nuss non grata! Vielleicht hat sie von Natur aus so gerochen.«

Ich muss lachen.

Bevor ich mich auf den Weg nach Hause mache, stecke ich die Landkarte ein.

DRITTER TEIL

ROCK ROMANCE! IST TOT, ES LEBE *ROCK ROMANCE!*

Vor Fehrmanns Spezialitäten steht ein riesiger, glänzender Van mit Schiebetüren und zwei langen Sitzbänken. Am Steuer sitzt Dr. Ray, den Kopf zurückgelehnt, die Augen geschlossen. Ich laufe auf das Auto zu, klopfe ans Fenster, Dr. Ray öffnet die Augen, und ich drücke einen Kuss auf die Scheibe. Er hebt schwach die Hand, versucht zu lächeln, seine roten Augen schauen mich traurig an. Im Imbiss streiten Reiner und Tante Trixi laut bei geöffneter Tür. Sie schubst ihn, und mein Vater lässt sich übertrieben gegen die Wand fallen.

Dr. Ray hat die Tür des Vans immer noch nicht geöffnet. Ich gehe zur Beifahrerseite und haue mit der flachen Hand gegen die Scheibe. Dr. Ray sieht sogar durch die getönten Scheiben extrem verheult aus. Endlich öffnet er mir die Tür.

»Wow, was für eine Kutsche, wollt ihr adoptieren?«

Dr. Ray zieht die Nase hoch und sagt:

»Nein, mein Mann ist weg. Ich habe ihn rausgeworfen, diese fucking cunt!«

»Was? Warum?«

»Klaus ist fremdgegangen mit eine Spieler aus Honduras. Hat der Verein, für den er knetet Fußballer, in der letzten Saison für drei Millionen gekauft.«

»Honduras also. Echt ätzend.«

Mehr fällt mir leider nicht ein. Ich wünschte, ich wäre besser drauf, dann wüsste ich mehr zu sagen. Dr. Ray wird mich heute nicht trösten, also sitzen wir beide im großen klimatisierten Van und sehen zu, wie Tante Trixi und Reiner sich streiten. Nach einer Weile frage ich:

»Weißt du, was da los ist?«

»Es ist wegen mir und Klaus, dem handsome Wadenmuskel von Honduras und dieses superbrandneue Auto!«

»Ich verstehe nur Bahnhof.« Dr. Ray seufzt und sagt:

»Trixi promised me, dass ich auch mitkommen kann in den Urlaub. Wegen Verzweiflung, you know! Abstand in Gesellschaft wäre gut. Ich habe viel Lust und dieses Auto gekauft, damit dein Vater happy ist. Es hat eine neue Dolby-Surround-Stereoanlage. Und ein extra Tapedeck für Reiners Lieblingskassette. Trixi muss nur noch Reiner überreden, yes zu sagen.«

»Wie lange geht das da drinnen schon so?«

»Lange! Dabei habe ich im Internet schon einen großen Caravan gemietet. Mit einer Terrasse aus echtem Holz. Ich zahle für alles. I don't care. Ich bin sonst allein den ganzen Rest vom Sommer mit diese fucking Schmerz. Ich werde verlieren meine ganze attitude.«

Ich ahne, dass Tante Trixi versucht, Reiner ohne die Informationen über die materiellen Vorteile zu überzeugen. Sie streitet immer gerne mit ihm, reiht Worte schnell aneinander, ohne Luft zu holen, bis er mit seinen Sprüchen endgültig an die Wand fährt. Ich steige aus dem Auto, gehe zum Imbiss hinüber, öffne mit einem Ruck die Tür und rufe: »STOPP!«

Reiner und Tante Trixi sind sofort still. Ich sage:

»Papa, du musst Dr. Ray nicht aus Mitleid mitnehmen. Es gibt bessere Gründe. Guck einfach aus dem Fenster. Das Riesenauto da draußen hat Dr. Ray für unseren Urlaub gekauft. Du darfst es auch fahren. Und es gibt ein Kassettendeck. Dr. Ray bezahlt außerdem den Caravan Deluxe, um den du jeden Urlaub neidisch herumgeschlichen bist. Du weißt schon, den, den wir uns nie leisten konnten!«

Reiners Gesicht erschlafft und formt sich dann zu einem einzigen strahlenden Lächeln. Er schiebt Tante Trixi weg, drängt mich zur Seite, schreitet durch die Tür, öffnet die Arme so weit es geht und ruft:

»Joseph, bellissimo Joseph! Molto grazie!«

Tante Trixi legt mir von hinten die Hände um den Hals:

»Du hast mir den ganzen Spaß verdorben! Ich hatte ihn fast so weit.«

»Wie weit?«, frage ich ungläubig.

»Na ja, er hatte fast schon zugestimmt, dass Joseph uns bei der Abfahrt winken darf.«

»Dachte ich mir.«

»Ach, Stine, es wäre so schön gewesen, wenn er nur aus reiner Menschlichkeit ja gesagt hätte und nicht aus Reinerscher Gier!«

Reiner zerrt Dr. Ray aus dem Wagen, drückt ihn an sich, hebt ihn hoch, stellt ihn hin, nimmt sein Gesicht in die Hände, küsst ihn auf beide Wangen, dann auf die Stirn, und nach kurzem Zögern auch auf den Mund. Trixi sagt:

»Ach, du meine Güte, nicht dass er uns vor lauter Opportunismus noch schwul wird.«

Sie macht eine Flasche Sekt auf. Ramona schaut nach dem Knallen des Korkens sofort aus dem Fenster und eilt hinunter zu uns auf die Straße. Der Himmel zieht sich zu, es wird sehr schnell dunkel, wir trinken Sekt und stehen zusammen um unser neues Auto herum, Reiner sitzt schon am Steuer. Da Dr. Ray anbietet, die Benzinkosten auch noch zu übernehmen, beschließt Reiner, dass es eine Woche früher losgehen soll. Es ist schwül, und es wird immer dunkler. Ich bin müde vom Tag, von der letzten Nacht, dem Sekt. Ich strecke mich, die Karte von Heinrich, die ich unter meinem Kleid verstaut habe, fällt auf den warmen Asphalt. Ich sehe, dass die Farbe des Stiftes im Dunkeln leuchtet. Ich gehe in die Hocke und fahre mit dem Finger die Linie auf der Karte nach. Plötzlich fällt ein dicker Tropfen drauf. Ganz in der Nähe blitzt es, dann donnert es, und der Regen prasselt auf uns runter. Anstatt ins Haus zu laufen, setzen wir uns alle ins Auto.

Am nächsten Morgen treffe ich Désirée im Treppenhaus. Sie hat ein paar Sachen für Malte geholt. Sie will nicht mehr dealen und nur noch am Wochenende kiffen. Ich stelle sie Lilli vor, und Désirée wird meine Urlaubsvertretung. Joachim Matthias ist zu meinem Erstaunen einverstanden. Er wirkt traurig, als ich mich von ihm verabschiede. Ramona muss kurz vor mir bei ihm gewesen sein.

Wir haben viel Platz im neuen Auto, und niemand will es mit Streitereien ausfüllen. Reiner hat die Klimaanlage aufgedreht und freut sich mehrmals lautstark darüber, dass er nicht schwitzt. Ramona hüstelt, Dr. Ray lutscht Pfefferminzbonbons und trägt einen Rothko-Sommerrolli, Tante Trixi liegt mit einer Augenmaske schnarchend auf der Rückbank. Der Van gleitet über die Autobahn. Ich habe in Anwesenheit meiner Familie bisher nie so einen Frieden erlebt. Reiner hat noch nicht mal *Rock Romance!* angemacht, da halten wir schon das erste Mal an einer Raststätte, einfach nur, um mal eine Pause zu machen.

Während wir uns alle die Beine vertreten, steckt Reiner *Rock Romance!* in das brandneue Tapedeck, spult herum, bis er »Here I Go Again« von Whitesnake findet, steigt aus dem Wagen, stellt sich mit ausgebreiteten Armen in die Sonne und legt den Kopf in den Nacken. Dann passiert es: Während des Refrains wird die Stimme David Coverdales von einem Quietschen verschluckt und versiegt mit einem dumpfen Gurgeln. Dann ist es still. Reiner stürmt auf den Van zu, sein Gesicht ist rot und schweißüberströmt. Er reißt die Kassette aus dem Deck und zerrt an dem Band, das feststeckt. Es ist der schlimmste Bandsalat, den wir je erlebt haben. *Rock Romance!* ist nicht mehr zu retten. *Rock Romance!* ist tot. Die Kassette wurde noch nie in einem anderen Tapedeck abgespielt, als in dem von Reiners Opel Kadett. Reiner pult an der Kassette herum, keiner sagt ein Wort. Schließlich meldet sich Tante Trixi zu Wort:

»Vergiss es, das olle Ding ist durch!«

Reiner schreit:

»Halt die Klappe, dieses Scheißding, diese scheißneue Technik, das ersetzt du mir, Joseph!«

Wäre Reiners Gesicht nicht so verschwitzt, könnte man sehen, dass er weint. Wir alle wissen, dass er weint. Dr. Ray sagt:

»Give me a list von den Songs. Dann ich kaufe sie online und brenne dir eine CD. Und wenn du willst, du kannst sie zu Hause wieder auf Tape aufnehmen, it's so easy!«

»Ach ja? Wie willst du das anstellen? Der Campingplatz hat gerade mal einen schrottigen Minigolfplatz und Tischtennisplatten ohne Netze! Internetcafé, oder was? Wer's glaubt, wird selig! Ich fahr keinen Meter weiter ohne *Rock Romance!*«

»Papa, es tut uns allen leid, wir verstehen dich, aber wir können doch nicht für immer hier an der Raststätte bleiben.« Dr. Ray sagt:

»Wir finden schon irgendwo in der Nähe ein Internetcafé und einen CD-Brenner, Italien ist ja nicht Wonderland. No problem! Und dann hören wir every day *Rock Romance!* Alle deine geliebten Songs!«

»Auf Kassette?«, fragt Reiner.

»Papa, wir haben in dem Caravan einen CD-Player, ist doch egal, woher die Musik kommt«, sage ich und weiß, dass das so nicht stimmt. Reiner antwortet nicht, geht auf die Toilette und kommt erst nach einer halben Stunde wieder zurück. Tante Trixi reicht ihm ein dreistöckiges Mett-Sandwich mit Rucola. Er isst es auf und entscheidet dann, die Reise fortzusetzen. Zum ersten Mal in meinem Leben sagt er nicht »It's time for music!«, bevor er das Auto startet.

Nachdem wir auf dem Campingplatz unseren Caravan Deluxe in der ersten Reihe bezogen haben, erkundigt sich Dr. Ray nach einem Internetcafé. Weil wir Stammgäste sind, ist es für Lello, den Platzchef, Ehrensache, dass sein Sohn die Lieder persönlich herunterlädt und auf CD brennt. Die meisten davon hat, er selber auf CD, er und Reiner haben sich schon immer gut verstanden. Mein Leben ohne *Rock Romance!* dauert also nicht besonders lange.

Zwei Tage später sitzen wir alle zusammen auf der Echtholzterrasse, essen Pizza, die Reiner vom neuen Take-away-Service des einzigen Restaurants am Platz mitgebracht hat, und hören *Rock Romance!* in neuer Klangqualität. Eine Literflasche Montepulciano ist trotz der Hitze schnell geleert. Tante Trixi öffnet die nächste Flasche, Reiner steigt auf Bier um, Ramona trinkt Fernet-Branca auf Eis, Dr. Ray und ich Orangina.

Reiner hat die Repeatfunktion entdeckt. So hören wir fast den ganzen Abend »Here I go again«, und Reiner wird nicht müde, sich jedes Mal über die Wiederholung zu freuen.

Obwohl es inzwischen dunkel ist, ist es noch zu heiß zum Schlafen.

Auf dem Campingplatz brennt immer irgendwo Licht. Nebenan sehe ich eine asiatische Frau, etwa in meinem Alter, am Grill ein gigantisches T-Bone-Steak braten. Ein breiter Mann in einem bunt gestreiften Bademantel steht neben ihr und raucht Zigarre. Sie haben die größte Terrasse des Platzes. Ich wünsche einen guten Abend, die Frau winkt mir zu, strahlt und sagt:

»Hallo, meine Name Pattarawadee Knott! Kann nenne mi Pat! Das meine Mann, Herr Eckert Knott.«

»Freut mich, ich bin Stine. Ich bin mit meiner Familie hier. Wir sehen uns dann ja noch!« Ich deute auf unseren Platz, sie winkt wieder.

»Ja, gerne, schöne Abend wünsche.« Sie wendet sich wieder dem Steak zu. Herr Knott mustert mich bloß und lutscht an seiner Zigarre. Als ich ein paar Schritte weiter bin, höre ich ihn sagen:

»Ich will nicht, dass du zu viel mit den Leuten redest, sag ›Guten Tag‹ und ›Auf Wiedersehen‹, das reicht. Und jetzt brat mein Steak schneller, das ist ja noch roh am Knochen, ich hab schon ein Loch im Bauch.«

Ich laufe über den Platz, treffe ein paar Mädchen und Jungs, die mir Wodka anbieten und mich dazu animieren wollen, mit ihnen auszugehen. Ich lehne ab und finde den Pfad runter zum Strand. Weit draußen im Wasser höre ich Tante Trixi, Dr. Ray und Reiner. Ich habe Dr. Ray noch nie ohne Rollkragen gesehen. Ramona steht mit einer Flasche Sambuca in der Hand bis zu den Knien im flachen Wasser und raucht. Die anderen schwimmen langsam zurück. Tante Trixi treibt auf dem Rücken am Ufer entlang, und ich lege mich in den warmen Sand und schaue in die funkelnden Sterne. Alle paar Minuten sehe ich eine Sternschnuppe, und aus der Ferne höre ich die Bässe des *Planet Passion.* Plötzlich ertönt lautes Brummen und Zischen, der Wagen, der Insektizide versprüht, fährt die Wege des Platzes ab. Mir war einmal tagelang schlecht, weil Reiner vergessen hatte, unsere Buletten rechtzeitig abzuschirmen. Immerhin wurden wir alle den ganzen Urlaub über nicht mehr gestochen.

Der Lärm des Spritzwagens gehört genauso zum Urlaub wie der der Sprengungen des Kieswerkes gegenüber und die seit Jahren andauernden Bauarbeiten an dem neuen Aquapark in unmittelbarer Nähe. Der Spritzwagen entfernt sich, vor mir baut sich eine Wand Mücken auf, sie wirbeln benommen in der Luft und verschwinden dann über dem See.

Zwei Jungs in weißen Jeans und T-Shirts leuchten wie zwei riesige, sich nähernde Glühwürmchen und schlendern an mir vorbei. Einer dreht sich noch mal um, kommt zurück und gibt mir einen Flyer für das *Planet Passion.* Es ist Guido, Lellos Sohn. Als ich vierzehn war, war er schon Platzwart. Das hat mich damals beeindruckt, also habe ich jeden Tag während der Mittagsruhe hinter dem Sanitärhaus mit ihm geknutscht, und in der Minidisco habe ich mich nur noch von ihm zum Engtanz auffordern lassen. Er hat mir am Ende des Urlaubes eine Postkarte mit einem Sonnenuntergang gegeben. Um seine Telefonnummer hatte Guido Herzchen gemalt und neben seine Adresse einen lächelnden Kürbis mit langen Wimpern und einem Kussmund. Zwischen seiner Adresse und dem Kürbis stand ein Pluszeichen. Tante Trixi meinte, es sei kein Kürbis, sondern ich als Mond, der Mond sei in Italien nämlich weiblich.

Guido fand die Minidisco schon im nächsten Sommer nicht mehr cool genug, er war gewachsen und ziemlich beschäftigt mit einer Gruppe Belgierinnen.

Mit verschränkten Armen steht Guido nun vor mir, sagt »Hi, how are you?« und bemüht sich um die professionelle Höflichkeit seines Vaters.

»Fine, and you?«

Er nickt, setzt sich vor mir in den Sand und malt darin ein Muster aus Kreisen.

Ich sage: »Olympic Games?« Guido lacht und antwortet: »Si, summergames! Lovegames!«

Der andere Typ zündet sich eine Zigarette an und plaziert sich abseits, den Blick auf den Himmel gerichtet. Guido arbeitet nicht mehr für seinen Vater auf dem Platz, sondern für seinen Onkel im *Planet Passion,* und will, dass ich mit ihm dort hingehe. Ich winke ab, ich sei zu müde, und frage:

»Do you know Marcella?«

»Marcella? Which Marcella, what is next name?«

»I don't know, but she is a DJ, sometimes she works in *Planet Passion.*«

»Ah, yeah, I know her, she good girl.«

»Do you know, when she will be there next?«

Guido breitet die Arme aus.

»She is soooooo big in business, she only there for the big party in August. She is expensive!«

Er sieht mich an und sagt:

»You is beautiful! You is like the moon«, er deutet nach oben.

»You are«, verbessere ich ihn.

Er lächelt, zuckt mit den Schultern, kneift mir in die Wange und verspricht, dass ich den ganzen Sommer über im *Planet Passion* auf der Gästeliste stehen werde.

Eigentlich sieht Guido noch immer gut aus, und er wirkt nicht mehr wie jemand, der versucht, jemand anderes zu sein. Damals kaute er den ganzen Sommer auf einem Streichholz herum. Nur wenn wir uns küssten, nahm er das Streichholz aus dem Mund.

Reiner kommt schnaufend aus dem Wasser.

»Mensch, Guidolito, how is it?«

Guido und Reiner klatschen ein. Ich ziehe mein Kleid aus, laufe ins Wasser.

Am nächsten Morgen hat Reiner im Minimarkt Brötchen geholt und vorgeschmiert, damit wir schnell an den Strand können. Dr. Ray trägt einen Sommerschal passend zu seiner gelborangenen Badehose, sagt, es sei auch ein Mark Rothko, und lacht zum ersten Mal, seit ich ihn zu Hause verheult in dem Van vorfand.

Reiner und Ramona halten Windstille bei über dreißig Grad aus, ohne ins Wasser zu gehen. In den ersten Tagen des Urlaubs übertreiben sie es so sehr mit dem Sonnen, dass sie tagelang gar keine Lust mehr auf den Strand haben und schon vormittags anfangen zu grillen.

Reiners Haut ist besonders verbrannt. Eine Nacht verbringt er vor dem Ventilator im Vorzelt, nackt und von oben bis unten mit Joghurt eingeschmiert. Ramona hatte ihn am ersten Tag von ihrem selbstgemixten Superbräuner aus Olivenöl, Karottensaft und Currypulver überzeugt.

Reiner und Ramona glauben, ohne einen ordentlichen Sonnenbrand stelle sich dieses ganz bestimmte Urlaubsgefühl einfach nicht ein.

Nach einer Weile ist es wie immer, und wir essen nur noch abends gemeinsam. Jeder steht auf, wann er will, geht zum Strand, wann er will, an welche Stelle er will. Ich habe schon drei Bücher gelesen und sitze nachmittags mit Tante Trixi auf der Terrasse, als ich das vierte Buch aufschlage. Reiner cremt sich summend ein, die anderen sind noch am Strand. Tante Trixi hat nicht mal ihren zweiten Toast aufgegessen und sieht irgendwie schlanker aus.

»Was ist los, hat die Hitze dir den Appetit verdorben?«, frage ich.

»Schlimmer«, antwortet sie. »Ich bin verliebt!«

Tante Trixi hatte vor ein paar Tagen Pat entdeckt. »Im Minimarkt stand sie vor mir in der Schlange, sie hat sich mehrmals nach mir umgedreht, gelächelt, kein Wort gesagt, aber diese Körpersprache, ach was, dieser Körper.« Tante Trixi schließt die Augen und zeichnet eine Silhouette in die Luft.

»Wer hat einen schöneren Körper als ich?«, fragt Reiner.

»Die Thailänderin von nebenan«, antworte ich.

»Thailänderin? Hab ich mir doch gleich gedacht!«, ruft Tante Trixi so laut, dass Pat es hören könnte.

»Nebenan?«, fragt Reiner, »ich habe da nur so ein Arschloch getroffen, wollte mich vorstellen, aber der hat getan, als hätte er mich nicht gesehen, ist an mir vorbeigelaufen und hat auf den Boden gespuckt, anstatt mir auch einen guten Tag zu wünschen. Die laden wir nicht zum Grillen ein. Ich geh nachher mal gucken, ob die Nicolins und die Ackermanns schon da sind, die verstehen was vom Grillen. Dann räuchern wir dem Schweinepriester da drüben mal ordentlich die Abendsonne ein!«

Tante Trixi besteht darauf, jeden Morgen Brötchen zu holen, und verliert täglich an Gewicht. Ihre Besuche beim Minimarkt dauern immer länger. Eines Morgens sitzen wir ohne Frühstück in der Mittagssonne, als Eckert Knott plötzlich vor unserer Parzelle auftaucht. Er trägt eine goldgemusterte Badehose. Dr. Ray flüstert:

»Igittigitt, eine Schwein in Versace.«

Reiner, das Gesicht voll Sunblocker, baut sich an der Pforte auf.

»Kann ich helfen?«

»Ich suche meine Frau.« Herr Knott zeigt auf mich. »Die da hat sie gesehen, die weiß, wie sie aussieht!«

»So, erst mal ist meine Tochter nicht ›die da‹, sondern Zelestine Fehrmann, und ich bin Reiner Fehrmann. Das dort drüben ist meine werte Gattin Ramona Fehrmann, und der Herr in Kanariengelb ist Dr. Dr. Joseph Ray! Und Sie wollen nicht vielleicht auch erst mal vorstellig werden?«

Reiner dreht sich um und zwinkert uns zu, dabei kriegt er Sunblocker ins Auge. Herr Knott stellt sich stramm hin:

»Knott«, sagt er und streckt Reiner die Hand entgegen. Reiner ist aber damit beschäftigt, sich das Auge zu reiben und ruft unentwegt »Scheiße«. Dr. Ray steht auf, geht überaus schwul auf Herrn Knott zu und sagt:

»Guten Tag, eine schöne Badehose hast du an. Ist das echte Versace or just Bangkok?«

»Sind Sie ein Schwuli?«, fragt Herr Knott laut. Dr. Ray kichert übertrieben.

»Oh, aber nein, ich doch nicht! Ich hasse Schwule und die Lesbians erst recht! Ich bin nur ein amerikanische Sextourist!«

»Hä? Willst mich veräppeln? Scheißami!«

Ramona geht dazwischen. Durch die Tiefenbräune und die frische Luft sieht sie beinahe attraktiv aus. Zumindest attraktiv genug für Mr. Knott. Er schweigt und beäugt sie abschätzig notgeil.

»Wie können wir Ihnen weiterhelfen, Herr Knott?«

»Ich suche meine junge Frau, gnädige Frau. Ist so eine mit Schlitzaugen. Ich dachte, sie wäre vielleicht hier drüben, weil sie mit niemandem gesprochen hat, außer mit der da!«

Wieder zeigt er auf mich.

Ich sage:

»Sie ist nicht hier, bestimmt ist sie schwimmen gegangen.«

»Vielleicht ist sie eine lesbische Schlitz geworden«, ruft Dr. Ray. Herr Knott macht einen Schritt auf ihn zu und hebt drohend die Faust.

»Pass auf, Bürschchen!«

Reiner hat sich von der Attacke des Sunblockers erholt und stellt sich vor Dr. Ray:

»Sind wir jetzt also schon beim Du? Hör zu, wenn wir sie sehen, sagen wir ihr, dass du sie suchst. Und jetzt mach die Biege, du Nazi in Badehose!«

»Ich bin doch kein Nazi, meine Frau ist eine Ausländerin.«

»Du bist ein Nazi, nur dein Pimmel ist keiner«, schreitet Ramona ein.

Darauf weiß Herr Knott nichts zu sagen, außer dass er uns beim Platzwart anschwärzen wird, wenn wir unsere Radaumusik noch mal so laut aufdrehen. Mit roten Flecken auf dem Rücken zieht er von dannen. Eine Stunde später ist Tante Trixi wieder da. Sie war die ganze Zeit über mit Pat im Kastanienwald spazieren. Guido hat sie auf seinem Buggy hergefahren und warnt uns, spätestens morgen früh werde es ein starkes Gewitter geben.

DER BLAUESTE SEE DER WELT

Es ist Nachmittag, ich laufe an den Strand, um noch einmal zu schwimmen, bevor das Unwetter über uns hereinbricht. Die Luft ist unerträglich schwül. Ich kraule weit auf den See hinaus, da zieht der Himmel plötzlich zu. Es fängt an zu tröpfeln. In der Ferne blitzt und donnert es. Schnell schwimme ich zurück zum Ufer und packe im strömenden Regen meine Sachen zusammen. Den Weg zu unserem Platz renne ich und flüchte zu den anderen in den Caravan. Der Sturm tobt, und der Caravan wackelt hin und her. Wir sitzen in Bademänteln um den Tisch. Kaum einer sagt ein Wort. Bald schweigt sogar Reiner. Es donnert in immer kürzeren Abständen.

In der Nacht ist an Schlaf nicht mal zu denken. Zu laut prasselt der Regen auf den Caravan. Den nächsten Tag verbringen wir drinnen und essen unsere Vorräte auf.

Am übernächsten Tag regnet es noch immer, und Lello ruft auf Reiners Handy an. Er sagt, der Fluss sei über die Ufer getreten und an einigen Stellen auch der See. Wir sollen unsere Sachen packen und uns im Sanitärhaus einfinden, dann bricht die Verbindung ab.

Wir gehen auf die Terrasse und sehen den Van davonschwimmen, der See kommt auf uns zu. Reiner und Dr. Ray waten dem Auto hinterher und verschwinden in der Flut. Ramona schwimmt keuchend hinterher. Tante Trixi krault in Richtung der Knottschen Parzelle, sie winkt mich zu sich rüber. Dann wird auch sie von einer Woge erfasst und mitgerissen.

Ich stehe alleine auf dem Terrassentisch und sehe mit Besorgnis, wie das Wasser stetig steigt. Bis zur Hüfte reicht es mir schon, mein Herz rast. Ich bahne mir einen Weg in den Caravan und suche *Rock Romance!* Ich reiße die CD aus der schwimmenden Anlage, der Tisch geht gerade unter, die Landkarte von Heinrich bekomme ich noch zu fassen. Zitternd wickele ich die CD in die Karte, schiebe sie unter mein T-Shirt, zwänge mich durch die Tür nach draußen und schaffe es irgendwie, aufs Dach zu klettern.

Stundenlang sehe ich keinen Menschen weit und breit, nur Wasser und schwimmende Äste, Bäume, Vorzelte, rätselhafte Teile in allen Formen und Größen. Als es schließlich aufhört zu regnen, bin ich nur noch ein zitterndes Etwas. Das Wasser steigt nicht mehr. Kurz vor meinem Dach hat es aufgehört. Ich muss warten, bis es sinkt, warten, bis jemand kommt.

Kurz bevor die Sonne untergeht, sehe ich in der Ferne zwischen den Bäumen ein Ruderboot direkt auf mich zusteuern. Eine alte Frau und eine nasse Katze sitzen darin und nehmen mich auf. Die Frau spricht kein Englisch, legt mir aber eine Decke um die Schultern, drückt mir eine Salami in die Hand und macht ein Zeichen, dass ich essen soll. Ich will der Katze ein Stück von der Salami geben, doch die hebt nur kurz den Kopf und sieht mich traurig an. Die alte Frau klopft mir auf den Rücken, streichelt mir über die Stirn, lächelt und sagt etwas auf Italienisch. Sie ist ganz in Schwarz gekleidet und braungebrannt. Es gibt nur ein Ruder. Ich biete der alten Frau meine Hilfe an, da winkt sie grimmig ab und schiebt meinen Arm beiseite. Ich wickele die Katze in meine Decke und kraule ihr das Kinn. Sie schnurrt nicht, aber sie legt sich auf die Seite und schläft ein. Die alte Frau deutet erst aufs Wasser, dann auf die Katze, sie macht ein Zeichen mit den Händen, das besagt, dass Katzen Wasser nicht mögen. Plötzlich schwimmt etwas an uns vorbei, das mir bekannt vorkommt. Es ist die Gummikugel, die ich Tante Trixi zum Geburtstag geschenkt hatte. Ich fische sie aus dem Wasser, ziehe an der Schnur und die Schuhe entfalten sich. Die alte Frau lacht sich kaputt und ist begeistert. Ich will ihr die Schuhe schenken, doch sie gibt mir zu verstehen, dass ich sie noch brauchen könne, sie habe ja ihr Boot. Erst als ich ihr meine großen Füße zeige und die Schuhe daran halte, nimmt sie sie erfreut an.

Ich ziehe die Karte unter meinem T-Shirt hervor und zeige der Frau, die sich mir mittlerweile als Eugenia vorgestellt hat, wo ich hinmuss. Sofort wendet sie das Boot und rudert schneller. Zusammen essen wir die ganze Salami auf, sogar die Katze hat wieder Appetit. Schließlich wird das Wasser flacher, Eugenia hält plötzlich an und deutet auf eine Stelle meiner

Karte, dann auf die Stelle, an der wir stehen. Wir umarmen uns, sie zieht noch eine Salami unter ihrem Sitz hervor und drückt sie mir in die Hand. Bevor ich das Boot verlasse, küssen wir uns auf die Wange. Zum Abschied deutet sie noch in die Richtung, in die ich gehen soll. Die Katze hebt den Kopf und miaut leise. Eugenia rudert davon. Als sie nicht mehr zu sehen ist, wundere ich mich, dass ich keine Angst habe, obwohl ich ganz alleine bin. Ich gehe mit letzter Kraft immer weiter bergauf, bis der Weg fast trocken ist.

Nach einer Weile drehe ich mich um und sehe unter mir den See. Es ist genau so, wie Heinrich gesagt hat, nur ist alles grau, verhangen und uferlos. Heinrich hatte gemeint, es sei nur dann ein Spaziergang, wenn nichts Unvorhergesehenes geschehe. Ich laufe trotzdem weiter. Vor mir taucht eine kleine Stadt auf, links von der Stadt muss der kurze Anstieg, müssen die Treppen sein, nicht beschwerlich, solange man jung ist – so hat es Heinrich gesagt. Ich bin jung, aber todmüde und erschöpft. Ich gehe direkt in die Stadt hinein. Mir kommen Menschen entgegen, sie wickeln mich in Decken. Ich werde in ein Haus gebracht, erhalte sofort eine heiße Suppe. Ich esse unter wohlmeinenden Blicken ein paar Löffel, schlafe am Tisch ein und träume, wie jemand mich eine Treppe hochträgt und in ein Bett legt. Als ich aufwache, ist es hell. Ich liege in einem Ehebett, auf dem Nachttisch steht ein Tablett mit einer Flasche Wasser, einem riesigen Schinkensandwich, einer Tasse und einer Espressokanne auf einem Stövchen. An der Wasserflasche lehnt ein Blatt Papier, auf das in Kinderschrift geschrieben steht: »Buongiorno!« Darüber eine lachende Sonne. Auf dem Kissen neben mir liegt eine Zeitung. Auf dem Titelfoto sind Reiner, Tante Trixi, Dr. Ray und Pat zu sehen. Darunter sind Fotos von der Überschwemmung abgebildet. Reiner hält zwei Passfotos in die Kamera, eines von mir und eines von Ramona. Die Bilder sind auch noch einmal groß abgedruckt. Dr. Ray hält eine Zeichnung von dem Van in die Kamera.

Auf einem Stuhl liegt ein geblümtes Kleid für mich. Ich schleiche ein wenig benommen die Treppe hinunter. Unten am Tisch sitzen eine Familie und zwei Polizisten beim Mittagessen. Sie reden miteinander und bemerken mich nicht.

Auf der letzten Stufe angekommen, sage ich: »Buongiorno! Grazie!«

Alle fangen sofort an, auf Italienisch auf mich einzureden, die Kinder ziehen mich zum Tisch. Der ältere der Polizisten spricht Deutsch.

»Ihre Familie ist verständigt, sie holen Sie morgen früh ab. Ihr Vater hat gesagt, Sie sollen ausschlafen. Es geht allen gut. Ihr Onkel hat sich den Arm gebrochen. Sogar Ihre Mutter ist inzwischen gefunden. Sie erinnert sich an nichts, hat eine Amnesie, aber sonst ist sie in Ordnung. Sie können sich hier wie zu Hause fühlen!«

Mit »Onkel« muss er Dr. Ray meinen.

»Sie ist nicht meine Mutter, aber danke für die Informationen. Kann ich vielleicht duschen?«, frage ich.

Der Polizist übersetzt, die Kinder zerren wieder an mir und bringen mich ins Bad. Reiner und Tante Trixi wissen, dass mit mir alles in Ordnung ist, also kann ich abhauen, bevor sie hier ankommen.

Gewickelt in ein mit Fußbällen bedrucktes großes Handtuch, erkläre ich meinen Gastgebern, dass ich dringend jemanden suchen muss. Ich sage beinahe die Wahrheit, ich benutze das Wort »amore«. Die Mutter gibt mir meine trockenen, frisch gewaschenen Klamotten in einer Tüte und schenkt mir das Kleid, *Rock Romance!* liegt in einer neuen Hülle zwischen Salami, Nektarinen, einem Weißbrot, Rotwein und ein paar kleinen Flaschen Wasser. Ganz obenauf liegt eine neue Karte von der Gegend. Ich sage, dass ich zur Villa Alba muss, und bitte um meine alte Karte. Die Kinder wollen mir unbedingt den Weg zeigen, der Polizist übersetzt, dass die Kinder alle Schilder dorthin in die falsche Richtung gedreht haben. Die Mutter bringt meine alte Karte. Ich zeige ihnen, dass der Weg darauf genau eingezeichnet ist. Sie nicken, deuten an, es sei nur ein kurzes Stück. Der Polizist verspricht, meiner Familie Bescheid zu geben. Als ich mich schon verabschiedet habe, sagt die Mutter etwas zu dem Polizisten. Er ruft mich zurück, übersetzt, sie wolle wissen, ob ich eine Leiche gesehen habe, ob eine vorbeigeschwommen sei. Ich schüttele den Kopf, alle sind darüber sehr erfreut, und der Polizist erklärt, wenn eine Leiche an einem vorbeischwimme, bringe das Unglück und sei außerdem nicht gut für die Seele. Ich erkundige mich, ob es denn Tote gegeben habe. Der Polizist antwortet:

»Bisher hat man nur einen Toten gefunden, einen Deutschen.«

»Ist seine Identität geklärt?«, frage ich.

»Ja, es handelt sich um einen Im- und Export-Millionär namens Knott. Er hatte ein Hakenkreuz auf den Po tätowiert. Obwohl er so ein reicher Mann war, hat er trotzdem gecampt. Wirklich seltsam, diese Deutschen.«

Ich mache mich auf den Weg, winke immer wieder, bis ich die Familie und die Polizisten nicht mehr sehe.

Die Treppen, von denen Heinrich gesprochen hat, sehe ich schon bald von weitem. Es gibt keinen Nebel, keinen Regen, der Himmel strahlt blau, die Sonne brennt, der See funkelt. Es sind viel mehr Stufen, als ich dachte, und jede scheint mir ein wenig höher als die vorige. Ich setze mich, esse eine Nektarine und ein Stück Brot. Es wird immer heißer. Das Wasser trinke ich bis auf eine Flasche aus. Als ich oben angelangt bin, direkt an der großen Straße, von der Heinrich gesprochen hat, muss ich aufs Klo. Nirgends ist ein angemessenes Gebüsch zu entdecken, nur vereinzelt karge Pflanzen, Zypressen, Mauern und borstige Hecken. Ein schmaler Pfad für Fußgänger verläuft an der Straße. Man kann dort gerade mal einen Fuß vor den anderen setzen, mehr Platz ist nicht. Und auf der gegenüberliegenden Seite der Straße gibt es nur eine Leitplanke und dann nichts als den Abgrund. Die Stadt, klein und tief unten, ist so weit weg, als sei ich Stunden davon entfernt.

Der See liegt da, prächtig und blau. Yves Klein durchkrault ihn, steigt am anderen Ufer aus dem Wasser, dreht sich um und winkt mir zu. Die blaue Farbe perlt von ihm ab, läuft von seinen Haaren über sein Gesicht, er zieht sie durch die Nase in sich hinein.

Ich blinzele in die Sonne, Yves Klein ist fort, der See ruhig, niemand wird heute baden gehen, obwohl alles so aussieht, als wäre nichts geschehen.

Die Mittagssonne brennt auf meinen Schultern. Den Korb lasse ich auf der obersten Treppenstufe stehen und gehe noch einmal hinunter, bis ich ein Gebüsch finde, hinter das ich mich zum Pinkeln hocken kann.

Wieder oben angekommen, erwische ich einen kleinen schwarzen Hund, der die Salami frisst. Er knurrt mich an, als ich nach dem Korb greifen will. Ich setze mich auf eine Treppenstufe und warte, bis er mit der Salami fertig ist. Ein kleines angekautes Stück ist noch übrig. Seine Zunge hängt weit und schief aus dem Maul, er hechelt und versucht sich an den Nektarinen, wahrscheinlich hat er Durst. Ich nehme die Wasserflasche und lasse Wasser in meine Hand laufen. Der Hund fiept und trinkt gierig, wir wiederholen das Ganze so oft, bis die Flasche leer ist. Es ist inzwischen noch heißer geworden. Hoffentlich ist es nicht mehr weit, denke ich, und bin dankbar, dass ich immerhin noch ein paar Nektarinen habe. Ich überquere die Straße bis zu einem kleinen Bürgersteig. Gerade als ich ihn betreten will, kommt wie aus dem Nichts mit einem Knall ein riesiger langer Laster mit einer gigantischen Henne darauf um die Ecke geschossen. Ich drücke mich an die Felswand. Der Hund trottet über die Straße, nachdem der Laster nicht mehr zu hören ist.

Der Asphalt verschwimmt manchmal vor meinen Augen, die Straße schlängelt sich an vielen alten Mauern und Hecken vorbei, dann wird sie an ein paar felsigen Hängen langsam wieder gerade. Der Hund folgt mir, er läuft mal neben, mal vor, mal hinter mir, als hätte er nie etwas anderes gemacht. Ich drehe mich immer wieder um, und je weiter ich mich von dem See entferne, desto größer erscheint er mir. An die Wand gelehnt, ruhe ich eine Weile aus. Der Hund legt sich vor mir hin, wir haben beide Durst. »Da unten in der Stadt gibt es viel zu essen und zu trinken«, sage ich zu dem Hund und erzähle ihm von der netten Familie.

Ein Flugzeug fliegt dicht über uns hinweg. Der Hund steht auf und zieht den Schwanz ein. Wir schauen uns an und setzen unseren Marsch fort. Als er so vor mir herläuft, erkenne ich, dass er eine Hündin ist. Ich nenne sie Rossi. Sie scheint damit einverstanden, stellt sich auf die Hinterbeine und dreht sich, als ich den Namen rufe.

Am Ende der Straße führt eine kleine Treppe nach oben zum Eremitenkloster, vor dem Enki mal geschlafen hat. Es ist nur noch eine Sehenswürdigkeit für Touristen, die nächste Führung beginnt am Nachmittag. Ich erkläre Rossi, dass gleich hinter dem Kloster ein bewaldeter Hang sein muss, sonst wären wir falsch. Hinter dem Klostergrundstück, ein bisschen weiter oben, beginnt tatsächlich ein kleiner Wald.

Rossi wedelt mit dem Schwanz, als verstehe sie, worum es geht, und ich erkläre ihr, dass ich auf der Suche nach Enki bin, weil ich ihn anders mag als alle anderen Menschen. Ich sage ihr, dass sie der netteste Hund ist, den ich kenne, und der einzige, dem ich davon erzählt habe. Sie bellt, stellt sich wieder auf die Hinterbeine. Wir teilen uns eine Nektarine und steigen den Hang hinauf. Nach einer Weile wird es eben, wir passieren einen Graben und laufen über einen schmalen Weg bis in ein lichtes Wäldchen. Endlich wird es ein wenig schattig. Rossi legt sich sofort unter einen Baum. Ich gehe weiter, rufe nach ihr, warte, aber sie bleibt liegen, die Pfote auf einem vollgesabberten Tannenzapfen. Ich gehe zurück und setze sie in den Korb. Nach wenigen Metern erreichen wir ein steiniges Flussbett. Die Hündin springt aus dem Korb und trinkt minutenlang. Das letzte Stück aus dem Wald hinaus verläuft so steil, dass ich stolpere und auf ein gepflastertes Rondell falle, das Heinrich nicht erwähnt hat. Als ich mich aufrichte, entdecke ich endlich die zwei Pfade.

Heinrich hat gesagt, der breitere führe zu Lollos Haus. Etwas unschlüssig stehe ich herum. Die zwei Pfade sehen gleich breit aus. Rossi bellt und springt in hohen Bögen aus dem Wald direkt auf einen der beiden Pfade zu, dann läuft sie los. Ich folge ihr so schnell ich kann. Nachdem wir nach etwa hundert Metern noch immer keine Brücke erreicht haben, weiß ich, Rossi hat den richtigen Pfad genommen. Vor uns taucht ein großes Holzschild auf, es sieht aus wie frisch gestrichen, und es ist deutlich darauf zu lesen: VILLA ALBA.

EIN LOCH IM KOPF

Rossi läuft los, ich rufe sie mehrmals, aber sie kommt nicht zurück. Ich stehe auf dem Gelände der Villa Alba. Das Haus ist umringt von Zypressen. Mitten in der Landschaft steht eine Pforte, man könnte links oder rechts daran vorbeigehen. Als ich mich dem Haus nähere, sehe ich, dass es aus kleinen grauen Steinen besteht und von Pflanzen aller Art bewachsen ist. Ganz oben in den Mauern sind unzählige Löcher, Schwalben fliegen aufgeregt aus ihnen hinaus und wieder hinein. Direkt vor dem Haus ist ein Torbogen, in dem zwei große Petroleumlampen baumeln.

Im Garten wachsen wilde Blumen und verschiedene Sträucher, mehrere Tische und Bänke sind vor einem Steingrill aufgestellt, als wäre hier jeden Tag ein Fest. Auf einem der Tische stehen zwei Gläser und vier leere Weinflaschen.

Seit ich auf dem Gelände der Villa Alba bin, schwitze ich nicht mehr, es ist noch immer warm, aber die quälende Hitze scheint verschwunden. Natürlich verbringt Enki hier gern den Sommer. Ich bestaune das Haus und schaue auf jedes der vielen kleinen Fenster. Dann zucke ich zusammen, ich habe nicht bemerkt, dass jemand aus dem Haus gekommen ist. Die Frau unter dem Torbogen stemmt die Arme in die Hüften, geht keinen Schritt weiter und mustert mich. Ob das die Mutter von Enkis Halbschwester ist?

Rossi taucht wie aus dem Nichts wieder auf, dreht sich neben der Frau auf den Hinterpfoten im Kreis und bellt.

Die Frau ruft: »Piano! Piano, Anaconda!«

Sie sieht verschlafen aus, jung und alt zugleich, ist recht groß und schlank, hat lange, zerzauste, schwarzblaue Haare und trägt ein einfaches, Kleid, es könnte auch ein Nachthemd sein.

Sie ist nicht besonders freundlich. Anstatt mich zu begrüßen, verschränkt sie die Arme. Mein Lächeln fühlt sich schief an, viel zu laut sage ich: »Hi, Buongiorno.«

Sie sieht auf ihre Armbanduhr. Nach Enkis Erzählung habe ich mir Lollo als eine herzliche, rundliche Frau vorgestellt. Diese Person muss jemand anderes sein. Sie stiert mich noch immer ohne ein Lächeln fragend mit ihren geröteten Augen an. Dann wischt sie sich mit beiden Händen kräftig über das Gesicht und räuspert sich laut. Ich sage:

»Hi, my name is Stine. I am from Germany, Hamburg, I am searching my friend Enki, the brother of Marcella. He told me, he lives here in this house? Enki? Marcella? Do you know them?«

Sie richtet sich ein wenig auf und sagt:

»Du kannst Deutsch mit mir sprechen.«

»Oh! Das ist gut. Also entschuldigen Sie bitte, dass ich so unangemeldet hier vorbeikomme, aber ich war campen, und dann kam der Regen, der See ist übergelaufen, äh, na ja, davon haben Sie sicher gehört, und ich beschloss, Enki zu besuchen, der behauptet hat, er würde hierherkommen, weil seine Schwester Marcella hier mit ihrer Mutter Lollo wohnt. Es tut mir leid, wenn das nicht stimmt, dann war der Weg wohl umsonst, und ich hätte besser in der Stadt auf meine Familie gewartet, die morgen früh kommt, um mich abzuholen. Ich gehe wieder in die Stadt, wenn Sie kein Zimmer für mich haben, kein Problem. Irgendwo muss ich warten, bis meine Familie mich abholt. Sie haben zum Glück alle überlebt, also meine Familie und Dr. Ray auch! Das ist der beste Freund meiner Tante. Ist denn die Hausbesitzerin auch da?«

Verdutzt sieht sie mich an, und mir scheint, dass ich keinen vernünftigen Satz von mir gegeben habe. Vielleicht hat die Frau ja einen Kater. Ich werfe einen Blick zu dem Gelage auf dem Tisch, da sagt sie:

»Ich bin Lollo.«

»Dann sind Sie Marcellas Mutter?«

Sie nickt und lächelt kurz.

»Und du bist die Freundin von Enki?«

»Ja, irgendwie schon«, antworte ich.

Sie wirkt noch immer leicht gereizt, vielleicht hat sie geweint, jemand ist gestorben, und ich platze hier rein, nur weil ich so eine pubertäre Scheiße im Kopf habe. Wenn ich nicht so erschöpft und durstig wäre, würde ich auf der Stelle umkehren und das Grundstück dieser Person wieder verlassen. Sie ist überhaupt nicht, wie Enki sie beschrieben hat, sicher kann sie mich auch nicht leiden.

Sie sagt:

»Enki kommt morgen zurück, er war für ein paar Tage in Turin bei einem Musikfestival. Marcella ist auch noch unterwegs. Du kannst ruhig bleiben, du bist herzlich willkommen. Natürlich.«

»Danke, ich kann das Zimmer auch bezahlen, morgen, wenn mein Vater kommt.«

Lollo schüttelt den Kopf.

»Ist schon gut, du kannst so lange bleiben, wie du willst. Natürlich.«

Sie streichelt Rossi, die sie Anaconda nennt. Lollo hat große schöne Hände.

»Anaconda ist aber ein komischer Name für einen Hund. Ich hatte sie Rossi genannt.«

»Sie war der einzige Welpe, was sehr ungewöhnlich bei Hunden ist. Bei ihrer Geburt war sie groß und sehr lang, ein langes glänzendes Etwas, wie eine Schlange. Wo hast du sie gefunden?«

»Unten, an der Straße, dort wo es nur einen schmalen Weg für Fußgänger gibt, wo die Serpentinen beginnen.«

Sie nickt.

»Du musst Durst haben, entschuldige bitte, heute ist ein merkwürdiger Tag, das Wetter spielte verrückt, und dadurch ist alles ein bisschen durcheinandergeraten. Komm erst mal rein, ich gebe dir etwas zu trinken.«

In der Küche gießt sie mir süße rote Limonade aus einem Krug in ein großes Glas. Ich trinke sofort alles aus. Lollo stellt Anaconda eine Schale hin, gießt auch ihr Limonade hinein und sagt:

»Ich habe dich in der Zeitung gesehen, Celestine. Was ist mit deiner Stiefmutter? Hat man sie gefunden?«

»Ja, sie ist wieder da. Aber sie hat wohl eine Amnesie, hat was auf den Kopf gekriegt oder ein Trauma oder beides, ich denke, sie wird wieder okay, die haut nichts so leicht aus den Latschen, wissen Sie. Sie werden mich hier abholen. Vielleicht, wenn Sie nichts dagegen haben, bleiben wir hier noch ein bisschen.«

»Ja. Warum nicht.«

Das Haus scheint leer zu sein, Reiner würde der alte Steingrill gefallen. Daneben steht auch noch ein Drehspieß. Ich sehe ihn schon in der Abendsonne ein ganzes Schwein anschneiden.

»Mein Vater sieht ein bisschen aus wie ein Prolet, na ja, ist er auch, aber er ist ganz harmlos, beinahe liebenswürdig, wenn es drauf ankommt.«

Aus irgendeinem Winkel des Hauses kommt ein älterer Mann in einem Anzug, geht direkt auf mich zu, schließt mich in seine Arme und küsst mich auf beide Wangen und auf die Stirn. Ich umarme ihn verhalten zurück. Lollo murmelt etwas auf Italienisch, da lässt er mich los.

Sie stellt mir Geppetto als ihren Mann vor und spricht weiter Italienisch mit ihm. Danach wirkt sie gelöster und sagt:

»Hast du Hunger? Es tut mir leid, ich benehme mich wie eine Deutsche!«

Sie fährt sich mit beiden Händen durch ihre vielen schwarzblauen Haare und bindet sie sich zu einem Dutt.

»Ist die Haarfarbe echt?«

»Nein, die sind gefärbt, das Zeug dafür bringt mir immer der Junkie aus London mit, der hier ab und zu wohnt. Eigentlich sind sie dunkelbraun, so wie deine. Also, willst du nun was essen oder nicht?«

»Nein, danke, ich habe keinen Hunger, aber mehr Limonade wäre gut. Sind Sie Italienerin?«

»Nun, also, ja, bin ich. Ich bin eine verheiratete italienische Frau«, sagt sie und schaut mich durchdringend an. Geppetto nickt mir aufmunternd zu und verschwindet wieder hinter einer der vielen alten quietschenden Türen.

Hier drinnen ist es angenehm kühl, es ist geräumig, der Boden ist hell gefliest. Ein paar abstrakte Skulpturen stehen herum, aber es hängt kein einziges Bild an der Wand. Lollo führt mich, nachdem Anaconda und ich die ganze Limonade ausgetrunken haben, ins Dachgeschoss in ein großes Zimmer. Es ist düster und riecht ein wenig muffig.

Sie sagt, ich solle mich ausruhen, hier hätte ich die nötige Ruhe, es sei zurzeit nur ein Gast im Haus, der Junkie auf Methadon, der sich draußen in der Natur herumtreibe. Ein angenehmer Typ, wie sie sagt.

Die Matratze ist so weich, dass ich darin versinke. Das Bett ist aus dunklem Holz, es sieht aus wie handgeschnitzt und so alt, als wäre der älteste Mensch Italiens darin geboren worden. Darin werde ich zur Ruhe kommen.

Ich höre Lollo und Geppetto kurze Zeit später laut streiten. Lollo hat einen seltsamen Akzent, vor allem, wenn sie Deutsch spricht. Es ist kein rein italienischer Akzent.

In einem Dämmerzustand, in dem ich schon fast anfange zu träumen, sehe ich das viele Wasser wieder, die alte Frau und die Katze im Boot, Reiner, Lollo, die Ramona die Hand schüttelt und sagt: »Sie sind also die Stiefmutter von Celestine, geht es Ihnen gut? Ich habe gehört, Sie können sich an nichts erinnern, sprechen Sie Deutsch? Oder haben Sie das auch vergessen? Ich benehme mich auch manchmal wie eine Deutsche. Ihre Stieftochter ist Enki nachgereist, dabei hat er sie längst vergessen, obwohl ihm nichts auf den Kopf gefallen ist!« Dann wirft sie den Kopf zurück und lacht hysterisch, so wie Enkis Mutter im Café.

Ich schrecke hoch. Enki will nicht, dass ich hier bin. Natürlich nicht! Heinrich und seine albernen Tricks, die mich hierhergelockt haben. Jetzt bin ich in diesem riesigen Haus und schäme mich. Niemand hat mich erwartet, aus Verlegenheit hat man mir dieses Zimmer angeboten.

Ich hätte es doch besser wissen müssen, ich wusste es ja besser, ich wollte nicht hierherkommen. Was hat Heinrich gesagt? Von Wasser allein ertrinkt man nicht! Jetzt ertrinke ich doch. Und was war mit dem Affen, der seine Autonomie für ein paar blöde Nüsse verliert? Heinrich wollte Schicksal spielen mit seiner alten Karte und dem blöden Leuchtstift! Dabei wollte Enki mich loswerden. Würde ich ihm etwas bedeuten, wäre er niemals einfach so verschwunden. Er hätte es nicht gekonnt. Lässt man einen geschätzten Menschen ohne eine Erklärung zurück? Nicht, wenn man ihn noch einmal wiedersehen will.

Mein Nacken schmerzt. Ich kneife die Augen zusammen, drehe mich auf den Bauch, wünschte, ich könnte einschlafen. Aber es geht nicht. Also stehe ich auf und gehe hellwach im Zimmer auf und ab. In einer Ecke steht ein Korb voller Prospekte und Reiseführer. Als ich darin blättere, entdecke ich einen Artikel über Lollo und ihre Arbeit. Darunter steht in einem roten Kästchen die Adresse der Villa Alba und Lollos richtiger Name. Ein nie gekannter Schwindel überkommt mich, dazu die schlimmste Migräne meines Lebens. Das Zimmer dreht sich wie ein Karussell, wird immer schneller, ich beginne zu zittern und falle in Ohnmacht. Als ich wieder zu mir komme, habe ich auf den Boden gekotzt.

Wankend suche ich Zigaretten, sehe überall nach, denn obwohl mir noch immer übel ist, habe ich einen verdammt großen Schmachter. Ich suche sogar unterm Teppich und unter der Matratze nach Zigaretten, finde aber nur einen Flachmann. Sofort nehme ich einen Schluck, das Zeug schmeckt so hochprozentig, dass mir die Kehle brennt. Ein schmerzhafter Druck im Bauch lässt mich mit einem Ruck zusammenfahren, ich krümme mich, Magensäure schießt bis in meinen Mund. Ich rolle mich auf dem Bett ein und entdecke in dieser Position eine weitere Tür in dem Zimmer, die mir bisher entgangen war. Sie ist sehr schmal und wurde mit der gleichen Tapete beklebt wie die Wand. Dahinter befindet sich ein sehr kleiner Raum mit einem niedrig angebrachten Waschbecken. Es hängt kein Handtuch an dem langen Nagel darüber. Es gibt auch keine anderen Gegenstände zum Gebrauch. Nur ein riesiges, schneeweißes Stück Seife liegt dort. Damit spüle ich mir den Mund aus. Dann pinkele ich im Stehen in das Waschbecken.

Einen der Prospekte schiebe ich unter die Kotze, reiße ein paar Seiten heraus und bedecke sie damit. Mit dem kantigen Stück Seife und einem Eimer Wasser versuche ich den Fleck auf dem Teppich wegzuputzen, doch es entsteht ein noch größerer weißlich feuchter Fleck. Er scheint sich ganz von alleine immer weiter auszubreiten. Ich lege alle Prospekte auf den Fleck, trete darauf herum und hoffe, dass das Papier die überschüssige Feuchtigkeit aufsaugt, bevor sie in den Fußboden sickert.

Ohne einen Gedanken fassen zu können, schlage ich nun mit den Fäusten immer wieder auf die gleiche Stelle, so lange, bis ich fürchte, verrückt zu werden. Mir fällt nichts mehr ein, außer die Tür abzuschließen. Wie erkläre ich Lollo das mit dem Fleck?

Ich schaue aus dem Fenster, es ist zu hoch. Schlafen wäre das einzig

Richtige. Wieder liege ich auf dem Bauch, versinke in der Matratze, schließe die Augen fest, ich muss Zeit gewinnen, ich bin hellwach. Das Bett ist zu weich zum Schlafen, ich bin gefangen in einer tiefen Kuhle. Es wäre ein gutes Bett für eine lange Krankheit.

Unten in der Küche rumpelt und klirrt es, schnelle Schritte sind zu hören.

Am Fenster atme ich tief ein und aus, ein Vogelschwarm fliegt auf mich zu und verschwindet im Haus, die Wand um das Fenster ist durchlöchert von Schwalbennestern. Unten auf der Wiese sitzt eine Elster. Als ich noch einmal hinsehe, ist sie verschwunden. Ich setze mich aufs Bett, ich kann nichts anderes tun, als zu warten.

Meine Aufregung ist so groß, dass nichts anderes mehr Platz hat. Unten geht die Tür, jemand ruft etwas in britischem Englisch. Das muss der Junkie sein. Er klingt fröhlich.

Plötzlich klopft es an der Tür. Geppetto ruft:

»Celestina, are you hungry?«

»No, thank you«, antworte ich und öffne trotzdem die Tür. Er sieht mich aufmerksam an, ich setze mehrmals an, etwas zu sagen, aber ich bekomme keinen Ton heraus. Schließlich flüstere ich:

»I'm not well.«

Als ich es sage, spüre ich die Tränen, sie sind längst da, laufen mir über die Wangen, ohne dass ich schluchze.

»Never mind«, sagt er und lächelt.

Der glückliche Junkie kommt die Treppe heraufgesprungen, er ist älter, als ich dachte, um die fünfzig, schätze ich.

»Hi!«, ruft er.

»Hi«, flüstere ich noch immer.

Er macht ein paar wirre Bewegungen mit den Armen und steigt die Treppe wieder runter. Geppetto nickt mir zu und folgt ihm, ich schließe die Tür ab. Nach ein paar Minuten kommt Geppetto wieder zurück. Bevor er klopfen muss, habe ich ihm schon geöffnet.

»Lollo awake the night, problems with sleeping! If you want, you can be with her talking a little. She will be in the kitchen.«

»Thank you. Grazie.«

Später höre ich Lollo und Geppetto laut reden, aber sie streiten nicht mehr. Der Junkie putzt sich singend die Zähne, wünscht allen, auch mir, schreiend »Good night« und knallt seine Tür zu. Das Quietschen von Geppettos Zimmertür beschließt die Geräusche des Abends.

Etwa eine Stunde später steige ich langsam die Treppen hinunter. Lollo sitzt in der geräumigen Küche am Tisch und puzzelt. Als ich mich nähere, blickt sie auf, strahlt mich mit roten Augen an.

»Sie puzzeln?«

»Ja, aber ich bin schlecht darin.«

Sie ist wirklich nicht besonders weit gekommen. Es lässt sich noch nicht mal erkennen, welches Bild entsteht. Als sie meinen Blick sieht, zieht sie die Schachtel unterm Tisch hervor.

»Der Vatikan!« Sie lächelt entschuldigend.

»Da haben Sie sich aber viel vorgenommen«, sage ich.

»Sagen wir doch einfach ›Du‹ zueinander, in Ordnung?«

»In Ordnung.«

»Ich habe noch nie vorher gepuzzelt. Geppettos Mutter hat es mir vor Jahren geschenkt, ich dachte, heute ist ein guter Tag, damit anzufangen. Ich wusste ja nicht, wann du runterkommst.«

Ich setze mich, aber ich bin auch nicht besser im Puzzeln als sie. Ich sehe auf ihre Hände, ihre Haare, ihre Nase, ihre gebräunte, trockene Haut. Sie fragt:

»Willst du über irgendetwas reden?«

»Nein, jetzt nicht.«

»Es tut mir leid«, sagt sie und legt das Puzzleteil, das sie schon lange festhält, auf den Tisch.

Ihre Fingernägel sind abgekaut. Sie sieht nicht aus wie eine Mutter.

»Frag mich etwas, das wäre jetzt gut«, sage ich.

»Verstehst du dich gut mit deiner Stiefmutter?«

Ich muss fast lachen.

»Es geht so«, antworte ich.

»Und mit deinem Vater?«

»Ist eben mein Vater. Warum sprichst du so gut Deutsch?«

»Ich bin mit Anfang zwanzig endlich weg von meinem Vater aus Rom und zurück nach Hause nach Marseille, dann bald weiter nach Paris. Dort habe ich mich einen Monat später wieder in einen Deutschen, einen Fotografen, verliebt. Wir sind zusammen nach München gezogen, es hat nicht gehalten, aber ich habe dort die meiste Zeit gelebt, bis ich Mitte dreißig war. Danach war ich eine Weile in Odessa, kurz in Tel Aviv und schließlich bin ich wegen eines Jobs nach Palermo und in Italien hängengeblieben. Seitdem lebt Marcella wieder bei mir, sie ist bei ihren Großeltern in Marseille aufgewachsen. Es kommen immer wieder deutsche Gäste, deshalb spreche ich noch oft Deutsch.«

»Du hast also wenige Jahre nach meiner Geburt wieder in Deutschland gelebt?«

»Im Süden von Deutschland, ja.«

»Verstehe. Hm. Was ist mit Marcella, habt ihr ein gutes Verhältnis?«

»Wir kommen miteinander aus. Sie ist viel unterwegs, ich weiß oft nicht mal, wo sie gerade ist. Das ist ihre Sache, leben und leben lassen eben.«

Schnell nimmt sie wieder ein Puzzleteil in die Hand.

»Ist Enki dein Freund?«

»Ich weiß nicht, er ist einfach abgehauen.«

»Das tut mir leid.«

»Möchtest du etwas trinken? Kaffee, ein Glas Wein, etwas Härteres? Fernet-Branca, Wodka?«

»Wein ist gut. Rotwein.«

»Ich habe einen alten Barolo, den trinken wir jetzt bis zur blauen Stunde.«

»Was ist die blaue Stunde?«

»Ein Naturschauspiel, du hast es bestimmt schon oft gesehen. Diese Farbe, die der Himmel hat, kurz bevor die Sonne aufgeht, oder kurz nachdem sie untergegangen ist.«

Sie steigt hinunter in den Keller. Ich folge ihr zunächst ein paar Stufen, dann gehe ich aber zurück zum Tisch und puzzele weiter.

Lollo kommt erst nach einiger Zeit wieder aus dem Keller und schüttelt sich. Sie hält eine Flasche Rotwein in der Hand, die aussieht, als wäre sie sehr teuer gewesen. Wir gehen in den Garten, es ist warm. Lollo wirft sich auf eine der Steinbänke, streckt sich und öffnet den Wein. Sie gießt zwei Gläser randvoll ein und hält ihres hoch, als würde sie nun eine Rede halten. Der Wald, durch den ich vorhin gekommen bin, raschelt. Plötzlich schießt Anaconda heraus und freut sich, dass wir noch wach sind.

Es ist der beste Wein, den ich je getrunken habe. Anaconda versucht uns davon zu überzeugen, mit ihr spazieren zu gehen. Nach einiger Zeit gibt sie es auf und legt sich neben uns auf die Bank. Sie fiept im Schlaf.

»Warst du jemals verliebt?«, frage ich.

»Was bedeutet das, verliebt sein? Ist das nicht ein bisschen einfach gefragt?«

Sie sieht mich an, lacht auf und sagt:

»Du erinnerst mich an meinen Vater!«

»Lebt er noch?«

»Nicht für mich und ich nicht für ihn! Aber ich habe bisher keine Einladung zu seiner Beerdigung erhalten.«

Sie wischt sich mit dem Arm übers Gesicht.

»Da siehst du, das ist das blaue Licht!«

Alle Vögel scheinen gleichzeitig aufzuwachen, und wir trinken zu dem bunten Gezwitscher die ganze Flasche Wein aus, ohne noch etwas zu sagen. Ich werde endlich müde und lege mich auf die Bank. Colombe legt meinen Kopf auf ihren Schoß und streichelt mir sanft über die Haare, bis ich eingeschlafen bin. Noch einmal wache ich kurz auf, so wie letzte Nacht trägt mich jemand die Treppe zu meinem Zimmer hoch. Es ist Geppetto, und er summt dazu sonor ein Schlaflied.

Als ich am nächsten Tag die Augen öffne, sehe ich Anaconda schlafend auf Reiners Schoß. Er hat einen Gipsarm und lächelt selig.

»Stint, da bin ich wieder, da bist du wieder!«

Er beginnt laut zu schluchzen, als ich ihn so fest umarme, wie ich kann. Anaconda springt auf den Boden, bellt und dreht sich.

»Der Hund erinnert mich an Friedrich«, sagt Reiner und wischt sich die Tränen vom Gesicht.

»Aber Friedrich war doch eine Katze, Papa!«

»Schon, aber auch so ein nettes Tier. Vielleicht können wir ihn einfach mitnehmen.«

»Sie hat es doch gut hier, ich glaube, sie würde lieber hierbleiben«, sage ich.

»Würdest du auch lieber hierbleiben?«, fragt er und macht ein ernstes Gesicht, das nicht zu ihm passt.

»Papa, ich habe keine Ahnung, was passiert, ich bin noch immer k.o. Wie geht es den anderen? Sind alle in Ordnung?«

»Der Nazi ist tot, sonst leben alle. Die Thailänderin ist jetzt Millionärin. Trixi und sie sind unzertrennlich. Trixi hat endlich mal einen echt rentablen Fang gemacht. Ramona hat ihr Gedächtnis verloren. Das ist gar nicht so schlecht, sie will nämlich nichts mehr trinken. Scheint, als hätte sie vergessen, dass sie ein Alki ist. Sie bemerkt, dass ihr etwas fehlt, sie ist tatterig und so, aber sie kommt nicht darauf, was es ist. Sie erkennt uns alle nicht mehr wieder. Man hat sie neben einem Baumstamm gefunden, wahrscheinlich ist der ihr vorher auf den Kopf gefallen. Zumindest glaubt sie mir, dass ich ihr Mann bin. Sie hat sogar mit mir geflirtet, das hat sie schon seit Jahren nicht mehr gemacht. Ich glaub, ich bin ihr Typ!«

»Und die anderen? Ist Enki schon da?«

»Wer? Ach, Enzo? Ja, ja, netter Kerl, hat vorhin zwei Hühner fürs Mittagessen geschlachtet. Ist viel kerniger als ich dachte, der Künstler. Du kannst ruhig weiter mit ihm gehen. Finde ich gut, der gefällt mir. Hätte ich Ramona vielleicht nicht abholen sollen? Ich habe kurz überlegt, sie einfach nicht abzuholen bei der Polizia. Sie war auch schon wieder am tüttern auf der Wache, mit einem zwanzigjährigen Azubi!«

»Papa!«

»Ach, Stint, glaubst du, ich weiß nicht, dass sie mir fremdgeht, wo ihre Laune grad hinfällt?«

»Du hast Ramona doch auch betrogen!«

»Quatsch mit Soße! Mit wem denn?«

»Mit Blumen-Tine!«

»Ach, ja, stimmt. Da denkt man, keiner kriegt irgendwas mit, dabei wissen alle alles. Nur ich krieg mal wieder nur die Hälfte mit. Warum hast du mir nicht gesagt, dass du weißt, wo sie ist, und herkommen wolltest? Ich hätte doch gar nichts dagegen gehabt.«

»Ich wusste es nicht, ich bin wegen Enki hergekommen, und weil Heinrich mich dazu überredet hat.«

»Wer ist Heinrich?«

»Den lernst du auch noch kennen. Und Lilli.«

»Und wer soll das jetzt alles verstehen?«

»Ich verstehe es auch nicht, Papa, ist viel passiert.«

»Wie findest du sie denn so?«, fragt er vorsichtig.

»Sie ist nicht unbedingt herzlich. Aber interessant.«

»Und so hübsch wie du.«

»Ich finde sie hübscher als mich!«

»Unfug, niemand ist hübscher als du, Stine! Kommst du gleich runter, es gibt Mittagessen. Jetzt wird gegrillt, bis Winter ist! Hast du die Grillanlage im Palastgarten gesehen? Der Geppetto, der ist ja ein Kerniger, er wollte rüber zu einem Bauernfreund, ein Ferkel für den Spieß holen. Und Joseph macht ihm schöne Augen und dackelt hinterher. Was für ein Tollhaus! Der ist nett, der Herr Geppetto, ich muss Joseph mal dringend sagen, dass er den nicht in so peinliche Lagen bringen soll.«

»Geppetto steht auch auf Männer, Papa!«

»Unfug, Italiener sind nicht schwul! Zumindest nicht solche! Und der ist außerdem viel zu alt für Joseph. Ich spring schon mal runter und schmeiß den Grill an: It's time for music, Zelestine!«

Reiner gibt Anaconda ein Zeichen, ihm zu folgen. Als er die Tür öffnet, hört man einen hellen Schrei. Er hat sie einem Mädchen an den Kopf geknallt, nun nimmt er sie in den Arm und pustet ihr die Stirn. Sie lacht darüber. Dann steht sie plötzlich mitten im Raum.

»Ciao!«

»Hallo«, sage ich.

Bevor ich antworte, kommt sie auf mich zu, umarmt mich, küsst mich auf beide Wangen und sagt:

»I'm so happy, I cried the whole morning.«

Sie setzt sich zu mir aufs Bett.

Ich weiß nicht, was ich sagen soll, und starre sie an, sie sieht aus wie eine Mischung aus Enki und mir.

»I am a musician, what is your profession?«

»I don't know yet«, sage ich.

»Interessante! See you later – sister!«

Sie springt auf und läuft die Treppen runter.

»See you later!«, rufe ich.

Als ich später nach unten gehe, sitzt Ramona allein am Tisch in der Küche. Sie ist ungeschminkt und hat einen merkwürdigen Gesichtsausdruck. Diesen Ausdruck habe ich noch nie gesehen, weder bei ihr noch bei sonst einem Menschen. Ihr fehlen ein paar Haare, oben auf dem Kopf ist eine kreisrunde gerötete kahle Stelle. Es sieht nicht nach Haarausfall aus, eher so, als hätte sie sich Haare ausgerissen.

»Hallo, guten Tag«, sagt sie leise.

»Guten Tag. Ich bin Stine.«

»Ich heiße Ramona?«

»Ja, du bist Ramona«, antworte ich. Sie nimmt einen Schluck Espresso, lächelt hilflos und sagt plötzlich, ohne eine Miene zu verziehen:

»Es ist schön hier. War ich schon mal hier?«

»Nein«, antworte ich. »Wir waren alle noch nie hier. Es ist für uns alle neu.«

Sie nickt verlegen.

»Wer bist du denn für mich?«

»Ich bin deine Stieftochter.« Sie nickt heftig.

»Ja, ja, ach ja, das hat man mir schon gesagt. Die Tochter meines Mannes. Verstehen wir uns denn? Ich meine gut?«

Ich zögere und sage dann:

»Ja, natürlich … Sehr gut. Manchmal ist es schwierig«, erkläre ich, aber als sie erschrocken aufblickt, sage ich:

»Aber das kommt ja in den besten Familien vor.«

»Und in den schlechtesten.« Sie schaut auf den Boden. Ich habe keinen Zweifel mehr daran, dass sie ihr Gedächtnis verloren hat.

»Man hat mir gesagt, mit der Zeit würde ich mich erinnern. Ich erinnere mich an nichts, aber ich bin so traurig. Ist mein Leben traurig?«

»Du hast mir nie gesagt, ob du traurig bist. Ich weiß es nicht.«

»Wie ist meine Ehe mit deinem Vater?«, fragt sie leise.

»Das musst du mit ihm besprechen, ich möchte mich da nicht einmischen.«

»Ich glaube, ich könnte ihn lieben. Er sieht gut aus«, sagt sie mit zitternder Stimme. Sie ist überhaupt nicht mehr heiser.

»Sie haben mir geraten, in Deutschland eine Therapie zu machen.«

»Das ist gut, Ramona. Das ist sehr gut.«

Sie hält mir eine Schale mit Mandelkeksen hin, ich nehme mir einen und frage: »Wo sind die anderen?«

»Alle sind draußen im Garten, es ist so schönes Wetter, und sie decken den Tisch auf der Terrasse. Es gibt Huhn und später vielleicht ein ganzes Schwein. Mag ich Huhn und Schwein?«

»Du magst alles. Du bist unkompliziert.«

»Ja«, sagt sie. »Aber es ist alles ein bisschen viel, wenn alles neu ist.«

»Ja. Ich weiß. Komm, wir gehen raus zu den anderen.«

»Nein, ich nicht, ich will lieber hier sitzenbleiben, ich kenne doch niemanden.«

Ich nehme Ramonas Hand. »Komm, ich pass auf dich auf.«

Sie lässt sich von mir hochziehen. Ich lege den Arm fest um ihren zerbrechlichen kleinen Körper und starre die kahle Stelle auf ihrem Kopf an. Da schaut sie zu mir hoch und strahlt mich an. Ich ziehe sie noch fester zu mir heran, und wir gehen zusammen in den Garten. Alle sind dort versammelt, als wäre es nie anders gewesen. Der Erste, der uns sieht, ist Enki. Er sagt: »Da bist du ja endlich.«

»Ja«, sage ich. »Da bin ich.«

ENDE

WAS DANN PASSIERT

Reiner nimmt sich vor, bis September in Italien zu bleiben, hält es aber keine zwei Wochen aus, fliegt nach Hause, arbeitet das nächste Jahr durch und eröffnet fünf weitere Filialen von Fehrmanns Spezialitäten, drei in Deutschland, eine in Kopenhagen und eine in Amsterdam.

Ramona macht nach der Therapie und einem ausgedehnten Kuraufenthalt eine Fortbildung zur Buchhalterin und wird die treibende Kraft im Imbiss-Franchise-Geschäft.

Tante Trixi wandert mit Pat nach Thailand aus und veröffentlicht unter dem Pseudonym »Beatrice Berlandi« erfolgreich sexuell-offensive Heteroschmonzetten, während Pat ein Wohnheim für Prostituierte eröffnet.

Marcella nimmt einen Mega-Hit mit David Guetta auf und zieht nach New York.

Stine hat nach dem Studium in London ihre erste Ausstellung in einer der wichtigsten Galerien New Yorks. Der Junkie auf Methadon in Colombes Haus war nämlich einer der weltweit einflussreichsten Galeristen. Sie hat sich zwei-, dreimal von Enki getrennt, weil er ihren Erfolg zunächst nicht verkraftet.

Enki schafft nach einigen Versuchen endlich den Durchbruch mit einer Inszenierung am Wiener Burgtheater. Falls sie sich über den Wohnort einigen können, werden Enki und Stine irgendwann zusammenziehen.

Kassian taucht mit Lydia Hearst, Alexa Chung und Zoe Kravitz bei Stines Vernissage auf, da die Galerie ganz in der Nähe von Kassians Appartement liegt. Er holt sich wieder eine Abfuhr.

Reiner und Ramona schaffen es nicht zur Vernissage, weil sie sich am Frankfurter Flughafen verlaufen und den Anschlussflug verpassen.

Dr. Ray bleibt bei Geppetto und Colombe in Italien, strickt seine Pullover nun selber und arbeitet übers Internet als Glückscoach. Colombe und Stine skypen regelmäßig.

Désirée verliebt sich während ihres Jobs in einem Feinkostbiosupermarkt in einen Stammkunden, Deutschrapper Jigger Jackson. Sie kündigt, wird seine Bitch, dann die Mutter seiner Kinder.

Simon wird ein international erfolgreicher Model-Scout und tritt regelmäßig in Fernsehshows auf.

Melody schreibt mittlerweile für die Spex und inszeniert in Istanbul ein Punk-Musical.

Joachim Matthias kann Ramona nicht vergessen. Erst als seine Frau stirbt und er einen Swingerclub eröffnet, geht es ihm langsam besser.

Alle anderen Mitarbeiter der Pflegestation sowie eine kanadische Gast-Nonne kommen bei dem Brand des himmelblauen Hauses ums Leben. Die Polizei vermutet Brandstiftung, hat aber keine heiße Spur. Der ermittelnde Kommissar und seine Frau sind begeisterte Swinger.

Iris' Aura geistert weltweit durch Krisenherde und versucht, das Böse auszubalancieren.

Enkis Mutter Ingrid betreut ehrenamtlich obdachlose Deutsche und Hunde auf Mallorca.

Enkis Vater arbeitet noch immer an seinem ersten Roman. Auf Seite 7052 will er langsam zum Ende kommen, doch dann hat er einen weiteren cleveren Einfall, den das Feuilleton bejubeln könnte.

Rahim wird bei einem Straßencasting entdeckt und spielt in verschiedenen Film- und Fernsehproduktionen Terroristen.

Iris' Exfreund, der Fahrradkurier, eröffnet ein Café mit Mittagstisch. Er bringt endlich sein Ethnologie-Studium zu Ende.

Merle legt eine unglaubliche Karriere als globale PR-Managerin hin. Im ersten Urlaub nach fünf Jahren ist sie in einer heißen Sommernacht in Barcelona zum ersten Mal wieder ausgelassen und betrunken. Sie entreißt einem Fackeljongleur seine Fackeln und verbrennt.

Bettina Mittelkorn heiratet einen Adligen mit einem krummen dünnen Penis. Sie leitet eine Hundezucht, hat ein zu inniges Verhältnis zu ihrem Erstgeborenen und ist eine mäßig erfolgreiche Dressurreiterin.

Blane alias Sean alias Vaclav stürzt sich während eines LSD-Trips aus dem Fenster seiner Erdgeschosswohnung und lernt in der Psychiatrie den Boss eines Majorplattenlabels kennen, der ihn groß rausbringen will. Doch die Karriere scheitert an seiner Flugangst. Die James Spaders engagieren seine Exfreundin Tatjana, die auch irgendwie singen kann. Sie landen einen Hit mit einem ihrer uralten Songs, da dieser von Apple für einen Werbespot eingekauft wurde. Das feiern sie noch heute.

Liza schickt Stine eine Freundschaftsanfrage über Facebook, die Stine leider übersieht, da sich seit ihrem kommerziellen Erfolg als Künstlerin zu viele Freunde aus aller Welt in ihrem Postfach stauen.

Blumen-Tine leidet, seit Reiner und Ramona wieder glücklich sind, an Dysmorphophobie und einer Abhängigkeit von Nasenspray, wodurch sie einen starken Nasengeruch entwickelt. Sie versucht, einen plastischen Chirurgen zu finden, der sie zu einem Ebenbild der Hello-Kitty-Katze operiert. Auf fixe Weise ist sie überzeugt, dann wieder eine Chance bei Reiner oder überhaupt irgendeinem Mann zu haben.

Die Tochter von Joachim Matthias ist Scientology beigetreten, sein Sohn betreibt unter falschem Namen einen rechtsradikalen Blog und beginnt nach seinem dritten Praktikum bei der Bild-Zeitung ebendort ein Volontariat.

Lilli und Heinrich vertreiben sich die Zeit mit einer Tournee als Pantomimen durch sämtliche europäische Fußgängerzonen. Es geht ihnen hervorragend und langsam befürchten sie mit Recht, unsterblich zu sein.

Allen, die unerwähnt blieben, geht es den Umständen entsprechend gut.

DANK

Besonderen Dank an Lars Schultze-Kossack, Nadja Kossack, Henriette Gallus, Philipp Baltus, Natalie Buchholz und Tom Kraushaar.